谨以此书献给中国共产党成立 100 周年

长篇报告文学

红星照耀黄河

马明全　编著

（此作品入选中国作家协会 2020 年度少数民族文学重点作品扶持项目）

四川民族出版社

图书在版编目（CIP）数据

红星照耀黄河 / 马明全编著. -- 成都 ： 四川民族
出版社，2021.6

ISBN 978-7-5409-9934-6

Ⅰ．①红… Ⅱ．①马… Ⅲ．①纪实文学－中国－当代
Ⅳ．①I25

中国版本图书馆CIP数据核字（2021）第120671号

红星照耀黄河
HONGXING ZHAOYAO HUANGHE

马明全 编著

责任编辑	王 英
责任印制	谢孟豪
出版发行	四川民族出版社
地 址	成都市青羊区敬业路108号
邮政编码	610091
联系电话	（028）80640532
印 刷	成都春晓印务有限公司
装帧设计	新梦象渡
成品尺寸	170mm×240mm
印 张	20
字 数	300千字
版 次	2021年6月第1版
印 次	2022年1月第1次印刷
书 号	ISBN 978-7-5409-9934-6
定 价	88.00元

目　录

第一部　启明星

第二部　红　日

第三部　红星照耀黄河

第一部　启明星

第一章　红军渡

　　2010 年 9 月 7 日，这是我来到这个叫"赞卜乎"的小村庄的第三天，我面对这座破败的村庄和四面都残墙断垣的学校，内心非常的失落，一股难掩的情绪笼罩在我心头。每天下班回家，都闷不吭声的陪伴年老的父亲吃饭。原本对民族地区的语文教学有所研究，尤其是民族地区学生习作方面的课题摸索了十几年，刚刚有所成果，并且在乡里的中心学校大力推广之时，却被组织上安排到这个即将要合并的小学任校长，这对于我这样一位研究型的教师来说是不太喜欢的岗位。加上赞卜乎的村容村貌，学校的基础设施使我心生绝望。我极度压抑的心情被父亲敏锐地捕捉到了，知子莫若父。父亲淡淡地对我说："孩子，领导让你去当校长，你一定要好好珍惜，绝对不要辜负大家对你的期望，尤其是你的那个学校，你千万不要小瞧它，他可是红军修建的学校，撒拉族人民不应该忘记红军的恩情……"

　　父亲的一番话让我震惊，真的是那样吗？学校真是红军修建的吗？一连串的疑问在我脑海里出现。

　　"那时候，学校刚刚修好，是你的伯父担任了第一任校长，也算是咱们家和那个学校有缘，你伯父比我大 12 岁，我那时候十几岁了，经常去赞卜乎村，亲眼见到的和你伯父口中听到的事情特别多。"

　　我从 83 岁的父亲口中听到了很多，思绪逐渐漫游在 70 多年的历史隧道中，眼前浮现出那些人和那些事……

　　1939 年，3 月的青海高原，春暖还寒。一支百姓不像百姓，士兵不像士兵的 400 多人的队伍，沿着湟水河迤逦前行。

　　他们是从西宁出发的，是被国民党士兵在河西俘虏的红军战士。他们在国民党士兵的押解下，怀着悲怆的心情一步一步向前走，谁也不知道此去前途命运如何。大家身穿单衣单裤，脚上用羊毛织片和麻袋片包裹着。在平安驿每人就着凉水吃了一小把炒面，在国民党士兵的呵斥下起来继续赶路。过了古城，过了石壁，道路开始上行，山上的植被越来越矮小和稀疏。

大部分战士在这里出现了反应，有的战士轻的就头疼，从头顶开始胀痛，一点点向下延伸，到眉骨，到下眼眶。有的战士则开始呕吐，把中午吃的炒面连同黄水吐完了，接着是那种翻江倒海的干呕，毕竟胃里面没有什么可以吐的东西了。最后嘴唇、舌头都已经变紫了。有几名小战士发起了高烧导致脚下发软，任凭战友们怎么扶都站不直，不想说话，冒虚汗，他们的反应渐渐变慢，眼睛发直，傻傻地看着前方慢慢地倒了下去。

"报告长官，有人昏迷了"背负战士当中有人向骑着高头大马的马家军长官报告。长官策马往前，看了看那些小战士，马鞭一挥："来人呐，叫几个老共产把这几个小共产背着走，日妈妈地，就这么个屁本事还想闹革命？还想占马主席的地盘？继续给额走。"

几名年长的红军战士过来背着那些昏过去的小战士艰难的一步一步往青沙山顶走去。

青沙山是昆仑山系的一个支脉，横亘在青海平安区和化隆县之间，山峰海拔约3500多米，是湟水谷地和黄河谷地的分界线，亦是西宁至循化必经之路。自此路过的人们多会严重，进而产生高原反应，当地人称为"烟瘴"。这里的气候变化异常，青沙山山顶有很厚的积雪，加之高原空气稀薄，爬山时大家都气喘吁吁，不时有人滑倒，衣服溅满泥水，有人还被划破手脸，鲜血直流。那些年长的战士们除了自己负重行军，还要背着昏迷的病号，翻越海拔3100米的青沙山垭口时，山上空气更加稀薄。尽管内地三月份正是艳阳天，此地却冰冻三尺，寒风凛冽，战士们普遍有强烈的高山反应，导致呼吸急促、心跳过速、嘴脸干裂，还出现脸肿、眼肿、流鼻血、头晕等症状。屋漏偏遭连夜雨，三月的青沙山天气说变就变。时值下午，寒风突然从坡面呼啸而来，贴着地面卷起尘土和雪花。

爬上青沙山，如进鬼门关。只见山势悬崖叠峭，冰封雪锁，给人一种神秘诡异的感觉。队伍借着风雪弥漫的微光，踩着前面战士趟出的冰雪路，一个紧跟一个，踏着蜿蜒崎岖的雪路向上摸索行进。越往上爬，雪下得越大，地上的积雪越厚，天气越冷，空气也越稀薄，同时人的体力消耗也越大。有个小战士，一瘸一拐，一步一喘，慢慢掉下队来，最终停在路旁。马家军指

派担任连副的刘一民赶忙上前去对他说："来，我搀着你走，不能停，一停下来就会冻死的！"随即扶着他继续前进。

青沙山的夜晚来得很快，在漫天飞舞的大雪中，太阳早已不知去了哪里，夜，马上就到了。而且夜越来越深，风越刮越紧，雪越下越大，战士们个个都变成了雪人，整个队形好似一条银蛇，在雪山上缓缓移动。又有一个战士掉队了，另外一个连的连副上前拍拍他的肩膀说，咬咬牙，再努把力，坚持就是胜利。

越往上爬，山势越陡，道路越滑，好多战士的双脚都冻得失去了知觉，甚至走一步跌一跤。有的战士摔进了深谷，有的战士滑入了雪坑，还有的战士硬挺挺地冻死在路旁。

接近山顶时，有名十一二岁的小战士突然摔倒在雪地里，失去了知觉。一会儿，小战士苏醒过来，看着战友们焦急的脸庞，气息微弱地说："你们走吧，别让我连累了你们。"连副紧紧抱着小战士的脸，哽咽地说："别说傻话，我们就是抬也要把你抬下山！"大家互相搀扶着艰难地站立起来，又迈开了前进的脚步。就这样，他们战胜了严寒、饥饿和死亡威胁，翻过了风雪弥漫的青沙山。

"雪皑皑，野茫茫，高原寒，炊断粮。红军都是钢铁汉，千锤百炼不怕难。雪山低头迎远客，草毯泥毡扎营盘。"这就是当时这支队伍的真实写照。

深夜时分，这些疲惫的被俘战士在国民党士兵的押解下到达了青沙山脚下的扎巴镇，这个领位于化隆三岔口，是军事要地，扼守化隆通往循化和黄南的通道。整个化隆是马步芳发迹的地方也是他的老巢之一。马步芳早年进入军中以后，很快便表露出他的军事才能以及政治手腕，虽然年纪轻轻，但已深得父亲马麒的信任。马麒为了巩固势力，把老巢甘肃河州与青海西宁连成一片，令马步芳驻兵甘肃河州（今临夏）与西宁之间的重镇化隆。马步芳到化隆后，招兵买马，仿照新式方法训练部队，练成了一支自己的军队。

自然，国民党士兵到这里就像是到了自己的家。那些当官的被保长亲自引领大吃大喝去了，而西路军被俘战士则被关在车马店的马圈里。

按照常理，大部队应该在平安驿休整一夜后才能继续前行，但残暴的国民党士兵强行让红军战士连走两个驿站的路程，导致有六名战士永远地留在了青沙山那皑皑白雪之中。第二天天亮，战士们回望高耸入云的青纱山顶，无数只老鹰在山顶盘旋，俯冲。显然，那些战士的遗体已经成为老鹰口中的美餐了。

当地的老百姓有一句口头禅："冬天甭走工哇滩，夏天甭走拉扎山"。化隆县境内二塘的工哇滩因为四面环山，地势开阔，东西恰好有很大的山谷对应，所以这里的风因为对流，风力特别大。过往行人商客看这远看是滩，近看是坡，而在这看似缓平其实很陡急的山坡上行路异常艰难，大风常常能把骡马身上的货物连同骡马一起掀翻。最难受的是寒风刮在身上像针扎一样疼。虽然，红军战士经历过无数个这样艰苦的环境和遭遇，但现在不同，因为他们不知道他们的去处在哪里，他们的前途命运又会如何？加上昨天一夜他们又失去了3名战友。悲痛的情绪笼罩在每个人的心头，在这样的情况下，战士们身体沉重，举步维艰。单薄的衣服无法阻隔寒风肆无忌惮的肆虐，好多战士脚上的毛毡都被磨破了，鲜血也染红了双脚。

好不容易走到了化隆县的巴燕戎驿，战士们透支了最后一丝力气。在巴燕戎驿住了一晚上，第二天天亮就向拉扎山进发。拉扎山，这里山峦起伏，沟壑纵横，土壤贫瘠，植被稀疏，农民基本靠天吃饭。交通不便，吃水困难，尤其是夏天，走一趟拉扎山，要至少一天的时间，而且走几十里路，也找不着一个解渴的水源，吃水困难程度可想而知。所以虽然说"夏天甭走拉扎山"，但春天的拉扎山春雪的寒气午后渐渐褪去，而干风随之而来，口渴难忍的战士们嘴唇全是血口子。拉扎山山脚下有个旧时的驿站，战士们傍晚时分来到这个小山村住在废弃的古堡内。

经过三天的跋涉，在黄河谷地化隆县甘都镇，正是老百姓如火如荼地进行春耕生产的季节，历史应该记住这个时间，然而，正如这支部队的命运那样，历史却忘记了这个改变某段历史事实的伟大时刻。就这样，这支400余人组成的"工兵营"，又称"森林警察"，实际是劳改营，从黄河北岸用简易的羊皮筏子渡过了历史名渡古什群渡口，来到了古什群古城。

古什群渡口，位于现循化撒拉族自治县人民政府所在地——积石镇西22公里处的古什群峡，此为古渡。因黄河上游南岸悬崖绝壁处建有一座先贤的衣冠冢"拱北"而得名"拱北峡"，后又演变成"公伯峡"。当年的古什群峡两山对峙，崇山峻岭，高耸入云，陡壁如削，荫天蔽日，山势十分险要。黄河入峡后，因河道狭窄，河中礁石暗伏，滚滚河水飞湍造漩，咆哮而下，登顶观景，蔚为壮观，十分险绝。在"循化古八景"中有"什群急湍"之称。

东晋义熙十年（公元415年），当时活动于青海地区的吐谷浑处于鼎盛时期，其为保障并开拓自己的领地开始修建黄河木桥。这是中国历史上于黄河上游建造的第一座实体木桥，这是吐谷浑历史的一个创举，也是一个民族为后人留下的可贵的文化痕迹，它距今已有1600多年的历史。

然而，岁月的磨砺和大自然的无常，加上战火纷乱的摧残，"河厉"桥的命运起起落落。据《宋史·王厚传》记载，时隔五、六百年后的宋徽宗崇宁四年（公元1105年），人们又在古什群峡口造起了一座黄河桥，称为"大通桥"，后毁于洪水。

至民国二十三年（1934年），青海省国民政府决定在修建贵德黄河浮桥的同时，在循化上述桥址处，建造一座长48米的原始木结构握桥，建成后又被千年不遇的洪水冲毁。在1939年初春的某一个傍晚，有一支衣衫褴褛的队伍在荷枪实弹的士兵的押送下到达了古什群峡古渡口，昔日没落的黄河古渡口因此又无端的热闹了一阵，那些当地撒拉族老百姓认为这不知来历的人群既像部队又像犯人。红军队伍最终被荷枪实弹的国民党士兵关押在古什群古城的营盘内。

当时的古什群古城是早在汉代就已修建的军事桥头堡。古城有南北二城，南城坐落在循化撒拉族自治县查汗都斯乡赞卜乎（红光）村西。门开于南，东西长120米、南北宽20-30米。北部临河岸无墙，城内有一沙沟将城墙隔为两部，黄河岸处石质桥基上建有握桥。北城坐落在化隆回族自治县甘都镇峡口村西，古城分内外两城，内城偏西，北城墙与外城西城墙重合，南临黄河岸边，无城墙，岸边石质桥基上的握桥联通南北二城。外城东西长180米、南北宽60米。东西各开一门，夯土筑。邓隆《甘肃黄河桥梁考》认为此二城可能始建于汉时，即汉代时期的逢留河桥，或宋时的河津渡口。

而此时古什群古城却是青海军阀马步芳的军事要塞，古什群峡渡口是甘肃临夏，甘南，青海循化县、黄南州等地通往首府西宁的必经之路，它是青海军阀的天然军事屏障。

可怜的西路军被俘战士被关押在黄河南岸的古城内，当地人称它为营盘，所谓的营盘就是古城堡的内城，有简易的炮楼和窑洞，有马家军的士兵驻守。缺衣少食的西路军被俘战士就住在窑洞内，身上几乎没有盖的被子，只有一些破烂的羊毛毡片席地而睡。战士们被俘后均被押送到赞卜乎戒备森严的土窑洞里。随后，被押送来的被俘人员越来越多，战士们被迫从事挖窑洞苦役。有的战士挖窑洞时在土壁上、灶头边刻出一个个醒目的五角星、镰刀、铁锤、"工"字等革命的符号，大伙围观着这些符号，思念着党和亲人，并合计着如何对付敌人的折磨。

红军战士到达之前，这里是一片荒芜滩涂之地，除了在黄河古什群渡口有马步芳的驻军之外，方圆五公里没有人烟。又因为它是循化到西宁的必经之地，经常有土匪，强盗打家劫舍，更有野兽时常出没，自然环境非常恶劣。马步芳恰好看中了这片地势平坦，面积广阔的不毛之地。从1939年初开始到1946年为止，强迫西路军被俘战士在这里从事伐木、垦荒、修路、建房等苦役，为马步芳自己的家族置办田产，磨坊，油坊，商号等产业。

当时的红军战士被分成四个连，营长由马步芳派亲信担任，连长和副连在红军战士中指派。然后分别派往各处从事不同的工种。西路军战士就是用他们坚忍不拔的信念，用七年多的时间里在一片荒凉的滩涂地创造了一个中国革命的历史奇迹。

西路军被俘战士被关押的古什群渡口是连接循化至临夏、同仁、化隆、贵德、西宁的枢纽和关口。西路军被俘战士需要用最快的时间打通以上几个支线的关键路段，这对马步芳有着重要的战略及军事意义。它是除了从西宁至马步芳的老巢临夏最方便的一条交通支线。

战俘早出晚归，住的都是营盘里面残破的窑洞，四周还设有马家军岗哨或狼狗圈，以便于马家军监视，防止战俘逃跑。营盘里面，在两面离地一尺多高处搭成通铺，还有的就地铺上些干草，人就睡在上面。

每个战俘窑洞里住十几甚至几十人不等。窑洞十分简陋，夏天外面下大雨，战俘的衣物湿得无法用，地面积水，铺上返潮，加上蚊虫、虱子、跳蚤叮咬得人们无法入睡，大多数战俘身上长出疥疮，浑身流脓水。

由于战俘床铺十分密集，有时会因取暖失火而造成战俘伤亡。冬天穿的棉衣，没几天就破了，在黄河边零下十几摄氏度的气候下根本无法御寒，战俘们只好用草绳子往身上捆绑羊毛毡片。战俘们晚上睡觉没有被盖，只好找些破草袋子、纸袋子盖在身上，由于劳动强度大，战俘所穿的衣服很快就破碎不堪，因此，战俘都夏季大都赤身裸体，只穿条裤子，赤着上身，有的干

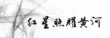

脆一丝不挂，反正方圆三四公里内没有人家。身上的衣服可以对付，脚下的鞋却是很大的问题，鞋磨破了，光脚走石子路干活，许多战俘脚部也因此被划伤或冻伤。

国民党士兵首先强迫红军战士修建公路，这条道路一旦建成，以后不管是任何一个地方的人员以及物资，马步芳都可以迅速抵达西宁和他的老家临夏，为下一步继续拓展地盘提供有利的条件。这些道路后来被老百姓称为"马步芳官道"。

这种驿道多只是用石碌随便在土地上碾压出坚实一些的路面，上面既不铺沙石，也不铺石板，就是一条土路，而且谈不上什么维护。驿道两侧也没有排水渠，天旱的时候走在驿道上，一脚深一脚浅，满是浮土，古人接待朋友说为其洗尘，其实很形象，在这样的道路上走一趟下来，吃的土少都不行，一个个行人都是灰头土脸的样子。

这种路长年累月的被行人车辆碾压过去，路面渐渐的便会降低，长时间下来之后，说是一条路，其实更像是一条沟，一旦下雨的话，这路就成了沟渠，加之没人养护，被车辆碾压的到处都是坑坑洼洼，雨天这种路根本就是一连串的烂泥坑，也难怪道路修成以后马步芳的美式吉普车只来过一次，而且是被老百姓半推半扶开上去的。

修路属于重体力活，战俘的命虽然不值钱，但好歹也是有效劳动力，也不能随便浪费，否则的话，路没有修完，倒是把人给累死的差不多了，也不太划算，毕竟今后很长一段时间之内，还有大量的工作要做。

所以马步芳按照筑路民工的伙食标准给这些战士们下拨经费改善伙食，虽然谈不上太多营养，但是糙米一天两顿，馒头每人每天六个，还是差不多能管饱，咸盐供着他们吃，起码保证他们有体力劳动。但是经过层层克扣以后，在红军战士嘴里的不到五分之一。战士们刚干几天，就成批的累倒。

公伯峡渡口经过千年的演变，它的名字由汉朝的"逢留河桥"、东晋吐谷浑时的"河历桥"、宋时的"河津渡大通桥"，到民国时的古什群渡口。由于军事的需要，1934年修建的48米长的巨型木桥被洪水冲毁后，民国30年，马步芳命令循化县驻军修建古什群黄河大桥。修建古什群渡口木握桥的任务落在战俘和查汗都斯乡撒拉族群众的身上。尽管史料上没有只言片语的记载，但事实无法抹去。历时一年多，一座新的握桥在古什群渡口落成。木料、石块由循化与化隆两县群众负担。工地的搬运工作，责成循化县商户负担。各商号应差的人伕出工稍迟即遭殴辱，在劳动中遭到的打骂更是随便。只有给监工花钱送礼，才允许雇人顶替。循化县仅有商号30多户，在这一年多的修桥时间中，共出人伕5400多人次。每人每天的雇工工资，为银圆1元至2元不等，共计银圆50000多元。马步芳除令循化县各乡群众担任劳役外，还派警察向积石镇各工商户挨门逐户地催逼人伕，勒令各商户停止营业，每户只留一个年老的或妇女看门，其余人都要出工。修路所用的工具和吃住所用物资完全自备。在工地上还得花钱给督工送礼，否则就遭打骂。确实不能去修路的人伕，每天出银圆2元，名为雇工，实际都进入了监工们的腰包。这条公路全长25公里，共修了6个多月的时间。

一切准备就绪，最难的是黄河上"握桥"的修建，桥修建方法是：桥墩用直径约20厘米的圆木，横竖交替架置，中以石块填实，这种优选法当地叫"木摞子"，当桥墩砌到一定高度时即先用直径20至30厘米的圆木，置于桥墩中为桥身像手臂一样递伸向河中，逐层向河中递伸数尺，这种层层递出的原理和斗拱层层挑出的结构原理相同，一般叠二十层左右，最高的有三十层。每层相隔约一厘米左右，横置一木条，木条两端凿挑出的木杆用以固定牢靠，同时在所有空隙中填充石块。横卧木与挑梁都是长10多米，圆径30多厘米的大圆木，横卧木和一层挑梁下衬砌糯米、石灰粘接的大石条。梁木入土部分为防年久腐朽，四周会填以卵石、石灰，并设通风口。挑梁上又横压大木一根，空隙地方则用木块塞紧。这样就垒好了第一层，按同样步骤垒第二层。垒至第四层，两端相隔近7米至10米时，就在两边挑梁上安放木简支梁，再铺上横板桥面，最后桥就建成。在挑梁顶端的横压木两头竖立柱，用榫接联成一体。在立柱与立柱中间，嵌进挡水板，用以减少风雨对挑梁的侵蚀。桥面上建桥屋，桥台上修楼阁，使桥梁雄伟美观。桥阁压在挑梁底部，使桥更加稳固，挑梁挑出的长度与木材容许承受的力量很相适应，这些都说明当时的建桥者已有明确的力学概念。"握桥"之称最形象地揭示了伸臂木梁桥层层向河心挑出，直接相握的特点，是吐谷浑和藏式伸臂桥的结合产物。

这些合抱之木都是红军战士从黄河上游的原始森林砍伐而来，青海军阀为了把这座兵家必争之地的黄河桥头堡修得坚固，严令红军战士在原始森林中不辞艰辛，克服一切困难，砍伐最大最粗的松木，经过撒拉族水手"筏子客"

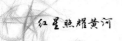

运到古什群渡口。

曾参加木桥民夫的几个老人，在冬日的暖阳下，在土巷口的夯土墙下，一边晒着日头，一边给我讲修桥的故事，言语中颇有一份自豪和英雄气。全然忘记了曾经拿命去当差事的苦难："那时候，我们就像猛虎那样，虽然日子苦，那算什么？嗨！伐木，拉木，扳筏子可是咱们撒拉人的强项，就是苦了那些下边人（红军战士），我们始终会照顾他们，要不然他们就会挨鞭子的，也可怜啊。我们伐木，拉木都是有号子的，必须得按照号子的节奏行动，那是一种非常危险而又挑战的工作，人一不小心就会被大木头挤扁。"

说着他轻轻给我哼唱那时候的拉木号子："再嘎啦夯呀！"旁边另两位老人轻轻而坚定有力地和声："嗨呦！"就这样，他们给我演绎了一段完整的拉木号子："再嘎啦夯呀！——嗨呦！麻绳（哈）套上——嗨呦！两边的猛将——嗨呦！中间像猛虎——嗨呦！浑身动弹了拉呀！——嗨呦！吼起号子了拉呀！——嗨呦！哥哥们拉呀！——嗨呦！上坡里拉时，——嗨呦！像猴子上山；下坡里拉时，——嗨呦！向鹞子翻身；平地里拉时，——嗨呦！赛马儿跑呀，——嗨呦！使劲拉呀，快快拉呀！——嗨呦！——嗨呦！——嗨呦！"

撒拉族就是这样一个乐观的民族，他们对待艰难困苦的方式就是乐观面对，坦然接受，从不对困难低头。他们即便是在劳动中，也是用自己的方式开心，而且，他们的劳动号子都是充满激情和力量的。难怪，老红军邵明先后来给我说："我服就服撒拉人，是真正的刚强民族，我从没见过他们悲观失望的时候，总说一切都会有最好的安排。他们的乐观也给我们这些红军战士信心和希望，和他们交往永远不知道什么是痛苦。"

黄河南北两岸的岩石桥基上十根二人合抱的松木分别排放两岸，然后每层层层叠加，层层突出，约七八层之后两边的巨木相接，恰似巨人握手，桥面上以榆、柳、梨、杏、核等坚硬耐用之杂木铺平。桥的两侧没有像吐谷浑时代或后来的"施钩栏，甚严饰"，而是采用了军事碉楼的砖质护栏。烧制的青砖尺寸巨大，两岸的桥头堡门楼上设计有垛口，门洞楣上也有简单的镂空雕饰，图案造型无从考证，但烧制砖瓦，修建握桥的工匠同为修建学校和清真寺的红军战士。可惜，此桥在1949年被溃逃的国民党士兵烧毁，大火整整三天没有熄灭，熊熊火焰在十里之外都能看得见。后来人们淡忘了这段历史，要不这座桥或后来重修的桥应该叫作"红军桥"吧。

对当时的赞卜乎地区的干旱土地来说，水利之事是天大的事情，马步芳对于部队粮草供给这一短板的处理方法就是开荒垦地，兴修水利，打造私家农场。所以在他看来任何事情都可以放下，但是这水利之事绝对不能耽搁，眼下初春时分，正是兴修水利的大好时机。不管是修路还是兴修水利，都是百年大计，而这个时代知识只掌握在少数人手中，一般人很难学得有关水利和筑路方面的知识与技术，这是需要看很多书才能掌握的东西，而于红军战士而言却信手拈来，虽然知识并不十分专业，但是方法却很熟练，使马家军官兵为之侧目。

兴修水利是百年大计，就算是急，也不能仓促上马！首先要找懂行之人，进行统一的规划，修出来的沟渠，既要灌溉方便，又要能排水畅通。红军战士里面不缺这样的人才，他们首先对周边的地形地貌做了一番调查，根据他们对黄河及周边水源的了解，点出了不少地方，如何开水渠，如何建立水坝，如何提高水面，在何处建水车，如何引水排水。然后拿出了施工方案，决定用两种方式解决水源问题：一是从古什群峡黄河左侧的大山沟中开山劈石，架设渡槽，开渠引水，把藏族村庄东四古河滩的水引到古什群和赞卜乎地区；二是在黄河较上游位置造一些大型的水车，利用水力直接将河里面的水引入沟渠，最后再将其引入农田，降低对人力的需求。这些水渠要形成一张大网，天旱时可以引水灌溉，雨季的时候则可以在沿渠建的水磨上进行生产加工。

然而，从山上引水下山的工程并不是一项简单的工程。这里山高坡大，弯多路险，而且好多地方都是岩石山体，施工难度非常巨大。

战俘像骡马一般，赤膊光脚，成组成组地背着死沉死沉的背篓，手提肩扛，从陡峭的悬崖上一点一点地抠开坚硬的石头。

国民党士兵在施工地点周围设立了岗哨，高高在上的监视着这些战俘们干活，手中持着装好弹药的步枪，随时监控着这些被俘战士们的一举一动。

他们还不让战俘穿衣服，就是防范他们在干活的时候，和其他征来的撒拉族民工混在一起，不容易看出他们的身份，而且所有被俘战士全部无一例外，所有的头发都被剃掉，使之从上望下去，光溜溜的一片，跟葫芦一般，非常好认，只要有人胆敢擅自越过警戒线，岗哨上的战兵，便不予警告，直接开枪将其击毙。

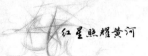

这么一来，自然没有几个人敢轻易胡来，如果这些红军战俘在干活的时候，消极怠工，自然有人会去对付他们。

战俘组成的"工兵营"，营长由马步芳亲自指定的亲信担任。然后把这些战士分成四个连，连长和副连从战士中产生。再以班排的形式将其分组，每一组战俘中安排一个工头，然后按照班排给他们分派任务，并且有人负责记工，每天晚上要对其进行统计，实行奖惩制度。

凡是工作完成出色，按时按量甚至超量完成任务的班组，晚饭的时候会给他们加饭，还会给他们加一点点菜，甚至可能会给他们饭菜中来那么一点点肉沫。但是对于不能按时完成任务的班组，除了晚上要饿饭之外，班排的工头还会被拖出去打屁板。在奖惩制度面前，不需要国民党士兵亲自去监督他们，被俘战士们为了不让自己的战友受罚，大家都拼着命干活。

在筑路工程和水利工程开始之后，各个施工点立即呈现出了一片热火朝天的景象，无数光着身子，头上一根毛都没有的战俘们，你争我抢的在工地上大干特干，工程速度居然比"工兵营"负责人原来预料的要快出很多。短短几天，几个施工点的道路便推进了很长一段距离，一条条初具雏形的大路和水渠原型，开始呈现在了众人的面前。

原来，马步芳是计划开挖沟渠的工程和道路工程齐头并进的，后来发现这样安排并不是很合适，筑路工程的战俘们干活的速度，要比征来的撒拉族民夫们干活的速度快，另外民工们在路边开挖沟渠，会不可避免的和战俘们混在一起。这么一来对于战俘的管理就会出问题，监视战俘劳动的战兵们，无法有效地对战俘进行监控，所以后来干脆将道路施工和水渠施工彻底分开。

被俘战士每晨5点多出工，晚上8点多才收工。监工手拿木棍，在河水中逼令其捞石头，还得背上石头小跑步，稍有缓慢就遭毒打。附属于水利工程的道路两侧排水渠的开挖，便彻底归了战俘们来做，这么一来又让民工省去了不少工作量。

当然，水利工程不会是一帆风顺，悬崖绝壁上的岩石亘古未变，坚硬如铁。被俘战士们没有炸药，没有先进的风炮，只能永远是用凿子一下又一下的开凿。那些被绳子吊在半空中的战士就像是一个个风中飘摇的风筝，可以说命悬一线。好几名战士在悬崖上开挖施工时，因绳子断裂直接从崖上摔下来，掉进滚滚的黄河里被冲走了。不满的情绪在被俘战士们中间弥漫。个别战士为了报复和发泄，趁人不备的时候，对生产工具进行破坏。

后来，国民党士兵当场逮住了几个偷偷破坏生产工具的被俘战士，先是好一通皮鞭伺候，接着这家伙用铁棍，一根根地打断了他们的骨头，但让他们不至于死，最后把他们绑在施工现场工地两侧的木桩上，不予吃喝，在日光下暴晒。以如此残酷的手段，暂时遏制了破坏生产工具的事件发生。

古什群渡口的古城这个时候已经成为青海军阀的咽喉，也成了青海军阀守兵赖以为生的大本营，而这里经过被俘红军战士和民夫上下全力以赴的三年多的苦役，被开垦出了极大面积的农田，当地生态环境也因为大量拓耕开荒，地貌发生了巨大的改变，几年前来过这里的人，如果现在再到这里的话，恐怕是没有人相信，这就是以前的古什群峡了。

不单单是农田拓荒面积在不断地扩大，马步芳又从循化的各地抽调了贫困家庭和无家可归的流浪汉，安置在这里，当地人把这些移民称为"马步芳的庄头"，也就是马步芳家族的佃农。

移民到赞卜乎和古什群峡的人口数量，随着这几年不断的努力，也在不断地增加，每一年都会有大量移民涌入到这里，被马步芳安置在各个提前选定的居民点，渐渐地形成一个新的移民村。

现在整个这一带，光是移民，就已经过百。马步芳对移民政策进行了一番调整，一改以前一家一户分散安排的办法，开始着手组建一种新型的集体农庄，也不再将土地一块块的分给移民供他们进行耕作了。小门小户分散式的耕种，虽然管理起来简单一些，但是却存在一个问题，那就是马步芳希望推广的大面积耕作，无法进行有效的推行。

国民党的士兵看到水利设施比预想的要快得多，他们又调整大部分被俘战士去垦荒开地。

马步芳看中的这个地方叫查汗都斯（意即盐碱地）是循化"八工"（工，撒拉语，原意为城池，后演变为乡镇之意）之一——查汗都斯乡最早的村落之一，也是撒拉族八个"吾吉"（边地）之一，撒拉语称"吾吉日目"意即边缘之村落，位于循化县城之西18公里，背靠巍峨大山，面向滚滚黄河，依山傍水，地势开阔，是历朝历代的军垦之地。查汗都斯乡因缺水，所以好多土地还没有得很好的开发和利用。红军战士被关押的古什群渡口以东方圆五公里左右，地势平坦，土地肥沃，人烟稀少，是极好的垦荒之地。马步芳在全省范围内力所能及的扩大自己家族的产业，他想通过古什群渡口驻军的便利条件，让这些身陷囹圄的红军战士充当免费的劳役。这个地方在青海省的东部农业区，盛产小麦，青稞，豌豆。马步芳想在这里开荒垦地，种田戍边，筹备粮草，一则为自己的家族扩大业产，二则为战时的军队补充军粮。战俘苦役的这块地方是古什群峡东出口，是黄河边的台地，离黄河有四十几米的高度。虽然近在眼前，但这里确如百姓所说，是"黄河边上渴死人"的状态。

我在搜集红光村历史时，一位老人说道："那时候，我父亲作为长工来到赞卜乎村，和那些红军俘虏一起劳作。父亲告诉我，那些红军苦啊！400余名红军穿着自己手工织的羊毛衣裤，光着头在滩涂地劳作。那些人，远远看上去就像一群羊一样的白花花的散在四处。"

这些生长在四川潮湿滋润之地的战士们没有见过青海这样光秃秃不长草，而且土地那么坚硬的地方。这些十几岁就跟着共产党闹革命的穷苦孩子，没想到会丢下手中的武器，落入国民党军阀无尽的黑暗之中，握着钢枪的手变成握着铁锹洋镐了。刚开始开垦土地觉得有很大的难处，想挖地的时候觉得很难，用铁锹用力铲也没有要领，怎么也开垦不好。因为是那种有石头，很干很硬的地。这种地本来开垦时就要找好角度，但红军战士不得要领，只是使劲，但是他们还是努力去做，当时是红军战士这一生中第一次开垦这样的不毛之地，种这样没有水分的田。当时地上有许多黑刺、灌木，还要把草拔掉，把石头也要选出来，然后才开始开垦，开始种土豆、蔬菜了，但树根草根不知道有多少，那些很小的黑刺为了吸收水和养分，它们的根真是深，要把根都拨出来，堆起来烧掉，那时红军开垦土地是这么的艰难。

旱地播种对于红军战士来说是一件非常难的事情。播下去油菜籽，刚开始发芽的时候，他们也不知道是白菜芽还是油菜籽。种下去有时怎么也不发，他们担心是不是种子死了，结果是他们的种子种得太深了，本来要浅浅种下，盖松松的土，却盖得太深了，做了这些傻事，也算学了些技巧。当时他们是在炎热的夏天开垦土地，干着活，根本不知道鞋子怎样，袜子怎样，压根没时间顾及身体，只是集中注意力挖土地，因为没有戴帽子，汗也不停地流。

红军战士学到了开垦荒地的经验，为了要让贫瘠的土地成为沃土，他们要把地翻过来，因为这些土地是有问题的，它们长久是一片荒地，很难成为沃土，所以，红军战士们需要努力做，不但流汗还要流血，但无论多艰苦他们都没有流泪。

这些土地不是一次就能挖好的，要经过很多次的翻选，要把土里的石头，草根都选出来，土地才会变得松软。还需要工具，但是红军战士没有像样的工具，国民党士兵的鞭打斥责就成为家常便饭。他们为了不受皮肉之苦，五个指头都成了刨土的工具。为了让土地成为沃土，仅过一阵子，红军战士就又被强迫去开垦，不断地翻地，不断地捡拾石头和草根，还要以填埋草料的方式增肥，如此去开垦荒地，其实是红军战士的血和肉建成了红光村一千七百多亩地啊！

父亲曾很多数次告诉我，赞卜乎村是一个没有村庄和人家的滩涂地，一直以来是大庄村的人们放牧的地方，到处是杂草蓬蒿，乱石丛生。"那时候，赞卜乎和古什群黄河渡口总会有狼群出没，有时候大白天来，晚上来的狼群更可怕！你还不知道，这里偏僻，有好些拦路抢劫的草莽强盗。那个乱世啊，每个人能活下来都不容易，那些红军受苦了啊！"父亲每次说到这里总是摇头叹息。

被俘战士刚刚到达赞卜乎地区的滩涂地垦荒时经常会遇到狼群的包围，在黑咕隆咚的天底下，不知来了多少狼，此起彼伏的瘆人的嗥叫声，阴森森的荡人心魄。被俘战士们聚在简易的窝棚里齐唱革命的歌声给自己壮胆。这些战士们不要说有什么防狼的武器，甚至连个火堆都生不起来。直到天亮，狼群才撤走。第二天晚上狼群又来了，而且来得比第一天还多，叫得更凶，马家军为了不影响第二天的垦荒工作，让大家都休息，他带着几个士兵向空中放枪吓走狼群，窝棚外，是饿狼的嗥叫，窝棚内，是劳累了一天的战友们。他们仍然在低声咏唱革命的歌曲，革命精神永远鼓励着他们面对一切困难。有时候，狼群实在逼得太近了，马家军就会放几枪，清脆的枪声划破夜空，惊醒了被俘战士，他们猛地蹿下地，一面高喊"打狼"，一面操起木棍就往外冲。慢慢地，这块土地上的人口越来越多，马家军的佃农和被俘战士在一起已经形成了一个规模不小的集体农庄。这块地方逐渐成为马步芳比较满意的集体农庄，狼群的骚扰也越来越少了。集体农庄式的劳作可以进行大块地集中轮作，新的撒拉族移民也在之中，他们也不再是以前的那种平民，他们在被带到赞卜乎村一带以后，都跟马步芳签订了卖身契，被青海当地人称为"庄头"，其实就是佃农。理论上他们都是马步芳的奴仆，但是实际上，这些人就是为马步芳家族卖命的专业农民。

那个时候，红军战士个个都饿得骨瘦如柴。有时小队长说，告诉你们一个好消息，今天吃大饼子！所说的大饼子其实只有一手长、一指厚、手掌宽，每人一个，根本吃不饱。在工兵营担任司务长的何南州是湖南省临湘市人，他发现这些来自四川和南方的红军战士好久没吃大米了觉得浑身没劲。在大家的强烈要求下，终于吃了一顿大米粥。何南州将稀粥喝下后数了数碗中的米粒，发现一碗稀粥中只有82个米粒！经军战士每天只能喝两豌豆面拌汤，骨瘦如柴。被俘战士们每天只能吃到五两面食，油盐不沾唇。身着破布烂衫，鞋子敞脚露指。冬季睡在冰冷的土炕上，几个战士伙盖一条烂毡片偎依在一起思念红军部队家庭般的温暖，回忆着战斗岁月。

虽然，日子是如此的艰苦与不堪，但是真正的强者是用微笑来对待一切不幸的。他们强忍饥寒，总是在饥饿难耐时唱《国际歌》和"鼓声咚咚，红旗飘飘，战士们好英勇……"等红军歌。敌人的暗哨听到后，往往以毒打的手段，妄图折服他们，甚至以杀头问斩进行威吓。

战士们在饥饿难忍的情况下，只得四处找吃的，马家军有马房，有的战士晚上利用上厕所的机会去偷吃喂马的豆饼。战士幸存者邵明先证实，由于马家军不给我们足够的食物，饿得直不起腰来，我们只好吃野菜树叶。

战士们很少能喝到菜汤，有时喝到的只能是蒸窝窝头锅里剩下的水，更多的情况是冬天喝雪水、夏天喝坑里的水，战士们因此常常腹泻、中毒。战士幸存者回忆说，喝水沟里的水就像喝酒醉了一样迷糊，坏肚子，曾经有一个屋都是重病号。

天一亮就被赶出去做工，一直到天黑才收工，要是去得稍微晚一点，马家军就用枪把子打，用脚踢，做工稍微慢一点或休息时间稍微长一点，马家军也过来打骂。

战士每天劳动一般都有定额。幸存战士回忆说，我被分配筛沙子，一起干的有10人，规定每人每天筛10立方米，用木板钉的一个框做计量，装满是一立方米，我们将沙子倒进去，满了后叫监工来看。合格便将木框取下放一旁接着装，如果监工故意刁难，装满也不许取，我们还得继续往里倒，直到他们满意为止。如果完不成定额就会遭到监工者的毒打。

战士在山里为马家军修道路、修兵舍、修仓库和飞机场，每天都吃不饱，活儿又累，每次天黑放工回来，战士们饿得肚皮都要贴到脊骨上了。一走动仿佛就能听到肚皮拍打着脊骨的呱嗒声，满头通脸出着虚汗，浑身如同散了架般，没一阵头也晕了，眼也冒着金星。工兵营里没有任何能充饥的食物，他们习惯性地从水缸里舀了半瓢凉水喝。大家开始啃树皮、挖草根，如果幸运还有剩下的一些地瓜什么的还能保住半条命。其实冬天饿死的人并不多，就是一些本来体弱的因喝生水、冷水而生病病死的。真正饿死的最多的时候是刚开春，树叶还没长出来，草也还没长出来，青黄不接，能吃的都吃光了。

幸存战士回忆说："当时把榆树放倒，刮了皮放火里烤了一点一点嚼了吃，后来连树皮都没了，因为人太多。还有吃玉米秆的，因为那个芯是甜的，磨碎了就着树皮草根一块吃。但那东西难吞，不消化，根本拉不出来，就在那胀着。"

第二章　患难见真情

被俘红军战士的非人遭遇，得到了查汗都斯乡大庄村、下庄村、中庄村、苏志村撒拉族乡亲们的同情。有一名战士受不了饥饿跑到山上，在山里晃悠了几天，没有办法偷偷溜到大庄村，一头饿晕在一户撒拉族人家的门口。那时正值晚饭时候，那户人家的两个儿子把这名战士抬进屋里，放在炕上。老大娘给他盖上了家里的羊皮大袄，羊粪煨的炕温暖舒适，这名战士慢慢苏醒过来。睁开眼睛看到小炕桌上的食物，睁圆了眼睛像疯子似的扑向食物，家里的老大爷举起枣木拐棍毫不留情地打向战士的手。战士迅速地撤回了手，儿子和老大娘对老伴的举动表示不解，气愤地说："他肯定是饿晕的，他吃就吃一点呗，你干吗对一个可怜的这样下狠手？"老大爷喝令老大娘把食物拿走，然后叫两个儿子从外面找几块石头，在抱一捆木柴，在伙房的地上生火，把石头架在火上烧热。老大爷叫老伴把珍藏多年的麦麸酿成的醋拿出来，老伴不明就里，嘴里絮絮叨叨说自己都舍不得吃，怎么说拿出来就拿出来。虽

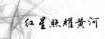

然不情愿，但是还是把醋递给了老大爷。老大爷让两个儿子把战士驾到火堆前，他往石头上小心翼翼地洒醋，石头的热把醋的香味挥发出来，空气中满是迷人的香醋味道。老大爷让战士使劲用鼻子和嘴吸气，不断地吸气。老大爷也不断地往石头上浇醋，老大娘可惜她的醋，嗔怪地看着老伴奇怪的举动不敢声张。约莫半个小时，战士的头上渗出了细细的汗水，老大娘的半瓶醋也用完了。老大爷把醋还给老伴，并对她说："你去熬点面糊糊，就放一点点面，只能把清水改个色就行，绝对不能放太多的面，就像面汤一样就行。"

　　两个儿子把战士又抬到炕上躺下，大娘把面汤端来，老大爷亲自给战士喂。饿疯了的战士张开嘴巴，几乎把勺子也要吞进去。但是，老大爷不慌不忙，勺子里只盛一点点面汤，一小口一小口地喂到战士的嘴里，只为了一小碗就不喂了。战士吧唧着嘴，无助地望着老大爷，又不敢吭声。老大娘说，这么点清汤寡水他肯定不饱，你怎么不多喂他点儿？老大爷不吭声，让儿子撤掉小炕桌把战士弄平，让他躺着舒服一点。彼此听不懂对方的语言，战士眼巴巴看着这家人看似善良，又好像很凶的样子，只好闭眼不说话。温暖的土炕和刚才不解馋的面汤让他有了一些精神，不知不觉他沉沉地睡在这家人的土炕上。

　　一觉醒来已经是第二天的早上，他看到这家人围在小炕桌上吃饭，黑面馒头加面糊糊。看着一家人吃得津津有味，饥饿的冲动使他艰难的直起身子。老大爷又如昨天那样如法炮制，把老大娘剩下的半瓶醋消耗完了。又让老伴熬面汤，只是吩咐今天的面汤比昨天要稠一些。他给战士喂了一大碗，稍稍能舔碗底面汤的时候，又让他躺下休息。

　　终于，他给老伴和儿子们解开了他昨天到今天那些古怪的行为和方法。老大爷说，这个人已经饿了好多天了，这个时候，如果给他食物，并且让他一次就吃饱，那你们不是在救他而是在害他。他的胃里几乎没有食物，他的胃和肠子几乎粘在一起，你们想想肠子都粘到一起食物怎么能消化，有可能直接把胃撑破了。我用醋熏他，刺激他的嗅觉和味觉，当食醋的味道进入他的体内后，醋能刺激人的神经系统，胃壁受到刺激信号，以为有了食物开始分泌胃酸，增加唾液的分泌量，这时由于没有食物，身体就会接收到想吃食物的信号，他的胃和肠子在醋味的刺激下分泌唾液，自然也就慢慢展开了。但这时候，他还不能吸收消化过粗过硬的食物，更不能吃太多，一定要循序渐进。这是咱们撒拉族先辈们流传下来的家传秘方，救人无数。老大娘和儿子才明白老大爷昨天晚上为什么那么严厉粗暴的用拐棍打大战士的手了，好险呐！如果换作他们，就会好心做错事，救人不成反害人。

当时的赞卜乎地区荒无人烟，红军被俘战士的所有给养和生产生活资料都得靠大庄，中庄，下庄，苏志四个村中供给。七年多来，这四个村的撒拉族乡亲们因为马步芳的强迫为红军战士提供过很多的物质帮助。笔者的老家就在大庄村，当时的老家庄廓是个闲置的空院子。当时马步芳从青海省建设厅派员住在大庄村。办公地点就是我老家对门的七十八乡约的二层木质小楼上。他们当时强行向尕楞地区的藏族摊派柴火以低价格收购，搜刮来的柴火就堆在笔者的老家宅院里。红军战士每隔两周左右就得来大庄村背柴火。那些面黄肌瘦的战士们在大庄村从刚开始的相互敌意到慢慢地了解。大庄村的乡亲们对红军战士给予了帮助和关心。

老人们得知我在挖掘和搜集西路军战士的故事，好多都断断续续地告诉我一些他们知道的历史事实。但是，撒拉族在旧社会处在社会底层，大多数人不会说汉语，更没有文化，他们的讲述时不时发生断片和串行，甚至会串到清朝末年或解放战争时期。我在这个过程中遇到的困难是超乎想象的，为了确认一件事情的真伪，我得不厌其烦地找好几个老人讲述，然后确实是否是事实。大多数的讲述来自循化县查汗都斯乡大庄村的乡亲们，那些老人大都不想记下自己真名，但是通过他们的讲述我知道大庄村，中庄村，下庄村的撒拉族乡亲们对红军战士给予了帮助和关心。那时候，那些撒拉族老太太们看见这些手无寸铁的战士们对人特别和善，不由得心生可怜。他们把苞米和土豆煮好以后悄悄塞给战士们，刚开始战士们害怕国民党士兵看见不敢拿。乡亲们硬往他们怀里塞，后来慢慢也熟悉了，他们也不太拘束。看着这些可怜的小战士们吃饱了肚子，又得背上起码一百五十斤重的柴火艰难地返回赞卜乎"工兵营"驻地，当时的撒拉族老人安排一些年轻人帮他们背上柴火送一程，减轻他们的负担。在困难时期，撒拉族乡亲们的微小的善行善举给被俘红军战士带去了无限强大的精神动力，支撑他们顽强地走下去。

当时四方面军的战士，在河西一带的茫茫雪山草地转战数月，除了身上褴褛的衣衫外，哪里还能拿出一件像样的东西。不久之后又被国民党士兵俘虏，然后被派往各处从事苦役。

他们身上的衣服破了，"工兵营"负责人就给他们发羊毛，冬天每人五斤羊毛，夏天每人三斤羊毛。在中国织毛活通常是女性的专属。当时的生活境遇只能是这样的了，撒拉族人民自己也处在水深火热之中，常常过着食不果腹，衣不遮体的苦难生活。

自 1929 年始，甘宁青分治，青海始设省。青海省的成立，改变了原来的政区格局，也对经济政策产生了影响。在甘宁青分治之前，羊毛征税仅有由甘肃皮毛税局征收的羊毛公卖税一项，并且羊毛运至天津的收购价格较高，羊毛商将青海羊毛运到天津卖给外国商人可以获得较丰厚的利润。至甘宁青分治以后，羊毛就成为青海的财政命脉，羊毛被增加了名目繁多的捐税项，甘肃省和宁夏回族自治区也增加了过境税，使得青海羊毛运至天津的成本大大增加。同时，天津的青海羊毛市价由于国际市场波动的影响，价格下降，使得将羊毛运到天津已无利可图。据统计每担（百斤）羊毛的捐税项主要有：剪毛税、洗毛税、出山羊毛税、羊毛临时维持税、羊毛公卖维持税、三成教育捐、二成义务捐、羊毛担头、甘肃过境税、宁夏过境税等十种。根据张心一先生的统计，每担羊毛由青海运到天津，运费为十六元二角，各种捐税为二十五元零八分，共计四十一元二角八分，而天津青海羊毛的市价才四十元。这种无法获得盈利的状况，使青海的羊毛商不愿再收购羊毛，青海的羊毛业呈现出衰落之势。"所积大批羊毛，无法销售，年积月累，多被腐化，岁蒙藏民族廉价出售，而毛商咸云捐税繁苛，无力收买。"可见繁重的捐税是青海羊毛无法售出的重要原因。繁重的捐税给青海羊毛贸易加上了沉重的负担，毛商因利润无法保障而不再收购羊毛，青海羊毛业逐渐衰落。青海最重要的贸易——羊毛业衰落，使得青海省失去了重要的财政来源，青海的经济状况与财政状况都呈现出萎靡之态。

据曾经担任西路军某连司务长的何司务长的儿子回忆说："记得那年，我父亲应该是十八岁，有一年夏天，国民党"工兵营"的营长带他们到查汗都斯乡大庄村的一个人家。这家人是撒拉族，有两个老太太，三个儿子，在村里算是一个比较富裕的家庭，到了他们家，老太太们看见红军战士脚上都没有穿鞋，光着的脚丫子皲裂出一道道血口子，衣衫单薄得在冷风中瑟瑟发抖。那两个老太太立马从炕上跳下来，翻箱倒柜的找东西，好久才从柜子里拿出几双大小不一的旧鞋子，交到那些年小的红军战士手中。抹着眼泪说：'可怜的孩子，你们就像我孙子那么大，你们的父母也会心疼你们的啊！我那可怜的孙子也被拉去当兵了，他也像你们这样没有吃的，没有穿的，也没有鞋子吗？'那些小战士不敢接过去，害怕地看着国民党士兵。那些士兵和这些撒拉族家庭都很熟络，所以两个老太太也不在乎那些士兵的态度，蹲下来硬把鞋套在了红军小战士的脚上。"

那时候，撒拉族劳动人民的生活并不是那么富裕，即便是像老太太家这种算是富裕的家庭，男子穿的都是无布面的羊皮袄或羊毛织的"褐子"，脚穿布鞋或牛皮绌成的"洛提"，里面絮草保暖，晴雪两用。所有服饰都是原始的材料因陋就简制作而成的，仅仅能满足御寒保暖的功能。

国民党士兵带红军战士去的原因是为了领羊毛。老太太家养了200多只绵羊，家养的绵羊，羊毛会不断地生长，所以每年春末秋初都需要修剪。他们家养羊多所以羊毛也多。马步芳用半采购、半摊派的方式征收羊毛，然后把这些羊毛定量发给红军战士织成毛衣毛裤。

邵明先说，当时他们装回满满十麻袋臭烘烘、黑乎乎的羊毛。当时问国民党士兵要这东西干什么，他们也不多言语，只粗暴说："给你们织毛衣。"

在七十多年前，毛衣这种东西对于大多数中国人来说还是奢侈品，更何况是在青海循化这样一个闭塞的小山窝窝里，自然少见。

当然，这项手艺红军战士们是见过的，早在中央红军和红四方面军懋功会师前，为了慰劳远征的中央红军，红四方面军热烈地开展起捐献活动，从思想上和物资上做好与中央红军会师的准备。一时间，从前线到后方，从总部机关到基层连队，到处都是捻毛线，织毛衣毛裤，打草鞋，捐献粮食、药品、衣物的感人场面。

1935年6月14日，中央红军翻过千年雪山——夹金山，到达四川最西部的懋功与从川陕根据地来的红四方面军胜利会师。在两军会师后，红四方面军先头部队将所筹集的数十万斤粮食和其他大批物资送给中央红军，其中仅红31军官兵就捐出军衣约500套、毯子100多条、草鞋1380双。红四方面军用马队、牦牛队和人力等昼夜兼程运送到懋功的物资，以战友之情温暖了受苦受难的战友之心，让翻越大雪山后几乎"弹尽粮绝"的中央红军"绝处逢生"。川陕省苏维埃政府按照红四方面军总指挥徐向前的指示，组建了迎接中央红军的筹粮工作队，带上骡马和各种物资，在中央红军必经之地如马尔康等地设立接待站，欢迎中央红军的到来；凡是路过此地的中央红军部队，都得到了补充。尤其是中央机关和军委总部，由于不像其他部队能够自行筹粮，就按 30 斤／人重点给予补给，这些行动受到了红军总司令朱德的高度赞扬。红四方面军筹集的送给中央红军的数量巨大的物资，有效保障了中央红军的后勤供应。

衣不遮体的红军战士听说要给他们织毛衣，立马不觉得羊毛臭了，很起劲地帮忙把十来个麻袋羊毛弄到赞卜乎的"工兵营"。

羊毛拿回来后，在一个晴朗的天气里，红军战士在院子里铺上几片麻袋，把羊毛倒出来，把那些草棍、羊粪挑出来，这就相当于毛纺厂的"选毛"工序。接下来是"洗毛"，红军战士烧了好多热水，用皂角在一个大大的木盆里洗那黑黑的羊毛，这是个最费事的过程，不知换了多少次水，一开始，洗过毛的水黑黑的，像泥浆一样，就这样洗了涮，涮了洗，终于，洗毛的水越来越清亮，红军战士把洗完的羊毛铺在帘子上晾，这个过程需要好几天。接下来是"开毛"了，那时没有专门的梳子和机械，把结成团的羊毛叨开都是用手一缕一缕撕下来，使羊毛膨松，在此过程中，战士们的手都会皲裂出血。

几天以后，原来黑乎乎、臭烘烘的毛蛋蛋，竟然变成一团团白白的东西，颜色比棉花略黄，松松软软的，摸在手里，贴在脸上，一种暖暖的感觉。

红军战士们先是把洗净的羊毛摊在铺了席子的地上，用棍子打，使它们变得蓬松、均匀，然后，用手把它们捻成手指粗细的毛条，一圈一圈地盘在一个大盆里。

毛线通常是四股纱合在一起做成的，要纺线，就要先纺出单股的纱来。这个纱要有"捻度"，也就是要绕上"劲儿"，这样，几股纱合在一起时，才能变成毛线。这是一个最烦琐的过程。用纯手工来干这种活，既费事效率又低，红军战士的双手先是搓得通红，后来就搓出了茧子。翻开手掌摸那磨出的茧子，感觉硬硬的。

那时候，撒拉族地区的女孩子不但要会做针线活，甚至要会纺纱、织布、做衣服、做鞋，不过，手工织毛衣这种活却没有学过，撒拉族妇女们看着红军战士这些大老爷们儿手指灵巧地织毛衣觉得很是稀奇。可是红军战士织毛衣的过程可以说是很辛苦的，织毛衣的针也是他们用细棍子自己削成的。

红军战士开始织毛衣毛裤起来。这个过程漫长而反复，他们织毛衣毛裤，不是坐在那里一针一线的织，而是在劳动的时候，身上背着两个大大的背篓，一边干活一边纺线织毛衣，他们的艰辛可想而知。但红军战士因为有了御寒的毛衣而忘记了所有的艰难困苦。他们始终保持着革命的乐观主义精神。

虽然一开始他们织得也不平整，针数也经常计算得不对，但他们经常互相对比，互相帮忙，互相鼓励。织了几圈以后，套在身上试，不是大了，就是小了，只好拆掉重来。最终在自己的劳动下有了一套暖身的衣服。那时候，400多名红军战士，在荒无人烟的赞卜乎地区垦荒，远远望去，白衣白裤的红军战士像一群散开的羊群。

1940年，马步芳为充实其在兰州开设的东方木场，勒令西宁、湟中、大通等县群众，在大通县广惠寺进行无偿的伐木苦役，再利用湟水运往兰州销售。仅在西宁市工商户中，就征去人夫600多名，劳役时间延长到20多天，自备吃用。伐木时正值初秋雨季，河水很大，监工鞭打棍逐，强逼民夫下水，以致被淹死和病死的人为数不少，被树木砸伤四肢而成残废的也很多。当时的惨状，目不忍睹。

黄河上游青海境内的水上航道，历史上只有湟水和黄河的部分河段，其中黄河航线被称为水道南线，起自贵德，流经尖扎、循化、民和，最终进入甘肃境内，航程185公里。因为撒拉族男子都是水上的好手，所以马步芳家族在黄河水上运输木材的数量也较大。战俘又给马步芳注入了一股有生力量。

伐木苦役，这种苦役十分艰苦，每日伐一人怀抱粗的树木，运到十里之外的山下，然后又扎排放水。这根本不是那些战俘中年仅十一二岁小战士够承受的。

往往是一轮的活刚刚结束，新一轮的砍伐就开始了。按照马步芳的计划，对循化县宗务，占群和尖扎县原始森林的杉树、油松实施"抽壮丁"式的砍伐。大山深处，西路军砍伐队的战士们日复一日，年复一年的伐木，终砍下了几十万立方的木材。

砍树的活儿很辛苦，挥刀、拉锯、削皮、破枝叶，战士们干得汗流浃背。飞扬的枯针还会钻进衣服，和汗水黏合在一起，又痒又刺，难受无比。累了，倒在地上躺一会；饿了，就着山泉吃点冷饭。砍树的营生很危险，稍不小心，就可能受伤。特别是从山顶往山下溜树，上下只能通过喊叫联络，要是没听清或听错了，就出大事。一位姓石的战士就因为一次大意，被呼啸直下的木头打中而献出了年轻的生命。砍树的心情很复杂，红军战士们眼见生长了几十年、几百年的树木，在自己手中轰然倒下，说不出的难受。那个年代砍伐木材都是马步芳家族控制的买卖，是其牟利的工具。所以，森林植被就在那时遭到毁灭性破坏。

他们是一支真正用传统的方式伐木的砍伐队，战士顶着零下 20 多度的低温踏雪采伐。冬季，由于砍伐区位于偏远山区交通不便，战士们使用四处漏风的木头搭建的工棚成了他们临时的家。这里除了伐木的红军战士们和国民党士兵征调的民夫之外，一年四季几乎见不到人，工作也极其枯燥。

早上 5 时许，工棚内温度很低，由于木头不遮风、不保温，夜晚取暖仅靠一个铁桶改制的火炉，炉火旺时，温度较高，睡熟后，炉火就会熄灭，夜里常会被冻醒。火炉里所剩的余火不多，连看门的和撒拉族向导用的两只小狗都冻得蜷缩在工棚的一角。

到了冬采期，正是木材生产的黄金季节，大量的木头可以通过冰冻山坡滑行，又可以在结冰的河面上运输。所以，国民党士兵强迫战士们早早起床伐木争取产量。早 6 时许，伐木工就会起床做饭，准备上山工作。

山上采伐点距山下的工棚约 2.5 公里，虽然不远，但举步维艰，需行走一个半小时。战士们艰难的踏过齐膝的积雪，拿着工具艰难的在山上行走。

山里采伐点附近山路陡峭，树枝绊脚，行走起来十分困难。早 7 时许，战士们赶着骡子爬山，即将开始一天的工作。传统的采伐队进山必须带着牲口以方便运送较重的木材，像这种传统畜力拉材的采伐方式在林区已不多见。

国民党军阀从这只由被俘战士组成的"工兵营"中抽调了年轻力壮的战士共 60 人，分为 2 个班，每 30 个人一个班，每班又分 5 个组，每 6 个人一个组。一天工作近 12 小时。从 1940 年 11 月初进山采伐开始到次年 4 月末结束，几乎没有休息的时间。战士们在无聊的时候唯一可做的事情就是磨斧头，所以他们的斧头快到可以剃头。山上的树枝很多，战士们脚上的鞋子经常被刮破。还好他们学会了撒拉族传统的靴子"洛提"的做法，还有纯牛皮制成的一种简易靴子叫"夏恩尕热合"，是一种可长期在潮湿地或水中劳作时穿的高靿皮靴，它是用从牛的大腿弯处剥下来的皮做成的，因为人的脚后跟正好可放在牛腿骨节处，并按脚的长度、宽度及厚度加以缝缀。晚上要放在阴凉潮湿处，干燥后不能使用。这是撒拉族先民游牧时代的产物，有了这种高腰牛皮靴子，战士们的脚就会少受点苦，尽管不保温。

战士们晒得黝黑的脸上每天都会出现一道道明显的伤痕，都是被树枝划破的。在山上大家日常喝的都是山泉水，冬季上山干活也只能刨冰取水，当渴极了多凉的水也能喝上一口。由于林木太过粗大，战士们不得不用牲口将木头拉出运到坡边，以便滑行运走。

山上一般的木头要两个人扛，如果遇上太粗的则需四个人用挡钩抬。几根木头扛下来，大家都已累得一身汗。户外接近零下30摄氏度的气温，只要稍微一停下来，被寒风一吹，浑身就会冻得受不了。山上雪下得很大，高强度的体力劳动后，工人的汗水浸透了棉袄和外衣，北方冬季的寒风一吹，冻得直哆嗦。晚6时许，战士们结束了一天的工作回到工棚。晚上到了收工时，工人们首先会换掉脚上又湿又重的"夏恩尕热合"，脱下被汗浸湿的棉袄。晚饭后，战士们都会陷入沉思。冬采期开始，他们已经几个月没回工兵营了，不知道那里的战友们怎么样。

他们在古什群峡上游尖扎县的原始森林里没完没了地工作。被俘战士通常工作12小时，而在这儿春天也很冷，再加上饥饿，干活很困难，居住条件也很恶劣。砍伐的树倒下来的时候，被压死的人很多，高大笔直的松树齐刷刷倒下来的时候想躲开身子却冻得无法动弹，眼睁睁地看着树倒下来却被活活压死。被俘战士的劳动强度非常高，一年四季每天都要干活，他们为马步芳家族干活，如果完不成工作任务，从连长到士兵都要受处罚。

红军战士不仅要忍受甚至可能死亡的恶劣工作环境，还要面对少得可怜的生活补贴有时甚至会遭国民党军官扣除，而马步芳通过伐木增加的利益占其收入的25%，每年从兰州、包头等客商那里都会创收很多财富。

很多的被俘战士在最低温度可以降到零下20摄氏度的原始森林的酷寒中受伤甚至死亡。由于无法忍受，数名被俘战士逃出原始森林，躲到附近的藏族同胞家里充当放羊、放牛娃。这些逃离的被俘战士一旦被国民党士兵抓住立即枪决。1942年因帮助被俘战士逃离伐木所的一位藏族女性，被国民党士兵抓住后扔进黄河，而他们家的男性全部被抓到伐木场所强作苦役。

对于赞卜乎村的"工兵营"，马步芳想把它建成一个自己理想的私家农场，经过全盘考虑，决定针对赞卜乎村"工兵营"所在的查汗都斯的盐碱地现状，加大植树造林的力度。将摊分给工商业者的树苗，强迫红军战士肩扛手挑，

分别从民和县的川口、享堂、官亭、古鄯和循化县本地的清水、街子、苏志等地徒步运到赞卜乎村。又将来自大庄村，中庄村，下庄村的一百多农工组成植树队，编成三个连，分别加入红军战士的植树大军。正因如此，撒拉族乡亲和红军战士有了进一步接触的机会。

马步芳借口造林，但年年都进行剥削，每年所需树栽都由各县农村摊派供应。验收树栽的粗细高低，规格很严。在种种故意留难下，逼使农民把自己已栽的树苗从地上拔出来应差。其间城市的工商业者和居民均被征往栽树，警察手持棍棒督工，稍不如意，即打骂、罚跪和顶石块。大家为了避免挨打受气，以纸烟、酒肉、点心、糖果之类送给督工的警察，以免侮辱。其后，甚至迫使彼此联合集体送礼。警察还经常到商店买东西，不付货价，有时还要借钱，不断地进行讹诈。1937 年到 1949 年之间，湟中县工商业者每年还要负担树栽 15000 株，要求规格高 12 尺，两端一般粗，他们往往因不合规格而交不足数额。最后竟以 10 株顶 1 株，所交树栽 15000 株，被折为 1500 株。所欠树栽 13500 株，改以现款分两等相抵：一等 5500 株，每株作价银圆 2 元，计 11000 元；二等 8000 株，每株作价银圆 1 元，计 8000 元。13 年中共摊派树栽 19.05 万株，以 10 抵 1 验收的结果，拖欠 17.55 万株。其中 10.4 万株，每株 1 元；71500 株，每株 2 元。共折收银圆 24.7 万元。这笔款项，由全县 600 多户工商业者分担。

上工时，战士们脚穿草鞋，腰挎砍刀，肩扛斧头，衣衫褴褛地前往几十里外的地方。当地人指指点点，俨然看一群"劳改犯"。春天的时候，工作就是把柳树枝和杨树枝砍下来，粗度规定不能细于胳膊。循化周边谁家有柳树或杨树，都不能幸免，对于老百姓都是强取豪夺，却冠以绿化山河之名。战士们就先把树枝砍成两米多长的段子，然后每个人扛四五棵，吆喝着往山下搬。山路崎岖，泥泞滑溜，一不小心，就有人滑倒。多少个小战士因为脚上没有鞋穿，或者鞋子破了，脚就被沿途荒滩上的黑刺和石头扎的鲜血淋漓。肩膀的衣服也被磨得破了，柔嫩的肌肤磨出了血。战士们只能左右肩膀轮换着扛，但毕竟路远无轻担呐！

就这样抢运了上万棵树苗后，战士们立马要在赞卜乎村的滩涂地上要长期扎根。抢大锤，打炮眼，运土方，抬石头，在炙热的阳光下，从二月的春寒料峭一直到四月清明后一干就两个多月。不知道多少人的手背被锤打得青紫，也不知道多少人的手掌被磨破了变成老茧，那是战士们的血汗筑成了一个个树坑。

　　繁重的体力劳动和恶劣的生活环境往往使人消沉，但西路军的战士们却未丧失希望。他们很卖劲的完成生产任务，但并不甘心就这样没完没了的种一辈子树，时刻梦想改变自己的命运。下工后他们会找个安静的地方，秘密地回忆战争时代的生活，大家聊聊为什么而参加革命，努力使自己的头脑不至于迟钝麻木，那种日子虽苦犹乐。经过多年的苦心经营，赞卜乎村"工兵营"的周边绿树成荫，大片的树木植好以后，来年的春天，赞卜乎地区的面貌发生了很大的变化，由从前的干旱滩涂地变成了郁郁葱葱的荒漠小绿洲了。马步芳对于绿化特别重视，曾派一名身有腿疾的红军战士专门看护。解放军进军西宁时，第一个赶到古什群渡口的战士发现黄河木质握桥被马家军烧毁，河对岸是马步芳新编军马全义的守军负隅顽抗。解放军就是利用当年西路军被俘战士栽植的树林作掩护，架设榴弹炮对河对面的敌人阵地发起威慑性的炮击，吓得马全义的民兵纷纷逃窜。可惜在"大跃进"时代为了垦荒开地，所有树木全被砍伐殆尽。

　　还好，西路军战士在当时村庄的西南部建了果园，种植了大量的苹果树，赞卜乎地区的老百姓称为"上果园"。这为新中国成立后循化打造果品基地开了先河，后来政府又在赞卜乎的北侧建了循化县园艺场，果品的数量和品质在青海均居首位。

　　当地的清真寺和学校中也栽种了很多树。其中，在红军小学还保留着一颗当年的杏树。它因为长得不直溜，所以才幸免于难，得以存留。至今，从前这棵大家并不觉得好看的杏树，却以它形似象征胜利的"v"字造型被人们所喜欢。这里面，有西路军战士的特殊蕴意。他们在建造红光村的所有建筑时，总是和"四"（寓意红四方面军）、"五"（寓意红五星，红五军）等数字挂钩。红军小学的院子里原本有五棵杏树，其中四棵树被后人在不了解历史的情况下砍掉了，只留下这一棵作为历史的见证。这棵近八十年树龄的杏树，在每年的清明节前后杏花会如期绽放，繁花似锦，枝繁叶茂，而果实会在每年的"七·一"前后成熟，向前来缅怀瞻仰的人们释放着自己如火的生命。

第三章　刻在砖瓦上的忠诚

赞卜乎村的韩国财老人告诉我："有一段时间，这座红军修建的清真寺差一点被拆除。拆除的人已经上到大殿顶上准备动手时，我们村里的几位老者对公社干部说，'旧社会，我们是马步芳的长工，自己没有业产。新社会，我们是公社社员，也没有自己的业产，就连大队的集体资产也没有，这个清真寺不拆不行吗，让我们大队当个集体的仓库，装个粮食也行啊！'就这样这座清真寺被我们当时的赞卜乎大队占用，作为生产队的仓库，我们在无意中保护了这座红军修建的清真寺。其实我们那时候根本不懂清真寺的意义，要不然我们会感到愧疚的，愧疚于那些有恩于我们的红军战士。没有红军哪有我们的村庄啊！"韩国财老人抚着自己的胡子，无限感慨地说："我们赞卜乎（红光）人，有福气啊，红军给我们留下的财富，我们的后辈们一定要珍惜它、爱护它。"

时间定格在 1980 年春天，赞卜乎村的撒拉族群众兴高采烈，感恩党和政府恢复了信教自由的政策，归还了清真寺，信教群众可以正常地开展宗教生活了。可是清真寺由于长时间被废弃搁置，年久失修，好多地方漏雨，因此他们准备揭顶维修礼拜大殿。乡亲们爬上屋顶准备揭开屋脊花砖时，发现那些厚实的花砖上有好些个镂空的图案，定睛一看，一溜屋脊上的花砖有序地排列着，苔痕斑斑的花砖完全是由手工拿捏而成，线条粗放，棱角鲜明。花砖正面的花卉主要是牡丹、菊花、梅花，背面却是二方连续的莲花图案，用长长的茎和花朵重复连续，远看好比是长城的造型。就在这些粗大的花卉图案中间，却隐藏着许许多多不一样的符号。

二十世纪三四十年代，撒拉族地区的传统是以农为主，兼养畜牧。如果家中有几十亩田产，那自然是小康家庭，如果再有牲畜几百只，那就是富人家了。那么，如果有小作坊可以生产加工农民必需品，一般就叫资本家，也叫大人家。

砖窑一般农民是建不起来的，更别说经营了。所以，在循化县地区私窑主要是凤毛麟角，整个全县只有一口周姓人家的私窑，它离赞卜乎村只有四公里，就是大庄村南面一座叫牙子山的小山脚下，其山顶有卡约文化时期大量墓葬群。

青砖，尽管时代不同，尺寸变化大小，但它毕竟是从古到今建筑不可缺少的物材，尽管现在有水泥替代，但仍少不了用砖。由于科学进展，出产先进化的砖盛行社会成为通用之物，但土窑烧的青砖毕竟是古代流传之物。青砖必须用土窑烧出，既然是用土办法烧出，必需烧窑的技能。这一民间技艺在当时的撒拉族地区掌握者很少，而被俘的红军战士当中却有许多的能工巧匠，也不乏四川烧砖传统工艺的传承子弟，这为马步芳修建赞卜乎村的基础设施和自己的行辕甘都公馆提供了不少的方便，至少免去了从甘肃临夏和大河家地区运来青砖青瓦的周折和费用。

马步芳强迫红军战士修建赞卜乎村的清真寺、学校和自己的公馆，这几项工程部需要大量的砖瓦。几十名西路军战士差不多常年住在大庄村和中庄村，和那里的撒拉族苦役民夫一起修建建筑。马家军让红军战士一次又一次的用背篓扛土，他们从山包上背来了最适合烧砖的黏土，将其堆到土窑前的开阔地上，堆得像小山丘似的。

原料备齐，接下来就是摔砖坯。等春天来到时，红军战士在土料堆前挖了一个水坑，用木桶从深深的沟底背水，一桶一桶倒进水坑里。在那个枯焦的荒滩上，红军战士背的水还没有蒸发和渗进去的得多，这是没有办法的，当水坑把水分吸得饱饱的后，倒进去的水位才会慢慢上升。红军战士用他们的身体和血汗做了许多劳动，而马家军却对此熟视无睹，他们要的只是烧出青砖。苦不堪言的日子就这样无情地流逝，而工期在马步芳那里是丝毫不能延期的，这就需要红军战士付出双倍的劳动。

保证工期，马家军叫来撒拉族技师来帮忙。说是乡亲们主动来给帮忙，实际上是马家军强行摊派的，他们从大庄、中庄、下庄三个老村庄派来二三十名撒拉族乡亲，令他们自带摔砖坯用的砖模。砖模是用约长 60 厘米，宽约 30 厘米长方形木板做底，在地上延底板纵向订上两块略短于底板、宽约 6 厘米的木板，延横向订上四五块小挡板，这样做成的木制砖模一次能倒出三

到五块砖坯，大家被马家军分为"三联""四联"或"五联"。

摔砖坯之前还要筛土，就是用自制的筛子或是人工将黏土中的石子剔除。然后再和泥，就是先把小土包划开成圆形的盆地状，再将挑来的水倒入其中，让水慢慢浸透所有的黏土，不留干土块，这个过程需要一天或一夜。第二天把泥土一锹一锹往一面翻一道，差不多和匀了就把泥土堆成圆形包，叫捂泥。捂泥又需要一天一夜之久，接下来才是挑泥和摔砖坯。挑泥是为了和好的黏土更加充分地粘连，有韧性和柔筋，几个身强力壮的汉子将黏土包围成一个圈，用锹将黏泥不断地挑起然后使劲摔下来，重复数次，和好的黏土就会柔软似面。

摔砖坯是个体力活，撒拉族乡亲身体结实，干力气活麻利，所以负责摔砖坯，红军战士和同村的其他人负责加水把泥和好。他们拿着砖模过来后，砖模子里面撒一层草木灰，和泥的人用手顺着一定的次序由高到低把泥刮下来使劲摔到砖模里，再用手掌侧把模里的泥摊平，将多余的泥弄下去，模子里有四个格子，砸四坨泥巴就是四块砖，再用手掌把砖模里向上的一面抹平，端起砖模子轻轻地仔细倒扣在平整的撒有草木灰的空地上，轻轻提起砖模子，留在地上的就是四块砖坯。倒在地上，排成一排排的，利用春天干燥多风的特点，把湿砖坯晾干。等湿砖坯把空闲的场院地弄满了，摔砖坯的工作就停下来。等湿砖坯晾干后，再把它码成砖坯垛，进一步把它晾干。春暖乍寒的天气，战士们的手因为和泥巴直接接触，十个指头的指缝里塞满了泥垢，手掌侧像刀割一样疼。

在砖坯晾干的过程中，红军战士又要去背马家军买来烧制土窑的煤和点火用的木柴。记得那时煤是叫人用大卡车从青海大通拉来的，说那里的煤燃烧好，热量足。在这间隙，红军战士与乡亲们把制作土窑用的大坯也弄好了。

等砖坯干到达到上窑程度时，红军战士和乡亲们就开始装窑。装窑首先要打窑底。打窑底是个技术活，窑底要留有空隙和通道，好让装好窑后放上柴火时能把窑里的煤引燃。打好窑底后，装上一层砖坯就放一些煤，而且放煤的位置是固定的。砖坯放到一定高度，就要在外面包上立着的土坯，用泥封住，在土坯外皮上涂抹上泥，在外面再用铁丝把它捆起来。就这样，土坯长一层，就放上一层砖坯和煤，直到把砖坯全部装完。最后就是封窑，把上顶也洒上煤，然后用厚厚的泥封起来。

等密封好后，就趁有风的时候，备好烧柴，准备点火。一个土窑直径约在 8-10 米左右，底部周围留有 8-10 个点火通道。烧窑时 20 多个人，每两三个人负责一个点火道，每个道具口都备满了干柴。红军战士刘一民喊声：点火！各道口的人就齐刷刷地划着火柴放到干柴上，柴遇火就腾腾地着起来。各道口是一人添柴，一人扇风，忙得不亦乐乎。大约一个小时的时间，看到道口上面的煤着起来，砖面发红，大家才停下来，撤掉道口的柴火，任凭窑自己燃烧，这时点窑就算成功了。

然后窑外开始点碳，火烧七天，前四天先是烧碎碳，后三天改烧大火，烧成大碳，一人将大碳搬放在铁把权上，老师傅掌着权将大碳送到窑内火头上，每次添入在千斤以上，可燃烧一天。

点火成功后，窑体开始从下到上、从里到外都冒着不断升腾的热气，特别是土窑顶上，热气多得向周围飘散开去，身处其境简直像到了九霄仙宫似的。随着时间的推移，待到窑体内水分散失殆尽后，窑体内煤燃烧时就会产生的巨大热量，在十米之外就感觉到炽热，令人不敢靠近。特别是在晚上，远远就能看到大庄村南牙子山的土窑就像太上老君的八卦炉似的，像一个通红的火罐子，十分显眼。点火成功后，红军战士还是不放心，红军战士每天都在窑旁蹲守，唯恐有所闪失后又要挨打。经过半个月左右的时间，窑内装的煤烧完了，窑体渐渐冷却下来。等窑体完全冷却下来就可以扒窑出砖了。

做瓦可不是一件容易的事，那时候老百姓大多数人家都用不起青砖青瓦，基本上是用草泥和土坯处理屋顶和房檐。个别有钱人才会用青砖青瓦做护檐。所以，撒拉族老百姓几乎没有见过青砖是怎么做成的。

红军战士用他们的巧手向撒拉族老百姓散传了这个传统技艺。那些红军战士们首先筑起一道宽约 35 厘米、长约 140 厘米、高度适宜的泥墙。用割瓦弓割下一片陶泥，围在上小、下大、可以固定形状又可以折叠缩小的瓦桶上，瓦桶是搁在一个能旋转的圆盘上的。接下来要使用瓦钮，一个呈月牙形的、有手掌宽的、带有把手的薄铁片，沾了水，一边转动瓦桶一边用瓦钮将那泥坯拍打抹光。等拍打得糍磁实实、抹得光光亮亮时，就用带有固定高度的竹刀围着瓦桶一割，然后提着瓦桶放在空地上，从里面折叠取出瓦桶，这瓦坯便做成了。每一个瓦桶有四块瓦坯，称之为四连瓦筒。瓦桶的外表面有四条细筋突起，造成四块瓦坯结合部的凹槽，瓦坯晾干后轻轻一拍就是四片瓦。

那么，红军战士制作烧制的青砖青瓦又有什么与众不同的呢？其实，中国古代的瓦分为板瓦和筒瓦两种。在房屋的顶部覆瓦时，相对宽大的板瓦先顺次仰置于屋顶，然后再以相对弧度较窄的筒瓦覆扣于板瓦与板瓦纵向相接的缝上。在最接近屋檐的最下的一个筒瓦头部有一个下垂的半圆或圆形部分，即瓦当，俗称瓦头。瓦当是瓦最出彩的部分。瓦当解决了屋顶防雨水问题，它的主要功能是防风雨侵蚀、庇护屋檐、延长建筑物寿命，美化装饰屋檐。

瓦当，可以用来庇护檐头，挡住上瓦不下滑，并遮盖住两行间的缝隙。这样即用它固定和保护了建筑，又增加了美化建筑物的作用。瓦当最初为半圆形，后演变为圆形。

仰瓦就是平铺在屋顶上的板瓦，是屋顶最重要的组成部分。仰瓦分两种：一种是普通意义上的弧度朝下的仰瓦；另一种则是滴水。滴水与普通板瓦的不同之处在于其顶端附有一块向下的瓦头。它的功能便是利于排泄屋顶上的积水，使屋顶上的积水流到屋檐时顺着瓦头滴到地面，从而起到保护檐下其他结构的作用。民间工匠为好辨识，便称这种有瓦头的仰瓦叫滴水或滴水瓦。

覆瓦是和仰瓦相对而言的，它是一种俯瓦。俗语讲，就是一种俯身朝下的瓦。它也分两种：一种是普通意义上的覆瓦，其形状就是半个圆筒，叫筒瓦；另一种便是我们常说的瓦当。瓦当与普通覆瓦唯一的区别是其一端的瓦头作成封闭状。它俯趴在两个滴水瓦的交汇处，使风雨不能透过瓦缝侵蚀和灌入。瓦当和滴水是两种具有特殊意义的古建筑构件。之所以说具有特殊意义，在于它们处的位置。瓦当和滴水都处在屋顶的房檐处，位置极其醒目。古代人特别讲究宜居、顺目、装饰和品质，为了能让居住的房屋漂亮起来，瓦当和滴水便成了重要的装饰地方。

一般来讲，滴水和瓦当的装饰有两种：一种是字当，一种是画当。字当在早期的瓦当中占有相当的数量，字当上所筑的文字大部分也都是建筑名称、吉祥语和记事几类，其中以吉祥语最多，比如"万岁""大吉""万世""与天无极""大宜子孙""延年益寿"等。清朝和民国的仅有几例，如"日月寿""日月福"和"禄"。相反，画当倒是相当普遍。画当也分好几种，有动物的、植物的，也有云、绳的。撒拉族人不提倡动物或是人物造型，所以最常见的便是植物类，一般多以莲花、菊花、荷花为主，兽面的多以龙、虎、狮等形象出现。

一般说来，砖瓦窑是马蹄形的大窑，呈土黄色并自然风干的砖坯和瓦坯，从底层开始，一层一层码放好，装窑工序就算是完成了。窑门上下两层，上层送入柴草大火燃烧，下层通风漏灰。烧窑必须连续焚烧不能断火，撒拉族老百姓都来帮忙，轮班添加柴火，接连烧了三天三夜。等到窑顶上那一层瓦坯也烧得通红透亮的时候，火候就够了，这时就得封闭窑门，同时在窑顶上覆盖一层泥土，让通红的砖坯和瓦坯继续在窑里面闷烧上一段时间。

洇窑，闷窑半天后开始洇窑。就是把水从顶部的覆土浸下，直洇到窑里，这样每一块红热的砖都被迫均匀地冷却下来。那窑顶冒出的熏人的白气就是这时候产生的。砖瓦必须都洇得变成青蓝色，抗压强度才上得去。古代的青砖都是这样子烧制的。如果把砖洇成五花八绿，红的红、灰的灰、蓝的蓝，砖质还是土坯质，那这窑砖就算废了，回炉重烧也不行，大多时候只能扔掉。红军战士的砖瓦窑装得好，烧得也好，不但那烧出来的砖瓦是青色的，互相敲击，还能发出很清脆的"铛铛"声响。

但红军战士因为物资的紧缺，对土质的不了解，他们烧制瓦片的时候也有过废窑。这不但免不了一顿皮肉之苦，还要接受更严厉的惩罚。马家军变本加厉地让红军战士上夜工，战士们可以说没日没夜的劳动。

中国古代瓦片的质地有二类：一类是不上釉的陶瓦，称灰瓦，板瓦全为灰瓦质地，一部分筒瓦也属灰瓦。另一类是上釉的陶瓦，称琉璃瓦，琉璃瓦的瓦形都为筒瓦，全用在高等级的建筑之上。平民百姓的建筑只能用灰瓦，

青海、西藏等地区的喇嘛庙都在屋顶正脊上加鎏金装饰，在寺庙和民居建筑上还有正脊加高的现象，加高的正脊被处理成用瓦片构成各种花纹的透空花筒子脊，在增强正脊美观的同时，也减小了风的推力和屋顶负荷。在解放以前，清真寺大都采用中国传统的庙宇式建筑，也吸收了一部分藏传佛教的建筑风格，穆斯林不主张在清真寺的建筑中装饰动物的造型，所以多半用各种花纹的透空花筒子脊来装饰。恰恰是这种透空的花筒子脊瓦中暗含着红军战士不可言说的秘密。

红军战士修建清真寺的唤礼楼时打破了中国穆斯林群众习惯的八角楼或六角楼的造型风格，别具一格地采用了更为简单和实用的四角楼造型，看似无意的变化实际暗含蕴意——"四"象征西路军的前身中国工农红军第四方面军，四根柱子分别采用一根通柱从一层通至三层，寓意西路军将士"抗战到底"的决心。

被俘红军战士在建造清真寺和学校时，虽遭敌人的严密监视，但他们坚信革命必胜，采取各种方式与敌人进行了机智顽强的斗争。红军战士都用陶塑雕刻的方式把革命的符号融进砖瓦里面。它包括陶塑、雕刻，即"捏活""刻活"两种，但有别于砖雕工艺。区别在于焙烧的前与后，陶塑雕刻是在未烧制的陶品上刻画造型，此谓脊兽刻活。而砖雕是指在烧制成形的砖块上刻画造型。这些砖瓦看似是融合了中国传统建筑文化，实际上是战士们把撒拉族信仰文化和红色文化融为一体的象征。战士们在捏、刻这些造型的时候，得到了撒拉族乡亲自觉的帮助和保护，虽然撒拉族乡亲们不知道他们所刻的是什么东西，但是，穷人之间自然的朴素感情使他们之间用简单的一句话："老乡，你们帮我们看着，一旦马家军的人来了你们就吱一声。"就这样，这些珍贵的革命文物从捏刻，烧制，运输到安放，都有撒拉族乡亲们的暗中帮助和保护。

中国古建大都为土木结构，屋脊是由木材上覆盖瓦片构成的。檐角最前端的瓦片因处于最前沿的位置，要承受上端整条垂脊的瓦片向下的一个"推力"；同时，如果毫无保护措施也易被大风吹落。因此，人们用瓦钉来固定住檐角最前端的瓦片，在对钉帽的美化过程中逐渐形成了各种动物形象，在实用功能之外进一步被赋予了装饰和标示等级的作用。站在清真寺大殿正前方，抬头看大殿的屋顶，可以清晰地看到屋脊的花雕上镂空雕刻着许多高约几厘米的五角星；在距五角星不远的附近，有弯口朝上的月牙形雕刻，月牙上带着小小的手柄，像一把弯弯的镰刀。还零散地分布着一些被刻成"H"形的图案，这些都是变换了形状的"工"字。此外，在大殿屋脊的两侧墙壁上，冠以五角星铁帽的钉子酷似一朵朵怒放的梅花，特别耀眼。在中国历史上由被俘虏的革命者修建的村庄、清真寺和学校是独一无二的，有极高的历史价值。

在那一溜整齐排列的脊瓦中远看是由荷花，莲花，牡丹组成的简单花卉图案，但是细细看去却发现在那些花卉的叶子、枝干、花朵的空隙间都有一些神秘的符号，是和撒拉族的建筑完全不同的图案，那就是中国共产党的党旗，是中国共产党的象征！象征红色革命的镰刀、锤子和五角星。象征着中国共产党是中国工人阶级的先锋队，代表着工人阶级和广大人民群众的根本利益。

建筑里还暗含许多红色密码，在1980年红光村村民维修时并没有被发现，整整过了70年，直到2015年的夏天，国家文物局对四角楼进行保护修缮，所有屋面需要揭顶维修。一天，红光村的韩进忠给我发来几张照片，当时我正在课堂上课。下课后，我把手机上的照片放在电脑上看的时候，简直把我惊呆了：一块精美的兽面瓦当、一个垂脊吻的照片。我不顾一切，飞奔到学校对面的清真寺施工现场。清真寺民管会主任正在小心地摆弄着这些砖瓦。或许他看明白了一些，但没有完全明白其中包含的寓意和秘密。我爱不释手地看着这些砖瓦，上面有明显的手印，这些都是红军战士留给我们的历史印迹，是鲜活的生命群体另一种方式的延续。我一一给他解释："你看，主任，这个瓦当的图案造型是一个狮子头，在仔细看瓦当眉头上排列着四个小小的五角星。那么为什么不是五个五角星呢？因为五星红旗是新中国成立以后前夕才确立下来的国旗图案，这四个五角星肯定是象征红四方面军。五角星的左右两端各是一把铁锤造型，两道眉毛是变异的镰刀造型，这两组图案把党徽巧妙的分解开来，又含有其他的寓意。在眉心和鼻梁中间是一个鲜明的"工"字造型，这种巧妙的造型无不透着西路军战士对革命的忠诚，那些逼真的图案，精雕细刻，用心良苦。"

我还给他们讲述古代人们认为狮子是兽中之王，是威武的象征。狮子作吼，群兽慑服，乃镇山之王，寓意勇猛威严，在寺院中又有护法意，寓示佛法威力无穷。唐虞世南《狮子赋》描绘其："筋骨纤维，殊姿异制，阔臆修尾，劲豪柔毛。钗爪锯牙，藏锋蓄锐，弥耳宛足，伺间借势……遂感德以仁。"在这里，狮子是"猛""仁"兼具的瑞兽。按常规这些狮子造型是排列在屋脊上当做脊兽，可是，清真寺里面不会有中国传统文化中那些有严格等级意义的做法，所以，红军战士把脊兽的造型糅合到瓦当和滴水当中，然后巧妙地添加了一些革命的符号。

我又拿起那块垂脊吻，对他讲："古代中国建筑的檐角屋脊上常常排列着一些数目不等的小动物作为装饰，这些美丽的装饰品是中国古建筑装饰的一大特点。这些小动物一般叫作屋脊走兽、檐角走兽、仙人走兽、垂脊吻等，古建行内部也称为"小跑"或"走投无路"，巧妙象征它们已经"走"到了檐角的最前端，再向前一步就会掉下去之态。难道中国革命真的是走投无路的？战俘中有很多能工巧匠，他们深谙建筑里的语言，但他们坚信红军没有走到尽头，革命不是走投无路。他们也了解撒拉族的信仰不允许在建筑里有一些动物的造型。于是，他们把檐角走兽巧妙地转换成看似梅花实则为五角

星的脊兽，安放在象征红四方面军的四角楼的四个檐角。他们用这种革命的乐观主义精神化腐朽为神奇，把革命的道路指向前方，给后人留下了值得追思的纪念。"

"是啊！是啊！如果不是校长这么讲解，我们再怎么不仔细看，也根本看不出它们的造型上的变化。"围观的村民和施工人员纷纷点头说。

其实还有那些在修建过程中巧妙地雕刻在花砖之中，镶嵌在墙壁之上的红五星、镰刀、斧头、工字、领章、红十字等象征革命的图案，都是对中国传统文化的一次改进。他们在70多年时间里默默诉说着当年那段血雨腥风中军民水土交融的关系，更是撒拉族人民和西路军战士民族团结的象征。他们至今仍在清真寺的大殿屋脊、墙壁上闪闪发光。至此，在红光清真寺礼拜建筑群屋顶上，不光有直接象征革命的镰刀、五角星、"工"字等符号，还有更巧妙的暗含在兽面瓦当时的秘密，这是全国革命文物中几乎没有的珍宝。

2018年12月，华为副董事长、首席财务官孟晚舟，应美国当局要求被加拿大逮捕。自此以后，我每次讲解的那些屋顶和屋脊上的标志的时候，都会用一个活梗，那就是我指着那些红色符号，告诉听众："如果你们的视力不太好的话，估计看不清，那么大家就请拿出手机，顺着我的手指方向一一看过来。不过，如果你们拿的是苹果或者三星的手机，那么请你们放回去，如果是华为手机就请拉近距离看。"我的这种幽默的方式，会令大家放松和愉快。但是我会强调："我不是一个极端的爱国主义者，也没有强迫大家的意思，任正非也说了，大家没必要非选华为不可，完全可以按照自己的喜好选择别的手机产品。但是，在西方对祖国的各种围追堵截，各种霸权主义的时刻，我们要有最起码的爱国底线，再也不能盲目地崇洋媚外。如果，在当下选一个伟大的父亲，我觉得任正非当仁不让。那么，伟大的女性必然是孟晚舟女士。国难当头，支持国货，心之所系，使命所在。"

党旗飘飘，走过100年风雨征程，依然鲜艳炽热。党旗猎猎，诉说着一代代擎旗人奋斗不息的动人故事，吟唱着一曲曲忠诚凝聚的壮丽之歌。

仰望透空花筒子脊上镂空雕刻的镰刀斧头，如同拜读一部辉煌的史书。纵横捭阖、万马奔腾的战场上，那些驰骋疆场的勇士们，曾在带有镰刀铁锤的这面旗帜的呼啸声里，冒着枪林弹雨，用青春的热血捍卫了不屈的民族尊严，旗帜上铭刻着先烈们的铮铮誓言。为了让党旗上的镰刀斧头永远闪亮，孙玉清军长在绞刑架下仰望红旗，道出了"红军一定会胜利，革命一定会成功"的豪言。

这是一个怎样的信仰，竟有如此不可思议的力量？这个信仰，是一个博大精深的理论体系，是认识世界、改造世界的思想武器，是人类彻底解放的学说。这个信仰，是宇宙间最朴素的真理，是一门与时俱进的科学。这个信仰的根本点在于坚持为大多数人谋利益的立场。正如《共产党宣言》所指出的，"过去的一切运动都是少数人的或者为少数人谋利益的运动。无产阶级的运动是绝大多数人的，为绝大多数人谋利益的独立运动。"这个信仰，镌刻在鲜红的中国共产党党旗上，那红色象征着火一般的革命精神，那锤子、镰刀代表广大人民群众的根本利益。

在硝烟弥漫的河西战场，党旗是火炬，照亮了红军战士奋进的道路；在残酷奴役的情形下，红军战士把革命的符号巧妙地雕刻在花脊之中，革命必胜的决心感天泣地，成为赞卜乎（红光）村最壮美的风景。

这些红军战士一生中，曾经有无数瑰丽的梦想。入党，那曾是他们所有梦想里最真挚、最崇高、最伟大的梦，是他们梦寐以求的愿望。因为，党在红军战士心中的形象是无与伦比的，为了党的事业，可以流血，可以流汗，可以吃糠咽菜，可以牺牲生命。对党的信仰，让成千上万的有志之士紧紧地凝聚在党旗下，用心守护着神圣的镰刀斧头。

面对着党旗，他们感到，作为一个年轻的生命，是多么的幸福——沐浴在党无处不在的温暖和光明之中，侧耳谛听着党的谆谆教诲，任由豪情如旭日喷薄。作为一名红军战士，他们虽然身陷囹圄，但是他们又多么由衷地渴望党能以从不褪减的鲜艳横穿火光横溢、尘土纷溅的世纪早晨，驾驭太阳的风轮奔驰在七月那洒满阳光的坦途。

中国共产党，一个朴实、亲切而又伟大的名字，无数的战士用青春、热血和生命在人民心中铸就了中国共产党辉煌的丰碑，用忠魂簇拥着血染的党旗在祖国辽阔的大地上高高飘扬。记得一位哲人曾说过：一个人，一个民族，他所信仰的不应该是束缚自己手脚的桎梏，更不应该是绞杀自己灵魂的绳索，而应当是一面催人挺进、催人奋斗的旗帜。中国共产党就是那面指引中华民族从贫弱走向强盛的伟大旗帜！

无数个夜里，红军战士心中默念着红九军军长孙玉清说过的话："同志们，你们一定要坚信，红军一定会胜利，革命一定会成功！"他们抚摸着自己亲手制作的瓦片，虽然瓦片已经褪温，但是拿在手上却有一股力量和温度传递到全身。他们仰视屋脊上亲手安装的熠熠生辉的镰刀铁锤和五角星，红军战士坚定地告诉自己，一定不能辜负党对他们的培养教育，不能辜负党对他们的殷切期望。

100年的时光恍若瞬间，一部"中国奇迹"浓缩于宏大的历史画卷。鲜艳的党旗，宛如一朵飘游的朝霞，恰似一束跳动的火焰，在迎风招展。那红彤彤的旗面，渗染着革命烈士的鲜血，那交叉的铁锤、镰刀，永远是革命的象征，进军的召唤！斗转星移，日月如梭，今天，当我们打开折叠的历史，许多个"为什么"跳入脑海：为什么要有信仰？怎样选择信仰？信仰给我们带来了什么？一个个问号叩击着心灵，一道道难题激发我们思考。抚今追昔，红光村的那些红军先烈们给了我们准确的答案：是为了使前行的脚步更加坚定，是为了从一个新的历史起点再出发。

今天，当我们把目光从红军战士的历史拉回现实，深深感到：坚定信仰，历史的长卷就有了书写的空间；坚定信仰，生命的长歌就有了吐纳古今的神韵；坚定信仰，中华民族就有了凝聚人心、汇聚力量、砥砺奋进的旗帜和强大动力！

第四章　村庄的革命密码

红九军军长孙玉清被俘虏到西宁以后，马步芳为了软化他，迫使他投降变节，使尽了各种软硬兼施的办法。还"请"孙军长到由被俘红军编成的"补充团"讲话。孙军长到"补充团"看望了自己的战友和部下，激昂地说："同志们，西路军虽然失败了，红军仍然存在，红军是杀不完的！党中央在陕北建立了根据地，陕北的红军壮大了！你们要坚信：红军一定会胜利，革命一定会成功！"

孙军长这句"红军一定会胜利，革命一定会成功！"，一直激励着400余名红军战士。他们在苦役过程中始终把所有的苦难艰辛藏在心底，面对挫折和磨难依然保持了革命的乐观主义精神，时时处处想尽一切办法把经历的一切都与革命联系起来，所以在赞卜乎村留下了很多鲜为人知的红色密码。

被押解到赞卜乎村的红军战士到达就劳地点后，便处于马家军的严密监视之下，完全失去了人身自由。他们住的是简易的席窑洞，里面阴暗潮湿，加上蚊虫肆虐，战士们得不到良好的休息。吃的是粗制的青稞或玉米面粥、杂面等等，基本上没有蔬菜，伙食质量极为恶劣，更主要的是食物不足，战士们不得不忍受着饥饿的煎熬。马家军为赶工程进度，驱使战士每天劳动十几个小时，战士们稍不留神便会遭到马家军监工毒打，甚至性命不保。由于饥饿、劳累、疾病等原因，许多战士的身体无法支持，也有设法逃命的。

战俘们一个个只穿着一条简单得不能再简单的羊毛制的大裆裤，用一根细绳绑在腰里，基本上只能起到遮羞的作用，根本谈不上什么衣服，最多也就是有一双自己动手用草编的草鞋，一个个神色木然的接受分派，然后领取工具，就开始干了起来。

有人被指派去平整路基，有人在路基两侧挖土，然后将土方抛到路基上面，让上面的人将其摊平，还有人背着背篓，在士兵的押送下，前往各处的料场，去用背篓将土方以及粗砂等物拉到施工地点。就这样，在古什群峡渡口方圆五公里荒无人烟的地方创建了一个村庄，后来人们把这个红军战士创建的村庄叫"赞卜乎"村。战士们共计修建住宅60院，围墙5000余米。

因古渡地势险峻，黄河上游最早的第一个木质握桥，藏语称此地为"赞巴（zan ba）"，为藏语"桥"之意，指的就是吐谷浑修建的这座木桥。后来转音为"赞卜"，汉语意即"险要、险峻"，后来人们把这个红军西路军战士创建的村庄叫"赞卜户"村。那时的赞卜乎地区是一片十分荒凉的滩涂地，黄河南岸台地乱石密布，荆棘丛生。自然环境十分恶劣，经常有狼群出没，在夜里狼群的嚎叫声让人毛骨悚然。加上横行在黄河渡口两岸昼伏夜出的强盗和土匪，赞卜乎是一个极没有安全感的地区，防御能力脆弱，只是当时的人们慑于马家军的威力，不敢明着胡来。

长征的确是播种机，中国革命史上西路军的历史应该也是光辉的一页。战俘修建村庄时打破了撒拉族古老村庄因地制宜依势而建的传统，统一规划统一标准，形成横平竖直的工字型村落。

红军战士在刘一民的带领下，求教于当地的撒拉族乡亲，走上山坡察看地形，通盘考虑，谋划布局。选取三处较好的地形安放赞卜乎上村，赞卜乎下村，清真寺和学校。而且又拿牛皮绳丈量尺寸和面积。赞卜乎上下两个村之间的距离刚好是 75 丈，大约等于 250 米。学校和清真寺面对面，而且学校和清真寺各有种植蔬菜的后园，当时的设计理念是"以校养校，以寺养寺"。

最为巧妙的是红军战士把其中的赞卜乎下村街道分成五排，每排六户，共三十户人家。其中的"五"和"三十"寓意西路军中的红五军和红三十军；把赞卜乎上村街道分成两排，每排九户人家，共十八户。其中的"九"寓意西路军中的红九军。民房的建造也改变了撒拉族群众正房建三间北房的习惯，而将所有房屋一律建成五间西房，其中蕴含了红五星之"五"，西路军之"西"；大门的位置违背了撒拉族大门正对正房开的习俗，也没有考虑当时恶劣的自然环境和安全需求，而是把 60 处院落大门一律设计成坐南朝北，暗指红军战士北上抗日等革命信念。

这些民房和村落都是用当时的夯土墙技术修筑起来的。撒拉族人民在长期的生产生活中，自有他们的一套打墙的技术和办法，而且特别牢靠。

在北方无论是盖房子还是砌院墙，主要的建筑材料就是泥土，且都采用了一种"干打垒"的建筑方式。这种最简便的用泥土作材料建筑的房子、院墙，也是北方民居特有的建筑特色。"干打垒"就是通过模板造型，用生土夯筑成墙的建筑方式。打墙首先得用夯把地基夯实。把两端的堵板立好，两侧用绳索把墙板捆紧，在墙的两侧取土，把土装入活动的模板内。汉族地区一般用榔头把土分层夯实，在添土的同时还要撒上一些草或者木楔子，目的是为了增加墙体的抗拉强度。青海的藏族也用木制工具垂打，垂打的都是女人，好像男人不能站在墙上垂打，藏族也有打墙号子。

但是，撒拉族打墙都是男人的事情，三四个汉子站在土墙两侧不停地给墙板空挡填土，三四个孔武有力的撒拉汉子光脚站在墙板中间，在领班的带领下喊着打墙号子，愉快而又轻松地劳作，这一切也感染着西路军战士。尽管战士们听不懂撒拉汉子的号子，他们也不由自主地跟着《打墙号子》一起随拍劳作。

"嗨呀！小伙儿们，嗨呀！哥哥们，摇摆着踏，使劲地踏。硬如石头的庄廓哎,韧如牛皮的庄廓;蜜一样甜美的家园,油一般富足的家园。号子喊起来,弟兄们啊!使上力量啊,用上劲道啊!摇晃着踏,使劲着踏,嗨呀!嗨呀!"

撒拉族老百姓和西路军战士就是在这样的劳动场合消弭了彼此之间的戒备心理,用劳动的语言使他们的心更加贴近,因为他们都是马步芳的苦力。撒拉人的乐观和无忧使红军战士敬佩。撒拉族乡亲在打墙的时候,把仅有的一双鞋子脱下来,郑重其事地放在一边。他们的脚足足比红军战士的脚大半号,他们踏在墙板中间的湿土上,一脚下去就是一个深深的大大的脚印。他们用脚踏出来的土墙更加结实,红军战士看到那些撒拉族乡亲的脚掌上结了厚厚一层痂,随意在布满荆棘和黑刺的地上走来走去,也没有任何不适的感觉。红军战士看着自己的光脚,互相惺惺相惜,在这个时代他们都是穷苦人家出身,想着为穷苦的人民谋利益得解放,眼下的撒拉族人民就是生活在贫穷的社会底层,只是他们天生的乐观和豁达,使他们的生活显得并没有那么苦而已。

墙体增高一些后,把另外两块墙板架在已经夯实的墙板上边,再加土夯实,这样反复地往上移动墙板,直到达到一定的高度,这面墙就算完成了。

这种"干打垒"房子,除了门窗和檩子要用少量木材外,墙壁就地取材,房顶用当地的小麦衣子和泥抹光而成。这种"干打垒"的房子,看起来土气,但是厚墙厚顶,结构严实,防寒保暖性能非常好,夏天也不太热,非常适合居住。而且,施工简单,操作容易,特别是就地取材随处可建、便于人人动手大面积地进行建筑。当年,红军初建红光村时,就是用这种方式建起了大批的"干打垒",解决了几百人的住宿问题,现在红光村还有大量的土墙遗存。

虽然说撒拉人那时的生活十分艰苦,但是撒拉人非常豪爽大度、乐观豁达。尽管打墙干了一天,甚至几天,累的几乎直不起腰来。可是,第二天一听到领工的打墙号子一响,忘了苦,忘了累,立即爬起来在墙头上,晃动身子踏墙而歌一天的烦恼、忧愁、疲惫、苦累就全部抛到了九霄云外。

现在的西路军红军小学(原名古什群学校),新中国成立后更名为赞卜乎学校。1987年4月青海省人民政府为了缅怀红军战士的不朽业绩将赞卜乎村、赞卜乎清真寺、赞卜乎小学一律更名为"红光"开头的称谓,意即:红军精神,光照千秋。

而离赞卜乎地区咫尺近的古什群村是藏族世代居住的地方。古什群是藏语,意为老鹰窝子。它地处汉代古渡口南侧黄河的臂弯,扼守渡口,易守难攻,对马步芳据守黄河天堑是个最大的障碍，出于某种目的，马步芳用软硬兼施的手段，半买半抢的方式将坐落在黄河谷地的古什群村的世居藏族赶到偏僻荒凉的拉楞卡村，然后在古什群村安置了马步芳自己的亲信和他们的佃农。

自从马步芳把各地的贫困家庭安置在赞卜乎村成为他的佃农以后，基地逐渐形成了一个村落，人口也慢慢增多。马步芳也许有自己政治上的长久打算，把赞卜乎地区视为自己的私家产业，赞卜乎的移民视为自家的佃农。他在赞卜乎地区规划着一个小小的理想王国。他强迫红军战士修建学校，西路军红军小学就是由当时被俘的红军战士设计、取材、施工而成的，全校占地约5400平方米。整个学校的布局为三段式院落，前庭中屋后院。前庭为学校的操场呈四方形，操场南边正对着学校的大门有一个高约一米五，宽长各三米左右的检阅台。校舍房屋四合院布局，由大门、左右门房各一间、东厢房五间为教室、西厢房为五间（两间隔成教室，三间隔成教师宿舍）、北正房为五大间（当时称为礼堂）组成。大门和南边的检阅台遥相对应，由四根高高的立柱组合成，青砖雕花，在牌坊门额上书有白底黑字的"古什群学校"横匾。右门房为库房，左门房为厨房，东北角是厕所，边上有进入后院的卷门。后院是果蔬园，主要种有当地的杏树和梨树，间或种植蔬菜等，可以说是当时学生的劳动教育基地。学校建成后，由于当时的赞卜乎地区还没有一个正式的名字，所以就把学校命名为古什群学校。

学校修建后的首任校长是查汗大寺人马国良，今循化县查汗都斯乡大庄村人。马国良是撒拉族地区早期的马步芳昆仑中学优等生，在村里很有威信，很受当地青年的欢迎。被俘战士做苦役过程中，他先后救治20几位伤员，在当地撒拉族同胞帮助下医好了伤。红军战士虽然是被俘苦役，但还是纪律严明，保持着一支文明之师的作风。每天会把学校和清真寺屋内院外打扫得干干净净，一根草都不留，还会把各家的水缸打满，老百姓从没见过这样有规矩、有礼貌的兵。当时村里的老太太看见战士们没鞋穿了，就给他们缝鞋，村里的婶子给战士补衣服。村民们慢慢都知道红军是文明之师，村里的老人回忆起当年红军战士在村里借宿过夜的那一晚，还在说"活了100多岁了，从来没见过这样的部队。"

虽然红军修建的学校于1993年拆除，但是校内还有大量的历史遗迹和遗物。最为珍贵的是学生在2010年植树挖坑时，出土了篾刀一把，镢头一把，马灯一盏，月牙形一块，石刻五子棋盘半片、手工石磨盘一面和青砖几十片。对于这些具有"红色印记"的传统村落，要从多方面保护和传承，让红色记忆永垂青史。

红光村，这个坐落在赞卜乎地区的传统村落，拥有辉煌的战斗历史，具有光荣的革命传统，有的蕴含着坚韧不拔的爱国情怀，有的蕴含着艰苦奋斗的民族精神，有的蕴含着顽强拼搏的战斗精神等等。这些丰富的红色资源蕴藏着巨大的精神财富，是培育爱国爱党核心价值观的生动教材。要对传统村落的红色精神进行深度的感知和呈现，让不同的村落彰显出不同的红色精神，通过建立红色展览馆，编辑红色读物等多种形式，宣扬传统村落所展示的红色精神。

红光村的红色文化是在传统村落能够直观感受到的有形和无形的历史遗存。对于红光村来说，红色文化是一种红色历史故事的再现，对于形成传统村落的文化价值和历史内涵具有重要的作用。红光村通过发展以红色印记为主题的农家乐、民宿，以及打造红色体验游为主的红色旅游，将传统村落的革命历史文化遗存保护好、管理好、利用好，同时，要将红色资源与循化当地自然、人文等旅游资源有机结合，融入食、住、行、游、购、娱等六大旅游要素当中，以延续红色生态来把原真的生活形态活态传承下去，红光村作为拥有革命历史文化的传统村落而言，其红色特征鲜明，要在保护和发展的过程中，尤其是在发展旅游的过程中，不能因为村落改造或者村民外移等因素破坏了传统的村落风貌，让红色文化能够通过村落风貌得以延续和传承。

还有水磨坊和土榨油坊是红军战士给撒拉族人民带来的先进生产技艺，也是他们用来开展群众工作的两处重要场所。

水磨作为当时农产品加工的重要工具，古老而厚重，简单而恢宏，它既是古老的生产、生活工具，也是传统的民俗文化象征。赞卜乎地区有三座水磨，水磨就是借助落差让水流产生动力，让流水冲转水轮，进而带动磨盘或碾子的石滚子旋转来进行碾磨。早年间，没有钢磨，人们吃的面，全部依赖水磨。

赞卜乎撒拉族乡亲们心中也有一段忘不了，割不断的水磨情缘。他们对红军战士修建的水磨更是念念不忘。

磨坊的声音整日整夜不知疲倦地响着，不紧不慢。哗啦啦、哗啦啦，这是水流冲击木轮的声音；轰隆隆、轰隆隆，这是石磨盘磨面的音响；而最动听的是人们用箩筛筛面的声音，哐当哐当、哐当哐当，清晰而有韵律。随石磨转动的不只有乡亲们对红军战士的追思还有贮藏在心底深处的淳朴民风和小村故事。日夜不停流淌的河水不只是冲击着水轮在周而复始地转动，和它一起流淌的还有沧桑的岁月、艰辛的生活，还有那段惊天地泣鬼神的战俘岁月。

黄河从红光村的北侧流过，水磨坊分别建在黄河南岸高高崖坎下的一个暖阳湾子里、村中央和村北侧，最远的距村庄只有五、六百米远。水磨坊下方是一片四、五百亩大的庄稼地，磨坊周围被红军战士栽下的一棵棵杨树、柳树、榆树，层层叠叠遮掩起来，那座临水而建的小木屋在茂密的树木掩映下时隐时现，不由让人联想到神秘而多彩的童话世界。水磨都是卧轮式，记忆中的那三座红军战士建的水磨是卧轮式的。磨坊是悬空而建的一座小木屋，木屋下方的空处安装着用硬杂木做成的大木轮，水冲木轮，轮转磨旋。看似无意的设计，其实，红军战士在制作大木轮时是用杂木辐条把木轮做成一个五角星的造型，水流不断，磨转不停，"五角星"在水中熠熠生辉，闪闪发亮。

当时的磨盘一般都是用大青石凿制而成的，上磨盘比下磨盘稍厚。磨面时，下磨盘由水轮驱动而上磨盘不动。上磨盘用结实的绳子吊在磨坊的屋梁上，磨面时下磨盘由水轮驱动，上磨盘不动，石缝里便会流出雪白的面粉。

调整固定绳子的松紧，便可控制上下磨盘间的空隙，控制面粉粗细了。磨盘旁边是一个木制面柜，面柜里架着打面箩，也由水力推拉做水平运动，箩里的面粉就在哐当哐当的晃动中被分离开来，箩下是好的面粉。油房榨油要用的油菜籽面，也要先在这里磨碎。水磨坊是村子里最热闹的地方，因为红军战士建的水磨磨盘大，落差高，所以面磨的细，出粉率高，邻县的人纷至沓来，大都来这里磨面。或肩挑背扛，或骡马驴驮，粮食桩子排成了长队。水磨坊自然就成了村民们的集散地，谈闲说事，下棋聊天，石磨周而复始，生活故事也在这无尽的水声中延续不断。现在已经八十多岁的茹格亚奶奶和村西头的阿菲亚太太，据说都是当年磨面的时候在水磨坊前被人说媒从邻庄稼到村子上的。

那时候的磨坊由红军战士轮值，每人值三天，当时的小战士也曾在磨坊上轮过值。说起来也实在可叹可怜。人小力气也小，常常绞不动将进水槽闸门拉起来的绞盘，有时眼看已经拉起，可惜后力不继，手一松，闸门又掉了下去，还得重来。有时，只好找人帮忙。小战士最怕晚上在磨坊上守夜，可是在那个把人当牲口的日子里，虽然只有十来岁小战士也得硬着头皮去磨坊上守夜。有一个冬夜，后半夜下起小雪来了，有个小战士一个人睡在面柜里。耳边小风飕飕地刮着，悄无声息的大雪覆盖了四野，放眼望去让人倍感凄惶。透过木窗，只见那光秃秃的柳树、杨树的枝条被雪压得在灰暗的夜空中抖动。夜黑黑的，没有人声，却有好几只狼在门外嚎叫，好可怕！可他还是只能在恐惧中硬撑到天明。

红军战士里有念书人，漫漫冬夜，河水封冻，石磨就停止了转动，好多人就暖坐在水磨坊的热炕上，听战士给他们讲《三国演义》、说《聊斋》故事。在那个物质和精神都比较困乏的年代，宁静的乡村生活不仅因水磨坊的存在而不再单调，尤其是红军战士见多识广的传奇故事，也在那石磨坊里悄悄传扬，那些故事始终守着乡亲们艰难而细腻的生活，让他们感到了熨帖和温暖，撒拉族老百姓一下子和红军战士亲近了不少。

水磨坊是许许多多赞卜乎村民少年时期的乐园，在那里一年四季都充满了乐趣。秋天是水磨坊最忙的季节，磨渠里水大，石磨转得就快，磨的面也多。往漏斗里加粮、箩面换膛，装袋过秤，得三四个人相互配合，协调努力，才能忙得过来。石磨一年到头只有冬天河水封冻的时候才能停歇个把月。趁封冻停磨的机会，战士就到磨坊底下查看水轮，修理更换木板做的叶片，转轴。同时请来石匠，掀翻磨扇，把磨平的磨齿一锤一凿重新錾深。当年红军石匠修凿磨齿的形象至今还记忆犹新：冬日的磨坊里生着一盆木炭火，火旁熬着罐罐茶，石匠左手握钎，右手持锤，锤敲钎行，钎动齿新。钢钎在磨齿里往前动三下，往后拉一下，"咣咣咣—哧""咣咣咣—哧"，和着原始美妙的节奏，老石匠用四川腔调唱起了韵味绵长的民谣，其他人也在旁边和唱："正月里采花无哟花采，采花人盼着红哟军来，采花人盼着你哟们来；三月里桃花红哟似海，四月间你们（红军）就哟来，四月间你们（红军）就哟来，七月里谷米黄哟似金，造好了米酒迎哟你们（红军），造好了米酒迎哟你们（红军），九月里菊花抱哟在怀，你们（红军）来了给呀他戴，你们（红军）来了给哟他戴，青枝绿叶迎哟风摆，你们（红军）来了鲜哟花开，你们（红军）来鲜花遍哟开，你们（红军）来鲜花遍哟开。"红军战士把歌词中的红军改成"你们"。

几乎听不懂汉语的撒拉族乡亲们被红军战士古怪的腔调逗笑了，甚至那些偶尔过来看看的马家军士兵也被逗得哈哈大笑，毕竟他们都是贫苦农家子弟，虽然扛了个枪，其实和农民没有什么区别，大多不识字。

当年，这些红军战士修建的老水磨磨着岁月，在幽静的乡村述说着古老的故事，吟唱着岁月的歌。一个水磨就是一部被岁月风雨浸透了的发黄的历史，它当年曾经是那样炫耀过、辉煌过，汩汩的磨眼流淌多少岁月的歌谣。它记录着一代又一代农民苦涩的生活。水磨坊曾经是赞卜乎村子朴素的心脏：错落的民居，古老的磨坊，平静的流水，茂密的树林，还有红军战士韵味绵长的四川民谣老调，构成了真正意义上平淡而又恬和的乡村世界。只有从那个岁月走过来的人才会留有对水磨坊的珍贵记忆。多少年来，石磨缓缓地转动，五谷杂粮掺和着风雨岁月，养活了多少生生不息的人们。可如今，流年似水，时过境迁，这曾经搏动的中枢，已经成为一道消失殆尽的风景，水磨坊以及水磨坊所寄寓的淳朴民风随着显亲河的干枯都已变成了回忆，真让人有一种无可奈何的依恋和心痛！因为我们所能忆起的不单是水磨坊，而是那些红军战士暗暗留在赞卜乎村的红色密码。

水磨坊和油坊是我国劳动人民在发展生产过程中不断实践创造出来的科学技术成果。它们依水就势，巧借流水自然动力和齿轮、绞盘、杠杆等原理，省时、省力、高效率地进行粮油加工。这在中国农耕文化中具有重要的历史价值，通过它，可以具体地体会到我们祖先的智慧和创新精神。虽然它们被现代科学技术以新代旧而退出了历史舞台，但这些古老遗存仍然是我们认识过去的宝贵的历史文物。

在赞卜乎村连油坊的遗迹都荡然无存的情况下，乡亲们对于红军战士修建的油坊和它背后的故事仍津津乐道。

老人们说起土榨油坊，一脸的自豪与兴奋："唉！那时候的红军战士就是能干，那座油坊是一座开间1.1丈，里径2.2丈的7通间大房子，粗梁高柱，结构极为结实。这么大的油坊在方圆百里是没有见过的，他们这些共产娃不得了。可惜啊，'破四旧'时全毁了。"

土榨油坊榨油就是把磨好的油籽先进行蒸熟，以便借助蒸汽高温催化，使油分易于从油料中析出。蒸油菜籽的油锅，设在靠近门口的墙边。蒸锅的口径在3.2～4.2尺之间。炉灶砌在地下深约4尺的一个方形大坑内，烧火的人就待在坑底生火烧水，这样可以预防火灾隐患。镶砌在炉灶上的蒸锅口约高出地面六七寸。锅口上搁置有厚约三寸的四楞木条（称为"油齿"）若干根，每个油齿间距约 1 厘米。锅口四周设有称为"锅圈"的木板围栏，锅圈靠油坊中间一边的闸板可以自由装拆，以便油菜籽或油渣可自如装卸进出。

油锅里的水烧开前，小油把式要用由磨好的油菜籽粘结成的团块，把油齿间隙堵上。等油锅里的水烧开了，两个油把式挥动铁锨，把磨好的油菜籽均匀地在油齿上铺撒一层，然后仔细观察，哪个地方有蒸汽冒出来，就在哪个地方撒油菜籽。就这样，磨好的 1.2 石（读 dàn，石是旧时的容量单位，1 石为 10 斗，每斗菜籽约 18.5 公斤）油菜籽铺撒完毕，到蒸汽全面上足时，再在油菜籽上面加盖一层胡麻草，继续蒸约 1 小时，锅圈里的蒸汽弥漫，油香四溢，经油把式观察，到油菜籽全部蒸的透熟后，蒸油的工序即完成。

红军战士里面都是能人，什么事情一学就会。接下来，他们在油把式指挥下充当小油把式，他们将刚出锅的热气腾腾的油菜籽，打成圆饼状的"油包"。打油包的器材有"油箍"、胡麻草和小指头粗细的岌岌草绳。油箍是用岌岌草编结成的竖宽约 1.5 寸、口径 4 尺的圆圈，极其坚固柔韧。打油包时，将三个或是两个油箍叠放起来，在底面和四周铺上一层油草，然后向里面充填蒸好的油菜籽；之后，再将高出上道油箍的油草向中间收拢；最后，用岌岌草绳将其缠绕，捆绑结实，一个油包，即告打理成功。蒸好的 1.2 石油菜籽，要平均分配打在 5 个油包内，每个油包厚约一尺，重量达 90 多斤。

榨油的第四道工序是压榨。压榨的主要机具叫"油樑"。油樑是一根顺通间大屋而卧、长度为 4 丈左右的粗大松木树干，大头直径在 4 尺上下，重量上千斤。在油樑的"樑头"上方距地面 3 尺多处，还安置有一个大木笼，木笼里装满了大块卵石，故称"石笼"。石笼定位在 4 根木柱间，其作用是镇压樑头、制约"杠杆"一头的强大张力，以免其过度上翘而造成"翻樑"。在油樑的大头上还系有一根结实的皮绳，将长绳缠绕于固定在房梁上的大辘轳（滑轮）几圈后，向下延伸至地面，终端系在一个木制绞轮上。

在油樑中段稍微靠前的地方，设置有四根"将军柱"构成的"亭子"。在亭子顺樑尾方向的两柱间，设有高约 3 尺的横木楞坎，它是油樑下降的最低支撑点。在亭子中间，设有一个"榨油井"（俗称"旱井"）。榨油井呈圆筒状，口径和深度均为 4 尺，木帮石底，木帮四周密封。在樑尾方向与榨油井毗邻处，还设有一个"储油井"（俗称"水井"），井下 4 尺处理有一个储油的大陶缸，缸口稍低于榨油井的石底盘。两井之间，有小孔道连通。

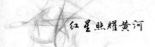

　　5个油包全部打成后，两个油把式就合力使劲转动绞盘上的木把手，将油楔慢慢悬空吊起。然后油把式们将4个油包逐一移入榨油井内，叠放起来，在另一端放置一块硬杂木做成的厚实圆挡板，在剩下的空隙中用略带楔状的木方分两层填满，在两层木方中分别插入楔状撞钎并塞紧。准备就绪后，由三个壮汉合力使劲推动撞杆，其中一人必须是经验老到的撒拉族师傅，站在中间掌钎并掌握撞杆的俯仰倾斜角度，另外二人分站两边用双手握住挂缆绳处的把手助力。三个壮汉合力先将撞杆向外杆尾略向上，大跨几步猛力推动撞杆使其荡起，达到人所能推的最高高度后，借其重力荡回，再反方向杆头略向上，大跨步用力推动荡起；当撞杆反荡回来，三人再次用力将其推动荡出，使撞杆获得了最大动能后，分站两边助力的二人同时把手放开并向旁边退出一步，待撞杆向外荡至最高处并在重力作用下回荡下来时，由中间的掌钎师傅抱住杆头对准撞钎头猛力撞去。只听"咚"的一声闷响，撞杆就结结实实地撞在钎头上，楔状撞钎向前移动的同时，把力量传向两边，就将油料圆饼挤压紧了。当这样连续多次不断地撞击并不断地分别在两层木方中加入撞钎，把油料圆饼挤压得越来越紧后，在连续不断的撞击声中，清香扑鼻的菜油便从木榨槽下方的油孔所连接的竹管流进旁边的大油盆里。

　　每年榨油的季节都是在油菜籽收割后的夏天，推动撞杆来回摆动撞击撞钎榨油的三个壮汉都赤裸上半身，下身只穿一条短裤。这活儿既苦又累，所以三人都必须是个高力大才能胜任，而红军战士就是这些苦活累活得不二人选。只见他们配合默契地重复相同的威猛动作，在盛夏的酷热及繁重的劳作下浑身冒着油汗。悬挂撞杆的撞杆架横梁中间，在粗缆绳上端分成两股与之连接的是一个用自然长成约直角状的结实硬杂木——弯木枷担，下方悬挂着沉重撞杆的弯木枷担，在撞杆往返摆动与横梁的摩擦下发出"吱吱"声响，与间或地"……咚……咚……"撞击声组成了一首和谐而优美的劳动交响曲，致使整个榨油场景十分壮观。汩汩向下流淌的菜油的清香顺着河风飘向远方，在老远之外就闻到了油香。

　　榨油井的油包被压缩下降1尺时，油楔再次被吊起，第5个油包也被放入榨油井中，再继续进行压榨。直到5个油包中的油基本取完后，油把式们把麻渣包——从榨油井中取出，头榨即告完成。

　　接着，油把式们取掉"渣包"上的油箍，拿下油草，把"渣砣"（又叫"麻渣轱辘")摆在油锅边的"油场"上。油场是用一层厚厚的黄胶泥捣筑成的地面，上面渗透了油，平整而坚硬。油把式们抡起八磅大锤（大锤有铁制、石制两种），奋力将渣砣砸碎。然后，一个油把式站在一个两头翘起、中间着地、上面刻有棱槽的弓形木制"码子"上，左右一翘一翘地往前推进。这样往复数次，油渣就全压成了碎末。再经蒸、包、压榨等重复工序，第二次取出油来，这叫"二榨"。

这样的榨油过程，要往复进行4次，才能将油菜籽中的纯油全部榨取干净。前三次所有的油菜籽或油渣都要全蒸、全榨。头榨出油60多斤；二榨出油40斤上下；三榨出油18斤上下，共约120多斤。

每次放下油樑时，一定要"轻放慢压"，不能使"猛劲"，不然就会箍断包破——"倒了肚子"，造成误工浪费。在压榨过程中，油把式要随时观察情况，根据需要，亲自动手，在油樑和猴儿墩之间加钉楔子；并指挥调度油把式们，在油樑尾部悬吊二三百斤重的"石牛"（也称"石坠包"），以增加重量，加大压力，提高出油率。

三榨之后，油把式们拿起一把形若镰刀的"刮刀"，把渣砣上去油未净的部分剐削下来，就是剩下的"硬渣砣"。榨油归顾客所有，刮下的油渣则是油把式和油把式们的劳金。

油把式将刮下的油渣，经过数次积累，达到够"一榨"的数量，就进行第四次蒸榨取油。这次榨出的油叫"皮油"，数量可达20斤左右。油坊业者以每次出油的质量而言，有"头油不如二油，三油不如皮油"之说。

榨油的工序，精细而复杂。油籽运到油坊，先要在场院中摊开晒干。然后经过风车粗选，再经手工簸、筛精选，把里面的尘土沙粒、柴草杂质全部清除干净，再上水磨粉碎。

赞卜乎村加工粮油的水磨坊有三盘磨。凡配套有油坊的水磨坊，其中必有一盘磨专供加工油籽，叫"油磨"。石磨盘上锻刻出的棱槽叫"磨齿"，油磨的磨齿与磨面的磨齿不同。油磨出的油菜籽，既不能过粗，也不能过细，须成"雀（读qiao）儿脑脑子"才符合标准；这全凭"油把式"丰富的经验掌握。若粗细不当，就会影响出油率。

秋天，庄家收割、打碾完毕，油料产区的庄稼人，赶上马车，牵上毛驴，把收获的油菜籽运到老油坊来榨油。当油坊开榨时，生产热气腾腾，老远就

可以闻到一股扑鼻的油香。油料品种除大宗油菜籽外，还有少量胡麻、大麻。循化隆的老百姓闻讯前来榨油磨面，赞卜乎村一时间成了非常红火的一个小村庄，西路军战士也在这里广泛接触撒拉族、回族、藏族群众，为他们秘密讲述红军的故事，也赢得了劳苦大众的信任。战俘中有好多是在老乡的帮助下秘密逃跑的。当然，这个油房是属于马步芳的产业，除了压榨菜籽之外，马步芳将种植在循化境内宗吾，占群等地的罂粟也在此榨过油，那些罂粟油被秘密的灌装密封，大多数人不知道去向。

二十世纪八十年代，电力在农村普及，传统水磨合油坊被电动钢磨和榨油机所取代，随之又被毫不留情的拆除而荡然无存！自此以后，那古老的水磨和老榨油坊的情景，就成了老一辈人的怀旧话题。

赞卜乎村那充满诗意和厚重历史感的油坊水磨，哪怕原封原样的保留一座，那也是民族历史文化的无价瑰宝。可惜，现在已被我们自己无知的双手销毁得无影无踪了！

第五章 枪口下的组织生活

红军战俘修建好赞卜乎村的几户民房以后，第一个入住的撒拉族人家的喇家保的儿子喇世英告诉我："我母亲说，那时候，赞卜乎的民房修起来以后，我们家是这里的第一个居民，好多房子里住着那些红军战士。我们特别害怕他们，现在回想起来，他们其实也怕我们，因为我们是马步芳的佃农，直接归马步芳管。他们也和我们一样需要干活，特别繁重的活。不过，我们比他们稍微有自由，偶尔的我们还可以帮他们，后来慢慢熟悉了，相互之间也多了说话的机会。可是，我们搞不懂这些人，白天都是稳稳当当地干活，一到晚上，他们在房间里吵架，声音不高，但很激烈，有时候还有人在门口放哨，他们说的下边话我们根本听不懂。"

他说的这些事情和我搜集的资料相吻合。他们这是在开秘密组织生活会。

在赞卜乎（红光村）村许多老人提到较多的是一个叫刘连副的人，他中等身材，瓜子脸，人很机灵，对老百姓很友善。老百姓不知道他的真名，在后来的了解当中作者得知他叫刘一民，在西路军原本是一名小班长，马步芳为了便于管理"工兵营"战士，从西路军当中挑选一些战士担任四个连的连长和副连长，刘一民就是其中的一名副连长，所以大家就亲切地叫他"刘连副"。就是他带领红军战士规划了赞卜乎（红光）村的村庄和学校、清真寺的布局结构，把暗含革命的红色密码包含在所有的建筑里面，也正是他，在离赞卜乎（红光）村五公里外的大庄村砖窑里做苦工一年多，他广泛接触撒拉族老百姓，取得老百姓的同情与支持，在当地撒拉族群众的帮助和保护下秘密制作、雕刻、烧制那些保留至今的珍贵红色印记。

当时的撒拉族社会还是部落头人议事制，刘连副当时在查汗都斯乡大庄村、中庄村带领一部分战士烧砖瓦时，经常出入大庄，中庄，下庄三个老村庄，和那里的撒拉族乡亲非常熟悉，为了让撒拉族同胞同情、支持，帮助红军战士做了大量的工作。大庄村的头人们见刘连副为人不错，遂提议一户姓董的撒拉族家庭的老太太，名叫才力幺姑，她老来膝下无子，就把刘一民收为养子，然后给他娶妻，以这样的方式把他招为撒拉族的养子。至此，他就成为名副其实的一名撒拉族家庭成员，更何况，这家董姓人家原本族上是汉族，是董仲舒的后代，老辈人从河南来循化做官，长期的婚姻交融和潜移默化，加上社会动荡等因素，一部分董家人渐渐的改为回族，也有一部分从循化县城积石镇西街寺门巷董家人 118 号和 119 号的门楣上，至今还有"派衍仲舒"、"耕读世家"的正规隶书砖刻。衍生的后代，陆陆续续迁往其他地方。中庄村的这个董姓人家就是从县城迁移而来，因为这里都是撒拉族，他们也就按照撒拉族习俗生活。这为刘一民以后接触撒拉族社会提供了便利，所以他在全循化县有很高的知名度，好多当时的政府官员和军人都和他有来往，对他的评价也不错，也为他替战友们争取更多的权利带来便利。

民国三十二年（1943 年），赞卜呼村的大部分基础设施已经建好，马家军对红军战士的看管也比较松了，把他们从最初的马步芳桥头堡营的盘窑洞中搬到新建的民房里，大部分战士和迁来的撒拉族移民共住一院，这给红军战士开展组织生活提供了一个很好的机会和平台。就在赞卜呼村新建的一号院里，他们秘密地建立地下组织开展了组织生活。

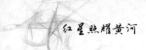

刘一民认为能在赞卜呼村扎住脚，可以开展工作，并指出：随着形势的发展，以后要根据党中央对白区工作的"精干隐蔽、长期埋伏、积蓄力量、等待时机"的新方针去搞工作。同年冬，刘一民秘密开始发展党员，建立党的基层组织。他把贫苦农家出生的学校首任校长作为重点发展对象，一方面宣传党的抗日民族统一战线政策、各民族一律平等和宗教信仰自由政策，一方面分析他们受苦受难的根源，启发其阶级觉悟，提高其认识。与此同时，为了更多地联系民族宗教界人士，开展统战工作，刘一民为了让一些年龄特别小的红军战士摆脱苦役，经过协商派他们去清真寺驻学当学生，学习知识，并广泛接触宗教界上层人士。后来，刘一民还应马国良校长之邀，给学校学生教授汉文和数学知识。刘一民巧妙地把数字加减法用制绘图案的方法给学生直观地教授知识。清真寺民管会成员热海毛说："我父亲那时候告诉我，那些红军教学的方法很特别，从来不打不骂，而且，他们用身边的任何事物随手拿来教学，尤其是他们把镰刀画成月牙形，把"工"字画成"2"形，把五角星画成星星状。然后让学生认识数字。"

为了不暴露身份，同时建立了由刘一民负责的工兵营党支部。其时在工兵营中的有共产党员4名。民国三十四年（1945年）2月，刘一民在查汗都斯乡的大庄，中庄，下庄，苏志村结识当地撒拉族头面人物，期间，在宗教职业人员中争取了个别出身贫苦、对马家军的民族压迫有切肤之痛的阿訇同情保护红军战士。党内进行动员，并了解敌情动态，绘制地图，筹集资金，秘密派地下党员入乡镇发动群众，做秘密潜逃的准备工作。

民国三十四年（1945年），工兵营地下党组织决定对驻守赞卜呼渡口的工兵营营长马德林进行策反劝降工作。先后派清真寺阿訇和校长与马德林秘密接触，做他的思想启发工作。刘一民也多次以汇报工作为名去他家中，向他提出靠拢人民的希望和要求。经多方争取，马德林表示：一决不告密；二保持中立，决不欺负工兵营战士；三尽力而为。马德林其后多次在关键时刻保护了红军战士，起到了较大作用。所以在新中国成立后，在多名流落红军战士的证明下，他没有被镇压。

红军被俘战士在红光村建起来以后，和撒拉族老百姓同住在一个院子里，他们白天承担着异常繁重的施工任务，一到晚上，骨头像散了架似的。尽管疲倦不堪，但他们悄悄地成立了党的组织，由老党员担任组长，召集大家过组织生活。首个支部组织生活会就是在赞卜乎村建起来的第一个民房里召集的，那户撒拉族老乡叫喇家保。为了不被敌人的监工和哨兵发现，每个党小组都会派出人员在门口放哨，一有情况马上报告。常常是门外静寂一片，而屋内的党内批评与自我批评十分激烈，老战士带动年轻战士，用党性的光芒驱赶苦役带来的精神痛苦，研究对敌斗争的方式策略。这种组织生活是保证他们的信念之火不灭的又一有力保障，西路军战士在风雨如磐的岁月里，为理想、为信念、为革命奉献了他们的一切。甚至连生死都置之度外，他们始终把革命的堡垒用信念巩固起来没有被解散。撒拉族乡亲们在与西路军战士的相处中建立了水乳交融的关系，他们有意无意地帮助和保护战士们的各项秘密工作。战士们在自己亲手建起来的村庄里把革命的信念用直接物化的形式表现出来，更用那种抽象的精神形式传承下来。他们的这种在逆境中不忘初心的精神永远值得后人学习。

红军战俘修建的学校建成以后，刘连副经常与校长马国良接触，暗中和他交谈一些进步的思想。校长也把学校中收获的土豆，玉米和自己剩下的口粮送给刘连副，让他带回去给那些身体单薄、吃不饱肚子的战友们吃。时间一长，此事被马步芳的军人发现，校长受到打击和迫害，不久就被调离该校。

"我们红军就是保护穷人的，只要有我们在，他们就不敢乱来。"刘一民的宣传让乡亲们逐渐了解了红军，主动跟红军聊天，赠送粮食。这些红军部队被俘后，没有忘记自己是一名光荣的红军战士，他们结识了循化赞卜乎村一批穷苦的青年，并在他们当中秘密宣传共产党和红军的革命主张，介绍"打土豪分田地""穷人当家作主"的情况，使贫苦农民深受启发和鼓舞。刘一民行侠好义，凡穷人有难，他都挺身而出，为之排忧解难，当地贫苦百姓有什么事都愿找他商量。他把对地主恶霸和马家军反动派的深仇大恨埋在心底，利用各种形式，寻找各种机会同地主恶霸斗，同马家军反动政府斗，以此维护贫苦穷人的利益。如修清真寺时，马家军工兵营营长乘机掠夺民财，克扣被俘战士的伙食款，欺压学校教师，刘一民邀集当地青年商量，利用乡丁的名义找马步芳告状，最终，在其努力下前任营长被免职，马德林继任。刘一民"智勇双全"斗马家军乡保长和恶霸地主的事迹被当地传为佳话，教育了一代又一代青年。

西路军战士刘一民为了战友们的生存之道，也为了让更多的撒拉族乡亲

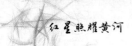

们帮助他们，他始终和撒拉族中的头面人物多有接触。后来，他和韩德禄的儿子韩绍武成了好友，毕竟韩绍武是大户人家出身，家境殷实，对前来求助的西路军战士多有资助。韩绍武知道父亲的身世，对共产党对有所了解，他偷偷将父亲的国民革命军时期的材料给刘一民看了。刘一民抓住韩绍武的遭遇，对他进行了革命思想的传播。虽然，韩绍武并没有真正了解革命，但他始终同情西路军战士，多次为西路军战士的组织生活提供便利。尽管在解放战争时期韩绍武被马家军从昆仑中学拔兵当了个上尉连长，新中国成立后，韩绍武因为父亲的佐证材料，也被人民政府重用，曾担任循化县三区区长和税务局局长。

早在 1925 年 8 月，著名共产党人宣侠父，受党组织派遣，随冯玉祥部第二师师长刘郁芬西征甘肃途经宁夏，沿途在平罗、宁夏府城、宁朔、中卫等地广泛接触各族各界人士，了解西北政治形势和民情风俗，亲自起草布告、传单，向军民宣传三民主义，宣传反对帝国主义、打倒军阀的主张，争取各族群众的广泛同情和支持。10 月，他随军抵达西北重镇兰州。根据中共北方区委关于建党工作的指示，同钱清泉与先期从武昌高等师范毕业回到兰州的共产党员张一悟取得联系，于年底创建了甘肃省第一个党组织——中共甘肃特别支部，张一悟任书记，他和钱清泉任委员。甘肃特支成立后，积极发展党员，团结动员广大民众和国民党左派及上层进步人士，广泛开展革命宣传和反帝反封建斗争，开始了兰州地区及甘肃省在共产党的直接领导下有组织的革命活动。

马步芳于 1930 年底又收编了隆务寺、边都寺一带的撒拉族地方武装韩德禄部。韩德禄是青海省循化县查汗都斯乡苏志村人，韩德禄在青海，有自己的一支队伍，自立山头。在循化文都（旧称边都）至黄南同仁县一带活动。那时候没有自己的武装是没有办法保护自己的商队的，韩德禄用他的勤劳和勇敢给自己和乡亲们打出了一片天地。在此之前主要是来往于甘肃河西地区，宁夏，绥远一带从事民间商贸。在此期间，他在兰州与宣侠父见过面，粗浅的了解过共产党。

1932 年秋，宣侠父去张家口支持冯玉祥建立抗日同盟军。1933 年 5 月，察哈尔民众抗日盟军成立，他任该军中共前线委员会委员、军事委员会常委，兼二路军政治部主任、第五师师长。抗日同盟军失败后，与吉鸿昌等在天津组织"中国人民反法西斯大同盟"。1934年3月，介绍吉鸿昌加入中国共产党，并陪吉鸿昌赴上海履行入党手续。

宣侠父将韩德禄介绍给吉鸿昌。韩德禄在来往于宁夏和青海之时，对吉鸿昌早有耳闻，敬佩吉鸿昌的爱民情怀和革命思想。在吉鸿昌的影响下，韩德禄也更详细地了解了共产党的主张，吉鸿昌被解除兵权后，队伍也随之解散，吉鸿昌委以韩德禄一个师长的头衔，大家都叫他"苏志师长"。他建议韩德禄回青海后建立自己的根据地，扩大武装，为今后的革命做准备。

1935年，在河西对红四方面军作战时，马步芳为扩大军队，着手编制壮丁，组织公民军事训练，冲破编制额数，在省保安处领导下，各县成立壮丁司令部，先划青海全省为7个宝安区，后又由10个宝安区扩大为15个宝安区。委任各区保安正、副司令，就地征拨年在17岁以上50岁以下的男丁，自备枪械、鞍马，强令入伍。各区保安团壮丁约共10万人左右。宝安区的司令由马步芳选派新二军的军官充任，县司令由各县县长兼任。团、营（大队）、连（支队）以下官佐，就各地地主、士绅及蒙藏王公、千百户充任。凡适龄男丁，除孤子外，依家中男丁人口比例，按六抽五、五抽四、四抽三、二抽一的方法，不分畛域，不分民族，一概征拨作壮丁，成立了"国民兵团"，作为嫡系部队的外围。各族群众，十户之中，就有八九户都出人当壮丁。当时全青海省总人口不足100万，几乎把青壮年劳力都抓去当壮丁了。这种壮丁，实际上就是兵。这些兵员除战时被调前线效死外，平时则集中在当地保安团队部受军事训练，并承担挖金、修路、植树、开荒等劳役，日无休止。在这期间，整团整营地大批编并于新二军所属各师团的建制。这样强制的结果，民团和正规军士兵实质上除隶属番号和给养服装不同外，没有多大区别。演变到后来，青海农业区平均每两户人家，就有一个在营正式当兵的，甚至一家之中有兄弟二三人同时当兵。至此，仅正规军的数额已约达十余万人。马步芳的第四十集团军成立后，辖有步、骑两个军、独立骑兵3个旅、步兵5个团和海南警备司令部骑兵3个旅、独立骑兵一个团、步兵一个团。群众一经当兵，不能自由改业，即令残废衰老，也不能返里，而转变为变相的长工，拨遣在官僚资本的牧场或工厂中做工，永无尽期。这些兵如果不堪压迫和苦役逃跑或死亡了，便须由他的子弟顶替；本人家属中如无适龄的壮丁补充，则由亲戚乡里中强迫抽拨。这种强拉硬派地拔兵方法，风行全省，成为民间

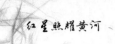

数十年来最大的苛政。其时因拔兵而逼死人命和倾家荡产的，比比皆是。捉拿逃兵和拔兵的军官，横行霸道，为所欲为，其中奸淫掳掠、勒索苛榨的案件，不胜枚举。民间听到拔兵和捉兵，连小孩也噤若寒蝉，不敢作声。一旦不幸被拔为兵，群众叹喟"万年脏、连根烂"；临行时家属遥遥相送，如丧考妣，景象之惨，可见一斑。其后为逃避当兵和补兵，有的成年男丁，自将手指忍痛割断；也有的父兄为避免子弟充兵，乘其不备，忍心将其眼珠捣坏或将其足胫割断；使其终身成为残废，不能入选。这些骇人听闻的事例，难以统计。以致父子不能相认、兄弟分离异处之事，随之不断发生。积时一久，马军军官利用自己的官阶大小，通过卖兵、换兵和抓兵等形式，通同作弊，敛财致富。最初一个兵的卖价，约在银币 300 元至 400 元，换兵是以此替彼，有的改名顶替原兵，也有不改名顶替的。卖兵是缴纳现金后，注销名额，不再当兵。贿款，约在 200 元至 300 元，其后竟达到卖价 1200 元，换价 800 元以上。这个所换的兵，连顶替人本身雇价合计在千元上下。由于换兵对军额并无妨碍，营长以下军官，借此向富有的家属挑剔，促令更替，成为普遍现象。因卖兵手续较繁，营长以上军官才能插手，因之换兵远远超过于卖兵的数额。马步芳放纵部属，无法无天，卖兵受贿，贪婪已无止境。这样长期横行霸道的结果就是许多人家只剩老弱和妇女，以致田亩荒芜，生产急骤下降，民不聊生，日无安宁。更悲惨的是，每临战阵，都让民团首先驱赶到一线与对方拼消耗，同对方消耗拼得差不多了，青马正规军才出动给对方猛击。这样，损失的是民团，拿战功的是正规军。西路军也曾给青马造成重大伤亡，但其中大部分是民团。后期青马继援掌军后，强调正规化，不再使用民团，代之的是保安团这种青马的"地方部队"了，而作战的主力也是"野战军"了。

　　马步芳知道韩德禄智勇双全，能征善战，而且长期来往于河西一带，对那里的情况和地形非常熟悉。所以想起任用他作为循化撒拉族上四工的民团团长开赴河西剿灭红军。从马麒父子自组建宁海军以来的方针是以马氏家族为核心。在这一点上马麒已不像组建镇守使署时所表现的恭贤下士，而是几乎非亲莫人了。当初的宁海全军 32 营，从总统、帮统、统领到营长 46 名中，马氏家族内的直系人物就先后占 32 名。全军大权不仅操于他兄弟二人之手，而且马麒的三个儿子都升任了营长。从此，宁海军便成为他们在青海开基建业的重要工具，也标志着马氏军阀事业有了新的基础。马家军事封建专制的另一重要社会基础是西北地区传统的宗教势力。在马步芳时代，青海全省重要的军事、政治枢要，大多掌握在以马步芳为核心的甘肃临夏回族上层手中。

韩德禄自 1930 年被马步芳收编以后并没有被委以重任，而他又是撒拉族的人中龙凤，性格刚烈，英勇强悍，刚直不阿，一直对马步芳父子的两面三刀和任人唯亲看不惯。所以他当时就对马步芳派来的人说，"你家马步芳和平时期都用自己老家临夏的回民和亲戚，战事来了就想起我们撒拉人勇敢、朴实和忠诚，想让我们充当炮灰替你马家卖命，那是不可能的，我可不去当什么团长之类的"。这下可惹恼了马步芳，决意要除掉韩德禄。后来由于有人告密，在韩德禄回循化苏志老家时被马步芳部队抓捕，马步芳密令此人不必押往西宁，在循化就地枪决，年仅 39 岁。

刘一民利用各自的社会关系，在文教界宣传党的主张，在马家军机关中了解敌情动态，并印发传单，绘制地图，做了大量革命工作。同时，地下党也加强了在群众中的工作。虽然，没能在循化地区真正发展党员，但是，由于刘一民出色的宣传工作，在循化了解共产党，了解红军的人数得以增多。工兵营地下党组织的活动范围除工兵营地区外，还扩大到循化县城、化隆县城及一些村庄。到民国三十五年（1946 年）7 月，全县共有 42 人了解共产党的主张，同情西路军战士，这些人在后来的解放战争中，为王震司令由循化渡河西进提供了很大的帮助。

长征是一次让世界为之震惊的壮举，是一个正义之举必胜的有力证明，而两万五千里的每一寸土地，都无法忘却红色歌舞活动的历史性功绩。长征途中，红军一方面要与敌人作战，一方面还要经受来自大自然的考验。雪山草地，是红军当年所面临的最大挑战。歌舞成为战士们战胜敌人、战胜自然的精神支柱。为抒发人民当家作主的喜悦和拥护中国共产党、红军的感情，由民间歌舞结合革命而创作的歌舞鼓舞了士气，激励了斗志。长征中，文化宣传是激励红军指战员战胜困难的精神食粮。

据很多老红军回忆，每当听到鼓动棚内又敲锣，又喊口号，他们的困意就会顿时消失，士气倍增，虽然气喘吁吁，但还是使劲咬着牙摆着胳膊往前走。特别是生死存亡的重要关头，文化宣传的作用更是重要。如过雪山时，红军为了克服饥饿寒冷，唱起了歌。雄壮的声音，此落彼起，震得山鸣谷应，在歌声的鼓舞下，红军顺利翻过了艰险的夹金山。除了歌曲，报刊也在长征中发挥了激励斗志的作用。

"长征是宣言书，长征是宣传队，长征是播种机"，在红军长征路过的地方，人民群众用歌声表达了对红军的怀念和热爱、对革命成功的坚定信念。四川民歌《红军枪》："红军枪，亮堂堂，红军用它打江山，路过彝寨留下枪，彝山从此见曙光。彝家用它打豺狼，工农江山万年长。"《盼红军》："正月里采花无花采，采花人盼着红军来。七月里谷米黄金金，造好了米酒等红军，九月里菊花艳在怀，红军来了给他戴。青枝绿叶迎风摆，红军来了鲜花开。"甘肃民歌（花儿）："啊—红军来到新城了，苏维埃政权建立了，我们穷人翻身了（两叶儿啊）。"

《打骑兵歌》是西路军中流传极广的歌曲，广大指战员不仅在战斗的间隙唱，在向群众宣传时也唱："敌人的骑兵不可怕，沉着应战来打他。目标又大又好打，排子枪快放齐射杀，我们瞄准他，我们打塌他，我们消灭他。无敌的红军是我们，打垮了敌人百万兵。努力再学打骑兵，我们百战要百胜。"《打骑兵歌》立即引起了广大红军指战员的兴趣，很快传遍了红一方面军的各个连队。红四方面军的指战员也很喜欢这首歌，这首《打骑兵歌》，寓战术要领于歌曲，情趣盎然，朗朗上口，广大指战员都喜欢唱。经过长征的红一、四方面军的同志几乎人人都会唱《打骑兵歌》，剧团和各师的宣传队还会跳《打骑兵舞》。

被俘红军战士在赞卜乎（红光）地区繁重的苦役之下，还要满足马家军士兵的兴致，在劳动之余强迫他们表演歌舞。起初，红军战士强烈反对抵制，因此也没少受皮肉之苦，后来，大家明白这是向当地的撒拉族群众传播革命的好渠道，所以大家也不再抵制了，反而非常积极地准备，精心地把台词设计好，歌词也要稍稍改编一下。有时候表演舞蹈时既没有台词，也不用排练，只是简单的分工就演出，在劳动之余，红军战士往队前一站，两手一合，放在嘴边一吹，就吹出了机关枪扫射的调子，他们还可以模仿战马嘶鸣，枪声大作，寒风猎猎的场景。许多战士立马能明白舞蹈所寓意的场景。他们在七年多时间里，把红军时期的很多节目表演给了撒拉族乡亲们和孩子们，也比较完整的还原了他们在河西艰苦卓绝的战斗经历，这一切是工兵营的战士们从内心深处没有忘记他们的使命，他们的信念。这也使这一崇高的共产主义信念得以延续。

有时候在会场上，两人往中间一站，就可演出一幕'双簧戏'。他们用各种方式为乡亲们传达革命和红军的精神思想。比如他们表演信天游改编的舞蹈歌词："山丹丹开花红满山，红军来了大发展。一人一马一杆枪，咱们的红军势力强。镰刀斧头老镢头，砍开大路穷人走。革命势力大无边，红旗一展天下都红遍。"刚好应了劳动的场景，所以他们表演的舞蹈，不论什么剧目，在最后的结尾都有一个不变的造型：一名战士从一侧走到舞台中间，举起手中的镰刀，高呼：我手拿一把镰刀！另一名战士从另一侧走向舞台中间，举起手中的斧头，高呼：我手拿一把斧头！然后两人把镰刀斧头交叉并在一起，巧妙地组成了一个党徽的标志。另外的战士为了掩饰两名战友做出的党徽标志的造型，拿着锄头在他们前面做出夸张的锄地动作，引得马家军士兵和老百姓哈哈大笑。高呼：再来一个，再来一个！西路军战士不管表演多少场次，这个造型是永远不变的，他们和清真寺屋顶上的镰刀铁锤的雕刻遥相辉映，在循化这片撒拉族的土地上发出不一样的光芒。正是这种精神的鼓舞，西路军战士们的信念之火在刀枪架脖子的年代里愈久弥坚，在青海大地留下了不可磨灭的革命遗迹和历史奇迹。

在渠边，在村口，在田间地头，在校园，在清真寺，红军战士这些即兴创作的作品，朴实无华，反映了红军战士怀念战斗历程的心声，因为马家军士兵和老百姓大都是文盲，对共产党的党旗党徽和革命内容的歌舞并不理解其含义，所以红军战士的表演广受欢迎，他们的歌舞成了学校的校庆，各种系列活动必演的节目。战俘的这种革命乐观主义精神在赞卜乎地区广为流传。虽然当时，并没有多少人真正理解了这些舞蹈所蕴含的真理和信念，但是，西路军战士的那种革命乐观主义精神一直为撒拉族乡亲们所称道。

第六章　红军战士融入百姓

邵明先，现名韩阿卜都，1924 年 10 月生于四川省苍溪县溪平乡一个贫农家庭，原住循化撒拉族自治县白庄，他是循化县最后一位去世的老红军。

邵明先是四川苍溪县人，生于 1924 年，9 岁就跟着中国工农红军，后到西路军中部直属机关医院当勤务兵，说起自己当年参加红军的情景，邵明先至今仍然感觉颇有些戏剧性。1934 年，红四方面军来到四川苍溪县宣传路线和方针，一簇红色的火苗让生活在凄风苦雨中的邵明先看到了希望。"当时全家辛辛苦苦劳作一年还吃不饱饭，粮食常常被地主和军阀搜刮一空。9 岁的邵明先聆听了红军的讲述，非常渴望成为这个队伍中的一员。按照红军的规定，他年龄不够，不能参军，但是性格好强的他有自己的想法，当红军队伍离开苍溪县时，他紧紧跟随在队伍后面，邵明先就这样成了一名"红小鬼"。在成千上万的红小鬼中，他成了一个红军总部医院的勤务兵。邵明先长得黑黑瘦瘦的，整个人看上去瘦小精干，黄黄的小脸上嵌着一双圆溜溜的眼睛。由于食物匮乏，营养不良，邵明先的眼睛显得特别大，稚气的脸上却总是笑呵呵的，有时候脸上沾了泥水，抹得花里胡哨的，就像一个小老虎。

他每天在红军队伍中的医院照顾伤病员，瘦小灵活的他能把那些受伤的战友照顾得很好，所以大家也比较喜欢他。

1935 年，红四方面军开始长征。没有什么准备，穿着薄衣、薄裤的邵明先开始向着未知的目的地前进。两过雪山、三过草地，邵明先经历了长征中最严酷的考验。"过雪山时，相当困难，太冷了，根本不敢坐下，只要坐下就起不来了。"在当时极端恶劣的自然环境下，饥饿、寒冷、缺氧都时刻会导致死亡，邵明先回忆，爬雪山时，越往上空气越稀薄，气都喘不上来，战士们相互搀扶、相互鼓励才过了雪山。

本以为雪山是个坎儿，没想到草地才是最大的威胁，邵明先差点把命丢在那里。若尔盖的茫茫草原危机四伏，沼泽、水潭、平地相互交错，无规律可循，只能顺着前方大部队的足迹艰难跋涉，如果误判，后果极其严重。队伍里有一些自救的办法，譬如陷入泥泞的沼泽时，一定要卧倒并快速向旁边翻滚，扩大接触面有利于逃离险境。一次，邵明先双脚已经陷入泥潭，正好旁边有匹马，他眼疾手快，急忙抓住马尾巴才捡回一条命。他回忆道："沼泽太可怕，陷进去的人根本出不来，施救的人也会一并陷进去。"很多陷入沼泽的战友都是同伴们眼睁睁看着牺牲的，"太惨了，在若尔盖，牺牲了800多名战友。"回忆起这些，邵明先的声音有些哽咽。

除了草地环境的艰险，吃、住更考验人的意志。过草地前，部队的粮食已经基本吃完，一路靠野草、树皮充饥，最后连枪上的皮带也吃了。睡觉时捡些树叶铺在地上，大家背靠背取暖，相互鼓励。"过草地的那几天几乎没合眼，根本睡不着，夜里太冷，我们就跳一跳热身。"由于草地里的水有毒性，走了几天腿脚都被沤烂了，加之草鞋又硬又尖，走起路来脚像被刀割一样，钻心的疼痛。邵明先说，"当时也没有其他想法，就是坚定地跟着部队，我相信只要走出去就能胜利。"

1937年在梨园口与马家队伍作战。他说："那时候枪里头没有一颗子弹了，干粮袋子被舔干净了，连长的报话机联系不上首长，敌人的骑兵正向我们逼近，什么都没有了。连长告诉大家，把手中的枪支砸掉，决不能落入敌人手中。我们忍痛把自己心爱的武器朝石头上砸，那时候连长哭了，大家也跟着哭了。连长告诉我们，大家分散突围吧，我们以后会有机会见面的。"

国民党青海骑兵在滚滚沙尘中，气势汹汹紧紧逼赶西路军，追杀到梨园口。被国民党青海步骑团团围困的西路军几千人，在黑暗的夜晚，忍受着零下30℃的严寒，手握无弹的枪支和裂痕翻卷的刀叉，在旷野山间与敌对峙。3月12日危急关头，西路军已无兵力。这时妇女抗日先锋团主动请缨，担任康隆寺范围的阻击，掩护总部和妇女小孩进山。她们剪去长发将脸抹黑冒充男兵威慑敌人，打光仅有子弹和手榴弹，用大刀、枪托、木棍、剪刀去拼；用牙咬、用手撕、用石头砸。终因寡不敌众，13日，800姐妹血染康隆寺。

1937年3月14日夜，北风像刀一样割剐着莽莽祁连山。山下国民党士兵团团围驻烤火取暖。山上，浑身布满战伤的剩余部队，瑟瑟寒风中挤在一起。就这样，12岁的邵明先跟着几名年龄较大的战友向西侧的祁连山撤退。

走了整整一天时间，他们一行六人来到了属于青海境内的草原上看见了一个藏族的账房，热情的藏族女主人被近些天的国民党士兵骚扰的疲惫不堪，但是看到眼前这六位人不人鬼不鬼的小孩，一下就认定是失败的红军。虽然语言不通，女主人拿出酥油糌粑和仅有的肉干让他们吃饱喝足，催促他们赶快离开。他们六个人在茫茫草原漫无目的行走。在晚上，他们抱团睡在一个山窝里，第二天一觉醒来，邵明先发现身边的战友们都不见了。12岁的他在空旷的草原上大声地哭喊，真是叫天天不应，叫地地不灵。

最终他被搜山的国民党士兵搜捕，拉到西宁，幸亏有个姓韩的副官求情才免遭杀害，后来韩副官又把他送到循化老家里养伤。

韩副官是个撒拉族，循化县白庄镇人，膝下无子，在家有些田产和牲畜，也算是个殷实人家，他在老家先后掩护过3位红军战士，邵明先到韩家后为了便于隐蔽，就改名为韩忠贵，韩副官就称他为儿子，邵明先在韩家住了一个多月，意外的事情发生了，1937年农历五月初三，马家队伍突然全城戒严，挨门逐户搜查红军。此时的韩副官已经归队了，家里只有老父老母。没有人替邵明先说情，韩副官的父母打开后门让邵明先直奔村子后面的来塘山。来塘山离白庄镇有十几里山路，是一片是人迹罕至的高山大沟，这里四面环山，外面人说是个抬头只能看见三颗星星的地方，别提有多落后的山里头了。由于海拔高，没有道路，水源很少，所以不适合人们居住，不过倒是个放养牲畜的好地方。那时候的撒拉族富人家的标准之一就是家里有自己的畜牧业，有二三百只羊，几十头牛，几匹马或骡子或驴，就是大户人家了。韩副官在国民党青海军阀的部队吃粮，自然手头有些积蓄，所以就在来塘山建了自己的畜牧基地，俗称"卡让"即羊圈的意思。那些大户人家自己家里没有人，就雇上那些穷人家的孩子给自己家里放羊看护羊圈。

韩副官的母亲又将一个锅盔馍馍塞进他的衣服，嘱咐他逃跑时路上吃，顾不得挥泪而别。就这样，邵明先在人迹罕至的荒山孤独地放了近八年的羊，1949年解放，他终于回到了白庄镇的韩副官家。1949年新中国成立以后，曾任生产队长、会计、保管员、出纳员、生产大队长，在各项生产建设中发挥了骨干作用。

1945年以后，国民党士兵在搜乡抓壮丁，发现了一位姓赵的红军战士，想把他带走。大庄村的保长和乡约与马步芳相熟，仗着这层关系，他和大庄村的头人们一起商量，把这名战士招为上门女婿，并且给予厚待。他每遇到负伤失散的红军，不仅不予伤害，而且寄予很大的同情和帮助。一次下乡晚归途经赞卜呼，见到四十多名红军被俘战士在修路的工地向他要饭，保长当即偷拿出民团团部的粮食送到红军战士手中。

这名在循化县查汗都斯工被撒拉族家庭招为上门女婿的红军战士赵玉成，现名韩德，1918年生于四川省广元市，原住循化县查汗都斯乡团结村。赵玉成1933年参加革命，在红四方面军总政府部新剧团当宣传员，在为部队演出、宣传群众、扩大红军等项工作中，有突出贡献。1934年加入共青团，1935年参加长征，1936征战西河。他在新剧团除演出外，还随军打仗，1936年底在张掖地区遭受敌军伏击包围。次年押送西宁，不久，流落循化草滩坝村当长工。1949年在团结村落户务农。1965年社教运动中被错划为"地主""四类分子"。1978年人民政府为他落实了政策，恢复一切荣誉和福利待遇。如今他在幸福美满的家庭中安度晚年。

几十年的日子里他无时无刻不在想念他的战友和首长们，他念念不忘的是当年在河西走廊时，徐向前总指挥对他的关怀，经常问他想不想家，家里有什么人，家是哪里人等等，还有几次徐向前总指挥在晚上过来给他盖过被子。九十年代初，家里买了电视机，有一天他孙子过来叫他，说电视里演徐向前的故事，他听了一下从炕上跳下来，顾不上穿鞋子冲到那屋，看到电视里正出现的出演徐向前总指挥的演员，老人完全搞不懂演员和原型的关系，怔怔地看着电视，嘴里絮絮叨叨："不是，不是，这不是我的首长，这不是徐总指挥，我的首长个子很高，瓜子脸，很气派。"接着他又看到电视画面中徐总指挥在沉着冷静地指挥战斗，他又激动地说："就是，就是，他就是我的首长，当年的战斗就是这样的。"然后他抱着电视机失声痛哭起来，时而哭，时而笑。从此以后，只要电视里播放红军题材的影视剧，谁也别想从他手里要回遥控器。

王太春，1912年四川绵阳，1933年参加红军。由于马步芳军队在河西地区搜捕严密，她不敢往村子里爬。只是到了夜晚，爬到人家的羊圈里住。大部分时间常常在野外，没遮没盖，没吃没喝的。浑身衣服被磨地失去了原样，破得不能再破了。

她在回顾那段令人难以忍受的经历，以及后来风云莫测的境遇时，她早

已无所谓悲，无所谓喜。在讲述自己的亲身经历时，她仿佛讲述着别人的故事，那样的平淡，那样的无奇。但说起长征走过的地方，她是那样的思念，那样的兴奋，那样的如数家珍。

找部队是无指望了，为了生存，她被带到化隆县甘都镇的四合三村，在赞卜乎工兵营营长马德林家里给他放羊。这里还有一个从甘肃张掖买回来的汉族男孩，此时已经更名为乙奴四，他姓张，所以叫他张乙奴四，年龄和王太春相仿。马德林让他们两个人结为夫妻，共同生活在马德林的羊圈里。

王太春当时得知自己的四百余名战友就在离四合三村三公里之外的黄河对岸，她死活请求马德林让自己回到"工兵营"里去。他们夫妻两个人被带到赞卜乎的"工兵营"，是"工兵营"里除了李仁贵和黄家丽夫妇之外的另一对夫妻。他们参与了"工兵营"所有的苦役。尤其是重建古什群渡口的黄河握桥时，他们整天背着沉重的大石头，用肩膀搬石头运到河边的桥基上，所有战士的肩膀和双手双脚鲜血淋漓，惨不忍睹。

1946年，"工兵营"被马步芳解散，好多战友被马步芳带走了，剩下的身体残疾或有伤的战士被就地遣散。王太春和丈夫张乙奴四又被带到马德林家里放羊。那时候四合三周边和赞卜乎（红光）地区有大量的狼群出没，羊被狼群吃掉时有发生。王太春夫妇免不了一顿皮肉之苦。有一次，羊群被狼包围，王太春夫妇束手无措，眼睁睁看着七八只羊被狼群咬死。夫妇两人害怕被毒打，连夜出逃渡过黄河向循化东面跑去，天亮时走到了一个叫清水瓦匠庄的村子，被当地的撒拉族老乡收留，又被介绍到一个富人家里放羊。

1949年9月解放军来到循化，她找到解放军，兴奋地给解放军当向导，并在伊玛目渡口参与支前。在这期间，她含泪诉说了自己的悲惨遭遇，急切地要求参加工作。一个解放军首长除了安慰她外，向她提出一个至今使她难以忘怀的问题："怎么能证明你参加过红军呢？"是啊，她除了自己一口四川话和瘸着的右腿外，十几年过去，所有能证明她的红军衣物都丢的光光的。虽然她说出了妇女独立团王泉媛的名字，除了牺牲的以外，谁不熟悉徐向前，张国焘呢？这些都不足为凭。何况她是一个小小的三十军总部特别号护士班长，刚参加红军不久，就参加了西征，没有多少文化，又能说清楚多少有价值的东西呢？她沮丧地回到村里，听到乡亲们议论："原来她是个假红军啊，应该把她抓起来！"

是党的十一届三中全会的春风，吹散了笼罩在她们头上的乌云，使她们获得了第二次新生。从 1986 年开始，她能按照规定领到政府发的生活费，并享受公费医疗。虽然说这是迟到的关怀，但总算可以告慰那些西路军战士的在天之灵。1992 年，王太春去世。

在循化还有许许多多这样的红军战士，以融入撒拉族为主，还有部分融入藏族，汉族和回族家庭中。有据可查的流落在循化的"工兵营"中做苦役的战士，还有李仁贵和黄家丽夫妇、王元诗、何南州等。由于他们的部分后代不想再提起父辈的沉痛往事，所以在本文中没有罗列。

1944 年初，马步芳在循化县查汗都斯乡赞卜乎地区（现红光村）的开荒工作有了初步成效，他又把西路军战士兵分几路，在查汗都斯乡大庄村黄河沿岸（今繁殖场）开荒五百余亩地，修建大型水车一架。另外一部分被俘战士被抽往尕楞藏族乡结什塘（今建设塘村）做苦役，依照赞卜乎村的情况筑水库，修公路，建民房，修学校。

我多次去循化县尕楞藏族乡的曲卜藏村，采访流落到此地的老红军郑清珠的两个女儿的交和拉毛才让，想从他们身上搜寻她们的父亲当年的一些情况。两个女儿也都是近 70 岁的老人，完全是藏族的装束，一口地道的当地藏语。我因为不懂藏语，最后一次是让团县委书记倪翠和尕楞乡政府副乡长蔡黄彭毛陪我一起去。蔡黄彭毛是一位藏族干部，他给我担任了翻译。在两位老人断断续续的讲述中我终于弄清了老红军郑清珠的大概情况。后来大女儿的交的儿子娘吉合记录了母亲讲述的一些情况，郑清珠的外孙尕藏才让给了我一部分回忆录。

郑清珠，男，汉族，红三一团战士，1919 年生于四川省渠县三回乡三回村，1933 年入伍，1937 年 1 月，在甘肃临泽地区参战后被俘虏。被俘后的所有战士都被押到青海西宁。郑清珠曾对女儿的交说："那时候马家军想各种手段来讯问被俘里的领导是谁，诱惑我们投降参加马家军。后来他们没有办法，分批枪毙战友们，第一次、第二次，第三次枪毙是我和我一起的战友们等，年龄大的战友们说他们排前面，让我和小战友们都排在后面。押我们赴刑场枪毙，到我前面还有两个战友的时候突然停下枪口，又押我们回去，然后押到湟中扎麻隆瓦干过活。后来得知马家军下令被俘留下的所有共产娃（他们把我们红军叫共产娃）都做工兵营。又是我们押到一个有煤的地方（后来才知道是青海大通）背箩筐挖煤两三年，还煤矿坍塌死了几个战士。1941 年我们又押到赞卜呼（现循化红光村）开荒造田等七年。先后在化隆县甘都镇及循化县赞卜呼、建设堂、宗吾、占群等村地伐木垦荒、开挖水渠，修建清真寺、居民庄廓、油房、水磨坊等。其中一百六十多战友逃离。"

在建设塘苦役期间的工作量非常大，6 月的一天，25 岁的红军战士郑清珠和两位战友一起出去伐木的时候，饿得实在受不了，他们偷偷溜出去。他们在毗邻建设堂村西的宗务占群林场伐木，沿着崎岖的山路上向建设塘的方向跋涉了整整一天，才好不容易找到一户藏族同胞人家，不会说藏语的他们用手比画着，好不容易说清楚想请他们给点糌粑吃。善良的藏族老人看见这两个瘦得皮包骨头的汉人，也不知道是从哪里来的，看着像个落难的流浪汉，就给他俩拿来糌粑和酥油，拿来奶茶。让他们俩吃好喝好，又给他们送了些糌粑，就叫他们上路走了。

过了不久，国民党士兵估计觉察到了什么蛛丝马迹，又折返到曲卜藏找人，几十个士兵把村子围起来，扬言如果今天曲卜藏村不告发郑清珠的下落就不撤兵，他们活要见人死要见尸。可是，曲卜藏村的藏族乡亲们不承认郑清珠到过他们村，没有什么人可以交给你们。村里的老人们对国民党士兵说："你们是官家，手里有枪，要杀要打我们没办法，但是，我们这里没有红军到过。"

1946 年 9 月，"工兵营"被马步芳解散。在赞卜呼的先放了几个战士回家，又一段时间后放了几个战士回家，最后 1946 年 9 月工兵营解散放他们回家。时郑清珠老人和几个战士都想过回四川老家，多次翻山寻找回家的路却不识路，就来到甘肃临夏，有的人留住在那里，当时社会混乱他们怕又被抓进去，所以他们几个人假装做买卖的人背箩筐装满大蒜又回到循化进藏区。

正在这时，国民党士兵强令藏族头人征调藏族青年参军，其实就是强行抓壮丁。郑清珠再一次打消了出去找部队和战友的念头，又悄悄钻进大山深处过起了隐居生活。在此期间，他和同样放牧的穷苦的藏族姑娘紫高相识相爱，并和紫高结为夫妻。藏族活佛以尕楞地区的神山给他取名为夏吾才让，意为神山守护的孩子长命百岁。1950 年他们有了第一个女儿取名地交。1954 年 11 月小女儿出生取名拉毛才让。

1949 年新中国新中国成立后，他积极参加了土地改革运动。在曲卜藏生活 30 余年的时间里，郑清珠始终坚守着两个信念，一是听党的话，党叫干什么就干什么，凡违反党纪国法的事坚决不干。同时，还教育他的子孙，热爱党、热爱国家，坚定不移地走社会主义道路，与一切违法行为作斗争。二是永远不脱离群众，不脱离劳动，不徇私情，不多吃多占，一切按政策原则办事。由于他的以身作则，给后人传承了良好的家风。

1960 年有关部门安排他去黄南州牧区工作，但郑清珠老人需要照顾家人没法去工作。全国实行大跃进、人民公社等建设社会主义新家园过程中，郑清珠老人积极响应国家政策，带领曲卜藏村民，修建水库水渠、学校、公路等。1978 年 7 月参加青海省烈军属残废复员退伍专业军暨拥军优属先进代表会议上遇到十几个战士和我们一起去参观和祭拜西路红军战士的牺牲地（人们叫万人坑）。回来郑清珠老人对女儿说："那个地方没有太大的改变，40 年前的情景浮现在眼前，到了那个地方我的眼泪忍不住流下来，我很痛苦说不出话。"

1978 年 9 月在参加中共循化县委、循化县革命委员会代表会议上，他荣获了"流落红军郑清珠同志在三大革命运动中做出优异成绩，特发此状，以资鼓励"的奖状。

1979 年春农历一月 25 号，乡里组织重要会议，他去建设堂村参加会议，在回家路上意外车祸过世。去世前不久，他还念念不忘告诉两个女儿："组织上打算在五六月份对我落实政策安排工作，这样以后我就有条件带你们去四川老家看看。"可惜这个愿望没能实现却突然去世了。郑清珠同志有两个女儿，其中大女儿一家是农民，小女儿的三个儿子都是人民教师。他为人本分老实一生以党员的标准严格要求自己，负责党生产队的保管员工作。郑清珠老人的一生奉献于祖国的各项事业，从一个红军战士到新中国建设乡村的模范。他的一生是为祖国，为党和人民无私奉献的传奇人生。

他很长时间形单影只，四处流浪，东躲西藏的逃过了残酷的搜捕，艰难的生存下来，但他们在心底里都牢记着一个信念，那就是"永不叛党"。这些农家子弟正是有了那段或短或长的工农红军的生涯，经受了信念与真诚的洗礼后脱胎换了骨，永远不再是那个普通的农民了，这也是精神的力量。

曲卜藏村的藏族同胞以他们朴素的人文情怀接纳了郑清珠，保护了郑清珠。从中更体现了藏族同胞的睿智和包容，尤其是曲卜藏村，是尔楞地区民族融合最明显的村庄，这里后来又陆陆续续接纳了逃难的汉族人，不同的文明和文化在这里交融，为曲卜藏村的人才培养埋下了基础。就目前而言，曲

卜藏村的知识分子和国家干部比例在全循化县藏族乡镇名列前茅，尤其是教师和教师家庭。郑清珠小女儿的孩子都是教师和国家干部，为民族地区的发展建设和教育事业发挥着他们的聪明才智。这也不枉郑清珠为了民族解放事业而参加红军的初衷吧！

第七章　乡亲相救红军战士

　　赞卜乎村是循化县西部的边远之地，红军被俘战士初到赞卜乎村时，由于军阀的发面宣传和煽动，当地撒拉族村民对红军有很多误会。

　　位于黄河南岸的赞卜乎村，海拔约 1800 米，这里的黄河河谷山势突兀，矗立云霄。赞卜乎村过河自古只有两条通道，这些道路在悬崖峭壁上，盘山而转，一条是经过黄河木质握桥过河，另一条是抵达黄河河谷的岸边巨石滩，有水手入水泅渡过河，其险可谓"一夫当关，万夫莫开"。

　　据当地的撒拉族老人介绍，1941 年 3 月三名红军战士由此跳崖入河，强渡黄河想逃跑。在这里，他们用自己的生命和顽强播下了革命的火种，创下了名垂青史的英雄业绩。他们的坟茔作为革命的遗址无疑是这段历史最有力的见证。旁边的玉米地里，村民们正忙着丰收，牵马走过的小伙子，嘴里轻轻哼着小调。身处在这份平静之中，我们的心里却激荡着深深的震撼。仰望着高耸入云的绝壁，站在这块红军曾浴血奋战的土地上，我们感悟到了生命的意义与奇迹，生与死不过是生命的不同存在方式，将自己融入祖国和民族的伟大事业中，就会获得永生。赞卜乎村的百姓没有忘记它，更没有忘记共产党、红军对赞卜乎村人民的恩情。红军在赞卜乎村的英雄事迹被赞卜乎（红光）村人民一代代传了下来，在当地流传甚广。红军在赞卜乎（红光）村的生活相当艰苦，就连过惯了穷日子的赞卜乎村人民都直说"没想到"。老人回忆说，红军没有鞋穿，就向撒拉族同胞学习，将生牛皮剪成鞋底的形状，钻上 4 个孔，系上绳子就当鞋穿了。就是在这样艰苦的环境下，红军依然竭尽所能地帮助老百姓，将吃的、用的送给贫苦的村民。

在老人的带领下，我们走上了一个黄河岸边的小山头，向下望去。山下是一片青瓦石墙的民居，赞卜乎（红光）村人民世世代代就在这里繁衍生息、安居乐业。赞卜乎村文化广场旁是一个 2000 多平方米的广场，赞卜乎（红光）村的学校、清真寺、村卫生室、小商店都建在旁边，这个广场是村民们的活动中心，也叫民族团结进步广场。黄河从它的北侧静静流过，它是村民主要的饮水源。

公伯峡水电站大坝正在泄洪，山风阵阵，云雾涌动，弥漫在河谷的雾霭渐渐散去，天地间仿佛拉开了一层厚重的幕布，眼前豁然开朗起来。老人指着远方的河谷中一处高台说，那就是当年 3 名红军战士舍身跳崖的地方。随着老人的娓娓道来，那段震撼人心的悲壮历史再一次在这片天地中重演。

1941 年 3 月，这是一个让当地人永远难以忘记的日子。因马家军高强度的苦役和不堪忍受的饥饿，致使三名战士毅然纵身跳崖。

我们在撒拉族老人的引领下，向 3 名红军指战员当年跳崖的地方走去，站在崖边往下看一眼双脚都会忍不住打颤，当年这 3 名红军战士究竟是在一种什么信念的支持下，毫不犹豫地跳了下去？他们表现出来的崇高的爱国主义、革命英雄主义精神应该被我们继承发扬。这一段历史如果不为后人所知，将是极大的遗憾。

言谈间，我们到了一片林地，穿过林地老人脸色凝重地说，就在我们脚下的这片玉米地，埋葬了 3 名红军的遗体。

三名战士的坟茔在黄河岸边一个叫簸箕口的地方，它是赞卜乎（红光）村上游的雨季洪水冲出来的一条旱沟，因呈簸箕状故得此名。三座坟头历经七十多年依然清晰可辨，它们呈一字型南北摆开，离黄河只有十五米的距离。一个刚从田里收玉米回来的老村民得知是来采访当年红军在赞卜乎（红光）村的故事时，他说当年红军驻在赞卜乎（红光）村时，每家每户都为红军送过粮、推过磨，男的为红军背粮，女的为红军做鞋垫。他说这里的妇女、女孩人人会刺绣，当年大家为红军做鞋垫，是把对红军的敬和情全部融进了这一针一线中。他说他的父辈就是解救三名红军战士的撒拉族老乡之一。

当时他的父亲正在黄河边放牛，看到远处的上游漂来几个不明物体，似乎还在挣扎，他觉得应该是落水的人。因为撒拉人是黄河的儿女，他们打小在黄河浪尖上伐木漂流耍花子，落水也是难免的。他立马向正在附近劳动的撒拉族乡亲们呼救，听见呼救的声音，七八个精壮汉子扔下家什向黄河边跑去，眼看三名落水者就到眼前了，只见距离岸边5、6米处，有一个人伸着双手在水里一沉一浮，此时已气喘吁吁的撒拉汉子脱掉外衣，一个猛子扎到水里，他游到落水者身边，一把将他揽起，一只手扒水，一只手牵着落水者向岸边游去。

春天的高原乍暖还寒，黄河水冰冷刺骨，冰雪融化汇集成的黄河水流湍急。那三名战士刚好漂到了河水分岔的地方，当地人叫小岔河。疲惫无力的三名战士视图想靠到河中间的浅滩上，无奈体力不支身不由己顺着河水漂了下来。

忍着刺骨的寒冷，几名撒拉汉子试图将落水者直接托到岸上，但由于水深近6米，水流又急一下未能托起，于是一名撒拉汉子一手扒着岸边的石沿，一手将落水者向上举，另外的汉子们一起将落水者从水里拉了出来。附近根本没有任何外力可以借助，落水者的生命也随时面临着危险，时间紧迫。凭借着过硬的身体素质和应变能力，撒拉族汉子用尽全力，将落水者的头托出水面，将其拖到岸边。

由于落水者喝了不少河水，身体变重，而之前的施救耗费了大量体力，一人之力已无法将落水者托上岸。他们几个人咬紧牙关托着落水者的头部。

此时，被救者眼珠乏白，嘴唇发紫，四肢挺直，生命垂危。撒拉汉子把三名战士捞到岸上，其中两名战士已经冻僵了，已经不能动弹，生命体征也很微弱。身体没有任何反应，一名战士从嘴里大口大口地吐出喝进去的水，嘴里还在微弱地说话："水！水！……"

尽管被捞上岸，但是三名战士长时间在冰冷的河水中挣扎搏击，加上不识水性，水流湍急，高原缺氧，三名战士永远的闭上了眼睛。按照马家军的指令，当地的撒拉族乡亲们把三名战士掩埋在黄河岸边。

81年前，一支"共产娃"的军队到达撒拉族聚居区，在这样一个陌生的环境中，最可怕的是他们根本听不懂撒拉族语言，也不理解他们的生活习俗和宗教习惯。后来，慢慢接触之后红军战士明白这些撒拉族的信仰和长征时期路过的那些回族的信仰是一样的，生活习俗也大同小异。私底下刘一民要求全体战友尊重撒拉族的风俗习惯和宗教信仰。

"那一年，来了一群相当可怜的穷苦人。他们衣着破旧，有的连鞋子都没有，令人动容。他们见了我们撒拉族乡亲们非常客气，但我们看出他们更多的是害怕。我们男人还能听得懂他们的一些话，但是撒拉族女人大部分不会听汉语，尤其是四川话，我们的交流初期更多的是手语。后来他们开始修建学校和清真寺。在我的记忆当中他们非常聪明能干。"85 岁的阿布都老人娓娓说起当年红军和红光村的情缘。

1939 年 3 月下旬，工兵营的红军被俘战士渡过黄河进入循化县区境内。对于人生地不熟的红军来说，将面临又一场特殊的考验。为顺利能够在此保存革命的力量，红军通过和撒拉族群众的接触让民众对红军有了初步的认识。

"当时，红军战士在红光村的空地上搭了一个大棚子，青稞倒在上面堆成一座小山包。刚开始，红军还不会把青稞炒了磨面，直接就煮来吃。但是那样他们就不能消化，好多人肚子胀。"马海米的父亲是看守磨坊的人，曾亲历过这段历史。在往后的岁月中，老人常常感慨："红军是一支纪律严明的部队，尊重宗教信仰，任何人不随意进入人家，更不会拿老百姓的一针一线。但是他们非常勤快，一有空就帮助撒拉族乡亲们做家务，制作家具，修补农具等等。"

80 多年来，民族团结的薪火在这片土地上代代相传，撒拉族之乡开出了绚烂的民族团结之花。

"我们撒拉族老百姓在为祖国繁荣昌盛感到骄傲和自豪的同时，也发自内心地爱国爱宗教。"缓步走进红光清真寺大殿，该寺民管会主任韩成吉热忱地介绍了各级各部门支持寺院建设的情况。"一直以来，各级党委和政府对寺院的建设都非常关心和支持。"

"工兵营"中的红军战士实践探索积极开展群众工作，始终坚持党积极发动群众，紧紧依靠群众的优良传统，这份坚持使他们在身陷囹圄的情况下渡过难关。西征时期，党领导红军在马家军的包围下，始终处于不断转战、突围的过程中，遇到的自然环境和人文环境差异很大。应当说党和红军走到哪里，群众工作就做到哪里，而且开展群众工作采用的方式、方法也各不相同。这一时期，党从内部和外部两个方面积极开展了一系列卓有成效的群众工作。

从党的内部来说，主要是党在红军内部开展的群众工作。一是严明红军纪律，不拿群众一针一线。长征时期，红军将士从革命利益出发，严守军队纪律，所到之处不随便进民房，不吃老百姓的饭，即使需要什么东西或吃老百姓的饭都要付钱，因而得到群众的积极拥护。从党的外部来说，主要是指党领导红军与人民群众建立的血肉联系。一是积极宣传。红军在沿途都通过标语、歌谣、演讲、布告等形式宣传党的政策、性质、宗旨以及揭露马家军反动派的丑恶、虚伪。二是真诚帮助群众。长征途中，红军通过打土豪、分田地等实际行动，真心诚意地帮助沿途受剥削、受压迫的劳苦大众解决实际问题，增进了当地群众对红军的理解和支持。长征中，我党颁布的《关于回民工作的指示》等民族政策，明确要求红军部队尊重各民族的宗教信仰、风俗习惯和语言文字。由于党和红军对各族群众真心实意地付出，因而也赢得了他们的回报。各族群众给予红军大量的人力、物力支持，甚至流血牺牲，党与群众的这种血肉联系得到了最为生动的展现。

西征时期，党积极拓展宣传渠道，创新多种宣传形式和方法。这一时期，党和红军主要以宣传标语、口号、指示、训令、通令、布告、歌曲、戏剧表演、群众大会等方式开展群众宣传工作，对加强党群联系发挥着重要作用。

对中国革命的意义。西征时期的群众路线，打击了敌人，提高了广大人民群众的革命觉悟，激发了广大人民群众的革命热情，为抗日战争和解放战争的胜利提供了坚实的革命基础；赢得了广大人民群众的支持，为西征战略转移的胜利提供了强大的革命力量；取得民族团结工作的进步，赢得了撒拉族群众的支持和帮助。

"工兵营"的红军战士，始终记住党的一系列民族政策和群众路线，从最早的语言交流困难到后来的会说简单的撒拉族语言，从最初的提防到后来的相互信任，这都是在相濡以沫的共同生活中形成的。

马步芳在因大肆虐杀、活埋被俘红军将士遭到社会舆论谴责之后，就把25岁以下的"共产娃"编入新二军"补充团"。马步芳在"训话"时，还特意做解释："红军吃掉了我的手枪和宪兵营，就让'共产娃'顶扛上（补充上的意思）"。陈光富和被俘的难友们被编入"补充团"，先后在乐都、兴海、甘都、大通、老鸦峡、循化修桥筑路、挖煤、垦荒。被俘人员的军饷每人每天斤半口粮，又被基层军官克扣后，每天只能吃到一斤杂面。入冬后，不发棉衣，每人只能得到3斤羊毛，自己捻线织毛衣渡寒冬。在繁重劳动中磨损着的毛衣，入冬后就成了"羊杂碎"；加上酷刑和病魔的摧残，被俘人员死的死，逃的逃，逐年减少。

在"补充团"里，陈光富和战友们念念不忘红军，时常反抗敌人的虐待。1937年5月马步芳为了"感化"红军战士，曾把被俘后关押在西宁的红军军长孙玉清押解到"补充团"，妄图让他给红军战士讲一些对其有利的话。当时，孙军长在马步芳"陪同"下来到南门外营盘。红军战士看到在长征时期已闻名遐迩的战将孙玉清，无不激动，一致立正行注目礼。孙军长昂首挺胸地说："同志们，你们不要害怕；你们的前途是光明的。"这番话极大地鼓舞了红军战士。不久，大伙悲痛地听到孙军长英勇就义的噩耗。虽然不能为孙军长致哀举行悼念活动，但是大家无不传诵这位虎将的赫赫功勋。

被俘红军战士被押解到循化赞卜口垦荒时，为了纪念孙军长，大伙推举一名精通雕刻工艺的红军战士陈登明（四川省广元市人，原红三十军战士），在捻毛线陀上刻出红军神圣的标志——五角星。大伙争相仿制。敌人发觉后严刑拷打陈登明。半年后，陈登明在陈光富的掩护下逃出循化。陈光富收藏了陈登明精心雕刻的线陀，珍存54年，现已奉献给坐落在西宁南川的"中国工农红军西路军纪念馆"，供子孙后代瞻仰。

因五角星线陀的风波，激起越来越多的红军战士逃跑。有一天一名红军战士逃跑被抓住遭受毒打后，他愤怒地跳进黄河，凭水性好，游到黄河北岸。一伪营长唯恐上司问罪，隔岸喊话，苦苦哀求他回到南岸。这位战士知道，白天逃不出虎口，就随机应变地说："营长，再打不打？"伪营长说："你快回来，再不打。"那位战士说："你对天发誓：以后再不欺负'共产娃'"。伪营长只得对天鸣誓："如果我以后再打'共产娃'，我不是人。"这位战士回来后虽然再没遭受打骂，但是伪营长伺机报复。不久，他再次逃出虎口。

1939年到1945年，"工兵营"中的红军战士陆续逃跑了不少。大多都是跑到甘肃夏河的黄司令手下。黄司令就是黄正清，他是开国将军中唯一在甘肃的一位藏族将军。1920年，黄正清和父亲随着弟弟——第五世嘉木样（活佛）来到拉卜楞寺。起初他只是在拉卜楞拉章宫分管事务，协助父亲处理一些寺内的事务。1924年，他借朝拜班禅大师之机，两次到兰州期间，他结识了共产党员宣侠夫等人，接受了进步思想，并参加进步活动，同情共产党，他接受了好多落难的红军战士。

1943年春天，马家军开始大规模在赞卜呼的黄河两岸植树造林，强迫工兵营的红军战士到民和去挖树苗，其中三名战士当时得了痢疾，无法前往，部队离开后的第 3 天，他们三人趁着马家军看守不注意逃跑了。没走多远恰巧碰见保长带着几名马家军士兵在一个村里抓壮丁，他们三人被抓了回来。赞卜乎（红光）村的老人们曾亲眼看见敌人对红军战俘施加酷刑。

马家军为了杀一儆百，将三名战士五花大绑押到清真寺，准备杀头示众，这时赞卜乎（红光）村清真寺的撒拉族阿訇和群众聚集到清真寺里，向马步芳的军官求情，说清真寺是洁净之地，是崇敬礼拜的地方，不可以随便杀人。

阿訇说，穆斯林杀人是最严重的罪行，甚至有的圣门弟子这样说过："杀人者，无讨白（没有忏悔赎罪机会）。"这是他们的主张："你不要杀人，不要参与犯罪，哪怕是为此说半句话也罢！"

穆斯林在一个和平的环境下生活，口不伤人，手不打人。这是穆斯林的责任。事实上，当他们向可怜的俘虏举起屠刀乱砍乱杀的时候，他们就是全人类共同的敌人！假如你们自称是穆斯林，其实是打着宗教信仰旗号的政治疯子、宗教骗子。

难道他们没有诵念安拉的经文吗？难道他们没有读过先知的圣训吗？难道他们不知道生命的尊严吗？难道他们不知道我们不允许无理地伤害一只猫吗？难道你们不知道我们的战争规则要求你们不能伤害俘虏吗？滥杀无辜背离了全人类的共识，他们是全人类的公敌，打着宗教的旗号干祸国殃民之勾当，这与宗教毫不相干，且与宗教完全背离。

更何况那些小红军只是个孩子，他们逃跑也许只是想家，想念父母亲而已。足足求了半天，马步芳的军官才看在阿訇的面子放了那三名红军战士。

可谓死罪可免，活罪难逃。营长命令士兵对三名红军战士施以"背花"，坚硬的马鞭呼啸而下在三名战士的背上乱飞，一会儿时间他们的衣服就成了弹棉花弓弦下的一堆破絮。白花花的脊背上无数个血红的印子，慢慢洇出了鲜血。他们扔下被打晕的三名战士躺在清真寺的院子里。

清真寺的阿訇上前探了探鼻息，还有一息尚存。立马叫年轻人把三名战士抬进屋里。叫人烧热水，拿青盐，自己从拿出一匹白布，那是为撒拉族的亡者准备的寿衣，叫"卡凡"。众人一见"卡凡"觉得三名战士不行了，以为阿訇要以撒拉族的方式埋葬他们呢。结果，阿訇把那匹白布扯成五寸宽的长布条，此时水也烧好了，阿訇叫人用盆子端进来，将青盐倒进盆里，用手细细的搅匀。然后将布条浸到盐水里，拿出来稍稍拧干，把布条一圈一圈缠在战士的身上。血淋淋的伤口被盐水腌渍蛰的疼，战士们大声地叫喊，挣扎着要起来。阿訇叫几名年轻人死死地压住他们不让动弹。不一会，阿訇将三名战士包裹成三个"粽子"。

撒拉族年轻人哪里见过这个阵势，以为阿訇是反其道而行之，明明伤口出血，再在伤口上撒盐，那不要了人的命吗？刚才三名战士痛得撕心裂肺的喊叫几乎能把房顶掀掉，简直不堪入目，不堪入耳。此时，阿訇却道出了实情：三名战士伤势严重，已经到了皮开肉绽的程度，此时，如果不把伤口的出血往外吸，那么有可能会出现内出血，如果那样的话，这三个人的生命不保。而且，盐水虽然疼，但也是最好的消炎药，用盐水浸过的布条包裹起来，他们的伤口就不会感染，慢慢也就好了。这种治疗外伤方式是撒拉族流传几百年的传统疗法，虽然残酷，但却实用。尤其在那种缺衣少药的年代和环境下。

"共产娃"阿布都是总部医院的勤务员。在梨园口，弹尽粮绝的战士们在连长的指挥下，把没有子弹的枪支全部砸烂，不想把革命的武器流入马家军的手里，然后他们分批进入祁连山。

年仅十三岁的他跟着战友们走了一天一夜，第二天天刚蒙蒙亮，他们发现了藏族同胞的账房，又累又饿的他们不顾一切地走进了账房里，一位藏族老阿妈被他们的形象吓坏了连说道："娘杰为席巴！娘杰为席巴！"（可怜的孩子），在账房里，他们吃了近半年来最饱的一顿饭，酥油，奶茶和糌粑，藏族老妈妈把压在箱底的风干牛肉都拿出来给他们吃。吃饱喝足，他们的身上有了力气，明白此地不宜久留，更不能连累藏族老妈妈。他们怀揣着藏族老阿妈送的糌粑和风干牛肉上路了。

白天他们不敢公然大胆地走，所以躲躲藏藏，走走停停，担心会遇到搜山的马家军。走了大半晌，他们几个人在一处低洼处休息，大家拢在一起相互取暖，不知不觉都睡着了。当"共产娃"阿布都醒来时，四下没有一个人影，他的战友们不知什么时候走了，留下他一个人在茫茫大草原上。也许，他们被抓走了吧，他心里这样想。

他的十个脚趾有五个被冻坏，行动特别困难，被搜山的马家军俘虏，经门源押往青海。在途中他们遇到了给马家军当藏语翻译的撒拉族老人马四十七。马四十七在俘虏群里看到奄奄一息的共产娃，请求把这位共产娃给他当养子，经过讨价还价，马四十七花了二十块大洋从马家军手中"买"下

了小红军。马四十七把他背回家中，马四十七老两口，给他敷药治伤，端屎端尿，简直就像待亲生儿子，因为不知道他的名字，所以给他取了个撒拉族名字叫阿布都，大家都叫他共产娃阿布都。他伤口渐渐愈合，可以走动，可以干活了。他看着两位老人额头上深深的皱纹，看着老人清癯的面容和忧郁的眼睛，从内心感激救护之恩。他称马四十七为爸爸，称他的老伴为妈妈。

马四十七本是一位地道的农民，家境也算殷实，有十几亩田产，一百多只羊。可惜，膝下无子，被马家军征作民夫去藏区当翻译，也算机缘巧合，共产娃阿布都遇见了他才被救了下来。

阿布都在马四十七家中安安稳稳过了两年多，灾难又一次降临到他的头上。马家军搜寻红军流落人员，搞得越来越紧。1940年乍暖还寒时，村里的保长告诉马四十七，过几天公家人要来领共产娃，要他看着点不能让共产娃跑了。问题此言，马四十七愣住了，原本想着把这个落难的孩子抚养成人，当成自己的孩子，老了好有个依靠，无奈官府他怎能对抗？可是，这个话他又怎样给孩子说呢？他实在是想不出办法，也张不了这个口。于是，他就对老伴说了事情的原委，末了告诉老伴，明天他离开家到山上看护羊群，要老伴把情况告诉孩子。马四十七无法面对和自己朝夕相处的孩子就要离开自己的事实，又是一场生离死别。马四十七的老伴不接受他的提议，说，"你无法面对，那我呢？难道我不难过吗，我的心不是肉长的吗？我也说不了。"

马四十七千说万说，老伴就是不答应，说她一个人也面对不了那个场景。最终，马四十七说出了自己的苦衷，他对老伴说，我是从马家军的门伕队里找关系花钱把阿布都带回来的，而且自己也没有到期就私自回家了，如果马家军找事，他也会被带走。还有，我是个男人，如果看到马家军对孩子的暴力，会忍不住和他们打起来，但是，我们能斗得过公家人吗？

马四十七的老伴才勉强答应。第二天一早，马四十七到山上看护羊圈，老伴把阿布都叫到跟前，告诉他这几天公家来人把他要带走。阿布都听完之后，哭着喊着抱着阿妈的腿，说："阿妈呀，你千万不能把我交给他们，他们会杀了我的，会用刺刀挑开我的肚子的，会把我活埋的，不要啊，千万不要！"

母子两人只有抱头痛哭。

第二天，三名马家军士兵闯进马四十七的家里来抓阿布都，阿布都看见他们惊恐地在院子里跑，马家军士兵在后面追他在前面跑，一圈一圈地。最后体力下降的阿布都跑进厨房，躲在冬天用来关小羊羔子的案板底下的小洞洞里，死命地用脚蹬着墙壁，怎么拉都拉不出来，马家军士兵没办法就把案板掀起来，揪住阿布都的领子提溜出来，使劲往院子中间甩出去。年少体弱的阿布都就这样被马家军带走了。

傍晚时分，马四十七从山上回来了，一进门两腿一瘫就地坐下来，拍着大腿哭起来。"哎呀，我的儿子啊，我可怜的孩子，你的命咋就这么苦啊。"老伴过来扶他起来告诉了今天的情况。马四十七说那几天家里的天好像塌了似的。

阿布都又一次被捕，他被抓走之后，马四十七夫妇几乎天天哭成了泪人。他们不知道阿布都会被带往哪里？过了一段时间，有人告诉马四十七，阿布都编入被俘红军组成的"工兵营"苦役队，到赞卜呼修公路。听到这个消息马四十七夫妇激动不已，连夜准备给阿布都烙了六个油面锅盔，准备了新衣服、新鞋。

两位老人跑到下赞卜呼修路的地方看他，怕他挨饿，给他送吃的东西，怕他伤脚受冻，给他送来棉鞋。望着二老慈祥的面容，呆滞的眼神，阿布都感动得直落泪。二老见他受冻挨饿服苦役的样子，伤心地哭了。后来阿布都和几名战友逃跑了。在朦朦胧胧的暮色中，他就像一个孤独的幽灵在空寂的山野上移动。他不敢回二老的家，逃到甘南黄正清司令手下，后来马四十七夫妇再也没有收到阿布都的任何消息。他们的父子情分被战争和军阀的残暴无情地扼杀了。

1940年6月的一天，突然有两名逃跑的红军战士冒雨来到大庄村。薄薄的雾气中，有两个人影跟跟跄跄地来到一名撒拉族乡亲的家中，要求暂避。走近一看：是一位受了伤的红军战士！红军战士在他家的凳子上坐下，身体趴在桌上一动不动，像是累坏了。他们的头上、衣服上到处都是血。这位撒拉族乡亲恰好是村里的甲长，刚好他不在，他的媳妇一看是两名工兵营的红军娃，着实吓了一跳。不一会儿，甲长来了。看到红军伤员，甲长吓了一跳，先是在一旁打量了半天，见没有危险便凑上前问："伤在哪里？严不严重？"一名战士虚弱地说："其他都是皮外伤，就是这腿好像摔断了走不得，是被他们打得。"

当时马步芳推行的保甲制以户为单位编组，设户长；十户为甲，设甲长；

十甲为保，设保长。各保就该管区域内原有乡镇界址编定，或并合数乡镇为一保，但不得分割本乡镇一部编入他乡镇之保。大乡镇得编组为若干保，设保长联合办公处，由保长互推一人为主任。户长基本由家长充任，保甲长名义上由保甲内各户长、甲长公推，但县长查明不能"胜任"，或认为有更换必要时，得令原公推人另行改推。户长须一律签名加盟于保甲规约，并联合甲内户长共具联保连坐切结，声明如有"为匪通匪纵匪"情事，联保各户，实行连坐。保甲长受区保长指挥监督，负责维持保甲内安宁秩序。

这位甲长实际也是穷人家户主，因为其他兄弟被马步芳抓壮丁抽走了，所以就剩下他一个青年男丁，上面指派他担任甲长。但是看到逃跑的红军战士逃进了自己的家门求避难，这可是个大事，弄不好还会杀头的。甲长迟疑了片刻，转身走出去。两名战士担心他会出卖自己，忐忑不安地在屋里等待，甲长的媳妇不会说汉话，大家就这样静默地等。不一会儿甲长回来了手上多了一些草药和干粮。甲长有些惭愧地说："对不住，我不好把你领到屋里去，你就在这后面住着吧。"红军伤员点点头表示同意。

甲长赶紧把他俩藏进后院的地窖里，给了两名战士一些吃的，第二天趁着夜色把他们两个人带到山里交给了尕楞藏族乡自己的一位藏族朋友。当时，循化等地粮食异常缺乏，这位藏族乡亲借口年迈无子，不想断"香火"，以两石小麦、八百斤菜籽的"价格"，从工兵营长手中买下了两位红军战士。

当地牧民不知他们的姓名，大家就都叫他们"红军娃娃"。大家共同关心两位红军战士，这家给一碗糌粑，那家送一碗酥油，使"红军娃娃"很快适应了当地的生活。

战俘们被押送到循化建设堂垦荒时，逃跑者更多。伪兵王福保奉命在循化县查汗都斯乡苏只村抓逃跑的"共产娃"，伪营长说："你抓不到的话，打死后也要把头割下拿回来。"伪营长集合红军战士进行威吓示众。但是，逃跑者仍有增无减。

陈光富看着死难的战友，悲痛欲绝。但希望的曙光在召唤他，他必须含恨茹苦、坚强做人。

时任监工的刁永顺连长（藏族，化隆县人），一向同情红军战士的遭遇，对陈光富早有恻隐之情。1942年战俘们被转移到循化赞卜垦荒时，刁永顺做媒，让陈光富随招女婿的乡俗，与化隆县阿扎卜扎村藏族农民丁成福（有名旦正太）

的姑娘丁旦正结婚。婚后，丁旦正定居赞卜口，在与丈夫分忧艰难生活窘迫的环境中，生养了儿子拉加才旦。陈光富与贤良勤劳的妻子撒着血汗泪水收获的粮食勉强养家糊口。

1946 年"补充团"遣散后，他俩领着儿子徒步回到化隆阿扎卜扎村，抚养年迈的双亲。不得温饱的岁月又驱使他俩来到金源金场当沙娃。俗话说："尕日巴牛不是，沙娃儿人不是"，足以说明淘金者的辛酸。

1949 年 8 月底，300 多名沙娃被金掌柜驱使流落到马步芳暴戾黑暗的老窠化隆县城，妄图与残匪勾结，号称一团兵力把守循化县甘青交界要塞，阻挡进驻青海的人民解放军。陈光富两口子在沙娃中间，进行了广泛的宣传，逐渐开始觉悟的沙娃们纷纷退出这帮乌合之众。是年 9 月初，陈光富夫妇在向当地群众进行宣传的同时，还亲自为人民解放军当向导。

在 9 月初的一天夜晚，中国人民解放军二军解放循化的同时，派遣一连兵力翻越积石山，星夜行军直取民和县鄯镇。路过金源村时，陈光富动员村民结伙相迎，留宿进餐。为避开土匪袭击，陈光富亲自带路把解放军送到数十里以外的东沟村。陈光富两口子回到阿扎卜扎村以后，又广泛宣传、组织村民抵制残匪的谣言以迎接解放。

青海大地终于回到了人民怀抱。陈光富为自己能投身到改天换地的事业中而感到不言而喻的欣慰和自豪。

1937 年初春，古城西宁南侧旱滩上的枯草还披挂着寒霜。盘旋在空中的乌鸦发出阵阵凄凉的哀鸣。夜幕沉在大地。在一个狂风卷动尘埃，伸手不见五指的深夜，一帮杀气腾腾的刽子手奉命赶到军马处，被强制派来的 7 名车户驾着 7 辆马车也等候在军马处门口。伪军头目假惺惺地对 80 多名红军说："你们都是伤病员，快上马车，送你们到医院去"。被弹压在马车上的红军战士们，早已识破刽子手的欺骗，不畏惧死亡威吓，不断呼喊革命口号。黄科林与周围的难友们悄悄商量抢夺伪兵的枪支，可惜病饿交加，力不从心。不一会儿就被拉到南滩（现体育场附近）几个深坑沿。刽子手喝令车夫掀翻马车把红军战士倾倒在坑边。一霎时，嗜血成性的刽子手就对红军战士乱刀砍杀，不管死活一律推入坑内，挖土掩埋。在这紧要关头，一名车夫看到被砍伤肩膀的黄科林顺手拉他到坑沿的一角洼处。又用马车遮挡着，让黄科林躲开敌人的视线。黄科林趁势爬到大坑东侧的一个菜园地里。守菜园的老汉银须冉

冉，泪流满面，他早已被一阵阵撕心挖肉的呼救声，慷慨激昂的口号声，震动的痛苦不止。老汉闻到满身血腥味的黄科林爬进屋门，连忙扶起他稳坐炕头，一面给点吃的，一面帮他更换血衣，包扎伤口。老汉蹑步门外，窥探动静，没有发现追踪而到的伪兵，才回屋与黄科林相依而卧。

天刚蒙蒙亮，老汉塞给黄科林一块馍馍，指明向南逃生的去路；又拿着铁铲，顺着黄科林一路爬来的血痕，走到万人坑边。只见坑内浮土蠕动，发出"沙——沙"的响声。他又沿着来路，逐一铲净血迹。老汉回到屋内，陡然间如大病在身，瘫软地躺在炕上，惶惶不安。原来，敌人在接连活埋红军战俘之后，适逢天亮就四处查看，一旦发现遁逃的痕迹，立即跟踪搜查，营救者难以逃脱杀身之祸。那时节，西宁和各县农牧区各族劳动群众，舍命营救西路红军战士的事例，随处可见。

黄科林苦忍伤痛，步履艰辛地抄山路小道来到湟中总寨一带，沿途乞讨，度日如年。口音不同，装束异常，总是遭到伪乡丁、保甲长的盘问、拘留。黄科林凭着机智勇敢，闯过一道道关卡。多次被捉拿关押，村民们总是投来同情的目光，施舍衣物，搭救他逃脱。在流浪中苦熬到寒冬腊月，不幸被一帮专事缉拿"共产娃"的伪兵捉回西宁，押送到一名伪军官家当长工。1938年，他再次逃脱，在西宁大什字旅馆当差役。不久，在到处捉拿"共产娃"的伪兵的威逼下，深受责难的老板，不得不把黄科林羁押到马家军的工兵营（集中营）。从此，黄科林又陷入虎口和400多名难友一起，先后在西宁、大通、湟源、大河坝、循化等地筑路、伐木、垦荒，在敌人的刺刀下受尽了人间苦难的折磨。

1946年，工兵营解散，黄科林只得到一张自谋生活出路的路条，流落到化隆县甘都村一个叫马力买提家，被招为女婿当佃农谋生。1949年9月才重见天日得到解放。

1945年10月，抗战胜利，日本宣布投降。"工兵营"的战士也破例放假三天，这时候的战士们有一定的人生自由，尤其是刘一民广交撒拉族社会上层人物，包括军政文教卫系统的，因为他的努力，红军战士可以自由进出查汗都斯乡中大庄、中庄、下庄和苏志村的撒拉族乡亲家中。

当地人民群众也掩护、帮助了许多红军战士，并帮助他们或积极寻找自己的部队，继续参加革命斗争；或巧妙的隐蔽下来，使他们脱离险境，就地成家立业，为革命保存了实力。当时流散在循化县境内的红军战士除了"工兵营"一个营的建制外，还有30多人。这些人多数都是后来环境安定后陆续来到循化的，只有5人是负伤被俘押解循化后被马家军赶出"工兵营"流落街头，被循化撒拉族乡亲营救下来的。

长征途中成千上万的红军队伍里，除了革命了很多年的老红军，大多数战士都是二十岁左右的年轻人，他们年轻力壮，杀敌奋勇争先，是红军队伍中的中坚力量。

还有一些十来岁的孩子，多是长征途中贫苦人家的孩子，坚持要跟着队伍打仗。红军战士们亲切地叫他们"红小鬼"。

平时，他们在队伍中就负责宣传员、司号员、勤务兵和炊事员等工作。红军进入草地之后，整个队伍都十分疲惫，没有余力再照顾这些孩子，但这些红小鬼所表现出来的勇气和精神，却是连许多老红军都感到敬佩的。

1937年春，冉继志在血战梨园口时，不幸受伤被俘，被押解西宁编入工兵营四连。先后在大通、兴海、循化等地修路、伐木、垦荒。1938年，在大河坝修公路，每天只能喝一些杂面拌汤，实在难以支撑超体力劳动。冉继志与难友们合计着逃生。敌人为了控制时而发生的逃跑事件，要尽了招数。如，一至夜晚就把红军战士的衣物集中收存。但是，仍然阻挡不了红军们不怕严寒、赤身裸体地逃生，被抓回以后，往往当众被打死，暴尸荒野。全连100多名红军战士都面临死亡的威逼。在生与死的考验面前，他们的灵魂是纯洁无瑕的。对此情形，连农民出身的敌副连长也深表同情。

冉继志与难友们秘密商议，在赵姓敌士兵单独执勤带工时，悄悄地向他进行政治攻势和细致耐心的宣传鼓动工作。这样的方法很快就激起了赵更加深切地同情感。冉继志提议，利用赵精通藏语的特长，约定他当向导，做翻译，与红军战士一起，逃往玉树，打回四川革命根据地，重新闹革命。正当这一艰难的组织工作已拟定，并得到赵的允诺之际，突然被一伪兵告密。伪政当局闻讯惊恐，秘密捉拿了赵，押送西宁处死。冉继志等数十名难友，也惨遭严刑拷打。

暴动虽然失败了，但是靠着被俘红军战士持续顽强的斗争，迫使监工、霸头，改善了大家的伙食。次年，冉继志随四连被押送到大通东峡伐木，仍坚持不懈地与敌人进行斗争。

当时，马步芳的保安团与工兵营四连一起在古什群峡伐木。保安团以武力把持工兵营修通的道路，并抢走木料；工兵营监工、霸头威逼红军战士去完成加倍的伐木任务。红军战士向马家军以理争辩，在忍无可忍的辱骂、殴打、武力威胁下，他们开始不断用木棒还击偷木料的伪兵，事端日趋严重。马步芳为了更好地利用工兵营无代价的劳力，缓和人们的对抗心理，亲自来到古什群峡平息事端。红军战士的生活待遇，又在这样持续的斗争中得到改善。

西路军战士把自己微薄的生活费积攒下来，秘密的存在他们自己制作的一个木质存钱罐中，在需要的时候帮助自己的战友逃离虎口。他们相依为命，为站高望远，始终想着哪怕自己牺牲也要保存一个革命的种子。他们从来没有怀疑过中国革命会成功。他们用这种方式先后帮助了57名战友逃离了马家军的虎口，离开了赞卜乎地区的工兵营。

1939年，冉继志随工兵营四连来到循化赞卜户垦荒。敌人仍以超负荷的劳役摧残着他的身体，却压不垮他的反抗心理和迫切期望返回革命队伍的意志。第二天春天，他终于逃出敌人魔掌，来到甘肃省临洮县，巧遇先于他逃出循化的龙志光；又通过四川同乡、理发工人于炳南的帮助，一起寻找到一份理发职业。

在民间还有许许多多西路军战俘与当地老百姓之间的感人故事……

廖文仁，曾用名廖乙卜拉，1923年11月生于四川省宣汉县民约乡，曾住循化撒拉族自治县积镇草滩坝村。地参加红军并被编入红四方面军在军中供给部当通讯员。1935年随军参加长征，1936年10月他又踏上了河西征途，在西路红军总部当通讯员。张掖土门子一战，部队被冲散。1944年流落循化县上草自营铁匠铺结婚成家。1949年8月底，人民解放军骑兵部队路过循化，他为大军造船渡过黄河做出了奉献。1958年廖文任筹建了地方国营农牧机械厂。现已去世。

黄家娣，女，1916年生于四川省苍溪县岳东乡，曾住循化县撒拉族自治县积石镇公安局家属院。1933年参加革命，在红四方面军三十军二六五团团部当通讯员，在红四方面军总部电台工作。1935年黄家娣参加长征，曾任班长、排长。1936年黄家娣随军征战河西，在西路红军总医院任连长。1937年初转战康隆寺与主力部队失去联系，黄家娣带领10多名女战士在祁连山区与艘山敌人周旋近一年。1938年被俘押送西宁编入工兵营。1945年工兵营解撤后与李仁贵结婚流落循化县城，现已去世。

王万青，曾用名尕西木，1932年生于四川省广元市白水乡河口村，曾住循化县清水乡大寺古村。1933年元月一日参加红四方面军三十军八十八师二六三团当战士。1935年参加长征。1936年10月征战河西，在西路红军三十军八十八师二六三团当机枪射手。1937年初，王万青在梨园口战斗中受伤被俘，而后又被押送到甘肃临夏一伪连长家当长工，1948年逃到陕西咸阳重新参加人民解放军第二军。次年跟随王震司令员当向导，在解放临夏，进军循化的征途上做出贡献。1949年8月底随军来到循化落户务农。现已去世。

赵永明，曾用名赵阿卜都，1914年生于四川省郎中县二龙区赵家村，曾住循化撒拉族自治县积石镇草滩坝村。1933年9月参加红四方面军三十军八十九师二六七团医务所当护士，次年调为本团通讯员。1936年随军出征河西。1937年3月在康隆寺战斗中受伤被俘，同被押送西宁，编入工兵营押解循化赞卜乎垦荒，次年流落草滩坝成家务农。1949年8月25日，王震率部解放循化县城。赵永明联络黄家娌、李仁贵等西路红军战士与群众一起筹备木筏、协助大军抢渡黄河。1956年加入中国共产党，曾任贫协主席、治安委员、公社委员、县人民代表，三次受到嘉奖，现已去世。

杨士珍、曾用名马苏力曼，1920年生于云南省里江县石古区，曾住循化撒拉族自治县道帏乡立伦村。杨士珍1932年参加革命，在红四方面军供给部当马夫。1935年参加长征。1936年10月征战河西。1937年初在梨园口战斗中受伤被俘，进而被押到西宁编入工兵营服劳役。1942年流落循化县放羊，1944年成家务农。现已去世。

李秀英，曾用名韩阿乙霞，1910年生于四川省巴中市，曾住循化撒拉族自治县道帏乡俄家村。1933年参加革命，在红四方面军妇女独立营二连三排一班任副班长。1935年参加长征。1936年10月征战河西。1937年初在倪家营子作战受伤被俘，被押送西宁服劳役，次年流落道帏乡落户。现已去世。

王秀英，曾用名马则乃白，1910年生于四川省巴州县塔子山乡大庄，曾住循化撒拉族自治县查汗斯乡大庄。1933年10月参加革命，在红四方面军军部宣传队任宣传员；1934年编入五军军部侦察班任班长。1935年参加长征，升任侦察排排长。1936年8月加入中国共产党，同年10月征战河西升任连长。王秀英在一条山战斗中头部受伤被俘，被押送西宁羊毛厂服劳役。1944年与

工人马七十六结婚回查汗都斯乡务农。现已去世。

杨秀莲，女，曾用名马二娜，1917年生于四川省巴中市德石乡，曾住循化撒拉族自治县毛玉村。1933年6月参加革命。在红四方面军当服务员，1935年参加长征。1936年10月转战河西。在五军医院当护士。1937年在梨园口战斗中受伤被俘。1939年逃到循化县毛玉村成家务农。现已去世。

吴宗莲，女，曾用名马阿已霞，1911年生于四川省巴中市枣林坡乡，曾住循化撒拉族自治县白庄乡张尕村。1933年参加革命，在红四方面妇女独立营一连二排任排长。1935年参加长征。1936年10月征战河西受伤被俘，送西宁服苦役，后流落张尕村成家务农。1981年当选为县人民代表和省人民代表，现已去世。

邵成秀，女，1920年生，原籍四川省西阳县人，曾住循化县撒拉族自治县白庄乡苏乎沙村。1934年参加中国工农红军，为三十军总部宣传队战士，1936年10月在甘肃张掖梨园口作战中被俘，押送西宁服苦役，后流落循化落户，现已去世。

赵启仁，女，曾用名韩麦热，1917年生于四川省南江县鹿口乡赵家坝村。曾住循化撒拉族自治县白庄乡苏乎沙村。1933年参加革命，曾任红四方面军三十军供给部班长。1935年参加长征。1936年十月征战河西。1937年甘肃张掖梨园口作战中被俘，押送西宁服苦役，后流落循化落户，现已去世。

刘文品，女，曾用名刘阿乙霞，1916年生于四川省通江县，曾住循化县撒拉族自治县白庄乡条井村。1933年参加革命。1935年参加长征。1936年10月征战河西。1937年初早康隆寺作战受伤被俘，押送西宁，被迫与一伪营长结婚，回其夫原籍循化务农。现已去世。

苏贵莲，女，曾用名马艾米娜，1922年生于四川省巴中市清光都乡，曾住循化县撒拉族自治县白庄乡民主村。1934年参加中国工农红军，在三十军总部政治宣传队当战士，1936年在甘肃张掖梨园口作战中被俘，被马匪押送青海服苦役，受尽苦难。后流落循化落户，现已去世。

王秀莲，女，曾用名马海姐，1922年10月生于甘肃省山丹县城。1936年参加红军，1936年在高台县与敌作战中，因敌我力量悬殊，不幸被俘押送西宁服劳役，后流落循化务农，现已去世。

蔡元祯，女，曾用名蔡道祯，汉族。1927年阴历7月17日生于四川省巴中市清江渡乡,曾住循化撒拉族自治县西沟村。1933年加入红军,在红四方面军新剧团当演员。1935年升任跳舞班班长,随军参加长征。936年10月随军转战河西。1939年跟韩阿卜都结婚,回到其原籍循化县西沟村务农,现已去世。

李秀,女,曾用名李秀英,1908年生于四川省临宫县家坡村,曾住循化撒拉族自治县城关镇上草村。1933年参加革命,曾在红四方面军总部、西路红军三十军军部任战士、排长。1934年加入中国共产党。1935年参加长征。1936年10月征战西。1937年初在倪家营子战斗中受被俘,与小商贩马三保结婚,回其夫原籍循化县,现已去世。

马哈提买,女,曾用名杨本珍,1917年生于四川省通工县,曾住循化撒拉族自治县积石镇托坝村。1933年参加红军,在红四军某军妇女独立团当排长,现已去世。

张亥姐,女,曾用名张喜莲,1910年生于四川省巴中,曾住循化撒拉族自治县查汗都斯乡中托村。1934年参加红军,在红四军二十九妇女独立团一营当勤务兵,现已去世。

马子比大,女,曾用名杨秀文,1906年生于四川省广顺平县,曾住循化撒拉族自治县查汗都斯乡中庄村。1933年参加红军,在红四军某军医院任炊事员,现已去世。

马阿乙霞,女,曾用名刘青成,1917年生于四川省通工县,曾住循化撒拉族自治县积石镇尕别列村。1929年参加红军,为红四军某军卫生部卫生员,现已去世。

何赛力比,女,曾用名李文秀,1915年生于四川省巴县,曾住循化撒拉族自治县积石镇街子乡托隆都村。1932年参加红军,在红四军三十军三十一师一团卫生队任看护员,现已去世。

钟月清,女,(出生年月不详)湖南省澧县,曾住循化撒拉族自治县尕楞乡曲卜藏村。1933年参加红军,为红四军某军六师十八团三营十一连指导员,现已去世。

张贤照,男,(出生于1915年)四川省南部县碑院乡,曾住循化撒拉族自治县积石镇东街。1933年参加红军,在红四军九军二十五师七十团三营十一连任指导员,现已去世。

张桂花,女,(出生年月不详)四川省南部县,曾住循化撒拉族自治县积石镇草滩坝村。1933年参加红军，为红四军一军总政治宣传队战士，现已去世。

潘华亭，女，（出生年月不详）四川省营山县，曾住循化撒拉族自治县积石镇草滩坝村。1933年参加红军，在红四军九军二十七师十七团二营五连任指导员，现已去世。

马阿乙沙，女，曾用名郑祥，1914年生于四川省巴县，曾住循化撒拉族自治县白庄乡铁木石滩村。1933年参加红军，为红四军某部战士，现已去世。

王亥姐，女，曾用名王秀莲，1922年生于甘肃省山丹县，曾住循化撒拉族自治县孟达乡旱坪村。1936年参加红军，在红四军某军总部任宣传员，现已去世。

马麦日木，女，（出生年月不详）原籍四川省领水县，曾住循化撒拉族自治县查汗都斯乡苏只村。1933年参加红军，为红四军五军粮食处战士，现已去世。

高亥姐，女，（出生年月不详）原籍四川省巴中市，曾住循化撒拉族自治县查汗都斯乡中庄村。1933年参加红军，为红四军九军妇女独立团战士，现已去世。

严秀珍，女，（出生年月不详）原籍陕西省白河县，曾住循化撒拉族自治县街子乡波立吉村，现已去世。

李必明，男，（出生年月不详）原籍四川省广元市，曾住循化撒拉族自治县积石镇。1933年参加红军，为红四军某军团政治处通讯员，现已去世。

李世军，男，（出生年月不详）原籍四川省巴中市，曾住循化撒拉族自治县积石镇。1938年参加红军，为红四军某军军部军警处战士，现已去世。

杨凤莲，女，（出生年月不详）原籍四川省巴中市，曾住循化撒拉族自治县积石镇。1933年参加红军，为红四军九军二十五师十三团政治部战士，现已去世。

周运合，男，（出生年月不详）原籍四川省营山县，曾住循化撒拉族自治县积石镇东街。1933年参加红军，在红四军九军总供给部任排长，现已去世。

王元诗，曾用名王元春，1921年生于四川省苍溪县槐树乡五星村，曾住循化撒拉族自治县程内西街。1933年9月参加红军，1935年参加长征。1936年10月征战河西。1937年初在梨园口战斗中受伤被俘，押送西宁编入补充团。

先后在小桥、大河坝、循化等地筑路开荒。1989年元月病故。

肖全保，别名肖克俊，1923年元月生于四川省天全县大河乡山坪村一个贫农家庭，原住循化县城关镇加入村。1933年11月参加革命，在红四方面军独立团三营任战士。1935年参加长征。1936年进军河西，编入西路红军九军供给部运输连先后任战士、通讯员、司令员。1936年底他在靖远地区执行任务时，左腿中弹被俘，押送到西宁服劳役；不久，流落循化县当长工。

1949年8月底，二军王震同志率领部队解放循化。肖全保为大军筹备木船、皮筏，在欢送子弟兵抢渡黄河，进军西宁苦干7个昼夜，发挥了积极作用。是年底，循化县查加村，残匪暴乱，形势严峻。肖全保挺身而出为循化驻军连队当向导，侦探敌情。1953年在解放残匪老巢昂拉村时，他又承担了侦察任务，调查敌情，宣传群众，瓦解了敌人，发扬了红军战士的英雄本色。

王秀英，曾用名马则乃白，1910生于四川省巴州县塔子山乡大庄一个贫农家庭，原住循化撒拉族自治县查汗都斯乡大庄。她于1933年10月参加革命，在红四方面军军部宣传队任宣传员；1934年编入五军军部侦察班任班长。1935年参加长征，升任侦察排排长。1936年8月加入中国共产党；同年10月进军河西升任连长。王秀英在一条山战斗中虽头部受伤但仍坚持战斗，率领全连仅有的几名女战士昼夜兼程追赶部队，终因粮尽弹绝受伤被俘，押送西宁羊毛长服劳役。妇女独立团的王泉媛（王首道第一任夫人）被一个叫马进昌的看中了，挑回家当了小老婆，但她心里想的是"我没死，没被打死，存一刻就抗一刻，被打死了就没办法。我就想点办法，走得脱就走"。直到1939年3月，总算有了逃脱的机会。王秀英和王泉媛趁马进昌外出修路，女扮男妆，翻窗逃走，一口气跑了90多里路，直奔去兰州的大道。

她们终于逃脱魔窟，找到兰州八路军办事处时，没想到已经不能再回到革命队伍里了。按照当时的规定，一年归来收留，两年归来审查，三年归来不留。更何况王泉媛头上还戴着马步青干女儿、马进昌小老婆的帽子！

八路军办事处的同志给了王泉媛和王秀英每人5块钱，把她们送出了门外。后来王泉媛又沿着当年长征走过的路，靠乞讨回到了家乡江西，从此隐姓埋名。

王秀英一路乞讨又回到青海，毕竟这里她还熟悉一些。1944年与循化县撒拉族马七十六结婚回查汗都斯乡大庄村务农。1949年新中国成立后，担任

贫协主席。

　　王秀英（另），别名何自力哈，1909年生于四川省巴中市江口市区一个贫农家庭，原住循化撒拉族自治县查汗都斯乡大庄。她幼年父母双亡，依靠长兄王永程当长工抚养。1933年王秀英参加革命，在红四方面军总部当战士；同年在松盘地区加入中国共产党。1934年编入红四方面军五军军部当炊事员。1935年参加长征，调入妇女独立团，跟随张琴秋团长当通讯员。1937年初在高台作战受伤被俘，押送西宁被迫于查汗都斯乡下庄村的白西日阿訇当妾。1940年被休后，无家可归的王秀英流落查汗都斯乡大庄村与何他比卜结婚。何他比卜是一个放羊人，自己腿上有残疾，看王秀英十分可怜，他们住进了放羊人躲风避雨的半山洞里，慢慢养伤，苦度时光。王秀英从何他比卜那里打听到外面的情况，知道西路军已彻底失败，突围到新疆去的队伍，也不知去向。就算继续朝东走，红军在哪里？在陕北什么地方？她全然不知。她就是找到了部队，自己这个样子，又怎能行军打仗？这不是给部队添麻烦吗！由于种种历史原因，虽然解放了，但他们的命运并没有多大幸运。因为受到各方面的冷遇和歧视，他们都没有出来参加工作，只是早先在农村里参加了建农会，组政权，清匪反霸斗争。后来很平淡地过着农村生活，参加农业生产，学大寨等。"文革"时期，这些在西征中没有被俘，又没有投降的红军战士，却被莫须有的罪名扣上"叛徒"，"逃兵"的帽子，使他们受尽了磨难。王秀英还算幸运，等到了组织上恢复她们红军的身份。但是当地面对民政部门的工作人员时，这位即使在艰苦卓绝的革命生涯和被冤枉的岁月里，都没有流过一滴眼泪的女红军，对着民政干部声泪俱下，一边哭一边喊："我不叫王秀英！我叫何自力哈！我不叫王秀英！我叫何自力哈！"她委屈的泪水流满了双颊，她用这种方式感激撒拉族乡亲在她最绝望的时候给予的帮助和保护。还好，她儿孙满堂，在党的好政策下，其儿子和孙子创办了循化县民族医院，做了好多救死扶伤的善事，她自己也过上了幸福的晚年，于2009年去世。她的孙子何维良大夫说："我无论做什么事情，首先会想到的是我的奶奶，因为她是红军，吃了不少苦，孤苦伶仃流落到大庄村，和撒拉族乡亲们相依为命。而且，我们能有今天的这样一个发展机会，也是因为奶奶的身份，组织上和社会各界给了我们很多帮助和支持。所以，我总是以奶奶的名义帮助好多贫困的家庭，以此报答党和国家对老红军的关爱。"

第八章 沉痛追忆红军父辈

说起红军后代杨玉林，我们之间有过多次的不愉快。当时，我是以赞卜乎村史料为核心，重点挖掘这里的工兵营战士的故事和红光村的历史。至于其他流落到循化县民间的红军战士故事，由于年代久远，史料奇缺，老红军大都已经去世，所以不在我的计划之内。但是，出于好心，我于2014年8月1日，在北京的西路军后代拜访红光村之际，让他们互相结识，以便相互联系和沟通。

可是，后来他们把北京的西路军后代到访红光村革命遗址当作一个机会，想着他们流落在青海的红军后代也可以做点事。然后，他们去当地政府要政策要支持，甚至他们联络去北京各单位。当然，这是他们的自由，我无权干涉。但是，他们知道我在搜集整理西路军战士的故事时，好几个西路军后代强行要求我把他们的父辈的历史写进去，要在循化的历史上留下他们的资料。这个要求和我的出发点不一致，而且他们的父辈几乎都不是赞卜乎工兵营的战士，我没办法去核实他们的真实历史。所以，我的一番好心被他们弄得很尴尬。我坚持不写，他们坚持要求我写。我说我这是个人行为，谁也没办法要求我写什么不写什么。后来，他们甚至把我告到县里好多部门和单位。我对红光村的历史故事挖掘了不少，至于流落红军的故事我难以查实，就这样他来找我好几回，都被我委婉谢绝。有一次，他甚至威胁我说，如果我不写他们父辈的历史，那么他就告我编造历史，捏造事实。对他这种无理的要求，我直接拒绝，而且不允许他再来找我。

时间过了两年，他们再也没有找过我，但是在社会上散布谣言，说红光村的历史是假的，那里的红军战士都投降了敌人。

后来，我在街上恰恰碰上了他。那时候我看着他的身体很虚弱，我给他打了招呼，看他欲言又止的样子，知道他又要给我提要求，我连忙走开了。

过了不久，又碰到了他，这一回，他主动给我道歉："马校长，以前，我们对政策不了解，对政府抱有不现实的想法，想着我们的前辈为了新中国干了革命，吃了苦，没有享过一天福就离开了人世。原本想政府应该对我们后代有所照顾。这几年，我们跑了北京，跑了省里，现在才明白国家对我们的父辈已经有了照顾，我们后代全国都一样，没有扶持政策。"

听他这么说，我心里立马敞亮了许多，对他说："老哥，这才是你的正确认识，国家不是不管，其实给老红军都有了政策的，至于你们，应该以你们的父辈为荣，再不能给他们抹黑了。"

"对对对，我想通了。但是，我现在还是有一个想法，那就是请求你帮我把父亲的历史写一写，放到你的书里。"

"那可不行，那样的话，白纸黑字你们有了证据，拿着我的书到处跑，到处上访，那我可受不了。"

"是的，马校长。以前我上访过，县里把我定为'上访户'，可现在，我真正想明白一件事情了，我们的父辈是伟大的，红军是真的为穷人闹革命的，我个人本就是国家职工，不应该带头上访。现在我唯一的想法是，我老了，如果我不在人世的话，我父亲的历史也就随我而去了，我的后代都不知道自己的爷爷是红军，所以我请求你把我父亲的故事写一写，我文化程度不高，写不了，我来讲你来写，可以吗？"

他的商量语气使我有了松口的想法，但是转念一下，怕他反悔给我找事，所以告诉他我考虑后给他答复。

我想了几天，一个近80岁的老人如此求我，我不应该在拒绝，于是我答应了他。

在一个夏天的午后，我去了他们家，他从柜子里拿出好多他父亲用过的笔记本和证书，除了流落红军的证书以外，没有一样和红军有关的证明材料。我更多的是听他讲述他父亲的故事："我父亲是一名西路红军老战士，他真正的名字是杨克可，撒拉族名字叫杨乙奴四（县志和党史资料里面名字记错为杨开科）。我们兄妹六人，分别是杨玉春、杨玉兰、杨玉林、杨玉芳、杨玉忠、杨玉芬、杨玉国，我是他的三子杨玉林。"

"父亲是四川涪陵人，生于1920年，于1975年去世，1933年参加的军。我父亲的哥哥是杨克明，为中国工农红军高级指挥员。1926年秋加入中国共共产党。曾任红四方面军补充师政治委员、独立师师长、红5军政治部主任。1930年4月6日，四川第二路红军游击队成立后，杨克明奉中共涪陵县委指示，携带大量医药和枪弹到双河慰问游击队，被留下任宣传员。二路红军游击队的声威震慑了反动武装周燮卿部，周欲以合作为名，伺机吃掉红军。游击队前委识破敌阴谋，派杨克明深入虎穴，与敌周旋，粉碎了敌人企图消灭游击队的阴谋。7月，杨克明任游击队第二大队第一中队队长，率部随主力部队转战于涪陵、石柱、丰都、彭水、武隆等县边境，打土豪、分田地，建立苏维埃政权。8月，二路红军游击队奉命与三路红军游击队会合，途中二路红军游击队遭强敌围困，杨克明奋力冲出敌人的包围圈，在蒲家场与突围出来的部队会合，转到三路游击队。1935年参加长征，转战于甘肃省河西走廊地区。1937年1月，与军长董振堂指挥红5军在高台县城与敌展开激战，最后中弹壮烈牺牲，时年32岁。他们家基本上都当兵了，家里就剩下父母和妹妹。我父亲从四川出来的时候，那个妹妹是怀里抱着的，大约还是2岁的样子也不清楚了。最后解放了以后，他通过邮局通信得知，父母那个时候都没有了，就剩了个妹妹，也就再没有联系了。他说那个时候老家里养水牛，也有些自己的田地，大概也就有一个富中农这样的地位。

当时参加红军的时候他在上学，全校的师生跟着红军走了。哥哥杨克明为了给家里留个后人，所以把我父亲带在身边。他们走过长征，爬雪山过草地，走长征的时候，人走着走着忽然一下就下去了，才发现那是个沼泽地，你人拉着不行，越拉越陷，那个时候绳子也没有，只能通过衣服裤子脱下来绑成绳子，扔了过去，慢慢地拉上来。吃的没有了，他们就把自己的腰带煮了吃，我就问他是怎么吃的。父亲说那个时候的腰带都是牛皮，牛皮可以吃，但是煮不软的。他说晚上拿火烧，然后放到锅里泡着熬一夜，第二天早上就一人给一小节节，我父亲说早上一节节，晚上也就一节节，多了没有，都是计划着吃的。他说长征就是这样走下来的。经过两场战争之后，我父亲到了独立营模范连里面。

1937年，父亲在张掖被俘虏。趁着夜色他们都被拉到东关外的飞机场。敌军在每个人的身上戳一刀或头上砍一刀，再把俘虏们推进两个长4丈、宽3丈、深6尺的大坑里。地上甩满了军帽、背包、饭碗和鞋子等物，大坑两侧鲜血像水一样流向公路和周围地里。万人坑埋人是一层人，一层柳梢，一层

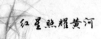

土，就这样垫起来，这么垫的原因是柳梢它有一点空隙，土垫不死人又出不来。马家军的想法是当时不叫这些人立即死，让他们慢慢地死。我的父亲当时是垫在了最上面的一层，他纯粹是个小尕娃，熬过了一个白天，到了晚上，他看没有人把守，他就把头慢慢地给抬起来，从那柳梢缝子里面慢慢爬出来。他感觉周围还有人在土地下动弹，他悄悄地用手向四处摸，发现跟前还有两个人也从土里爬出来了，他们互相暗示了一下，偷偷跑出来了。没跑多久后面有人追了，一枪打到了我父亲小腿上，因此他左腿上的伤疤一直都在。父亲小腿中枪了以后，那两个战友不顾生命危险就把他抬起来往草堆上扔，这两个人据说往东跑了。父亲在草堆上趴了两天两夜，被一个捡粪的孤寡老奶奶发现了，她一看就知道是红军，就说："你悄悄在这待着，我晚上了接你来。"晚上老奶奶连背带拉地把他拉到了家里藏到炕洞里。甘肃的土炕洞比较大，父亲在里面藏了七天七夜，老奶奶给他做吃的。之后老奶奶出去打问了一下，部队往哪走了，是老奶奶听错了还是咋了，回来就说是部队往西走了，我父亲就也走了，往西追去，那个时候，那个老阿奶给了我父亲一把铜勺子，说让我父亲拿上这个吃饭，要不然空手无法吃。

父亲在河西走廊时，正好被循化县草滩坝村的国民党军官，被名叫尕六斤的韩参议的士兵给抓了。韩参议一看这个尕娃攒劲，年纪也轻，他就让士兵先回去，人交给他处理，士兵走了，他给通信员说是话不能传出去，就连夜把父亲拉到甘肃大河家，治理好了伤口，之后就把他装进口袋，脚底下是几个西瓜，中间是他，头顶上几个西瓜，就这样藏着拿了上来。拿上来正好韩参议家里缺放羊娃。循化县城黄河北面的加入村那时候世居村民只有 8 户藏族。韩参议在加入村当时有一块庄园，一群羊，就把我父亲安排到了加入村放羊。加入村后面是大山，几十里路人都没有，东面和西面也是几十里路荒无人烟，西面甘都镇那时候也没有人，前面是黄河，所以我父亲他跑不掉呀，从此就在加入村扎下了根。我的母亲是韩参议的丫鬟，甘肃武威人，姓崔，具体名字连她自己也不知道。她的两个哥哥曾经参加了刘志丹的陕北红军，马家军抓住哥哥以后就在武威的钟鼓楼后面枪毙了。从此之后，她的父亲也就是我的外公一气之下就抽上了大烟，卖儿卖女这样过来的，最后抽的家破人亡，我的母亲就被卖到了韩参议手里。当时我的父亲年龄也不小了，韩参议就把我的母亲从西宁拉下来，两个人结了婚随了回民，这样子成了家。

我父亲当时放羊，学了两年当地的语言（循化的土话和加入村的藏话），最后可以说着一口循化话、藏话和撒拉话。

1949年王震司令员的解放军经过循化解放西宁，黄河渡口的船被马家军烧光了，撒拉族群众便快速制作牛皮筏子支援解放军渡河。因为我父亲学会了藏语，就自告奋勇给部队带路到黄南，从化隆这边过去，经过昂思朵河滩来到尖扎县昂拉千户那里。当时昂拉千户项谦这个人根本不听话，藏民的枪法很准，攻也不好攻，我父亲一直在部队里给解放军当翻译和向导，和昂拉千户家人很熟悉。我也随部队到了黄南，后来解放黄南以后，部队叫我父亲跟着走去新疆，当时父亲已经有了三四个孩子，我母亲是外地人，他也是外地人，却新疆没有人靠的，再者全国也解放了，我父亲就说哪也不去了，就在遵循化加入村住下了。

1954年4月青藏公路开始动工。我父亲以工程兵的名义就到了青海省第一路桥公司公路总局第五工程队第五队参加青藏公路的修筑。离家也近，还可以随时回来看看，也能挣点工资呢。电视里拍下的柴达木格尔木修路的这个里面就有我父亲的影子。他们是沿着牦牛、骆驼向西藏运送货物走过的荒漠坡岭之路往前走的。前边部队已修过的路他们的汽车只要能过去就往前走，不用下车，过不去他们就下车，挖高垫低、平洞穴、沟壕、挖草坏，还要在公路两边堆成一人多高的路标，这段路才算修成，以便后面部队不用下车就可继续前进。如果遇到河，若河水小、河流平坦，他们就得下车推拉着汽车冲过河去，人再上车继续前进；要是河水大、水深，他们就往过车的那五六米宽的河床处投扔石头，以此抬高河床，扩大水面，使河水变浅，再把汽车推拉过河，坐上车继续前进；要是遇到冻冰的河，冰厚，汽车就以弧形在冰河上往对岸开。多数汽车都能从冰河上冲过去，也有个别车会冲到河中冰裂处夹在前后都有冰的冰缝中。这就麻烦了，他们得用大铁锤砸开汽车前边的冰，然后再在汽车前边拴上钢绳，十几个人来拉汽车，汽车后边还有众多战士来推汽车，还得有一个人喊着号子，指挥战士们前后齐用力。就这样喊着号子前拉后推，硬是把被冰夹住的汽车推拉过河，这时冰河上非常热闹，他们满头大汗，喊着、唱着、欢笑着上车继续前进。

父亲就这样激情高昂的参加新中国的建设事业，浑身感觉有使不完的劲。正因父亲的勤奋努力，1957年受到了公路总局第五工程队第五队工会的表彰，

奖励了一个笔记本。

在1958年的时候，我父亲回了一趟家，那个时候交通不方便，他就只能步行回来，正好碰上了循化土匪叛乱。有人煽动着大家一起走，参加叛乱，我父亲把整个村子的群众都给压下来，最后他们都不去了，加入村就这样维持了平静。

之后我父亲就当了个小队长，父亲时时刻刻都想回四川，但是因为交通的原因一直没有回去，就留在了这里。之后路桥公司也没有了，他的生活来源又断了。又正好赶上口粮关了，那个时候粮食短缺，一人就二两，我记得当时我父亲和我哥哥去打饭，一人一勺子给舀上，用缸去打饭，拿绳子系在两头我哥哥和父亲两个人能抬着走，走到半路，绳子断了，盛饭的缸被打破了，饭全部都撒在地上，我父亲就趴在地上舔，在那几天我们饿着，我们父亲也饿着。我父亲从来不占公家的便宜，当时我父亲都饿得走不动，就躺在柜子上睡觉。

1972年，我父亲的恶性肿瘤发作了。五弟杨玉忠参军复员归家，由于当时的政治形势，他没有被安置就业。他无奈之下去煤矿做挖煤工人，不久却因煤矿塌方去世了。如此一天，一大家子吃饭都成了问题，加上村里人对西路军的错误认识，对我们家的歧视非常严重，我们家陷入了绝境。父亲实在没办法就给他们的老首长徐向前元帅写了一封信求助。徐帅不久便回信并寄了三百元钱，信中安慰我父亲好好生活，及时治病。寄来的三百元钱是他的一部分工资让父亲用于治病。父亲怕有什么不测，让我们把信当即烧了。

1975年春，我的父亲与世长辞。留下了家不成家的一大家子人，我们兄妹七人凭着顽强的毅力坚持活了下来。现在，生活在这样一个美好的时代真的感到非常高兴和自豪。因为，今天幸福生活的取得也有我父亲他们那些老革命的汗水和鲜血，我们对此感到知足了。而唯一让我们感到遗憾和不安的是，我的父亲没能等到国家对西路军战士的彻底平反和认可。1984年民政部、财政部、卫计委、原总政治部发出了《关于解决在乡西路军红军老战士称号和生活待遇问题的通知》，第一确认流落在青海的大多数西路军战士的身份，并向战士们发放了失散红军战士证书。而我们兄妹，因父亲已经去世，也没有知道相关的文件，错失了父亲的身份确认机会，我们兄妹七人和后代至今还生活在身份不明的阴影中。"

　　我把整理的稿件当即就给了他一份。他仔仔细细从头到尾地看了好几遍，把不认识的字和不明白的内容指给我看，我都一一耐心做了解释。2019 年，杨玉林因心脏病突发去世了，没能给家人留下只言片语。我唯一觉得安慰的一点就是总算没有让这位老人失望，能将他父亲的历史留给后人。

　　好多人以为，红光村是当年关押西路军的"工兵营"，也是红军被俘战士在这里生活劳役 6 年之久的地方。所以，大家理所当然地认为现在的红光村应该有很多红军战士和他们的后代。殊不知，当年在这里劳役的红军战士，在 1946 年的时候，就被马步芳以解散的名义强行拉到他的部队充当炮灰。红光村并没有留下红军战士。但是，有一段"公馆小姐"的故事，红光村的老一辈人都知道。居住在红光村人称"公馆小姐"的马阿乙霞对父亲几乎没有一点印象，与父亲只相处了六年多的姥爷也因为是文盲，所以搞不清父亲的情况到底是怎么一回事，也完全搞不懂红军是怎样一支队伍，又为什么来到循化撒拉族的地盘。姥爷说得最多的是"你爸爸，个子高高的，脸白白净净，很斯文，也很腼腆。"我通过多方的了解与走访，对"公馆小姐"的父亲有了一个较清晰的认识：他原名叫刘仕斯，当年从现在的赞卜乎村来到五公里外的大庄村为学校和清真寺烧制砖瓦，修长的身材由于营养不良显得更加单薄，没有鞋子穿的双脚被荒滩的荆棘扎的流血流脓，大庄村的撒拉族乡亲们第一次看到以前所说的"头上长角身上长刺，共产共妻"的共产娃却是这样一群弱不禁风，斯斯文文的娃娃，忍不住偷偷地给他们塞土豆，玉米，杂粮窝头等，甚至把自己脚上的鞋子脱下来给那些战士穿。

　　马步芳看到刘仕斯实诚，脑子又活，还懂文化，所以把他安排到现赞卜乎村黄河渡口的关卡，任卡长手下的出纳员，协助收取关税，可以说马步芳对他是比较信任的。

　　查汗都斯乡大庄村的七十八乡约（相当于乡长），伙同本村的乡亲去尖扎地区做小生意，事情进展的还算顺利，才过了几天时间，他们就把带去的韭菜，萝卜，瓜果，杏子变卖后换成青稞，豌豆和少量的银圆带回来。共计收得银洋十八块。七十八乡约他们走了大半天，来到了赞卜乎的古什群渡口，早已是口干舌燥，疲惫不堪。一群人在古城外的简易茶棚匆忙喝了点茶就急忙赶回去交差，以便能好好休息一下。他们回到家里才发现羊皮袋子不见了，七十八乡约顿时如雷轰顶、冷汗直流、吓蒙了，在慌乱中更加说不清道不明。

其他人看他神色慌张、张口结舌，语无伦次，认为其中有诈。于是厉声斥责他辜负了大家的信任，并说如不赶快归还钱财就送他见官。十八块银圆对当时的老百姓来说可是一笔巨款啊，如果不乱花，足够一个人买一个宅院，他又如何赔得起呢。责任重大，又有口难辩，乡约感到这辈子完了，便绝望地大哭起来。

话分两头，在古什群渡口的刘仕斯，恰好因为天气太热，来往行人商客也较少就来到简易茶棚，想慢慢喝着茶来消磨这段时光，也好考虑一下以后的生活怎么办。

恰好是在七十八乡约他们匆匆离去时刘仕斯就到了。刘仕斯刚坐下，发现身边的椅子上有个小皮袋子，也没多加理会，慢慢喝起茶来。许久仍不见有人来取，刘仕斯疑惑起来，提了提感觉沉重，打开一看，他眼珠子差点没惊得掉出来：竟然全是光闪闪的银圆！刘仕斯惊喜交加！这可真是一笔大财啊，它不但可以改变自己目前的穷困潦倒状态，而且还可以拿着这些银圆买通马步芳的营长，然后逃跑，沿途的开销和买路钱自然就有保障了。但他又转念一想："不行，钱财是各有其主的，这钱我不能要！要是因为我把钱拿走了，失主因此而丧失名誉，甚至失掉性命，我的罪孽可就大了！"那个年代，一般正经人都知道"不义之财不能取"的道理，更何况是红军战士刘仕斯呢？他心想："既然今天让我拾到了这些钱财，我就应该尽到责任、物归原主。"

到了吃午饭的时候，茶棚里陆陆续续也来了八九个客人，看他们的神色，没有一个像是丢了钱的，他只好把皮袋子带到哨卡。

他聚精会神地注视着过往的人，一直等到掌灯的时分……

突然，他看到一个人面色惨白、踉踉跄跄地朝这里奔来。来人正是七十八乡约，后面还跟着两个人。一进木桥，直奔茶棚而去。过了一会他们垂头丧气的往回走，七十八乡约两个人就指着另一个人的鼻子在训斥，说着三人径直向刘仕斯的炮楼走来。

刘仕斯看得出他们就是失主，笑着对他们说："你们掉了钱袋吗？"乡约不可置信地盯着他一个劲地点头。"我等你们很久了"，刘仕斯说着拿出那个皮袋子给他们看。他们感激的浑身颤抖，说："您真是我们的救命大恩人哪！没有您，我们今晚就要上吊了！"

原来，七十八乡约发现钱丢了时，就想返回去沿途找一遍，虽然能找回的希望渺茫，但也只有这一条路了。可是伙伴怕他潜逃，不准他出门，他费尽口舌说了半天，伙伴才叫两人陪他出来寻找，还嘱咐那两人务必把他带回去。

二人互报姓名后，七十八乡约想要以钱财的五分之一作为酬谢，刘仕斯坚决不要；又改为十分之一，刘仕斯还是不要；再改为百分之一，刘仕斯生气了，严词拒绝。

乡约三人不知如何酬谢才好，于是说："那我请您到我们村做客，好吗？"刘仕斯仍然坚决推辞。最后，他们说："不谢我们心怎安！明天早晨'班达'之后我们在家里等你，不见不散。"说罢掉头走了。

第二天早晨，刘仕斯居然来了。乡约正要施礼再谢，刘仕斯却抢先道谢，说："我们本是受苦人，来到这里也有四年多了，你们撒拉族乡亲们对我们恩重如山，如果没有你们的帮助和保护，我们不知道要受多大的罪，吃多大的苦。我们没有吃的，你们给我们送；我们没有穿的，你们给我们做。我们作为俘虏，能活到今天，离不开你们的全力支持，你们才是我们的救命恩人，我们劳苦大众才是一条心呐！"

说罢两人互相感激得一塌糊涂。

周围的乡亲们听了都啧啧称好，纷纷向二人祝贺。刘仕斯一桩善举拉近了与撒拉族乡亲们的距离。

也许是机缘巧合，刘仕斯在人群中收到了撒拉族女孩法图麦塞给他的一个杂面窝头和一双旧鞋子，身陷囹圄的红军战士在精神上收到了莫大的鼓舞，然后他们互相多看了对方一眼。以后每次到大庄村的时候，刘仕斯会有意无意的拐到法图麦的家门口走一圈，村里头的人们也看出了苗头，经向马步芳求情之后便把刘仕斯招为上门女婿，他就正式成为撒拉族的一员了。结婚后的小两口子被马步芳调到河对岸的马步芳行辕公馆，让刘仕斯替他管理公馆，在相对平稳的日子里他们迎来了第一个孩子的诞生，是一个可爱的女孩子。还没请阿訇起名之前，大家就亲切地叫她为"公馆小姐"，毕竟一般人家的孩子不可能在马步芳的公馆出生啊！

"公馆小姐"的弟弟马乙草三岁的时候，青海解放了，刘仕斯日夜盼望的共产党就在眼前。可惜，好景不长，刘仕斯因病去世了。留给"公馆小姐"马阿乙霞的只有对父亲模糊的印象和母女三人艰辛生活的记忆，由于家里没有条件供她和弟弟上学，他们都是文盲。每当提起她的父亲，她的脸上满是

迷茫和无措。她现在唯一对父亲的牵挂方式就是，每天对在红军小学任临时老师的女儿叮咛："你是红军的后代，你要好好工作，绝对不要因为是临时老师，待遇差而带情绪。"

远离战争年代、远离红土地的我们，似乎很难完全理解这种纯粹的革命信仰。直到我们来到红光村这个"工兵营"的村庄，亲眼见到这位革命的后人时，这种革命信仰、革命传统才有了最为具体的诠释，临场的全体记者都感受到了强烈的情感冲击和精神共鸣。

马阿乙霞和马乙草虽然自小失去了敬爱的红军父亲，但两位老人为自己的革命家史感到由衷的骄傲和自豪。因为父亲去世得早，他们都没有一件与红军有关的遗物和证书。马阿乙霞老人说："党和政府很关心我们，总是派人来询问我们需要什么帮助。"

第九章　红军战士的筏工日子

撒拉族一般沿黄河水而居，他们内部之间以及与其他民族的交流，经常需要通过黄河。但是就当时的技术和经济条件来讲，无论如何都无法在黄河上架桥，因此他们用皮筏子作为渡河工具进行两岸之间的交流。这是一种用牛羊皮袋和圆木组合而成的渡河工具。撒拉族群众先把牛羊皮整张褪下来，然后将之晾干，以食盐和麻油搓揉，待其柔软，涂上防腐的熟桐油。除留一吹气的口子外，其余口子都全部扎紧。这种单个的羊皮袋子也可用作个人渡河工具，用时，将水手的衣服放入其中，更令人惊奇的是，有的水手在皮袋当中还容放一人，然后吹足气，扎紧口子，水手将一只手压于胸前，另一只手奋力划水，渡到对岸。

另外，人们还将类似的十几个牛羊皮袋整齐排列，绑在纵横交错的木架上，连接成一个长方形的皮筏子。渡河时，可用羊皮鼓风袋将气吹足，扎紧口子，推入水中，水手跪伏于皮筏前，以木桨划水，皮筏便可逐水而行。这种皮筏子，不仅能载客，也能运货。

除了羊皮筏子外，撒拉族还用木筏在黄河中运输木材、羊毛等。在交通不发达的过去，河道运输曾成为撒拉族重要的生计方式之一，也铸就了一代代的被称之为"乔瓦吉"的筏子客。居住在黄河沿岸的撒拉族男子从小在黄河边游泳长大，个个娴熟水性，而且练就了一身的胆识和勇气。因此当内地商人到青海贩运羊毛和木材时，撒拉族水手在水运中自然占有了重要的地位。他们一到春季天气转暖时节，就把青海的木材扎成一个个木筏子，把羊毛、羊皮等装上筏子，在浊浪滔天的黄河中漂流至兰州、包头等地，返回时从陆路带回一些本地急需的布匹和其他日用品。从青海漂流至内地，一路山高谷深，河道百转千回，水流湍急，暗礁丛生，充满了挫折和凶险，稍有不慎就有生命危险。因此，作为一名出色的水手，不仅要有娴熟的水性，了解水道的一路变化，而且还要有超人的胆识和强健的体魄，善于随机应变，化解各种突如其来的险情。他们可以说是历史上最早的黄河漂流队。

"工兵营"的红军战士被强迫在黄河上游的原始森林伐木，更多更好的木头都被马步芳让撒拉族的筏子客从黄河运到兰州，作为自家的私营买卖赚钱。只有少量的木头用于老百姓和赞卜呼村的民房，清真寺，学校的建设。这下可害苦了"工兵营"的红军战士们，他们在原始森林没日没夜地伐木，运木头，扎木头筏子。那种艰苦日子不是常人能想象的。冰天寒地，马家军叫你下水你就得下水，叫你在水中捞木头你就得捞木头，乍暖还寒的天气里，木头还死沉死沉。撒拉族筏子客和红军战士在这里共同从事苦役，他们之间从彼此不了解到了解，从彼此排斥到彼此帮助，这个过程不是太长，因为穷人的心最容易聚到一块。

撒拉族水手娴熟水性，经常能帮到红军战士，比如往返渡过黄河是经常的事，渡口木桥被洪水冲走，渡船也是定时摆渡，而且距赞卜乎地区也较远，所以撒拉族水手全凭自己的一身本事在黄河的大浪中如履平地地行走。伐木的工作往往苦了那些年小的红军战士，捞木头，撂木头，扎木头等等哪一样活都缺不了在水里劳动，甚至需要在黄河两岸来回往返。这时候，撒拉族水手的真正本事就显露出来了，他们不光自己轻轻松松地在黄河浪尖上耍花子，而且往往能把那些红军战士背在背上泅渡黄河。撒拉汉子的水性和血性那是非常了得的，那些红军战士在撒拉族乔瓦吉（水手）背上基本上可以鞋不沾水地渡过黄河，撒拉水手在河面上凫水基本都是直立的，大多数水手都可以在黄河里把自己漂到肚脐眼以上的位置。他们在险峻的惊涛骇浪中加深了友谊，这种用生命和身体换来的情谊不是谁能磨灭的。

黄河放筏是一段具有地域特色、富有浪漫情调的历史。撒拉族人靠山吃山、靠水吃水，是黄河浪尖上的人梢子。在很长的一段历史时期，筏子客也算是撒拉族人的代称，他们与黄河有着如此紧密的联系和生死与共的故事。

黄河从进入循化境内自西至东，纵贯黄河循化全境，有 75 公里。黄河上游多林木，曾是筏运业、水上运输业的主要通道。每当筏运时节，串串木筏子顺流逶迤而下，水手手把长桨，以悬崖堤岸、绿树田野为背景，放声高唱，也是黄河上一道秀丽的风景线。

在黄河上，虽然也有用皮筏渡人、送货的情况，但数量不多。黄河上主要的运输工具是木筏。从上游到下游主要运送林副产品、烧柴、薪炭、毛竹、山货（小型农具）、药材、牛羊等。但这都是附带性质的货物，其主要任务还是运木材，毕竟木材是国家和民用的主要物资。

据青海循化的水运史料记载清雍正年间，县内官方需用木料，须在上隆务（今同仁县境）藏族地方的森林中采伐，距建城处约 100 公里，从黄河扎筏顺流而下运至工地。

1951 年以前，林木产地为部族、寺院、头人所有。黄河上游多山，山多林木，如松树、柏树、白桦等。这些地方为藏区，所以林木为部族、寺院、头人所有，他们各有自己的领地，领地内的山地，当然归土司管辖下的各个部族所有，其所在地的山林、草甸、湖泊，都归部族所有，也就是归土司所有。藏区多佛教寺院，每个较大的寺院也有自己的领地，并划拨了一定的山林，领地内的藏民为寺院提供"供养"。寺院烧柴所用的木材等都取自所管的山林，别人无权干预。但其中也有些山林属于当地的头人。

木商家从黄南地区卖下一片山头的林子，为追求最大利益，雇人砍伐时，往往林尽山光，"剃光头"。木材从山上溜到山麓，再排放到水里，漂流到下游再捞上岸，由胶皮马车运到贮木地点，串成木筏子，雇用水手下运，遇到险要地段，无法通过时，又把木筏子拆开，进行散灌。过了险要地段，又把木头从水中捞上岸。捞木所用工具为一副长竿叫打钩，有两三丈长，顶端钉为铁钩，只要勾住，一定会拉到岸边。不同的商家，有不同的水号，这水号起初是用斧头在木头上砍出符号。但因这容易给木头造成伤害，所以后改为用铁锤砸上木商自己的钢戳，所以即使多家散灌木材也不会混淆。木头串排，前后也有变化，这是技术改新的结果。起初是在木材的大头，用小尖斧剁上牛鼻小孔，然后穿以木薆，因这样对木头有伤害，后改用木橛绳索固定，最后才用钢筋砸上码簧这一方便快捷固定方法。其他如桨桩、木桨也有不同程度的改进。

后来，马步芳主政青海后，将大部分伐木权限收回，统归官办的商号经营，说白了就是他马步芳名下的商号垄断。战俘的"工兵营"正是他不花本钱的苦役。这些年仅二十出头的小伙子，在天寒地冻，荒无人烟的原始森林给马步芳家族伐木、扎筏子，放木筏子、捞木头。什么活累就让他们干什么活。可是红军就是红军，他们那种不怕牺牲、排除万难的革命主义精神令人敬佩。原本伐木这些活不是他们的强项，刚开始，他们充其量就是给马步芳摊派的撒拉族门伙当个下手，可是时间不长，在马家军的强压下，他们不得已也学会了伐木，打孔，扎筏子等活计。细心的红军战士，在给木头打孔的时候，会巧妙地把孔打成"工"字形，以此默念自己革命的队伍。

起初是木商家自己雇用水手，后来产生了一个新的职业：揽头。揽头就是水手工头，木材起运前，木商家找到揽头，根据木材的多少，承包给揽头，揽头根据需要再请水手。揽头赚钱多的同时责任重，要监运，一只木筏子小则十二至十五方，多则三、四十方。起初一只木筏子的打桨人有二人，前一后一，后取消后桨，只一人打前桨。从公伯峡、孟达峡到刘家峡口往兰州的筏子，因黄河流量大，木筏相应偏大，故打桨人增至七人，前四后三。木筏有时渡险，还要请熟悉水情地势、经验丰富的"打把式"或称"转峡水手"上筏，引导筏子渡过险关，如循化境内的公伯峡，孟达峡和甘肃境内的刘家峡、桑园子峡等地。遇到这些地方筏子客都要在腰间系上绳子，将自己拴在长筏上，以防被大浪击走。筏子出峡，"峡把式"上岸，拿上酬金，又去引导后面的筏子。木筏到了上岸的地点，即贮木场，木商如数清点完毕，算了账，才给揽头酬金，揽头再分给水手酬金。当然，木筏靠岸后还要有人一根一根拖上岸，码起来。

当时，木头的大头绱上绑着粗绳，需要几个人一起用力拉，后边有两人用撬杠把木头撬着，有一人指挥喊口令"再尕拉夯呀! 再尕拉夯呀!"，

拉撬配合，木头才能被拖上岸，并且码成堆。这个工作很费力，还有被木砸伤的危险。最后雇用马车把木头拉到贮木场，等待买主挑选，议价卖出。一次木材营销的过程才算完成。从清末至建国初期，每年运至兰州的木材约2500～3000多立方米。

红军战士在潮湿阴冷的原始森林和水流湍急的黄河上劳作，都是拿命来干活的事。吃不饱穿不暖就不用说，光脚上的创伤和冻伤之痛就使他们无法忍受。还好，那些善良的撒拉族乡亲们给他们送来了一种用布或牛皮绌成的叫作"洛提"的鞋子。实际上，当地穷人连"洛提"都穿不起，更多的撒拉族乡亲自己穿的都是一种叫"夏恩尕热舍"的简易鞋子，它是一种长期在潮湿地或水中劳作时穿的高腰皮靴，所谓皮靴，其实是从牛的大腿弯处剥下来的皮做成的，脚后跟正好可放在牛腿骨节处，并按脚的长度、宽度及厚度加以缝缀。晚上要放在阴凉潮湿处，干燥后不能使用。这是撒拉族先民游牧时代的产物，但对那些身陷囹圄，无依无靠的红军战士来说，这可是一种最好的靴子了，最起码不用光腿光脚，免了皮肉之苦。这里面包含了那些善良的撒拉族妇女挑灯熬夜缝制的温暖，和剽悍的撒拉族汉子质朴的关怀。

要到达目的地兰州，必须穿过循化县的积石山峡谷，由于地处黄河源头的支流地，地势就显得异常险峻。公路沿着峡谷的溪流顺势而建，弯弯曲曲。放眼望去犹如一条白蟒缠绕在群山之间。而山峦间那黄褐色、光秃秃的山脊，在阳光下就显得特别的刺眼。要不是溪流低谷中长势喜人的灌草树木，根本看不见绿色的踪影。然而，这里并不因绿色的稀缺而失去其独有的风景，反而因地势的峻峭，悬崖突兀中逼真的形象而焕发生机。由于地处高原腹地，海拔在1800～3000之间，耸立的山崖被风雨侵蚀得异常严重。甚至有些峭壁上形成了大片的空洞，小的有碗口那么粗，大的就如水缸般大小，密密麻麻，满眼都是。而令人诧异的是那些被风雨吹打后的山崖峭壁竟然充满了灵性，被雕琢出各种自然形象，再融入固有的黄褐色，更增添了一份古凉的沧桑感。其实像什么并不重要，重要的是岩石上那千疮百孔、那尖锐的棱角里所固有的一种倾诉的欲望。那来自荒凉、空旷中的一种坚毅的色彩，极端枯寂又极端繁华，极端朴素又极端绚丽。

带着一种对红军战士的缅怀，对生命和记忆的全部承载，这亘古不言的大山大河还在默默诉说那流逝的苦难岁月，此景象莫名让我们心生敬仰……

黄河水上运输，筏工是它的主角。筏工是临时季节工，是按件记酬的。新中国成立前，一只木筏放到兰州，其"水银"，也就是酬金。筏工的基本身份是农民。这是一个特殊的群体，既要有农民吃苦耐劳的精神，又要有良好的水性，驾驭木筏、野外生活的经验，更重要的是舍生忘死的勇气。当水手，就是把性命交付给了水流和木筏。

循化查汗都斯乡，清水工，孟达工一带村庄都是出水手的地方，但水手中大多数是撒拉族族，因为那里生活条件艰苦，找不到别的谋生门道，又有和水长期打交道的经验，太多自小就会游泳，识得水性。

黄河自上游奔泻而来，落差大，水流急湍，地形复杂，沿途多暗礁险滩。孟达峡的野狐桥之外无甚险滩，大河家至兰州的黄河河道上有刘家峡等几个险峡。光听这些古怪而险恶的名字就让人害怕，更何况，这些险滩一处与一处不同，各有自己的特点。所以水手中虽积累有一些放筏与打桨的诀窍与要领，但若要避免险情，还需要长期的实践经验。因为在关键处，少打一桨就会遇险，多打一桨就会化险为夷。水手与筏子的安全，就在一刹那之间。例如野狐桥险滩，稍不注意，筏子就会触礁，被撞散，人也会撞在礁石上，丢了性命。一年之中，整个水运线上，筏工伤亡人数竟多达一二十人。在人与大自然的搏斗中，人的生命显得微不足道。故没有一股子舍生忘死的勇气，做不了一名合格的水手。

其次，水手的水上生活也异常艰苦，饿了就啃几口干馍，渴了就喝几口冷水，筏子到了停泊地点，当地若无村镇，只好搭锅自炊，吃的往往就是水煮面，无油、无肉、也无菜。面片子揪的很厚，半生不熟，连筷子也没有，只好找根木棍扎着吃。筏工在水上时就露天生活，风吹、日晒、雨淋，晚上只能住在简易的帐篷里，阴冷、潮湿，任蚊虫叮咬。

从河口过海巅峡，要经过禹王石，有位撒拉族水手一时忽略，筏子被撞在龙王坑上碰散了。他在禹王石上呆了五六个小时，又累又饿，只好准备在禹王石上过夜了。后来，从上游下来一个筏子，这筏子上的水手向他喊道："快跳吧，后面只有三个筏子，不然就没机会了！"他只好猛力跳上从旁边驶过的筏子，这才逃过了一劫。

所以作为一名筏工，要有耐得寂寞、耐得孤独的勇气，要不断克服自己的心理障碍。有的水手在岸上的生活是比较放纵的。多选择用一夜的狂欢，补偿几日的寂寞。这是补偿心理在作怪。筏工上岸寻欢作乐，赌博是为了赢钱，也是一种冒险，就是"豁出去一把"，这是另一种冒险生活。几个人聚在一起，端来手抓，大块吃肉、大碗喝茶，十分豪爽。水手放筏，一般一离家就是几个月。有些揽头，为调剂生活，招集几个人买上一只羊，吃吃"平伙"，既解了馋，又联络了大家的感情；有的揽头，甚至在木筏上雇用几个唱花儿的高手，在筏上专门唱花儿，或与水手对唱，这也是排遣寂寞孤独的好法子，到了站口，彻夜对唱花儿。虽然水手都会唱花儿，但较高水平的演唱还是听得不多，何况是生动有趣的对唱。这时，大家就会忘记一天的疲劳，听得如醉如痴了。这些专门聘请的花儿高手，一般不劳动，或只做一些辅助性工作，如扯筏子上岸，捎带拿些东西，看管东西之类的小事。但报酬却和水手一样是两块白洋。

但更让人难以理解，难以体会的是红军战士筏工生活的寂寞孤独。筏子整天在水上漂流，连个说话的人也没有，即便有也因为语言的障碍，交流不是很顺畅。当然，也没心思观看岸上司空见惯的风景，到那时寂寞感，孤独感就会深深地攫住你。人是合群的社会动物，如果失去与人的交流，会产生极大的压抑感，对心灵带来荒漠化的伤害。如果说物质生活的匮乏，是看得见的，是暂时容易忍受的话，那么精神生活的贫瘠，对心灵的戕害，将是长久的、深远的。在筏上生活，无异于离群独居，他们渴望交流，渴望表达，渴望倾诉的情绪是那样强烈。然而，即便到了某地，红军战士的行动也是受限制的，他们顶多是把筏子运到青海循化和甘肃大河家的地界就得被折返押回到赞卜乎的工兵营。他们没有更多的机会和外界接触。

这些被抽调当筏工的红军战士，在整个运输过程中干的是最苦最累的活儿。红军战士们感受更多的是苦和累，最苦的是在三九天也要下河撑筏，天寒地冻，一般人在家里都要烤火，而红军战士们却要顶着刺骨的寒风，破冰而行，脸冻红了，手冻僵了，脚冻坏了，还得坚持再坚持。有时上水，还得赤着脚在到处是冰凌的河滩上行走．最累的是搁浅拆筏，然后重新扎筏上水，遇到搁浅或触礁时筏工们相互合作，而红军战士比其他的筏工更苦更累，赞卜乎地区离黄河的储木厂子还有一里山路，听老人说，那些年红军战士总是摸着门闩出门，天不亮就起床，一去就是一两个月，回来也是打着马灯回来，经常是起早摸黑。红军战士要比别人多动一分脑筋，河道经常因山洪暴发而改变，这时红军战士的筏得走在前面探路，到了平原地区又会遇到流沙河，河道变化莫测，他们还得在前面探路，所以红军战士的付出总比别人是多得多。

筏子上最危险的不是筏木头而是筏客人。筏客人时，筏子客双手都需要拿着划锹（桨），这就是导致他们在筏子翻掉的瞬间是无法抓住筏杆的，因此桨手的风险很大。一些筏子客就是因为无法及时抓住筏杆而遇难的。有时，筏子上的东西绑不好，过坎子时，筏子猛向下栽头，东西乘势滚过来，就会把筏工推入河中。因此筏子上最忌讳的就是东西移动，包括乘客自由活动，这样就会打破筏子的平衡，容易翻筏。

从赞卜乎到大河家70多公里，红军战士被指派辅助撒拉族筏子客去放牛皮筏子运客人。到了大河家还得一路小跑，把筏子背回来。

"下去时人乘筏，上来时筏乘人"。筏子客们到大河家一般是两天一趟。早上装上东西出发，筏子顺水而下，速度极快，一个半小时到两个半小时就到了，速度和现在的汽车差不多。到大河家城，就到下午了，还要等着卸货，来不及返回，筏子客们一般就在城里过夜，而红军战士只能留守在筏子上。

第二天，红军战士背着筏子早早就出发了。筏工们都单肩扛着筏子，右手反手拉住筏杆，一路小跑，背筏子的巧劲，就是一个字"颠"。基本上沿着河而行，第一站到孟达木厂，跑到了这里就要歇息一下，在小吃摊上吃上点早餐。第二站，跑到清水工，这时已经差不多到了中午，休息上半小时左右，继续跑。第三站到县城外的草滩坝。喝点茶，继续赶路。第四站就到赞卜乎了。

从赞卜乎到大河家70多公里一路小跑不停，至少要10个小时，中间休息的时间不算，如果算上中间休息时间，要12个小时左右。

这段路途并不顺利，尤其是新中国成立前，土匪非常多，背着筏子回家时经常会遇到土匪。有一次，红军战士背着筏子回家，跑到伊玛目渡口。一个山沟窜出来了4个土匪，手里拿着大刀片，拦住了他们的去路，红军战士发现他们只有大刀片，没有枪，也就放心了，至少说他们不是凶狠的惯匪，而是走投无路的穷苦人家。土匪们先是搜身，将红军战士浑身上下摸了一遍，没有找到钱。喝问他们把钱藏到哪里去了，红军战士说一个穷筏客子哪有钱呢？而且我们是不拿钱的，是赞卜乎工兵的俘虏。这里，最苦的是筏子客里有个筏工力气小，人也不精明，谁都不愿意和他搭档，只有红军战士帮他、带他，老人们回忆红军战士为了那个小筏工不知道多出了多少的死力，特别在流沙河里，他经常搁浅不能动，牛皮筏子往回背的时候，他也总是掉队，

时间长了，大家都没有耐心帮他。但总是有红军战士徒步折回去接他，最远时还得接几里路。

就这样，红军战士和撒拉族乡亲们在一起相濡以沫，患难与共，最终有了不是兄弟胜似兄弟的情谊。

筏子客是一项极端危险的职业行当，在黄河水道从事长途筏运（从兰州至包头达一千五百华里），实际上是在与阎王爷玩着死亡游戏。筏子客多由金盆洗手的大盗、土匪及马家队伍的逃兵、乞儿、弃儿等被世俗社会所鄙视的群体构成，家道殷实的良家子弟鲜有参加者。因此，筏子客在人们心中的地位十分低下，是一支典型的贱民部落。民国年间的黄河，水量浩大，加之沿途有狂浪、暗礁、巨漩等险绝处存在（这些险绝处被称为"塞头"。）因此，这些"塞头"处常年上演着筏毁人亡的惨剧。

自古什群峡沿黄河东下至兰州再至包头，中间要经过古什群峡、孟达峡、刘家峡、桑园峡（号称小峡）、大峡、乌金峡、红山峡、黑山峡、青铜峡等挺峭险荡的峡道，这些峡道中令筏子客闻之色变的险绝"塞头"有：狼舌头、黄崖礁、将军柱、煮人锅、大撞崖、小撞崖、锅底石、棺材石、大照壁、小照壁、月亮石、龙王炕、五雷漩、白马浪、拦门虎、小观音、双漩子、一窝猪等等。"煮人锅"，顾名思义就是筏子客行筏至此，一旦驾驭失当便有落水被"煮"之险。"煮人锅"是一个十数丈直径的巨大漩涡，筏子客行此须从其侧仅数米宽的水道擦背迅速穿过，若操作失误跌入其中，整个筏子连同人一起便会被其吞嚼成一堆"馍屑"。发生了这惨祸，人们便喻此为被煮人锅"揪了面片子"。再如"狼舌头"，指的就是黄河右岸峡壁凭空向黄河水道中央斜插而下的一块红砂岩巨石，水小时，筏子客们便驾筏小心翼翼地绕其而行，水大时，狼舌头则掀起万丈狂澜，黄河水一时呈立体状从右侧向左侧翻倒，此时，任凭多大胆的筏子客也是不敢贸然闯行的。碰到这种情形，筏子客须揽筏耐心等待水落时再通过。有谚云："狼舌头舔上水，筏子客想见鬼。"

再如观音崖，黄河在此急转弯，筏子客操筏至此，若是拐弯不及便会一头撞上石崖，连筏带人被石崖一起撕成一堆碎片，观音至此可绝非福音。还有那"一窝猪"，其实是无数数丈直径的巨石从峡谷之顶坠落河中形成，远望上去，堆堆巨石掀起一簇簇狂浪，仿佛一群猪豕正在水中戏逐，此处水流落差又极大，筏子客驾筏至此须从群豕中间左冲右突巧妙地绕行方可，稍有不慎，筏子客便有被"群猪拱翻"之险。总之，黄河筏运这碗饭可不是那么好吃的，用筏子客们的话来形容，即为："吃着阳间饭，走着阴间路；出门不算回家算，有命吃着无命的饭！"

被俘的红军战士经过在赞卜乎"工兵营"几年的苦役和教化，马步芳认为这群平均年龄不超过二十五岁的"共产娃"，被改造得差不多了，所以从管理上开始放松。大部分红军战士从古什群渡口营盘的窑洞中搬到赞卜乎村自己修建的民房里面和撒拉族乡亲同吃同住同劳动。此时，马步芳在循化县的产业越来越大，从最初的赞卜乎地区扩展到查汗都斯乡。在大庄村开荒垦地，在尕楞藏族乡建设塘开荒垦地，建民房，修学校，安置移民。还在尕楞藏族乡宗务占群地区的原始森林包围下的盆地种植鸦片。马步芳时有的民夫远远满足不了他的扩张野心。所以他允许抽调一部分红军战士到长途筏运的队伍中来，这可苦坏了那些年轻的红军战士。他们被迫在波涛汹涌的浪尖上与黄河搏斗。

如果说，筏工从事的工作是为商贸服务的运输业，那么唱花儿，就是他们全部的文化生活了。上游撒拉族筏工多唱撒拉花儿，下游回族筏工多唱河州花儿。把花儿比作伐工的"护心油""心头肉"，那是一点也不过分的。千里水运路上，每天进行单调、重复的劳作，无人交流，如果没有花儿伴随着他，能行吗？自然，遇到险滩时，他需要专注地、小心翼翼地紧张拼搏；险滩一过，心情为之一松，一支花儿就会冲口而出。通过花儿，我们可以了解黄河水上运输业的情况，筏工生活的艰辛，他们内心的痛苦、希望与欢乐。著名记者范长江在他的长篇通讯《中国的西北角》中记叙黄河筏运时，也不忘把花儿记上一笔："阿哥的肉，阿哥来时你没有，手里提的肥羊肉。"这地道的，原生态的花儿，虽只半首，却把筏工手提羊肉，去看望情人，而又未见到情人的失望心情表达得淋漓尽致，入木三分，极具感染力。

我黄河上（就）度过了一辈（哈）子，

一（耶）辈（哈）子，

浪尖上我（就）耍花（呀）子呢；

我双手嘛（就）摇起桨杆（哈）子，

桨（呀）杆（哈）子，

好像是（兀些）天空里的鹞（呀）子。

这是一首反映筏工艰苦生活的花儿。"白天好过"，这是与夜晚相对而言的。白天虽然辛苦，如果专注于放筏，日子相对而言是容易混过去的。那么夜晚就应该是好好休息，恢复精力与体力，可是漫漫长夜，一眼不眨，不是蹲在崖底下，就是住在阴冷潮湿的帐篷里，只好"眼睁者亮了"，仅此一点，就能看出筏工生活的艰苦。

放筏不仅是危险的行当，也是一种紧张的战斗。黄河水大，筏子也大，有七人把桨（前四后三）。揽头监筏，坐在高处，即坐在运输的货物或柴堆上，便于观察水势，发号施令。"缠头桨"是桨把绕过头顶，桨片吃水较深，最有力的扳桨动作。号子声声，桨板上下，水手齐心，奋力拼搏，古铜色的脊梁上，汗珠滚滚，好一派水上搏斗情景！

> 六月里的麻雀满天飞，
>
> 天黑时搭成对呢；
>
> 白天的日子熬到黑，
>
> 天黑时谁的怀里睡呢？

筏子客所唱的这些花儿，将他们在滔天巨浪的黄河里泛筏的机敏自信，技术的娴熟程度，以及豪侠冲天的无畏气概表现得淋漓尽致。波涛声声、歌声阵阵，筏子客们一路飞驰一路歌，花儿是他们重要的精神食粮，是他们纾解胸中块垒和情绪以及排除路途寂寞的重要手段和方式。不让他们歌唱几乎是不可能的。他们的歌儿中还有一部分是反映其苦难艰辛和真挚爱情的。

> 上了兰州下绥远，
>
> 中间（嘛）要过个银川；
>
> 身上的尘土脸上的汗，
>
> 谁知道筏子客的可怜！
>
> 天晴天阴河滩里爬，
>
> 筏子客行户苦最大；
>
> 冰碴子划下腿肚子痛，
>
> 麻鞋带勒者脚肿呢！
>
> 羊皮筏子下了绥远了，
>
> 想花儿想成黄莲了。
>
> 这回的生意做烂了，

把汗衫当给了银川了。

汗衫当了二十个大元，

我给花儿扯鞋面。

穷了有个穷心呢，

买不起线了还买个针呢。

这样的唱词赤诚大胆，表现的是对爱情的饥渴。

西宁的木筏子下来了，

水大者靠不上岸了；

吃肉喝酒者不香了，

心扯到你身上了。

强烈大胆，酣畅淋漓，一泻胸臆，这是筏工花儿最突出的特色。这是由筏工爽朗的个性气质和无拘束的演唱环境所决定的。筏子客所从事的职业虽然极端危险和艰辛，但他们身上却展现出生忘死的英雄主义气概和乐观豪迈的精神。他们生为黄河人，死为黄河鬼。黄河的品格即他们的品格。他们是黄河的精灵。自黄河筏运业兴崛，总有千千万万筏子客的生命铺垫于这条水道上。他们活着时，脉管里奔涌着黄河波涛般的激流，他们死后又投身黄河化作一泓河水，兴波作歌，他们生生死死和轰轰烈烈的故事都和这条东方圣河紧紧地维系在一起，他们每个人都是黄河这根长长的绳索上记事的一个结。

红军战士都是规矩人，不愿听这些筏子客的粗话，刘一民就对他们说起在兰州河口镇看打铁得到的启发："我看过《天工开物》这本书，那里面有冶炼钢铁的示意图，好像是在一个炉子里同时炼出钢和生铁。古代制刀先要从冶铁开始。现今时代进步，有了大量的废钢铁，就用这些来充数，自然丢掉了许多古代的工艺。河口镇老铁匠所说制作折花刀的办法，也许是后来才发明的。古人用的一定不是这种方法，因为'铸剑'两字的意思就是把铁水倒进范模里，形成刀剑的雏形，然后再加工。所以从西域传来的古刀上的花纹，用折铁是模仿不出来的。老铁匠说他年轻的时候，经常用坩埚化锡、化铅，发现一个现象，如果把铅锡融合在一起重新熔化，里面的锡会先变成液体，剩下的铅则像豆腐渣一样混在里面。所以，他猜想那些西域来的古刀是用两种不同熔点的铁铸成的，熔化的铁水里混有熔点稍高的铁颗粒，它还未溶化，形成各式形状。这两种铁在颜色上有差别，冷却后就出现各种花纹。河口在

109

明清时期称庄河堡，千百年来都是兰州水路的咽喉之地，也是古丝绸之路上的物资集散中心，商流、物流、人流繁忙。当年河口渡口的"阳畅湾子"，是水路运输工具最佳的停泊码头，各种木筏、牛羊皮筏子顺河而下停靠于此，水路运输一片繁荣。当时河口约有百分之六十五的人从事水路运输行当，光是羊皮筏子就有两百多个。陕西、青海、新疆等地的客商也会用木筏、羊皮筏、牛皮筏运送货物到这里歇脚或者交换，于是在陆续的商贾繁忙中，形成了大小不同的杂货店、车马店、旅店、旅店、当铺等商贸场所。河口居民虽说是以汉族为主，但从他们的生活习俗和性格特征来说，也算豪爽，这符合撒拉族的性格，他们在这里也必须跟河口的筏子客交朋友。好多水陆两运的商贩在这里都得拜码头。

那些撒拉族筏子客时常对红军战士说："共产娃，你们受过新式教育，喜欢挖弄各种新奇的事物，我们是粗人，家里困难，一心想学会一样本领，让自己的婆娘娃娃生活的好些，所以，不想伤脑筋思谋这些事情。我看你们也不要多费肝子了，你们思谋的事情多啊，却落到这个地步，还想干啥？来，不如给我们唱个歌，或者你们那里的野调也行。"

其他筏子客也瞎起哄。红军战士没办法就把长征时的歌曲加以改编后唱给他们听："大雁落脚的地方，草美花又香，春风轻轻吹得那冰雪化啰，溪水淙淙响……为什么高原一日千里天天在变样？因为红光照亮了你们的心，这里是我们（红军）走过的地方。"

河道变得宽阔起来，筏子速度缓了下来，逐渐靠岸，两个转峡的水手收了工钱，上岸去了。筏子后面也换了人。筏子客们紧张的心情放了下来，开始有说有笑的。红军战士被起哄的不得不唱起来：

"穷苦（红色）的娃娃（战士）呱呱叫，万里长途（征）不辞劳，艰苦来奋斗，吁气概嘟吁，艰苦来奋斗。天险的狼舌头（金沙江）将军崖（大渡河），黄河险滩（雪山草地）粮食少，一齐战胜了，吁气概嘟吁，一齐战胜了。"

官亭地界天气热，树木已经发芽。山坡上多有女子站在树底下瞭望，筏子客见了，唱起'花儿'来：

　　高高的山上一棵树，

　　树底下有个尕媳妇。

　　男人外地里跑光阴，

媳妇孤单者要勾人？

女人们听了，笑骂了几句，听不清说些什么，对着河中间的筏子客们肆无忌惮地接着唱道：

黄河沿上的筏子客，

不吃些苦头你嘴不乖。

说坏话烂舌者又烂肺，

解药是我的洗脚水！

红军战士面对目不识丁，而且自以为是的筏子客们，不禁替他们悲哀。认为这是他们不懂文化没有知识的原因，悲悯之情油然而生。觉得向他们宣传道理的时候到了，就故意唱起了长征时期风趣幽默，短小精悍的《识字运动歌》："不识字的好比一个睁眼瞎，有眼不知世界大，哎！哎！哎！不识字的呀，快来识字呀！大家识字（工农干部）好捷报，过了兰州下包头（巩固苏区并扩大），哎！哎！哎！不识字的呀！快来识字呀！"

他们还经常唱《为什么贫穷不均》："今一天与农友来到田间，想起来痛苦事积在心间。众农友坐田埂自思自叹，三才老天地人应该平等，是缘何他该富来我等受贫？……后面的歌词太直接，所以他们一般不唱出来，而是以哼哼来代替（共产党来领导农民革命，打倒那吃人的土豪劣绅。乡村的一切权收归农会，普天下穷苦人才能翻身。）"

第十章　红军赤胆除暴安民

张进锋是撒拉族文化的传承人，是我最尊敬的人。2012年的一天，我们在一起座谈，他突然对我说："马校长，你在搜集西路军的历史，但你恰恰忽略了我。"我不解，疑惑地看着他，他露出笑意坚定地说道："我父亲，就是西路军战士！"他父亲是西路军战士？可我怎么没有了解到呢？后来，在他的讲述中我才知道他的父亲张义可的故事。

张义可，原名王十二，别名韩海比卜，1914年10月12日生于四川省宣汉县清云乡王家岭一个贫苦农民的家庭。父亲王英高是憨厚勤劳的农民，母亲车玉梅是出生于农家的贤良淑女。张义可兄妹四人，他排行老二。十二岁那年因家贫被抱到本地张能海家当义子，他不忍异族的歧视，两年后返家卖柴谋生。他从小养成一种吃苦耐劳，不畏强暴的坚韧性格。

1936年10月，张义可所在的兵工厂随红三十军强渡黄河，转战河西。

鏖战五个多月的西路军将士们，歼灭敌军25000多名，于1937年初，转入祁连山。后石窝会议决定分左、右两个支队，各自为战，分散游击。

张义可与甘玉金分手后，疾步寻找总供给部警卫营的去处，但杳无音讯。他便跟随右支队，向东出击返回延安。但是，在天寒地冻、四面围击的险情下，右中队建制肢解。张义可与总供给部李长德连长、九军王大林机枪手、兵工厂朱有新班长等，串联70多名失散的红军战士（其中七名五枪，专事收集食物），在毛牛山一带忽东忽西地与搜山敌人"捉迷藏"。先后击毙30多名敌人。但因未能冲出敌人的重重包围，而驻足深山打游击。他们白天钻进深山野林，寻找狼群丢弃的牛羊肢体，储备食物，夜晚下山入村探访敌情。并通过农牧民寻找粮米、衣物。

1938年仲夏，张义可等八人在总供给部侯明良的主持下，身着当地人的便衣，入扁都口，经俄博、大梁等地，来到大坂山北麓的黑石头一带侦探敌情，一路上经常寻觅食物。有一次，在大梁北边，袭击一帮运粮伪兵，缴获五头牦牛，一百五十多发子弹，三支步枪。他们返回扁都口北侧深山的汇聚点，分配了子弹和食物。第二次，他伴随战友一行十人，装扮成买卖人，相继越大梁，进黑石头顺北山往东接近门源县城，入老虎沟，经隍城滩，北返汇聚点。就这样，从1937年3月，坚持到1940年6月。终因饥饿严寒，连长李长德等先后去世，只剩下张义可等二十多人，议定下山东去投奔延安。

1940年6月的一天深夜，张义可带领二十多名战友摸索到山下一座村庄，因遭遇地主武装袭击，又有十多名战士牺牲。余部由张义可带领连夜朝山丹县奔走。在饥寒、疲惫的困境，张义可提议，掩埋武器，分散转移，减小目标。张义可来到山丹县城后街原兵工厂旧址寻找李二老爷，险些遭害，原来李二老爷已投敌。张义可逃出城外时，巧遇战友杜文彦。二人一起隐姓埋名，流浪在肃北一带乞讨谋生，一心向往红军。1941年张义可与杜文彦路过武威金边驿，不幸被驻扎在此的马步青骑二旅四团三营的巡逻兵盘问挡着去路。二人被迫隔离。张义可被捆绑手臂跟随在马后，押往武威兵营，喂马、挑水服劳役。一个精干有为、生机勃勃的战士，一下子变得像霜打倒了的芦苇。

那年深秋，张义可被伪营长韩古尔班，从武威押送到其原籍循化县黄河渡口——伊麻目庄，又在其岳父韩狮子家当长工。1946年张义可入乡随俗在鞋匠古尔班家被招赘为婿。之后，为了养家糊口，他开始在通往临夏、黄南、化隆、西宁的交通要道，具有战略要地的伊麻目黄河渡口当船工，继后当船头。

临黄河流水望大山密林，撒拉人剽悍豪爽，孕育过不少绿林好汉。人们都说"水土硬"。张义可有缘投入啥拉人的怀抱，在苦难中拼搏，不断发扬红军战士的英雄本色。

1947年秋季的一天，黄海沿畔，枯草挂着白霜，南飞的大雁在空中发出一阵阵凄凉的哀鸣。伊麻目黄河渡口的船头张义可像失群之雁。如今，他成天只能在迎送两岸渡河的人群中寻觅乡情知音。

常言说：膀宽腰细，必定有力。张义可在卖苦力的生涯中，练就出了硬棒身板。加之他出生于江南水乡，自然水性超群，机智强悍，很快就成为伊麻目人称颂的"浪里白条"，在众水手的推荐下当了船头。他把两岸往来的穷苦爷儿们和外路小商贩，视为知音挚友，优先照顾乘船摆渡的穷苦百姓，对于那帮气势汹汹、横眉竖眼的官衙门、兵痞，他向来不讨好，也不买账。他的性格比白杨树还直，心比火还红。坎坷的道路造就了他的毅力和奋斗精神，他的稳健、雄豪、剽悍和对恶狼风险的无畏，是适应这种环境的首要条件。

一天下午，夕阳西下之际，由十三名荷枪实弹的猎手组成的马步芳狩猎队骑着高头大马，耀武扬威地携带两只猎鹰从甘肃临夏赶到渡口，喝令提前泊船，让他们抢先渡河。为头的那个家伙不高，挺瘦，背有点驼，走起路来总爱猫着腰，身子使劲儿往前探着。张义可一面让他们准备上船，一面招呼为头的队长到北岸给船钱。下船后那个队长死皮赖脸地威吓道："我们是马主席的狩猎队，谁敢要钱？要多少钱？"张义可说："正因为你们是有权有势吃公粮的人、才应该给船钱；你们有钱不给，下苦人乘船更不给船钱：风里来浪去拉家带口的水手们，哪能吃饱肚子？你快给几个船钱吧！"这时，渡口围观者越聚越多。早已听得不耐烦的狩猎队长，恼羞成怒地把一支驳壳枪哐啷一声，扔在义可跟前，嘲弄这说："要钱没有！敢要抢？你把我的枪拿去！"他臆断臭船工不敢捡起这只抢，一旦捡起，既可要挟他图谋不轨，还可借口不给船钱。这时，张义可瞟了一眼身旁的石头和驳壳枪，一个箭步狠劲儿把驳壳枪踢撞在石头上。驳壳枪就像个烂瓢一样，被摔成几瓣儿。围观者传来一阵为张义可助威的呼叫声，老汉们却为张义可的生命握一把冷汗。穷凶极恶的狩猎队长命令十二名猎手殴打张义可，上前解围的十多名水手也被阻挡。这时，张义可猛地一下窜到船头上抢起破冰的锚子，接连戳伤向他扑来的三名猎手。没法收场的狩猎队长耍了绝招：放出猎鹰。猎鹰张牙舞爪直扑张义可头顶，眼看他的双目即有被鹰爪抓瞎的危险。张义可仰卧自卫，又抬手一举戳死了猎鹰。这正是出于他的夙愿，杀一杀这帮恶棍的威风。这时，狩猎队长抢起手枪嚎叫："你把马主席的猎鹰打死了，狗胆包天！瞧见没有？我这二拇指一动，就送了你的命。"围观者一拥而上围着持枪人。那人自亏理穷，不敢当众行凶。猎手们干号着为队长助威："他打死了马主席的猎鹰，抓住他，让他偿命！"尴尬的狩猎队长心想，把船头捉拿到马主席跟前，可以请功。又顿生歹念，拉他走到半路杀掉，了却心头之恨……

伊麻目渡口南北两岸，有两只渡船，南岸的属于伊麻目庄，北岸的属于甘都村。甘都水手焦干（曾当过一任保长），是一个讲义气、抱打不平的彪形大汉。焦干领着十多名水手疾步赶到现场，理直气壮地阻挡猎手捆绑张义可："你们坐船不给钱，还捆人，打人，胡大呀，公理不允！你们如果要抓走张义可船头，我们甘都的水手都要走，到讲理的地方讲个明白！"甘都滩上的知心乡亲，噙着眼泪，看着张义可受难的样子，也拥集而至。在众目睽睽中，狩猎队长像露气的皮球一样软了。只得恭听焦干船头的吩咐，让张义可认打三百大板，为狩猎队长解围。这时，猎手们抢夺焦干手握的木板，欲置张义可于死地。焦干执意亲自抽打义可。其实，焦干对张义可据理争辩、威武不屈的英豪气节深为钦佩，只是在张义可臀部虚晃了三百大板，应付了事。张义可有惊无伤。对狩猎队长，他横眉冷对，心里咒骂道："你们甭硬，总有一天叫你跪在我跟前说话。"但是，人在屋檐下，不得不低头。他静思后内省，生怕打了虎，叫虎吃掉。只得忍气吞声地跟随众乡亲乘船返回南岸。

这时，太阳落山了。山顶没有云，没有晚霞，裸露的山峦披着一片沉郁的黛青色。一群昏鸦麻雀，聒噪不停。河面上似有一口黑锅渐渐罩下来。喧嚣了一天的渡口，此时格外静谧。满天繁星和一轮明月，交相辉映。河滩上渡口边，汇聚的老少爷儿们，把顺利归来的船头张义可围得严严实实，问长问短。银须冉冉、扶杖而至的阿爷们情不自禁地说："海比卜（张义可的别名）是我们撒拉人的好女婿娃儿，也真像撒拉人的儿子娃，硬汉子！"

1949 年 8 月 27 日，循化县发生了翻天覆地的变化，青海第一个被解放的地方就是循化。为迎接当年的红军——人民解放军，张义可忙乎了几个昼夜。这一天，他一面与流落在循化一带的西路军老友联络，一面劝说村民不要听信残匪散布的污蔑人民解放军的谣言。第二天，像是从天而降的王震司令员率部来到伊麻目渡口，在时而炮轰，时而机枪、步枪射击的冷战气氛中，他用望远镜仔细观察黄河北岸守敌的动静。

不久前，从甘肃溃逃而至的国民党士兵烧毁伊麻目渡口两艘木船和古什群黄河握桥之后，如今盘踞在黄河北岸甘都滩。与王司令员一起的还有在甘南战役中起义投诚的"尕旅长"（马全钦，甘肃大河家人）。船头张义可十多年梦寐以求的愿望实现了。拯救他逃出火坑，抚养他成为红军战士的人民军队终于来了。他含着泪水紧紧地握住王司令的手，浑身觉得有劲儿，连全身的汗毛都像立起来一样，但却激动得说不出一句话来。王司令员抚摸着张义可的肩膀说："我听说了，你是"共产娃"船头，你是革命的硬骨头；现在你肩膀上要承担三项艰巨的任务：一是当向导；二是过河劝降；三是筹集木船送大军渡过黄河。"张义可镇定地说："我承当！"当天傍晚张义可便带领罗营长所辖的侦察连马不停蹄、人不下鞍地来到伊麻目西侧四十里以外的古什群山头，占领了制高点，控制了北岸残匪运动范围。此时，北岸守敌仍把守渡口，不间隙地放冷枪袭击南岸。伊麻目村十室九空，受蒙蔽的群众纷纷逃避到吾士斯山涧沟壑，不敢进村。

夜幕降临，张义可完成了当向导的任务，心里美滋滋的，完全忘记了饥饿和疲劳。他抚摸着罗营长给他写的冒着生命危险为解放军带路的证明。劲头一鼓，登上吾士斯山，耐心地向村民宣传解放军严明的纪律和立功受奖的政策。次日凌晨，韩狮子、古尔班阿訇等随同张义可回村的同时迎来了驻军宣传队。张义可把宣传队安顿在自家和邻舍的炕上，筹备了口粮，当天又登上吾士斯山广泛动员。村民逐渐消除顾虑，回村的人越来越多。

第二天，张义可与王震司令员、尕旅长、韩狮子、古尔班阿訇等来到黄河渡口。张义可面对司令员的军令，焕发出当年血战沙场的豪壮气概，准备泅渡黄河到对岸向敌人进行劝降。这时，王司令员紧紧握着张义可的手说："好同志，成功在此一举！要多保重。"王司令员当即给三成旅长写了一封招降信，一旁的尕旅长和本村保长韩老二、多洛长等在招降信人处签名盖章附照片之后，王司令员亲自把信件递交给张义可。张义可敏捷地把这些信件裹在头顶上，临下水前他斩钉截铁地向王司令员说："没有打虎艺，就不敢上山岗。请放心吧，等我胜利归来。"大伙含着感激的泪水看着张义可浮在羊皮袋子上与恶浪搏击的每一个动作。对岸敌人机枪喷出的火舌飕飕地击起浪花飞溅在张义可身上。对岸敌人像一群饿狼，撕扯着刚刚上岸的张义可，拳打脚踢。有些伪兵即生歹念，想就地杀害张义可。张义可振振有词地说："杀了我，不见得给你们流多少血。你们不给自己留后路吗？我要见你们旅长。"张义可被推搡着架起"飞机"来到旅长跟前。但是对方不承认自己是旅长，顾虑重重地说："共军把捉的人都杀了吗？"张义可郑重其事地说："韩狮子大人已顺服了人民解放军，在为群众做好事。"原来，三成旅长与韩狮子素有交往，听了张义可的话，又看了招降信件，颇受启发。这时有个伪兵向三成旅长讨好，"我认识这个"共产娃"。他是做情报来的，打死他了事！"三成旅长说："算了，这个时候杀人没用。"他又对张义可说："马全钦大人真在的话，你回去告诉他，我们今天撤退。"

张义可，这个使者传奇似的完成任务后，顺利游到南岸。王司令员拉着张义可的手说："你辛苦了，辛苦了，你完成了一项重要的任务。"乡亲们夸奖"共产娃"船头真能干大事，这是撒拉人的骄傲。王司令员表彰张义可的英勇事迹并留下字据交给了张义可，以待当地人民政府予以嘉奖。

当天，张义可在王司令员的布置下及时发动群众，很快备好了数十只木筏和皮筏，聚集四方水手转送大军渡河。同时，部队的能工巧匠又修复了被敌损坏的两只大木船，有力配合了大军强渡黄河，张义可建议，连接一起的两只木筏上限量坐一排人，三挺机枪，四箱子弹。张义可负责指挥摆渡的木筏，往返速度最快，转送武器最多。张义可与撒拉水手白如玉在木筏上转运一门大炮，负荷过重，连炮带人卷入激流。白如玉救了落水的战士，张义可钻入惊涛骇浪打捞武器却不见武器踪影，他也险些丧生。大军渡河的第二天，河水猛涨，水流湍急，水手韩热木赞（韩进帅）因疲劳过度从木筏上掉进激流而光荣献身。

七天七夜，这是一段不平凡的时间。张义可就像一头不卸套的老牛，喷着粗气曳着车，终于使大军顺利渡过黄河。由于他身体不适，腹泻不止，最终累得瘫躺在坑上，一张一张地翻着解放军给他的字据和证明信，露出欣慰的笑容。从此他再也不像漂泊河湟的无舵之船了。

新中国成立后，黄河之滨伊麻目渡口人民过上了火红热烈的生活，撒拉族人民将其编织成幅幅美景，曲曲清音，那样优美、那样清新。这里还生产瓜果，有"瓜果之乡"的美称。每到夏季蝶飞蜂舞，花香四溢，人来人往，盛况惊人。人们称赞甜美的瓜果，更称赞渡口船头动人的事迹。

建政初期，张义可在甘、青地区搜集很多反映解放战争的画册、宣传画、报刊等，经常流连于甘南夏河等繁华的集镇摆摊宣传、出售。1958年他又积极参加宣传队，投入了厂矿建设行列，被夏河县人民政府吸收，重新参加革命工作。数十年如一日，他当过宣传队员、工人、管理，干一行爱一行，年年得到表彰。1981年他告老退休。1989年改为离休，享有县级干部待遇。

作为一个平平常常的人，一个普普通通的红军战士，张义可经历了平凡而光荣的岁月，留下了一串串闪光炫目的足迹。在狂风恶浪面前，他用自己的鲜血和生命，谱写了一曲舍己为公的壮歌。

除了张义可，还有一位红军连长的故事在循化有口皆碑，但是老人们没有文化，称呼人的名字特别拗口。所以没有一个人记住这位李连长的名字，只叫他李连长。

新中国成立前，在辽阔的青海黄南牧区常有土匪出没，他们或七八人，或十几人，或数十人，最多可达百余人。他们一般都有严格的组织和纪律，个个乘好马，带刀枪，拿打牛的抛子，强悍异常，牧民们没有不害怕的。他们多在夜间四处抢劫，白天则进行隐蔽的侦探。抢劫的主要对象是过往商队、较富的牧户、有钱的活佛，有些较富的寺院也在遭抢之列。他们的抢劫活动给牧民、商队、寺院带来很大的危害。瘟疫、匪患、火灾、鼠害是牧区的"四大害"。前者指较大的职业性土匪，这种土匪类似流寇，与官府和军队有勾结，带有一定的政治色彩；后者类似汉地的经济土匪，其成员一般为赤贫户，多为生活所迫。

在青海的黄南地区有势力、影响大的土匪首领有：龙果尔久赛（泽库县麦秀部落）、公保加之妥（泽库县夏德日部落）、尼什江东尕（河南蒙古族

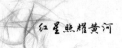

自治县境达参部落）、索南部热海、超洛（外斯部落）、宗吾加洛（今循化县刚查部落）等。

循化县刚察部落的宗吾加洛为害一方。其实，当土匪弄不好是要送命的，看看那些有吃有喝的人谁愿去当土匪啊！新中国成立前当土匪的人十有八九是穷得没办法才冒险去干那种事的。

土匪的首领一般由大家推举有组织能力、胆子大、有威望、有经验的人来担任。首领若办事不公、分赃不均或无能，大家有权罢免，甚至开除出去，不许他再参加抢劫活动。

每一个土匪组织都有一套报酬分配制度，总的分配原则是根据各人抢劫时的表现。具体办法是：除每人平均一份外，给带了备用马的人多分半份，给带了账房、灶具的人多分半份或三分之一，给表现特别勇敢或负了伤的多分半份，首领可多分半份。如果有人私分或暗中贪污，就被开除并不许他再参加土匪活动。

抢劫对象主要是大小牧主，有时也不分穷富，从一个部落的牛羊中抢上一大群就跑。抢牧主的牛羊时，有时会将主人抓住作人质，把他们带出其势力范围，再将他们狠狠教训一顿才放回，使他们不敢反抗。过往草地的商队也是抢劫的主要对象。当探听到有商队经过某地时，匪队会选择人烟稀、道路险要之处，事先埋伏，待商队进入埋伏圈，再仔细观察，如果对方势力不大，就出其不意地冲杀出去，强攻猛打，呐喊呼号，抢其一部或大部分驮牛就跑，同时留几个人作断后掩护。

他们有一个实实在在的关系网，土匪们与远近的头人、政府官员、寺院大小活佛都有些关系。有的是朋友关系，有的是结拜兄弟，有的是亲戚，有些土匪先后结拜过几十个弟兄，大部分是远近部落的头人，其中有果洛大头人康格·然洛，有甘南的'土皇帝'黄正清，有贵德县的昂拉千户项谦，泽库和日大头人哇加。关系涉及甘青两省七八个县。关系广，耳目灵，势力大。土匪有事去找他们，他们有事也来找土匪，能帮的就帮，能办的就办。如土匪的部下抢了他们部落的牛羊，只要他们给打个招呼，土匪们就归还了。连青海省政府主席马步芳也与一些大土匪结为金兰之交，称兄道弟。

那时候循化的行政管辖权在黄南州的同仁县，循化前往同仁的路有两条，一条从街子镇经文都藏族乡过刚察藏族牧业乡到黄南；另一条是从查汗都斯经尕楞藏族乡过刚察藏族牧业乡到黄南。这两条道在循化和黄南的交界处一个叫尕让塘的地方汇合，这个地方也是三不管地带，更是土匪强盗经常啸聚的地方。马步芳的结盟和安抚手段试了无数次之后，也有不灵验的时候了。好多土匪盘踞此地形成祸患，马步芳觉得那些土匪难以控制了，决定武力剿匪。

隆务镇，是黄南州首府所在地，也是州所辖同仁县府所在地，隆务镇的真正起源是隆务寺。该寺建于元朝大德五年（1301 年），当时此地居民十分有限，但到明清时已发展成一个拥有 2300 多僧人的大寺院，在安多藏区仅次于塔尔寺和拉不愣寺。这么多的僧众和每年从各地涌来的信徒在完成宗教义务后干脆就在此安营扎寨，逐渐汇聚成了一个人口相对密集、经济活动相对集中的较大聚落，使隆务寺的人口达到空前的规模。于是围绕着寺院经济需要的一些经济活动应运而生。

老人们说"那时候，哪有车马啊！那是有钱人家才有的光景，穷人基本上就靠脚力，那时候能有头瘦毛驴也算是中等家庭。畜牧土特产品和许多生活用品贸易交换，主要依靠甘肃的回族进行的，这些回族，起初往返于黄南、甘南等藏族地区与内地之间。"黄南地区的宗教头领六世夏日仓活佛高瞻远瞩，别具慧眼，为满足隆务寺和附近居民的生产生活需要，在寺院附近修建了一些铺面，从外地招来了八十个工匠和小商小贩，藏民族称之为'客哇加曲'，即八十个能人，八十个人中多半数是回族。这部分人从客居变成了定居，并且携亲带友，带来许多回民，形成了隆务镇回族。商人的到来，商城的落成，商贾和手工业者的累增，最终形成真正的城镇。黄南的隆务镇是当时青海东部的商业发达地区，也是循化、化隆、临夏商贾云集的地方，由于匪患猖獗，严重影响到了普通百姓的正常生活，更直接影响到了马步芳家族的商贸活动。

马步芳很早以前就在循化，化隆一带大量收罗横行洮河和循化一带的强梁大盗马忠义、唐万才和喇平福等人为部属，作为自己的御用工具，一时人数陡增。这时突出的问题是军需供应浩繁，历时几年在化隆，循化全县摊派"营买粮"150 余石（每石 900 市斤）、草 8 万余斤。其时每石小麦市价约银圆 25 元，豌豆约 20 元，青稞约 15 元。虽美其名曰"营买"，实际是用军营中骑残的老马和小菜牛以高价折抵。结果农民所获的代价，往往不及时值之半。除循化大部分以外，化隆的甘都、群科尔和水地川地区外，其他各地多属脑山田，大宗出产青稞，但所摊"营买粮"均是小麦、豌豆，农民倾箱倒柜，所有麦、豆悉数交纳，未足之数，勒令以麦、豆 1 石折合青稞 1 石 5 斗抵交。马步芳为了筹集经费，勒令群众把积存的约百分之七十的军粮运往黄南的隆务寺，以粮易牧民的羊毛，进行不等价的强制交换。还以每石 16 元的低价，向农民强购小麦 500 余石，转手以每石 60 元的时价，悉数卖给兰州太和粮店。经过这些残酷的剥削压榨，化隆地区生产逐年下降，许多田地荒芜，农村日渐破产。

马步芳在化隆期间，在甘都修建公馆一处，作为化隆县城和循化、隆务寺、拉卜楞、导河地区的联络点。在 1941 年又强迫战俘在赞卜乎的黄河南岸修建比较简易的马步芳"公馆"。笼络一些地方上的恶霸、地主、地痞等，对藏民则施行欺骗和愚弄手段。首先将周围一带的活佛和牧主头人笼络过来，借以统治该地区的藏民群众。并给这些藏族千百户头人委以军职。这些活佛、头人在群众中竭力吹捧马步芳，竟说："马步芳是青海的青蛙转世，将来能坐西北皇帝"等迷惑群众。对藏族各部落不服其统治的，即予以剪除。化隆舍仁百户巷欠，循化的宗吾加洛等，都被马步芳差人或暗杀或放逐。

那时候，马步芳的部队剿匪都是摆摆样子，不会真和那些土匪较真，只要土匪们纳贡，马家军的士兵也就睁眼闭眼了。1944 年秋，马步芳亲自安排循化驻军前往剿匪，捉拿匪首。但是屡次无功而返，土匪不但没能剿灭，而且越来越猖獗。这时候马步芳想到了赞卜乎的"工兵营"，想让那些被俘的红军战士组成剿匪队前往尕让塘剿匪。

马步芳派李连长带着十几名红军战士前去尕让塘剿匪。红军战士对土匪的打击也都是先礼后兵的，其实土匪也不都是不明事理的人，他们当中也有不少是被迫害和被逼成为土匪的，那时候红军战士收编了不少的土匪队伍，最多的一次有 50 多人向红军战士投降，最少的也有几个人的。他们可是帮了红军战士大忙的，因为他们对当地的环境都是非常的熟悉，带着红军战士打其他的土匪或是直接参加，功劳不小，原来的土匪有很多都立了功。

但是，红军战士面对那些民团等地方武装时，形势就不那么乐观了，狂妄自大的土匪自以为有马步芳做靠山，所以负隅顽抗。为这个我们也牺牲了不少的同志，而且他们有的手段还很残忍。红军战士中的一个姓何的指导员去与他们谈判，结果被扣留了，最后被剖腹杀害了，还有被砍头的、被用棍子打死的、被活埋的。说真的，被枪毙都是幸运的了。到后来的时候因为牺牲的战友多了，红军也就不谈了，要谈就他们自己过来，实在不行就开打，打他们比打马家军容易多了，他们没有什么战术就是守着一个地方打，往往很容易的就被红军给围了，要是碰到溃逃的国民党兵跟他们勾结在一起，会比较不好打，但是没有打不下来的。

红军战士打那个叫宗吾加洛的土匪时，是最费劲的，他的那个地方是容易守住，却是不好打的一个位于半山腰以上的地方，而且他们在道口的地方有三挺机枪，他们还有土炮。红军只有不到半个连的兵力，因为宗务加洛是当地是实力最强的一个大土匪。而且知道红军战士来了，也有不少小股土匪投到了他那里，那一仗打的时间最长，那些土匪打仗一点章法都没有，稀稀拉拉的，一个人跑了就全都跑了。那一仗打了一天，后来宗吾加洛被红军战士给抓住了，交给马步芳，马步芳后来又放了他，青海新中国成立前，项谦与马步芳的高级军官马老五、谭腾蛟、马全彪、马成贤、谭呈祥等，与循化县刚察部落土匪头子宗吾加洛结为至交。1949年12月至次年3月间发生过几次反革命武装叛乱，新中国成立后宗务加洛因偷袭前去劝降的解放军被活捉。

红军战士第一次剿匪用了四个来月的时间，可以说是完全的肃清了尕让塘地区的土匪势力，这期间也没什么大仗打，都是小打小闹的，就这样红军连还是牺牲了4个战士，受伤的也有10多个。那个时候红军战士都没什么剿匪的经验。开始时就认为打土匪跟打马家军一样，可是经过教训他们才发现完全是不一样的，打土匪应该有打土匪的战法，有了这一次的经验，红军战士第二次在循化的南部继续打土匪时就轻松多了。有了经验，上山不走路，过河不走桥。

剿匪胜利后的红军被俘战士，马步芳给了他们一定的自由，他们可以来往于查汗都斯乡的大庄，中庄，下庄，苏志四个古村落，时间长了他们对撒拉族的风土人情，习俗礼仪，日常生活等等有了更多的了解。当然他们也知道循化周边土匪猖獗的现实。就连在"工兵营"的驻地赞卜乎周边也是强盗土匪出没之地，红军战士非常清楚那些土匪的处境。马步芳只不过是以保家安民的借口，用被俘红军战士的力量剪除了异己，可谓一箭双雕，居心险恶。

但是当地的撒拉族老百姓却欢呼雀跃，毕竟红军战士为民除害，保一方平安。这次剿匪的领队是工兵营里姓李的连长，他在查汗都斯乡与一名名叫拉扎姑的撒拉族女孩偶遇，并且相互产生好感，恰巧拉杂姑的家里只有母亲和妹妹，父亲早故，家里没有男丁。拉杂姑的母亲也希望有一位男子能上门

入赘。

　　撒拉族是个彪悍勇敢的民族，他们崇尚英雄。红军姓李的连长是这次剿匪的最大功臣，这件事被撒拉八工的撒拉族乡亲们津津乐道，更被查汗都斯乡的头人们看在眼里。于是，他们商量一件大事，就是将这位连长招为撒拉族的女婿。过去，撒拉族一般实行早婚制，定亲时，男方先给阿娜送一对耳环，表示"系定"，不再许他人，几天后再送去一条围头的黑纱巾，算正式定亲。订亲全由父母做主，但必须征得近亲们的同意，其中阿舅的意见尤为重要。

　　李连长是被俘红军战士，工兵营和赞卜乎的佃农是由马步芳亲自过问关注的，所以他的婚姻还必须得经过马步芳的同意。查汗都斯乡的头人们在乡约的带领下，带上赞卜乎工兵营战士们种的大头西瓜，狼尾巴荞麦，两只锏鸡，专门去西宁向马步芳求情。马步芳在剿匪成功的兴头上答应了乡约和头人们的请求。

　　撒拉族的婚礼安排在隆冬举行。原因除了这时节农活少，人手闲、粮油足、肉类肥而又好储藏外，主要还是人员全，这时所有外出的人均已陆续返家。

　　送彩礼时，声势虽大，礼并不多。送彩礼的人少则二三十人，多则八九十人，均为男人。一般人家，彩礼仅有细衣料一套（缎子或灯芯绒）、粗衣料一套（素布），还有一些化妆品，富户人家则多送一件长羔皮筒。女方给新郎也只回敬一双布鞋和一双绣花布袜。

　　撒拉族婚俗，历来反对送过重的彩礼。在民间婚礼中，送彩礼的声势虽然很大，但所送的彩礼却并不多。撒拉族对结婚时摆阔气、讲排场、重物轻人表示不满、婚礼一般比较俭朴。李连长本是被俘虏的红军战士，他被马步芳任命担当工兵营里的一名连长，其实也是以红军战士管理红军战士。他没有亲人，撒拉族乡老们当他的亲人；他没有财产送不起彩礼，撒拉族头人们帮他搭凑；他没有家，女方为他提供方便。婚礼一切形式都是按照撒拉族的习俗举行的，但是省略了好多内容。

　　按照传统婚俗，撒拉人在结婚时，新郎要到女方家去接亲。按道理，当送亲的队伍中新娘的乘骑来到男方家门口时，村里的小伙子们就都聚拢在男方家门口，一个个摩拳擦掌，准备阻挡新娘入门，这就叫作"挤门"。女家送亲的人，由一位长辈抱着新娘进洞房，但双方互不相让，你冲我撞、往往在混乱中将新娘拥入洞房。"挤门"的胜负，取决于双方人数的多少。可是，这次是李连长入赘到女方家，所以，查汗都斯乡的头人们让李连长骑在高头大马上，绕着村子转了三圈，就像迎接英雄般的礼节。然后骑马到女方家中正式进门入赘了。

之后，开始演出传统的《骆驼戏》，婚礼的高潮也就暂时告一段落。

第二天，在大庭广众中，娘家陈列陪送新娘的嫁妆，大伙儿一一观赏新娘精心刺绣的鞋袜、枕头等，并让其给新郎的至亲长辈们拜礼。为了表达对新娘家长及至亲们的深情厚谊，男方也拿出一部分钱财，予以酬谢。

而且在撒拉族的婚礼上，还要专门演出《骆驼戏》。借此教育子孙后代不要忘记先祖的功德。撒拉族的骆驼戏一般由四人表演，二人反穿皮袄，装扮成骆驼；一人演蒙古人，另一人扮演阿訇。阿訇身穿长袍，头上缠白毛巾、手持拐杖，牵着骆驼，与蒙古人一问一答、叙述撒拉族从遥远的撒马尔罕迁徙到街子的经历。

经过一系列简朴而又生动的婚礼，查汗都斯乡里最美丽的撒拉族女孩就成为这名李连长的妻子。李连长摆脱了地狱般的工兵营苦役生活，有了一个温暖的家和温柔体贴的撒拉族妻子，他也以此成为撒拉族的一员，此后他们相亲相爱生活了两年多。可惜好景不长，1946 年，马步芳解散了工兵营，当然这只是对外的冠冕堂皇的话，其实，他只是把伤残病弱以遣散的名义每人发了三块钱，被赶出循化地界。其他的工兵营战士近 200 余人被他强行补充到他的部队上，李连长因为打仗厉害，也不能幸免被拉走了，自从他和撒拉族妻子天地两隔，战争和炮火无情的把他们给分开了。

第十一章　红军战士立功兰州战役

从 1939 年 3 月到循化县的赞卜乎地区到 1946 年 9 月，前后经历 7 年半，这四百余名红军战士把曾经荒无人烟的滩涂地改造成远近闻名的现代化农村，那时的赞卜乎地区基础设施完备，农村建设超前，绿化覆盖广泛，百姓安居乐业。这一切都离不开红军战士长达七年多的日夜劳作和苦心经营。

抗日战争胜利后，国共合作，加上红军战士和当地的撒拉族人民已经打成一片了，好多红军俘虏成了撒拉族的一员。马步芳觉得再关押这些红军俘虏有点不合适，会引起民愤。于是决定解散赞卜乎地区的"工兵营"。

甘肃籍及其云南的红军俘虏兵，有好多是红军长征后期在甘肃当地，新招募的"新兵"，几乎都被补充到马家军队伍的缺额中当马家兵！因为马家军认为这些红军新兵多为混吃混喝的农民，马家军与红军打仗伤亡了不少人，也缺兵士补充。马步芳认为新兵还没有赤化过深，脑壳还没有变红，多系可以转变战线后又变回来为其所用。当然，也有一些不老实的红军俘虏，被变卖到煤矿去当奴隶娃，那些奴隶主有的是手段整治这些干苦力活的俘虏兵。

俘虏中的红军技术人员待遇较好，例如电台人员、军医、兵工厂技师等（含一些文工团的女舞蹈演员），这些人多为马家军的"紧缺人员"，几乎90%均补充到马家军中。尤其是俘虏的红军电台人员，几乎100%受优待，继续为马家军干"老本行"去收发电报，维修各类电讯器材……有的红军技术员则被马家军逼迫去破译其他势力的电台密码等等。

马步芳虽说愚昧残暴，但电台的重要性他是知道的，便下令从西路军被俘人员中查找无线电技术人员。此后，"工兵营"中被俘的刘一民在抗日战争胜利后，被马步芳亲自点名调到西宁，在昆仑中学给学生们讲授电台知识。这个刘一民就是那个赞卜乎村红色密码的设计者，建设者，组织者。

1936年9月，红军战士彭高福受伤被俘，随其他红军战俘一起被国民党马家军押到青海西宁编成马家军的工兵团中，修桥铺路做苦役。1938年2月，马家军将彭高福等1500名红军战俘当作青海的壮丁徒步押往西安，再经武汉转往安徽蚌埠，补入因南京保卫战和兰封战役损失严重的国民党嫡系74军58师。彭高福被分到174旅348团2营5连，该连全由红军战俘组成，班长也由红军战俘担任，排长以上军官则由国民党派人担任。彭高福的班长叫彭先民，被俘前是红9军的连长，此人在前线受过伤以后就被马步芳遣返回青海，然后也到过循化。当时全国统一战线已经形成，红军都改编成八路军、新四军了，这些红军战俘在国民党的58师里也未受到特别的歧视和虐待，比在野蛮残忍的马家军境况好多了。尤其是这些红军战俘特别能吃苦，意志坚强，身经百战，比拉来的壮丁不知强哪儿去了，58师上下都十分满意。双方都明白国难当头了，现在要抵御外辱，保家卫国，是中国人就要坚决抗日，所以大家也都安下心来了。

7月，武汉会战打响了。日军溯江而上攻克九江进逼南昌，国民党调集10万余人布防。彭高福随58师从蚌埠驰援到江西德安，8月底向占领岷山的日军丸山支队发起猛攻，并与74军51师左右夹击，于9月2日一举夺回岷山，歼敌2000余人。此战中58师把原红军战俘组成的连队作为奋勇队放到攻击的第一线，这些原红军战士们以顽强的意志和娴熟的战术动作迅速近敌，用白刃格斗与日军绞杀在一起，使日机无法投弹，把日军因武器优势对中国军队的杀伤减到了最低程度，胜利完成了任务。这次战斗红军战俘的51军伤亡2000余人，而58师仅伤亡800余人，其中大部分是原红军战俘。这场战争我军成功夺取岷山稳住了防线，为部署万家岭战役赢得了充裕的时间。

万家岭是几个海拔不过百米的山头。日军106师团欲偷袭德安，于10月2日孤军深入到万家岭一带。家父所在的58师布防于日军侧翼，在攻占了长岭、背溪街后，切断了106师团与瑞昌日军27师团的联系。10月2日，中国军队发起了总攻，日军发现被围，立即选定58师防区作为突围方向。彭高福随174旅防守张古山，该山虽仅50米高，但山势陡峭，易守难攻。他们根据地形和火力需要，挖好了一、二、三线阵地，每条战壕相通，阵地连成一片。彭高福的二营以倒品字形布置兵力，一线阵地部署4连和5连，左右相互支援，二线阵地布置6连和营属部队，重机枪连的6挺德国造马克沁式重机枪被分配给三个连，每连两挺。

日军106师团以113联队为前锋，向张古山疯狂扑来，日机的呼啸和炸弹的爆炸声震耳欲聋，顷刻间阵地陷入一片火海。在日机的狂轰滥炸下，中国军队伤亡惨重，掩蔽的工事里，炸起的碎石浮土埋了人的半截身子，许多战士还未及出战就葬身于燃烧弹的火海之中。一个连160多人，敌机轰炸后仅余百人。轰炸过后日军113联队开始进攻。

58师是国民党嫡系中的嫡系，装备虽比别的部队好一些，但仅限于机枪和迫击炮多一些，步枪多为"汉阳造"，粗笨不说，有效射距短，准确度差。好在彭高福在红军时练就了一手好枪法，尤其熟悉"汉阳造"，有效射距短他就把敌人放近了打，针对日军枪法准的特点，他注意掩蔽好自己，经常变换位置，让敌人摸不着规律，从而既保存了自己，又有效的消灭了敌人。经

过一天的激战，打退了敌人数次进攻，双方都有些精疲力竭。山上的植被都被战火烧光，战壕、掩体全被炸平，阵前日军尸横累累，彭高福他们只能把尸体垒起来作掩体。一天只能吃两餐，早九晚五，两头摸黑。菜是南瓜和芋头，喝的是被血染过的水。

第二天天一亮，新的攻防战又开始了。近中午时，日军向中国军队发射毒气弹，弹体灰黑色，长近两个拳头，燃烧冒出的烟刺激得眼睛直流泪，顿感呼吸困难。连长是58师的老兵，经历过日军的毒气战，他大喊是毒气弹，把口鼻捂住，便不再说话了。士兵们过去都是红军，哪里见过这种情况，一时不知所措，用手捂口鼻哪里捂得住，没有多久功夫一个个倒地不起。彭高福的掩体离毒气弹稍远，听到连长的喊声愣了一下，爬出掩体往上风跑，只听得日军的子弹跟着他撵，所幸没被击中。等毒气散尽彭高福爬回掩体，多数战友已气绝身亡，包括班长彭先民。这些没有死在马家军苦役营的红军战士们牺牲在了抗日的最前线，为中华民族的独立自由奉献了宝贵而苦难的生命。

由于伤亡惨重，阵地岌岌可危。师长冯圣法连连向军长请援，军部已无兵可调，便留一个班保卫军部，将军部警卫营派到58师投入战斗，终于保住了主要阵地。但10月6日，日军106师团在飞机重炮的配合下仍然攻占了长岭北高地和张古山。10月7日，51师从瑞安赶来了。58师经几天激战，硬扛着日军飞机大炮毒气弹燃烧弹，几乎伤亡殆尽，撤出阵地时全师一万多人仅剩500人。51师接管阵地后迅速组织反击，几经易手，终于牢牢守住了张古山，给予106师团以毁灭性的打击。除千余人漏网外，整个万家岭战役共歼灭日军106师团和101师团18000余人，缴获大量武器装备。

万家岭战役，同彭高福一起来的原红西路军战俘们全部阵亡了，就剩彭高福一人，望着硝烟散尽的战场，他流干了伤痛的泪水。几年后，他利用到陕西邠州训练新兵的机会，拉出一个班奔赴陕甘宁边区，投入八路军385旅，终于回到了解放军的怀抱。

兰州位于四周环山的狭长的盆地上，黄河自西向东将其贯穿，兰州地处南岸，城西有一座上一世纪造的铁桥联系北岸，此桥是当时数千里离黄河唯一的桥梁，故军事价值很高。若想要控制兰州，兰州的南山是必守的阵地。南山自东向西依次为十里山，古城岭，窦家山，马架山，营盘岭（皋兰山南梁），沈家岭，狗娃山。其中沈家岭离铁桥最近，又与狗娃山一起扼守着两条南去的公路，被认为是"兰州锁钥"。十里山，古城岭、马架山，营盘岭还有抗战时期修的永久性工事。

虽然青马军官自己也认为兰州因为山势陡峭而易守难攻，但事情并没有那么简单。从宏观上讲，南山诸山从东到西是一字排开，但除了东部的十里山是对外呈横"一"字外，其余上面提到的诸山都是南北长、东西短的椭圆形山梁，而守住这些山梁，必须在上面构筑椭圆的环形阵地，这样的话不但战线数倍放大，而且一开打，前、左、右都可受到攻击。客观地说，兰州既不好攻，也不好守。

双方的布阵情况是青马方面：82军100师加青海保安一团守东冈十里山，古城岭，窦家山，马架山，其中青海保安一团守窦家山。82军248师守营盘岭（皋兰山南梁）。82军190师守沈家岭，狗娃山，其中569团加568团一个营守沈家岭，568团二个营守狗娃山。129军357师（受190师指挥）守小西湖。小西湖在狗娃山西侧后，起掩护作用。

解放军方面：19兵团63军攻窦家山、十里山、65军攻古城岭、马架山，2兵团6军攻营盘岭，4军攻沈家岭，狗娃山。3军牵制小西湖敌人并做总预备队。基本上解放军是以一个军攻青马一个师。

63军军长郑维山是仅有的有着西路军惨痛经历而又可以领着千军万马回来向青马复仇的军长。郑维山当年是红30军88师副师长。青马82军8月中旬初就赶回了兰州，抓紧构筑完善工事，解放军8月18日接踵而至，只准备了一天就开始攻击。8月20日双方开打。

4军、6军只攻了一天就叫停了，19兵团首次与青马接仗，头天攻不动，不服气，第二天接着来，还是攻不动，于是杨得志哀叹："我们华北部队历史上从来没有攻两天一个阵地也拿不下来的时候。"扶眉战役前，彭老总安排远道而来的19兵团先不参战，只警戒和牵制马家军，报到北京，急得毛泽东连连发电，让彭德怀把青马作战特点"严格告之杨得志等，他们对打马是没经验的"。从杨兵团"试攻"两天的战绩看，毛泽东多来几封电报真是不冤枉他。

8月22日，马步芳在解放军"试攻"获胜后离开了兰州窜回西宁。从各个方面情况看，马氏父子至少在解放军总攻兰州的前一天就已经意识到青马

末日到了。马步芳临行前告之马继援，若无援军，撤回青海。

"试攻"后过了三天，8月25日，兰州总攻打响。

战后，双方在战线东段，65军攻古城岭，63军攻窦家山和中段，6军攻营盘岭，双方的战况描述是不一致的。解放军方面的记述是攻克了阵地，青马无力反击，最后溃败。青马的描述是战况虽然激烈，但远没有到支撑不下去的地步，青马是按照计划建制完整的主动撤离阵地的。

248师师长韩有禄后来自己说其部队阵地上损失不大，248师也应当是建制较完整地撤离阵地的，说白了韩有禄是在阵地上被中共地下党员动员策反后主动撤离阵地的。同样，6军占领了三营子阵地后并没有进逼敌人，到第二天早上才"红旗插上皋兰山主峰"。

沈家岭战斗，解放军说早上6点打响，青马说凌晨2点打响。尽管青马已准确预测了解放军的进攻日子并有了准备，但解放军还是一举突破第一道防线。虽然青马遏止了解放军的连续进攻，但争夺主要在第二道防线，解放军已经沈家岭上站稳了脚。

4军11师主攻，31团正面主攻，32团从左翼助攻。战后解放军的回忆有讲31团的，有讲32团的，都只顺带提了一下33团，或说在右翼，或说在正面，但均没有专门讲33团，那时33团只上了一个营，而且归31团指挥，以至于33团的战绩至今难为人知。

31团打到中午12点就只剩了一二百人、从青马4个营的加强团在上午就撤下去休整的情况看,战斗异常残酷。青马下一拨来的是357师骑兵团。杨修戎，129军357师师长，马步芳近侍出身，在围剿西路军时任营长，资历较浅。杨修戎后来在兰州战役沈家岭上也算为马氏父子尽了力，直到最后一刻才从前线逃下来。

25日2时，解放军攻击开始了，来势很猛。原来这几天来，正面的解放军，利用夜晚接近马家军前沿阵地堑壕下，埋好了炸药，马家方守军没有发觉。所以攻击一开始，就先炸开阵地一个大缺口，然后从这缺口冲进阵地。这种出其不意的攻击，使守军措手不及，曾一度陷于混乱，经过一阵冲杀后，才稳定下来，双方形成尖锐的对峙。这个缺口，在火力下无法修补，竟成为马家军一九〇师阵地的致命伤。解放军打开正面缺口后，同时又向东西两翼迂回包围马家军阵地。他们在西侧岩山上开凿了一条小路，从这条路上来，就到团指挥所洞口。天拂晓时，整个阵地被包围，战斗激烈。正在这危急时刻，增援的军直属工兵营、三五七师骑兵团赶到，解放军遭到内外夹击，包围才被解除，阵地转危为安。

天亮不久，马振武从他的住处回到师部，他命令一九〇师参谋长李少白与副官主任李生栋率领师直属工兵连、特务连上山增援。他们在坪上刚一露头，前方解放军的炮火便急风暴雨般袭来，他们只好就地隐蔽待命。命令一个传令兵去团指挥所联络，不久，他回来说："向东南方向增援。"部队由李生栋率领向东南方向增援去了。但不到几分钟，传来消息，李生栋中弹身亡。

李少白冒着炮火，向团指挥所跑去。子弹在他周围像雨点似的落下。子弹落在地面上，冒起一股股白雾，像雨点落在水中激起的泡沫一样。"枪林弹雨"这是做文章的形容词，今天他真的身临其境了。到了团指挥所洞口，见卫生队正在搬运伤兵和尸体，有几具士兵的尸体还横躺在路上。当他跑进团指挥所时，师长杨修戎正在向各阵地打电话，召集有关人员开会，团长马登霄也在旁。因为五六九团伤亡过重，必须撤下去整顿，阵地由三五七师骑兵团、军直属工兵营、师直属特务工兵两连接替。同时严令各部队，要固守阵地，不能后退一步。会上三五七师政工处主任薛德邻曾声色俱厉地说："我已经参加两次冲锋了。我看士兵们冲锋的都很勇敢，但是有很多当官的，却畏缩不前，不能带头。我们如果要想守住沈家岭必须要以冲锋打退敌人的冲锋。我们当官的，不论官大官小，今天一定要带头冲锋才行。"他这番话，激起了与会几个人的不服气，认为他是言过其实，互相争吵了一番。

在开会期间，炮弹纷纷落在团指挥所的四周，其中一颗正好命中坐在洞口的营长马鸿礼的身上，顿时血肉模糊，当场毙命。至此五六九团编制内的三个营长，已全部阵亡。散会不久，约是下午1点钟，马继援在电话上问沈家岭情况。李少白回答说："战斗很激烈，双方在不断冲杀中，现在看来，双方势均力敌，暂时还没有问题。夜间就无法再守了。"他说："知道了。"他这简短的回答，意味着他对兰州防御战已经无能为力了。

下午两点钟，马继援在82军军部（黄河北岸庙滩子）召集各师长开会，下达了撤退命令。下午4点开始撤退，后勤先行，100师5点开始撤退，248师7点开始撤退，190师9点开始撤退。会后，马继援率领82军军部离开了兰州，奔向永登。

晚上，解放军3军开始上战场。3军原是作为总预备队的，在4军占领沈家岭后，准备26日攻狗娃山（25日4军对狗娃山有牵制性进攻）。25日晚10点，3军前线部队的几个侦察员摸上狗娃山侦察，此时狗娃山阵地已空无一人，继续深入，抓了一个敌军逃兵，一审，知道了敌人的动向，回来上报，团长当即派出一个营直插中山铁桥。先头连大约11点出发，一路上漆黑一片，没见什么敌人（357师早跑了），在这个重要方向上青马连警戒掩护都没有，可见青马的确是气数已尽。直到铁桥时，才见敌人拥挤着抢着过桥。该连立即开火，从而切断了敌人的退路，此时为26日0点。

25日下午，马继援离开兰州，奔向永登。按他的想法，主力撤出兰州后奔向河西，在那里会合新疆来的骑5军，继续和解放军干。次日，败报传来，特别是青马看家部队100师也基本损失，马继援痛心疾首，哭泣说："我以为100师还完整，没想到也全部损失了"。他知道没法打下去了，与几个头目商量后，决定遣散部众，自己开溜。28日，留下一封给众部下的信后，马继援直接从小路直插青海西宁飞走了。马步芳已先期飞了重庆。

青马原来已部署在北岸的骑兵部队直接奔了青海，逃出兰州的部队先已经溃散了一部分，剩下的大部分到了甘肃永登，据说聚拢起来的人员有五六千人。按照马继援的意图，甘肃籍的士兵均遣散了，青海籍的士兵则先整队回青海，但路上也大都溃散了。

9月4日，王震兵团一军到达西宁城外，第一件事情是构筑工事，害怕青马反袭。实际上，当时西宁城没有一个青马士兵。9月5日，全军入城，西宁解放。

马步芳骑八旅旅长马英、82军190师师长马振武，原骑十四旅旅长马成贤被击毙，青马老将马元海（打西路军时青马前线总指挥）被俘后镇压。82军副军长赵遂、100师师长谭呈祥、129军357师师长杨修戎、新编骑兵军军长韩起功被镇压。

新中国成立后得以善终的青马重要头目只有那位预言兰州决战"败无退路"的82军参谋长马文鼎和248师师长韩有禄，两人完成了给《文史资料》投稿的"历史任务"。当然，新疆整骑1师（骑5军）的师旅长也应作为起义将领对待。他们在马呈祥出走时，"选"了一个旅长任师长带领参加起义，此人叫韩有文，也是撒拉族，有相关回忆的文章发表。

解放军六军没有打好初次对兰州的攻击，在营盘领阵地上造成很大伤亡，停止攻击的命令下达后，三营不愿意从占领的阵地上撤下来，因为很多战友付出了生命，实际上这只是三营不愿意撤下来的原因之一，还有一个原因是，当年他们营在打磐龙的时候就曾经和国民党的守军粘在一起，他们的做法得到过野战军总指挥彭老总的表扬，七师的指挥员同意了他们的请求。

解放军对营盘领阵地的攻击重新开始以后，三营迫不及待的投入到了对敌人前沿阵地攻击的血战中，尖刀七连的九个战斗小组交替吸引敌人的火力，互相掩护前进。

营盘领主阵地峭壁陡立，碉堡坚固，解放军炮火虽然很凶猛，但也不可能把敌人的工事全部炸掉，攻击部队因为暴露在敌人的火力之下而伤亡很大。

当部队冲到主阵地前沿时，被一道又高又陡的峭壁挡住了，一丈多高的大峭壁，半天然半人工，光溜溜的没有落脚之处，而在半腰和顶上还有青马军的暗火力点在不住地喷射火舌，冲击部队五十团的官兵不断有人在火网里倒下去，冲锋到前沿阵地上的四个连上不去、下不来，完全暴露在敌人的火力之下。

这个大峭壁的高有五米左右，是青马军在战前特意开凿的，里面有暗道能互相连通，可以进行人员和火力上的互相支援。

形式一下子紧张起来，危险，极度危险，这是一个连炮火打不到的死角，105毫米的榴弹炮都是曲射炮，炮弹没有办法打到这个位置，怎么办？只有一个办法，发扬解放军的老传统，用炸药包把峭壁炸掉，可是敌人的弹雨太密集了，三营的火力根本压制不住，执行爆破任务的战士先后倒在峭壁前。

青马军营盘领阵地的最高指挥官，248师的师长韩有禄始终在山顶上观战，解放军对付敢死队的办法让他这个老牌的军官心惊肉跳，韩有禄战场经验很丰富，从各种迹象里推断出这一支解放军的部队很不一般，至于到底不一般在哪里他还一时说不上来，反正就是感觉有不一样的地方。

同样，6军攻的营盘岭也是这种情况，6军攻了一个白天，也只在下午5点占领了三营子阵地，前面还有二营子、头营和皋兰山主峰阵地，离把248师赶下皋兰山还早呢。而这时248师也在准备撤离，不会反击了。就在韩有禄精神恍惚的时候，解放军的攻击又一次开始了，突击队在满地的尸体中快速推进。

解放军趁马家军敢死队被消灭的当口抓住机会冲上去，不能给青马军留下喘息的机会，机枪营用火力把敌人牢牢压制住，炮兵营则是把几十门的山炮和步兵炮尽量往前推，要尽最大努力跟上步兵的脚后跟，只要发现对步兵有威胁的火力点就用炮火解决。

战斗打到这种程度，在营盘领上的青马军阵地上出现了很奇怪的一幕，好多在战前飞扬跋扈的马家军士兵现在连开枪的勇气都没有了，躲在还没被摧毁的工事里不知道如何是好。不开火吧，眼看着解放军的步兵要冲上来了，可是一旦开火就会被人家的炮兵找到方位，随后就是被炸的粉身碎骨，这仗简直没法打了。

一个马家军军官快速跑到了248师师长韩有禄身旁，喘着大气说道："师座，情况不妙，弟兄们要顶不住了，照这样下去，再有两个小时共军就能打到你我现在的位置，怎么办？"

韩有禄抽了口冷气："日奶奶的，查出共军的番号了没有？"

这个军官回答道："师座，咱们现在连个俘虏都抓不到，实在没办法查到山下的这支共军部队是从什么地方冒出来的，不——过。"

韩有禄："不过什么，有话说有屁放，你是不是想晚一点到共军的俘虏营里去说？"

跑过来的军官在韩有禄的督促下像是下了决心似的说："师座，虽然咱们没有抓到共军的俘虏，但是从共军士兵的战术动作和武器装备里也能大概猜个差不多。我刚才看了看，被打死的督战队和执法队身上都中了大量的高射机枪弹，再加上摆在山下的坦克，在共军部队里能有这么多高射机枪和坦克的还能有什么部队。"

韩有禄不是智力障碍者，相反还很精明，经过这个军官的提醒像是猛然想起了点什么："你是说——山下的共军是咱们的老对手？"

军官："错不了，共军的二纵队，在宝鸡附近跟咱们八十二军较量过，咱们八十二军没少吃亏。"

韩有禄这时候也想明白了，马家军里和共军的这支部队打过交道的部队多了，吃过亏的又不止他们八十二军一家，包括前一阶段的骑十四旅和骑八师，不也是被共军这支部队打得稀里哗啦地，自己的248师败了也不算什么丢人的事，现在又一次碰上了，看情形，人家的装备又上了一个大台阶。

前思后想的韩有禄终于做出了一个决定，即命令部队收缩兵力，保存实力，实在不行就撤下去。

韩有禄，82军248师继任师长，行伍出身，资历略浅，晋升也较慢，但马继援很看重他的指挥水平，后以82军高参身份接替阵亡的马得胜当了师长（大家称呼韩有禄为韩德胜）。此人性格谨慎稳重，和其前任简直是两极。笔者的父亲曾经顶替被马步芳强迫抓壮丁的堂弟来到马步芳军队，后来在248师师部当韩有禄的卫士班班长。解放军在试攻阶段就已经有中共的地下党前来和韩有禄秘密接头，前后来了三次，每次都是笔者父亲他们担任警戒。尤其是第二次，那个穿着长衫，头戴礼帽的中年人来到师部韩有禄师长的帐篷内。韩有禄命令笔者父亲在离帐篷20步远的地方警戒，但凡有人来找他必须通报，不听令者就地枪决。幸好，那天没有人来找韩有禄师长，如果军部的人来找他的话，那担任警戒的卫士班士兵们该怎么处置？那人和韩有禄在帐篷内谈了近半个小时，之后，那人走出帐篷，和韩有禄站在山顶上四下张望，那人指着皋兰山的主峰不知在说什么。第三次来的时候，不是以前那样那个人一人前来，而是后面跟着一个人。笔者父亲远远地发现那人很面熟，好像就是曾经在赞卜乎"工兵营"做苦役的一名红军被俘战士。没等细看那人一闪就进了韩有禄的帐篷。这一次那位地下党员和随从在韩有禄的帐篷逗留的时间不长，匆匆就走了。

随后，韩有禄就把卫士队的士兵召集到一起。他说："娃娃们，咱们失败了就没有退路了，你们紧紧跟着我，我平安，你们也平安，我没有事，你们也没有事。"

下午五时左右，在解放军强大的攻势面前，守卫营盘领的青马军248师和青海保安第二团在丢下了大量的尸体以后，剩余人员便仓皇逃进了兰州城，皋兰山的主峰营盘领自此被解放军第六军攻占。

第六军攻占了营盘领以后，利用地理位置上的优势，用山上的火力对友邻的兄弟部队进行火力支援，机枪和小炮如雨点一样向还在顽抗的青马军士兵头上打去，而得到了支援的友邻兄弟部队由此士气大振，马家军的守卫部队则是如临大敌，战斗打到现在，胜利的天平迅速向解放军一面倾斜。

解放军先头部队在26日0点才到达黄河铁桥，青马共有8个钟头的时间组织撤退，若在华林坪等处布置好阻击，还能争取至少两个钟头，组织的好，除了伤亡在阵地上的万余人外，其余部队是可以都出来的。而荒唐的是，沈家岭失守后，190 师守狗娃山的 568 团和 357 师竟然先抢着过了河，按规定，190 师应在晚 9 点才能撤离沈家岭，狗娃山，连掩护部队都没布置，就一下子变成了各部队各自逃命的局面。皋兰山下来的 248 师还近一点，东边的 100 师在 20 多里地外，虽说理论上几个小时内也能到达，但事实并没那么简单。指挥机关后勤部门固然可以按规定时间撤出，但前线的部队只能在天 黑后才能撤出。8 月的兰州要在 7 点时才能黑下来。248 师一部分和 100 师大部分士兵都没能在 0 点前赶到铁桥。最先撤退的 100 师指挥机关在晚 8 点以后才到达铁桥。

248 师师长韩有禄带着部队撤回兰州城后，带着贴身卫士向西宁逃跑。一路上不停地对他的部下说："娃娃们，你们紧跟着我，我平安你们也平安，我没事你们也没事。"这是笔者的父亲亲自在他身边看到听到的。他们一路都在萎靡不振且又惶惶不安的前行，当来到乐都交界的老鸦峡时，发现后面有一美式吉普车队向西宁方向驶来，部下报告韩有禄说好像是军部的车队，韩有禄脸上的表情一下子僵住了，悄悄地把手枪的保险打开，沉声说："娃娃们，你们甭紧张，把架势拉开，家伙点着（拉枪栓），他们不动我们不动，他们跳弹我们也甭稳当啊。你们先悄悄地不说话，看我怎么说。"正说之间，车队就到了跟前，果然是 82 军军长马继援。韩有禄见了马继援立马下马，端端正正地向马继援敬了个军礼。底下的士兵们看出马继援的面色凝重，不知道他会有什么样的态度。韩有禄一向是胆大心细之人，私底下被称为"马家军第一聪明人"，部下相信他自然有应付马继援的办法。果然，马继援并没有下车，而是把他叫到身边，摇下车窗对他耳语，笔者的父亲也听到了，马继援说："韩师长，看来这些共产贼娃子发麻得很，给脸不要脸。兰州我们没有守住，那咱们在青海见，不给他们点颜色是不行，我们先走一步，你们断后，到了西宁马上集合部队进入战斗准备。"

说完马继援和他的随从开车走了。韩有禄满头都是汗珠，他摘下帽子用手帕擦了擦几乎没有头发的头，韩有禄因为头上生疮，大家走叫他"秃子师长"。过了一会儿他的脸色缓了缓，对部下说："娃娃们，看来咱们的头儿也夹不住屁了。他叫我们断后，都是娃娃哄老汉屁谎。他们一家子想跑，他的阿大已经跑了，我们跟着他们干没有啥希望了，你们紧紧跟着我，我到哪里你们就到哪里，你们亏不了。"

他们一路向西，到了西宁也没有进城，在西宁附近逗留了几天。最后大概是在 30 日，韩有禄带着已为数不多的士兵到了西宁西南面的湟中上五庄。韩有禄和早已到达这里的解放军接上头，就被一辆车接走了。卫士队的士兵们每人被发了一张遣散证和两块银圆就地遣散了。

此时此刻，马步芳所有军队中有一大批被俘的西路军战士。抗战胜利后，马步芳为了做姿态，解散了"工兵营"。当时的马步芳认为这些平均年龄不足二十岁的小战士，经过近十年的改造可以为解放军所用，尤其他自以为是地认为，他对战俘后期的宽待和安抚，让这些战俘和当地老百姓的融合，最后能让这些战俘为他卖命。所以他把赞卜乎地区所留下来的 250 多名战俘和青海各地的西路军战士强行征到他的部队上充当炮灰。没想到，这些历经九死一生的红军战士，他们心中的信念始终不变，历经万难也未曾减少丝毫。他们在兰州战役的前线很快地建立了联系。二战后期，美国通过了对华军援法案，当时的国民党军队装备了大量的美式军械，西北军阀马步芳也得到蒋介石准备发动全面内战的消息。蒋介石极力拉拢西北三马为打内战而效命，他拨给了马步芳一个整师的美式装备，其中包括美式电台。当时的马家军电台密码比较简单，容易被深谙此道的红军电台人员破译。

刘一民是 400 余名"工兵营"战士中有据可证的曾为解放西北做出贡献的一个人。内战爆发后，马家军南京政府给青海军配备了十几台美制电台，马步芳电台人员紧缺。1946 年，马步芳虽说愚昧残暴，但电台的重要性他是知道的，便下令从西路军在赞卜乎村的被俘人员中查找无线电技术人员。此后，被俘的刘一民等人被送到马步芳的西宁电台。马步芳亲自派人把刘一民调回西宁，他于 1946 年 10 月被马步芳亲自从赞卜乎的"工兵营"调到西宁，在昆仑中学给马步芳整体征调的学生上课，他教授的就是电台知识。没想到，马步芳又把他和战友们派往兰州前线打自己的战友和自己的部队——人民解放军。他被安排到 129 师师部电台，给那些马步芳部队的军人传授电报知识，过后又随 129 师赴兰州在狗娃山一带驻防。

在这里，刘一民比起在赞卜乎"工兵营"还要自由，他是马步芳 190 师师部电台的工作人员，更重要的是马家军缺少电台专业人员，新培养的昆仑中学的学生有时候难当大任，刘一民成了实际的负责人。他在这里遇到了好多曾经在河西被俘虏的西路军电台人员。加上他的手下和所有团级以上的电台人员都是他在昆仑中学的学生，那些年少有识的学生大多数是不想在战争中失去自己的生命，他们厌恶战争。刘一民恰好是思想工作的好手，大多数循化籍的学生士兵都熟悉刘一民，所以他的话好多学生兵都容易接受。就这样，马家军的大部分电台实际被刘一民所建立的红军战士党组织控制了。

25 日是兰州战役最后的一天，也是战斗最激烈的一天。但这一天并不是"日月无光"的战争天气，而是一个万里无云的秋天。晴朗的天气，能见度高，对双方射击都有利，命中率高。这样双方的伤亡，也就更大了。在这紧张的关头，马家军很希望来几架飞机，在解放军的阵地上轰炸一下，也能助他们的威，使他们换一口气。终于盼来了飞机，但只有一架，令人失望的是它在高空嗡嗡的盘旋了几转，没有投一枚炸弹，很快就溜走了。解放军的攻势越来越猛，炮声隆隆，烟尘滚滚，伤亡重大。这时，除马家军右翼的狗娃山无战事外，左翼的东岗坡、三台阁的战士们，都和解放军一样处在硝烟弥漫中。解放军的预备队，早已用完，需要援兵。但这时马继援已决定要逃跑，不再向山上增援了。到太阳快落山的时候，解放军的攻势更加猛烈，190 师和配属的 357 师已渐渐失去还击能力，阵地已被解放军分割包围，各阵地间的电话线路早已中断，阵地内短兵相接，一片混战。这时，突然解放军约有一班兵力，位于前首的一个战士扛着一面红旗，从他们右前方冲锋过来，接着各阵地的解放军，也都发起了冲锋，马家军士兵们纷纷向后逃跑。这时，李少白与杨修戎等在最后一道阵地上督战 82 军工兵营等部队。青马士兵光着膀子，提着枪、举着亮闪闪的马刀、高喊着"天门开了"、解放军冒着猛烈炮火漫山遍野地冲过来，那场景想来也很恐怖。解放军除了较优势的炮火和自动火器外，也就只有血肉之躯了。1 点钟 10 师 30 团增援上来牢牢控制了第二道防线后，天平开始倾斜。下午三四点钟，在打退了青马最后一次大规模冲锋后，解放军已占领了沈家岭南半部，这里比北半部地势高，处于有利态势，青马已呈败象。下午 5 点多钟，解放军步步进逼，把青马打到了沈家岭北部最后一道防线，青马再也没派来支援部队。6 点多钟，解放军发起全线冲锋，青马官兵精神崩溃了，不再理会督战的 357 师师长和 190 师参谋长，溃败下去了。4 军占领了沈家岭。他们想用手枪制止阵地上的士兵后退，但却没有一个人听指挥了，他们也趁机跟着他们逃出阵地。李少白看看四周，和他们一块逃跑的也是寥寥无几。这约一班兵力的解放军，跟在红旗后面，解放军并没有对他们射击。他们沿着公路向坪下跑，解放军向着坪的前沿奋勇前进，红旗在晚风中飘荡，胜利属于解放军了。

在西征中，红军能够侦破马家军的密码，敌军却从来无法破译红军的密码。当年红军电台有一条基本要求："人在密码在，人亡密码亡"。遇到危急关头，首先砸电台毁电码。在河西马家军队被红军消灭时，却一再出现电台连同密码一同被俘获的现象，不少电讯人员受到教育后还参加了红军。

当中央红军长征时，红六军团有一部电台，先后由一、四方面军的电台同其保持联络，也能分享到情报。在长江以北活动的红二十五军没有电台，中共中央到达陕北前，他们同中央联络要靠交通员，走一次需要几个月，沟通信息非常困难。毛泽东到达陕北后，见到由红二十五军和陕北红军合编的红十五军团首长徐海东，马上分配给他一部电台，这样各支主力红军都有了电台，都可以保障电讯联系并对敌实施侦察。

在长征中进行无线电侦破的无名英雄，除了军委二局局长曾希圣，还有红一方面军的电台台长王铮，红四方面军的宋侃夫、王子纲等人。刘一民当时就是在宋侃夫手下学的电台知识，是一名优秀的电台人员。在电讯保密问题上，充分体现出马家军当局的效率低下。刘一民就是通过自己的便利条件破译了马家军的电台密码，把190师的军事部署透露给了解放军，使得在狗娃山负隅顽抗的马家军190师和配属357师遭到解放军毁灭性的打击。

经过多次侦察，解放军做了充分的战前准备和周密部署。8月25日拂晓，解放军向兰州外围阵地发起总攻，数百门火炮猛烈地向敌阵地开火。兰州城东、南、西3面几十里长的地段上硝烟弥漫、炮声震天。主攻南山主峰营盘岭青马第二四八师阵地的是第一野战军第六军。敌人凭借钢筋水泥筑成的碉堡拼命抵抗，先头执行爆破任务的战士大多牺牲了，但他们用生命为后续部队打开了通道。在炮火的掩护下，解放军以很快的速度杀入敌军阵地，面对面地与敌军进行战斗。

"当时战斗进行得太激烈，子弹打完就拼刺刀或肉搏。我们都不敢怎么看。"刘一民说，"好在有先前挖的坑道的掩护，红旗最终顺利插到了营盘岭顶上，一下子就把'马家军'的军心给打乱了！"

17时，南山主峰营盘岭及三营子阵地被解放军第六军攻占。而沈家岭、

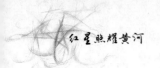

狗娃山的战斗比营盘岭更为激烈，18时许，解放军占领了沈家岭的全部阵地，到夜里22时许，才相继攻占了狗娃山的全部阵地。

马继援见外围主阵地失守，伤亡惨重，外面援军无踪无影，决定全线秘密通过黄河铁桥，向西宁方向撤退。察觉敌人有撤逃迹象后，解放军主动直插西关，向敌人撤退的唯一通道黄河铁桥发起攻击。争先逃跑的大批敌人涌上铁桥，一辆弹药车被击中起火，道路被堵，桥上一片混乱，很多敌人落入黄河被溺死。深夜1时半，解放军占领并控制了桥头阵地。马继援余部成了瓮中之鳖。攻入城内的部队与敌展开了激烈巷战，占领了城内的多处据点。8月26日12时，解放军全歼兰州残敌，解放了兰州。

在攻占沈家岭时，刘一民会同几名战士将敌人在兰州的行政组织、军事力量及防御工事等详细情况写成了材料，交给了当时的一名军长，为攻打兰州提供了翔实的资料。

占领了沈家岭后，一直带着刘一民的解放军军官指着最结实的一个碉堡问他："同志，知道这是什么不？这是他们的指挥所，美国水泥造的，炸都炸不烂！"说完便爽朗地笑了。土木的、砖混的后来都被拆了，只有这几座碉堡，因为它的顽固而保留了下来，成为历史的见证。

打扫完营盘岭战场，刘一民拉上一头骡子，帮解放军往山下驮运物资。在路上，解放军军官写给他一张纸条，让他以后交给地方干部。后来有人告诉他，给他纸条的人是六军军长罗元发，但最终也无从落实。"当时也不知道写的是什么，也没敢打开看。"后来，清扫战场的几名解放军和刘一民聊天的时候，他偶然想起了纸条，一名同志看完后告诉他："这说明你18日就回归到革命队伍中了，以后可以拿着这张纸条参加工作。"

回忆起当时的兰州，刘一民老人不断感慨，对狗娃山战役、沈家岭战役及在中山铁桥与敌人的恶战，他记忆犹新。兰州战役是西北解放战争史上规模最大、战斗最激烈的一次城市攻坚战，第一野战军投入兵力之多、战斗之激烈程度、付出代价之惨重前所未有。西北战役的胜利，歼灭了西北国民党军大部分军力，打通了进军青海、宁夏和甘肃河西之门户，为进军新疆创造了有利条件。有些阵地就是踩着敌人的尸体冲上去的。

8月30日，第一野战军举行了雄伟的入城仪式，城内7万群众集会，热烈庆祝兰州解放。刘一民接到通知，带了山上村落的4西路军战士进城，参加庆祝大会，"台下全是人，张宗逊副司令员在台上讲话，台下掌声和欢呼声一阵接着一阵，我当时也很激动，到现在还记得他讲的一段话：'摧毁伪保甲，建立乡政权，迎接中华人民共和国的成立！'"

兰州进入了新的历史时代，刘一民的人生之路也同所有人一样，发生了根本转折。9月3日，地方干部到任，刘一民把纸条交给了"老九区"（辖皋兰山、阿干镇一带）宣传科科长魏群。刘一民后又被带到部队上，让他为进军青海，解放青海做向导。

第二部　红　日

第十二章　解放军挺进青海

在人民解放军解放青海之前，中国共产党始终坚持在青海的革命活动和革命斗争，但一直未能在此建立党的组织，也没有一个地下党员，这是为什么呢？

马步芳家族政权是旧中国地方割据的封建专制政权，该政权的特性是内压外联，专制愚民，锁省自固，力图世代延续。因此决定了其反共、防共的顽固态度。

1949年，马步芳为了阻止人民解放军进军大西北，从而保住自己的大本营青海，再次集重兵于兰州，由其子马继援亲自指挥部队同人民解放军作战。这一时期，马步芳还在青海省内进一步强化保甲制度，颁布《后方剿匪办法》，来严防和镇压共产党在青海省内的革命活动。

马步芳为了维护在青海的封建专制统治，是不允许共产党人在其统治范围内从事革命活动的。因此，马步芳对来青的共产党人进行了严密监视和残酷迫害，更不允许在其势力范围内出现共产党的地下组织。1938年，中共甘工委派遣共产党员周服之来青，欲利用青海上层人士站稳脚跟，开展革命活动。在青期间，他的活动受到马步芳当局严密控制，无法立足，不到半年的时间便被迫离开青海，返回兰州。

1939年1月和1940年4月，中共甘工委两次派遣地下党员罗扬实到青海湟中县上五庄等地活动，对回、藏等少数民族的情况进行了"清楚的了解"，但其活动依然受到了马步芳当局的监视，无法在此进行发展党员和建立党组织的工作。

1941年，共产党员刘余生到湟源秘密调查马步芳军队的情况，亦因当局已察觉，无法开展工作，便只好离去。

1948年，钱平受中共甘工委派遣来宁了解国民党青海军政简况，因当局防范甚严，无法长期立足而返回兰州。党中央派遣寇从善三次回青海进行革命活动，每次都遭到了马步芳当局的严密监视，开展工作的难度很大，但他依然利用各种身份在青海各地开展革命活动，传播党的民族政策，积极调查马步芳对农牧残酷统治的情况。

马步芳对已被俘的红西路军指战员也进行了残酷迫害。红九军军长孙玉清因拒绝马步芳的诱降，并鼓励被俘红军指战员坚持斗争，而遭到马步芳的杀害。当马步芳确认了红西路军主要领导人张琴秋、吴仲廉、陶万荣的身份后，立即将三人押往南京。马步芳之所以对红西路军指战员进行迫害，是害怕他们团结起来，组建地下党组织，领导被俘人员进行反抗，并通过宣传进步思想，影响马家军。

在青海新中国成立之前，党对青海的影响十分有限，到解放之时，青海省内没有一个党组织，也没一个党员。但并不能说，新中国成立之前党对青海没有一点影响。实际上，无论是早期来青从事革命活动中共党员，还是长征中的红军部队和西路军被俘指战员，都或多或少地影响了青海省人民。

被俘红西路军指战员们在马家军的监狱中、劳役营中，在一切能够战斗、宣传的地方，向青海人民宣传中国共产党和中国共产党的主张。红西路军战士被押解进西宁城时，各个昂首挺胸，精神饱满，始终维护党和红军的形象。孙玉清在西宁被幽禁期间，对前来劝降的人，言简意赅地说道："我军是北上抗日的！"已身陷囹圄的他，不顾自己生命安全，还积极地向敌人宣传党的政策。新剧团的被俘红军指战员们在演出时，仍唱红军的歌曲、跳红军的舞蹈，利用舞台向马家军宣传中国共产党。散落在青海各地的红西路军战士们始终心向着党，尤其是循化县红光村的被俘战士用铁一般的意志，给后人留下了革命的信念，并保持着高昂的斗志，当人民解放军进军青海时，他们积极带领青海各族人民迎接解放军的到来。虽然红西路军指战员们身处敌营，但始终心向党，不忘初心，坚决与敌人作斗争，同时也积极宣传着中国共产党的主张。

新中国成立前，党在青海的革命活动遭到了马步芳的沉重打击，从而导致了党在青海未能建立自己的组织。这一时期，党虽然未能建立自己的组织，但依然对青海社会产生了影响。

中国人民解放军西北野战军第一兵团对西北发起的号角，揭开了新的历史序幕。谁也想不到，解放青海最早的地方就是循化，第一个建立党组织的地方也是循化。

1949年8月19日，中国人民解放军三路大军会师于兰州城郊，对马步芳部形成合围。马步芳二四八师（师长韩有禄）守营盘山，一〇〇师及青海保安团守古城岭、十里山，一八一师守飞机场，三五七师（师长杨修戎）守崔家崖及黄河北岸七里河一带，一二〇军防守兰州及靖远黄河沿岸，全部守军约五万人。25日拂晓，中国人民解放军向兰州发起总攻。

马步芳部全线崩溃。次日，马步芳逃出西宁，行前，指令八十二军副军长赵遂等人，要毁掉重武器，选一批亲信潜赴牧区，其余各携枪马，各自返家当百姓。据知情者透露，马继援从乐家湾机场乘机出逃前，通过副官给赵遂"战马当耕马，刀枪埋地下，伺机而动"的手令便条。并命令炸毁民和享堂铁桥和循化古什群木桥及沿途通往西宁的渡船等交通要隘和交通工具。

中国人民解放军二军将士兵分两路向青海进军。1949年7月21日到8月3日，第1野战军一、二、十九等三个兵团分左、中、右三路大军，以排山倒海之势，发动了陇东追击战，连战皆捷，迭克平凉、天水等要地，攻占三关口，控制六盘山，全歼马步芳部骑兵第14旅，从地理上割断了马步芳、马鸿逵之间的联系，为各个击破、分别聚歼创造了相当有利的条件。8月4日，中国人民解放军副总司令、第1野战军司令员兼政委彭德怀下达了进军兰州、全歼马步芳部的战斗命令。8月20日，二兵团和十九兵团直逼兰州城下。

兵团担任左翼攻击任务，22日攻占临夏，直捣马步芳、马鸿逵的祖籍老巢，威逼敌之侧后，严重影响其守兰军心。8月21日到26日，人民解放军经过连日恶战，以伤亡9736人的沉痛代价，力克强敌，使马步芳的主力部队被歼殆尽，大溃而逃，从而为解放青海，乃至解放整个大西北，铺平了长驱直入、横扫残敌的前进道路。

兰战之后，彭总估计马步芳部在青海的残余尚有5万到6万人，遂以他善于运用的牛刀宰鸡战术、命令一军、二军七万余众压境于前，三军八师和六十二军184、185两个师三万余众跟进于后，以泰山压顶之势，做好在青海境内最后歼灭马步芳残余的充分准备，顺利完成原定计划中的陇青战役。

遵照战军首长的部署，解放军一兵团二军于8月26日即兵分两路，分别取道民和、乐都和循化、化隆攻击前进，对西宁造成钳击之势。二军前卫五师 26 日从临夏驻地罗家堡出发，开始向青海推进。解放军一军则于同日在永靖莲花城强渡黄河。当地原有由 24 条船搭起的一座浮桥，前几天遭到马步芳部河防部队的彻底破坏。但高山大河挡不住英雄们的进军道路，一军前卫二师 5 团 3 营指战员于 26 日晚 8 时乘皮筏强渡黄河成功，并控制了滩头阵地。由于筏少人多，缓不济急。军长贺炳炎、政委廖汉生命令军炮 2 团 2 营筹备器材迅速搭桥。2 营指战员虽然奋力拼搏，但架桥工程于 28 日晚宣告失败。29 日，军首长改变决心，下令征集民间皮筏，准备大举乘筏渡河。30 日，副军长代前卫二师师长王尚荣和二师政委颜金生率领师主力渡过黄河。

1949 年 8 月，人民解放军第一野战军在彭德怀司令员的指挥下，分左右两路向西北大进军。右路军直指西北重镇兰州城下，左路军第一兵团一、二两军于 8 月 20 日渡过洮河，向盘踞在临夏地区的敌新编骑兵军展开进攻。敌军闻知解放军已渡过洮河，预料难以阻挡，故除留下少数兵力袭扰解放军外，主力弃临夏城向循化逃去。解放军于 8 月 23 日解放了临夏。

解放军对于青马早有足够的了解，对于进军青海要同青马进行一场恶战，也有充分的思想和物质准备。青海是马步芳的老巢，马步芳家族对青海进行了长达四十年的黑暗统治。在那里建立了暴君式的反动政权，组织了一整套家族式的反革命武装体系，其部队有近八万人之多。为了不断扩充其势力，马步芳积极投靠蒋介石，成为国民党反动派在西北镇压革命，镇压人民的帮凶祸首。1936 年，马步芳在河西走廊拦击西进的红军，几致西路军全军覆没，欠下了一笔血债。在解放战争取得全面胜利、蒋家王朝大势已去的形势下，马步芳仍然执迷不悟，死心塌地（地）为蒋介石效劳。他接受蒋介石提供的美式装备，统领西北军政长官大权，自命为"西北支柱"，做着"西北王"的美梦。青海的解放，正是共产党同马步芳统治集团进行了一系列殊死搏斗之后才取得的。

1949 年 7 月，毛主席对人民解放军确定的《解决西北敌军的方针》中指出，对青、宁二马应予区别对待：首先打击马步芳；马鸿逵是傅作义将军的拜把兄弟，曾派人向傅作义将军表示有向解放军求和之意；毛主席设想在消灭马步芳后，对马鸿逵可在军事打击下尽量争取，用政治方式加以解决。同时，鉴于青马在政治上占统治地位，在军事上也比宁马强大，歼灭了青马，即可基本上解决西北问题。

7月28日，解放军西北野战军第一兵团，抓住了扼守陇山要隘——固关、掩护青马主力退却之敌骑兵第十四旅，并予以歼灭，使骄横一时的青马第一次遭到重创。马步芳为阻止解放军西进，决心孤注一掷，据守兰州，做最后挣扎。解放军第一兵团主力（第七军）奉命经天水、临洮，进占临夏，突破兰州守敌的右翼。此举大出马步芳意外，使其惊恐万分，深感后方空虚，大大动摇了军心。八月二十五日，解放军对兰州发起总攻，给青马主力以毁灭性打击。从此，青马兵败山倒，一蹶不振，彻底丧失了与解放军正面较量的能力。兰州战役的胜利，为宁夏、甘肃、新疆等西北诸省区，特别是青海省的解放创造了决定性的条件。

26日兰州战役告捷，王司令要二军向循化前进，二军五师师部率十四、十五两个团越过达里加山到贺隆堡东西地区，十三团进至韩家集以西地区。二军部移住韩家集，六师、四师进到韩家集以东。27日二军五师向循化攻击前进，进到循化地区，并以一个营去抢占黄河桥。王恩茂和郭鹏同志率四、六师仍在韩家集地区。接彭总来电，在兰州战役中敌八二军之一〇〇师第二团全部被歼灭，第一团在黄河边被俘，第三团也大部被歼。一九〇师、二四八师三分之二被歼。解放军俘敌约一万人，毙伤敌人至少一万人，淹死于黄河者不计其数。现在青海守西宁之新六军某厅夏骑八旅、十四师、一八一师、三五七师总共还有五万至六万人，在新疆之骑的五军约一万五千人，传说已回青，确否待证。28日王恩茂和郭鹏同志率四、六师向循化前进，六师军直越过了达里加山，进到贺隆堡至白庄之线，四师进至达里加以东至韩家集线。王恩茂和郭鹏同志赶到了循化五师师部。马步芳部队已将循化以西之峡口桥焚毁，黄河北甘都滩有敌沿河防守，解放军接近河边架桥困难很多。循化是一小县，人烟稀少，吃粮困难，故决定四、六师、军直接就到达的位置停止，待架好桥后继续前进；接王司令来电，马全钦向王恩茂接头，说新编军军长马全义愿意向解放军投降，马英、马璋、马华荣也可争取投降。王司令率临夏和平代表团要到循化。29日二军在循化，王司令到循化，带来马全钦等劝降代表，认为马全义投降没有问题。30日在循化准备北渡黄河进军西宁。首长了解到循化北渡黄河困难甚多，循化以西峡口古什群之桥已遭敌彻底破坏，很不容易恢复。且桥边渡船、大河家渡船皆被破坏，解放军千方百计到处找船，终在循化找到一支磨船，但要花很大工夫修理。扎木筏子可以渡河，但缺水手，同时单靠木筏子渡河很费时间，此地粮食十分困难，吃饭朝不保夕，大部队不能久留。黄河北岸从甘都到官亭都有敌人，每日与解放军对战。根据这一情况我党考虑了两个渡河方案：第一，想尽一切办法，克服一切困难，争取在循化北渡；第二，如在循化北渡实在太困难，则改在永靖北渡。新编军马进福给王恩茂和郭鹏来了一封信，表示愿与密谈投降要事，王恩茂回了一信，欢迎他向人民解放军投降。31日，解放军一军在永靖北渡黄河，二师一个团已北渡完毕，控制王家大山口。其余两个团也已北渡黄河。二军则决心还是在循化渡黄河，在循化收集木料羊皮筒子，扎了十几个木筏子，每个木筏子可坐十五人，每三小时渡一次，另外修好了一支磨船，每次可坐一百二十人，也需每三小时渡一次。昨日五师十四团已北渡了四个班，今日可北渡两个营。黄河北岸敌民团六十多人向解放军投降，都是撒拉族。甘都和官亭的敌人都已逃跑。9月1日，部队集中全力扎木筏子渡河，五师十四团两个营已北渡完毕，一个营向甘都前进。9月2日五师十四团已全部北渡完毕。五师师部及十三团一部也已北渡，预计九月三日一军在永靖可北渡完毕。六十二军在大河家北渡，解放军五师已大部北渡。从五师来电得知化隆无敌，西宁也无大敌。兵团决定各军北渡后集结的位置：一军西马营（不含）古鄯镇、峡门、鸾湾。二军第一步化隆，第二步平安驿、高寨，六十军享堂镇。四师十一团2日也已到循化，即在循化北渡黄河，四师师直及十团、十二团在永靖北渡。九月四日二军五师已全部北渡完毕。临夏代表马丕烈、马良等由西宁来信说西宁无敌，敌一二·九军及骑八旅在大通、三角城之线。西宁各界派了代表团到甘都五师，欢迎二军赶快进西宁，以免散兵到处抢劫破坏。王恩茂和郭鹏同志发电请示王司令，二军于5日率五师向西宁前进，直取西宁。王司令回电：一军进西宁。首长认为这是正确的。因一军已全部北渡黄河，且一军是准备留西宁的。二军不进西宁城，只进至高寨、古城，乐都之线集结。兵团进到高庙，六十二军到民和、享堂集结。9月5日二军五师已进到化隆，由西宁来五辆卡车迎接五师进西宁。因首先进西宁的任务是兵团王司令交给一军担负的，所以告知由西宁来的五辆卡车迎接者去接一军进西宁。王司令转来彭总电报，主要内容是：兰州战役胜利甚大，歼灭马步芳主力三万人以上。今后西北可能没有什么大仗打，但还要作有大仗打的准备。兰州隐藏有马鸿逵的心腹，一方面看到解放军力量强大，另一方面听到解放军解放临夏时对马家财产保护得好，所以都自动出来接头,现野司已派车把他们都送回宁夏。解放宁夏的方针是采取军事进攻,政治争取双管齐下。十九兵团拟于9月22日向宁夏进军,解放宁夏,并协助解放绥远。十八兵团已为中央批准入川,六十二军归还建制。一军留青海肃清残敌。二兵团七个师九月三、四、五日分别向永登攻击前进,查明凉、甘、肃情况,拟向马、周、黄残敌穷追,一直追到玉门油田。一兵团进至西宁、乐都、民和休整,准备西进新疆。进疆需多少军去,须看情况决定。9月6日,王恩茂和郭鹏同志率军直由伊麻目庄渡口乘羊皮筏子,由撒拉族水手划水,北渡黄河,进至甘都宿营,住于马步芳公馆。四师由小岭子径官亭进至古鄯邑,五师在化隆休息一天,六师仅北渡十六团一六部,十七团一小部。9月7日王震司令来电,彭总指示,二军集结位置改变进到西宁及大通之线。准备休息五天后即进军张掖,占领玉门油田。首长要四师一个团7日进到乐都,五师7日已由化隆出发向高寨、徐家庄、张家营之线前进。六师8日或9日上午可北渡完毕。9月8日,五师已进到扎巴镇宿营,7日进到柳湾、三十里铺、高寨地区。军直7日进到峡口、古城。四师9月7日进到乐都以南。六师十六、十七团9月7日已进到化隆,六师师直及十八团互在北渡中,一部已进到甘都。王恩茂和郭鹏同志乘车通过扎巴山,在新庄赶上了五师,即与徐国贤、李铨同志等一同进到西宁,住于马步芳公馆。晚上接见了向解放军投降的敌一〇〇师师长谭呈祥,二四八师师长韩有禄,三五七师师长杨修戎,八十二军副军长赵遂,军参谋长马文鼎,一〇〇师骑兵团团长马峻后,一九〇师骑兵团团长高登瀛等,他们都是从上五庄来的,他们的部队基本上已经垮了。解放军向他们讲解了我党解放军对投降将官的政策,说明马步芳主力已被解放军歼灭,向解放军投降是唯一正确的出路。另外,还有骑八旅旅长马英,一九〇师师长马振武在三角城也要来向解放军投降。九月九日解放军五师进到小桥以北地区,四师和军直进到柳湾及其附近地区,六师十六、十七团仍在化隆,师直和十八团仍在甘都。王司令到了西宁,召开了一、二军的军级干部会议,传达了西北局常委会议精神,集中力量解决西北问题,然后分兵进军西南,十九兵团进军宁夏,要解放军协同二兵团进军张掖,夺取玉门油田,准备进军新疆。

西进的政治教育和抢渡黄河的各项战斗都在进行准备工作。在政治教育中,最重要的就是对部队反复进行党的民族政策的教育。因为解放军就要进入青海了，而青海是少数民族聚居的省份，又是青马统治达四十年之久的地方。由于历史上形成的回、汉纠纷，民族隔阂很深。回族人民长期受马步芳欺骗宣传，生恐解放军"杀回灭教""共产共妻"。因此，如何遵守民族政策，取得回族群众对解放军的信赖，就成为继续西进胜利的大问题。对此，解放军党委明确提出了向西宁进军，首先是军事进军，同时也不能忽略宣传队、工作队的工作任务，要求各级党委和领导以西北局编发的《回民工作手册》《回民风俗习惯》为教材，在部队中深入进行党的民族宗教政策教育。在这个基础上，师政治部又制订了贯彻民族政策的几条具体措施，各连普遍建立和健全宣传组，纪律检查组；人人遵守纪律，个个开口宣传，住一户宣传一户，过一村宣传一村，部队走到哪里，就把党的民族政策落实到哪里；不准随便进入清真寺；不准借用回民的锅、碗、瓢、勺，做饭及饮水尽量用河水，如用回族群众的井水，首先征得群众的同意，把手洗净，再用群众的工具汲水；宿营要在无群众居住的院，自觉保护群众财产，不准烧群众的柴、吃群众的粮和菜；对被俘虏的回族官兵，要严格执行不杀、不打、不搜腰包、不侮辱人格的规定；按照回族的风俗习惯，给俘虏另外做饭。经过一系列的教育和工作，指战员的思想认识有了进一步的提高，在抢渡黄河和西进途中，各部队严格遵守三大纪律八项注意，认真贯彻执行党的民族政策，宣传群众。教育群众，团结群众，很快就揭穿了马步芳的欺骗宣传，大军所到之处，深受汉、回、藏各族人民群众的爱戴和欢迎。

8月28日，解放军渡过黄河，继续西进。当五团八连进入王家嘴时，有许多群众赶来欢迎，其中一位叫王成华的老汉亲热地说："你们可来给咱们汉人报仇了，民国十七年尕司令造反，杀死了我的父母，二十一年，又杀死了我的妻哥，咱们汉人受回族的欺侮多少年了，这一下老天爷也睁开眼了。"当时，班长姜崇仁就上前很耐心地向他宣传党的民族政策："老人家，咱们解放军是人民的军队，是为人民打天下的，不管汉族、回族都要解放，马步芳向汉族派款抓丁，不是向回族一样派款抓丁了吗？过去回汉闹纠纷，今天你杀过来，明天我杀过去，这都是历代反动王朝和蒋介石，马步芳为了维护他们的统治，利用民族矛盾造成的。解放军打倒蒋介石，马步芳，既是给汉族人民报仇，也是给回族人民报仇，咱们回汉人民本来是一家人嘛，应该团结起来，再不要闹民族纠纷了，齐心协力地支援解放军，去消灭马步芳，闹翻身求解放。"王成华老汉听了他的话，觉得句句在理，感激地说："好！好！还是咱们解放军好。"在一旁的许多听众也连连称道，异口同声地说："这就好了，老百姓谁愿意多伤人呢！盼着你们早日打倒蒋介石，消灭马步芳，叫咱们老百姓都得到解放。"

一天，六团三连行军六十里，宿营在只有一户人家的马家庄。户主马占彪是回族，他听说解放军要从他家门口经过，吓得把两个儿子和一个女儿送到山沟里躲藏起来，家里只剩他和他老伴看家。门紧紧地关闭着，三连的同志去叫门，他在里边不应声，几个战士说："这一家大概是回族，不了解咱们，心里害怕，所以不开门，咱们就在外边露营吧，不要打扰他了。"说罢，同志们就自动离开大门到墙角下有秩序地放下背包休息了。马占彪在院内听到战士们说的话，心里有些莫名其妙，他想，马步芳说解放军来了，要杀回灭教，怎么这个军队这样守规矩呢？他觉得有点纳闷。正在这时，三连指导员又上前叫门，马占彪不由自主地应了声，指导员隔着门向里边解释道"老乡，不要怕，我们是人民解放军，不打人、不骂人、不糟害回族群众，解放军是遵守你们的规矩的，请把门开开吧。"马占彪听后就将大门拉开，笑着说："解放军，辛苦了，快进来休息吧。一面说着，一面就让他老伴把自己仅有的四间房子腾出来叫部队住。战士们看到这两位老人还有些怕，都说："我们在外边休息也一样，不再麻烦你们了。"大家还是没有进房去。老婆婆看到腾开房子都不住，便走出来说："这样的好军队我一辈子都没见过，真是规矩。"说罢，她就进屋烧了一大锅开水，盛出来让战士们喝，战士们就主动地向这两位老人做起宣传工作。三班新解放军战士马林州用自己的亲身休会向马占彪夫妇说："我也是回族，马步芳把我抓了丁，解放军解放了我，我亲眼看见解放军真正是人民的军队，对咱们回族是保护的。我们这一次到青海来就是为着解放青海人民的，叫回族再不受马步芳的压迫。"马占彪听了，很感动地说："我们这里的人受了马步芳的骗了，他说解放军不准信教，看见回族人就杀，把我们吓坏了，这回才知道解放军是人民的军队。"正在这时，准备做饭的炊事员在院里的柴草堆里，发现藏着三袋面粉。副班长石余山就对马占彪说；"老乡，这三袋面粉是你家的吧？快拿回屋里去，别丢失了。"老婆婆说："解放军太好了，要是马家军看见，早抢去吃了。马步芳的军队跑的时候，向我家要粮，一次要了两石多，还要了两千斤草，不给就打，这三袋面，是我们藏在这里的，你们要迟来几天，老百姓就没法活了。"马占彪也说了许多感激的话。接着，老俩口合计了一阵，由马占彪到山沟里把儿子和女儿都叫了回来。炊事班把晚饭做好了，马占彪和他俩本儿子自动帮助给二排放警戒的同志送饭，三连就在院外露营了一夜。第二天早晨部队要出发了，马占彪一家依依不舍，拉着战士们的手说："你们再路过这里，一定到我家来。"十五团二营机炮连宿营在一个村子里，二班的房东藏在外面没回来。排长任瑞祥一进院子，看见院中梨树上的梨子快熟了。二班的同志经过一天的行军，饥渴交加，围坐在梨树下，羡慕地说："树上结了这么多梨子呀！任排长从战士的言谈里，意识到这里潜藏着违反群众纪律的问题。于是，他把棚上的梨子挨个数了一遍，然后，对班长石天才说："这棵梨树，就由你们班负责，我已经数过，树上的梨子总共有一百零四个。"石天才认真负责地把梨子又数了一遍，不多不少，正好是一百零四个。这一夜，院子里人来人往，战士们轮流站岗放哨从树下经过，谁也不肯动梨树一下。第二天，部队继续向西宁挺进，任排长在出发前亲自来二班检查群众纪律，又把树上的梨子数了一遍，一个也不少。

　　经过一天的行军，四团六连宿营在民和县的王家庄，这里是藏族聚居区。战士们头一次见到藏民，觉得很新奇，不免七嘴八舌地讨论起来："看哟，藏民穷得连裤子都不穿，身上只披个红单子（袈裟）……"六连的领导觉得这是一个新问题。部队对回族风俗习惯已经熟悉了，而对藏族的风俗习惯了解的甚少，主要是由于前一段领导重视不够。为了做好战士们的工作，晚饭后，连里请了一位会汉语的藏族老人，详细地给战士们介绍藏族的风俗习惯。大家明白了这里的藏族信奉黄教，也叫喇嘛教，喇嘛披袈裟。藏族地区有不少喇嘛寺，它是喇嘛念经拜佛圣地，不允许随便进入。藏民喜吃糌粑、奶类和牛羊肉。藏民死后，实行天葬。藏民不吃鱼，更不能打死老鹰，因为藏族把老鹰视为神鸟。藏族老人的介绍让战士们增长了不少知识，大家说话办事都注意尊重藏族同胞的风俗习惯了。

　　8月26日，部队进军到了洮河边。一过洮河，就是回族和撒拉族聚居的地区了。部队立即进行通过回族区的各项准备工作，为了尊重回族群众的风俗习惯，炊事班把桶，用开水烫了一遍又一遍，锅、碗、瓢、勺也都用开水煮了又煮，直到闻不到一点油腥。第二天，部队很快就进入了康乐、和政县境。

这时，正是大西北的秋收季节，可奇怪的是，只见村庄不见人影。解放军一个营准备在和政县境的一个大约有一百多户人家的山村宿营。两个通信员骑着马，先来到了村头。这时大部队还没有赶到，忽然间，有几个回族青年一下子将解放军三个人围住了，其中还有两个穿着解放军服装的人。我扫视了一下村子，整个村子再也见不到其他人。"小孩，妇女，姑娘们呢？"战士们心里这样想着。同时，也为这两个穿着军装的人感到纳闷。后来，他们告诉解放军说："我们是固关战役的俘虏兵。解放军不杀俘虏兵，还发给我们衣服和银圆，把我们给放回来了。"解放军急切地问："那你们村子里的人呢？"一个穿军装的人说："我们从固关回来后都对村里人讲了，解放军不杀我们回族，不欺负我们的妇女，可他们不相信，都跑到山上躲起来了，只有阿訇给我们留了'解放军要真的那么好，你们就来找我'的话"。"那就请你们把阿訇和老乡们都叫回来吧。"解放军又打趣地对他们说："你们看我们解放军可怕不可怕呀？"几个人都同时哈哈地笑了起来。

临夏是马步芳的老家。由于历史上回、汉纠纷，加之国民党反动派的挑拨，长期以来民族隔阂很深，特别是马步芳为保其反动统治，大肆进行反动宣传，诬蔑解放军"杀回灭教""共产共妻"，造成回族群众对解放军的恐惧，致使他们闻悉解放军将至，纷纷逃往山上躲藏起来。这时，大部队已经进村了。教导员刘桂林再一次动员部队，要注意向群众宣传党的民族政策，严格遵守约法八章，尊重少数民族的风俗习惯。

天快要黑了，阿訇带着群众回到了家园。部队帮助群众打扫庭院、挑水、喂牲口，和他们拉家常。指战员这些行动，深深地感动了回族群众，群众打心眼里欢迎解放军。阿訇又派人给部队送来了粮食、白菜和土豆，而且还为部队做饭吃。第二天，村里的群众还特意给解放军送来了两只羊表示慰问。当时我们请阿訇来杀羊，这样他们更相信解放军了。有位阿奶拉着我们的手说："解放军真好，怕我们在山上受寒生病，把我们从山上找回来，还帮助我们做好事，忙个不停，这与马家军完全两样。"第三天，部队要出发了向青海循化县出发，全村的男女老少排着长长的队伍，含着难舍难分的泪水，在村头欢送解放军。阿訇紧紧握着我的手说："欢迎解放军再来！"他还特意派人为解放军带路，并送了一程又一程。"解放军好！"的消息在回族区传得比解放军部队进军的速度还要快。

第十三章　循化，青海解放从这里开始

8月26日，当解放军一野主力攻克兰州后，二军四师奉命从临夏出发，向青海省循化前进。根据军首长的命令，四师十一团先随五师于八月二十六日越过达里加山参加解放循化县城的战斗。达里加山是横在临夏和循化之间一座海拔三千五百多米的大山，山上空气稀薄，气候寒冷。为了顺利越过这座高山，部队进行了思想动员，使大家有战胜恶劣气候的精神准备，并携带了大蒜，以战胜山上的瘴气。翻山时，尽管路程艰难，缺氧使人气喘头晕，但部队还是胜利地通过了达里加山，进入了循化县城。

进入循化地区的五师及四师十一团，一面协同军属工兵部在古什群黄河木桥旧址，以强大火力掩护，不分昼夜地抢时间架桥；一面动员当地各族群众协助解放军搜集船只寻找水手。虽然作了极大的努力，但因工程大，桥梁一时很难架成，而搜集的船只亦为数甚少，不能满足部队渡河的需要，难以按时完成渡河任务。据此兵团首长当机立断，命令四师除十一团外其余部队从韩家集返回永靖渡河。接到命令后，四师连夜赶到永靖谷地，组织渡河。永靖地区的黄河水势虽然比较平缓，但也是波涛滚滚，寒气袭人。为使渡河安全迅速，首长对部队进行了渡河知识教育，做了严密的组织工作，还派人对民工水手进行了慰问，给予了优厚的报酬。当地水手帮助解放军渡河已经四五天了，虽然很辛苦，但是他们热情不减，积极要求帮助解放军渡河。

狡猾的敌人在通往循化的必经之路——王沟山上设伏。中午，五师前卫营——十五团三营挺进到循化以东，距土门子沟三四里路时，发现敌人正在放火烧桥。当解放军接近土门子桥时，发现桥板已被烧毁，桥梁木还在冒着火苗和浓烟。三营战士正要抢修木桥，沟两边的小山上响起密集的机枪和步枪声，敌人以火力封锁了木桥，企图阻止解放军抢修。三营战士由营长王国恩率领，在迫击炮、机枪火力掩护下，攀着正在燃烧着的桥梁术一步一步往

前移动，双手一触到燃烧着的梁木处，燃得手心皮肉哑哑响，钻心的痛。他们咬紧牙关，边打边爬，终于攀到对岸，过了桥立即向两边小山头上的敌人发起冲击。这时，敌人已经乱作一团，慌忙抱头鼠窜。在夺取小桥的战斗中，三营营长王国恩大腿负了重伤，他忍着疼痛，仍镇定地指挥着战斗。解放军冲过桥，迅速地击退敌人，解放了循化县城。

循化是撒拉族的聚居区，而撒拉族是我国多民族大家庭中的一员。长期以来，撒拉族人民和汉、藏、回等各族人民共同繁衍生息在祖国辽阔富饶的西北高原，用自己辛勤的劳动开发出肥沃的土地，创造了光辉的历史和优秀的文化，对缔造我们伟大的祖国作出了贡献。撒拉族是一个勤劳勇敢的民族，为了反抗压迫和剥削，撒拉族人民曾经进行过英勇的斗争，在祖国各族人民的革命史上留下过光辉灿烂的篇章。撒拉族是我国的少数民族之一，主要聚居在青海省循化撒拉族自治县和化隆回族自治县，以及甘肃省积石山保安族东乡族撒拉族自治县。部分撒拉族散居于青海省西宁市及黄南、海北、海西等州。在甘肃省夏河县、新疆维吾尔自治区乌鲁木齐市、伊宁县也有少量分布。撒拉族人口约为10万，是我国28个人口较少的民族之一。有本民族的语言，属阿尔泰语系。历史上曾使用以阿拉伯文字母为基础的撒拉文，本民族称之为"土尔克文"。现在大多数撒拉族群众，特别是中青年人都会讲汉语，有的还会说藏语。撒拉族人大多身材高大健壮，高鼻圆眼，男子多留胡须，具有果敢刚毅的民族性格。根据历史学家考证，撒拉族先民是古代西突厥乌古斯部的撒鲁尔人，元朝时从中亚东迁，定居到循化已有约800年的历史。经过长期的发展，从周围回、汉、藏等民族中不断吸收新鲜血液，逐渐形成一个新的民族——撒拉族，形成时间约在明代中叶。

撒拉族自称"撒拉尔"，附近的藏族也称他们为"撒拉尔"。汉文史书记载中，对撒拉族的称谓有十几种之多，大部分是"撒拉尔"或者简称"撒拉"的不同音译，如"撒剌""撒剌尔""沙剌""沙剌簇""萨拉""萨拉儿""撒拉尔"和"萨啦"。另外，反动封建统治者和一些文人对撒拉族还用过含有民族歧视性的或不科学的称谓。

循化县黄河北岸有马步芳新编军（军长马全义）的民团约三千五百余人，沿河摆下了四十余里长的防线，构筑了工事。他们烧毁了黄河渡桥，掳走了船工，烧毁了木船，连一根像样的木头都没留下，妄图借黄河天险将解放军阻止在黄河南岸。

要过河首先要解决船的问题，可是，大部分老百姓受了马步芳反动宣传的影响，都躲进了山里。解放军决定派人先把当地群众找回来，花了好长时间才找了几个年纪大点的群众，解放军就给他们讲，解放军是毛主席、共产党领导的队伍，是过去的红军，是来消灭马步芳的反动军队、解放各族父老兄弟的。他们又到镇里看了看，看到解放军的部队并不像马步芳所说的见人就杀，见房就烧，而是正在帮助群众抢修房舍、道路，进而看到这个部队纪律严明，全都露宿村头，个个和蔼可亲。这几个群众脸上的疑云逐渐消失，露出了信赖的笑容。后来，他们跑到山里，把群众都叫了回来。一夜功夫，凄凉冷清的循化沸腾起来了，军民亲如一家，大娘们把藏好的鸡蛋拿出来慰问部队，小伙子带领部队把国民党反动派藏的粮食挖出来，姑娘们争着为战士洗衣服……长期以来反动统治阶级造成的民族隔阂开始消除了，随之出现了许多民族团结、军民团结的激动人心的场面。

临夏城取名临大夏河北岸之意。临夏在秦时设枹罕县，明为河州，民国初年叫导河县，后来改成临夏，是近代西北历史上一个很有名的地方。明清以来回族逐渐发展起来，并产生了一大批回族人物。其中在清末民初势力最大的主要有三家：马占鳌、马海晏、马千龄，世人称之为"河州三马"。这就是后来的马安良家族、马步芳家族和马鸿逵家族。除马安良家族为进驻甘青地区的冯玉祥国民革命军消灭外，马步芳、马鸿逵两家都成为雄踞西北的土皇帝。所谓的"西北四马"——马步芳、马步青、马鸿逵、马鸿宾，便是这两个家族的主要代表。

这是一个天高气爽的日子。

"丕烈先生，你能同我们一起去解放青海吗？"西北野战军一兵团司令员王震问马丕烈。

"过去我在青海做过事，认识很多人，我愿意为解放青海出力！"

马丕烈，原名马朝伟，大哥马朝选是马步芳的岳父。其父马占奎是清末甘肃回民起义领袖马占鳌从弟，曾任甘肃督标中军副将。马丕烈曾任青海省财政厅长，1940 年前任过八十二军少将副官长，河西战役时任一百师副官处处长，因在师部未至河西战场。

王司令员突然问马丕烈："你有几个孩子？"

"有两个，一个已经在兰大附中毕业，另一个还小。"

"我保他去北大继续念书好不好？"

"那很好，好得很！"马丕烈高兴地回答。

参谋处的干部送来了去青海的路证和保送马丕烈儿子去北大入学的介绍信，连孩子去北京的50元路费也送来了。王司令员这种恺为怀和雷厉风行的作风，使马丕烈非常感动。

王司令员向跟前的解放军要了两匹马，和马丕烈各骑一匹，绕深沟，抄小路，走进荒凉大滩。在滩里走了半个时辰，连一个人也看不见。轻风习习，周围静谧得只听见"嘚嘚嘚嘚"的马蹄声。马丕烈边走边想，司令员过这样的大滩身边连个警卫员也不带，真不愧是个有胆有识的将军。

第二天，二人同去循化，王司令员和马丕烈同他的警卫员坐在一辆吉普车上。马良、徐季直，祁子厚坐在另一辆黑卧车上。路很不平，汽车不好走，越过达里加山，来到我家庄时，天已黑了，他们就在附近一个撒拉族老汉家里住了一夜。

晴朗的天空，若有若无地飘着几块柳絮似的白云。由马丕烈、马良和两名汉族代表组成的和平代表团和王司令员一同出发了。他们在离循化五华里的地方遇到一条十几丈宽的深沟，沟上架的木桥已被马家军撤退时烧毁。解放军正在抢修，汽车短时间内还无法通过。王司令员向跟前的解放军要了两匹马，马丕烈和他自己骑上，绕深沟，抄小路，继续往循化赶。

他们过了深沟，走进了一个荒凉大滩。在滩里走了半个小时光景，连一个人也看不见

通过大荒滩，穿过循化城，他们来到了一个叫草滩坝的庄子。他们在这里见到了王恩茂同志。王震司令员将马丕烈作了介绍，大家没脱鞋便上了炕

9月4日那天，晨雾消散，红日高照，晴空里浮着几片白云，虽时值中秋，但天气已经很冷。一大早，水手们便扛着皮筏从各个村庄集中在河岸上，他们哼着民歌，动作熟练地把皮筏排在水面上，满怀信心地迎接部队登筏。部队登上皮筏，开始向北岸飞渡。骡马则由水性好的战士牵着，在河里泅渡。渡河中，有的木筏子皮筏被恶浪掀翻，十多位同志献出了宝贵的生命。他们的牺牲值得我们永远怀念。

二军先头部队于8月26日出发，翻越大力架山进军循化。28日，循化解

放。29 日，王震司令员同车带着由临夏士绅马丕烈、马良（马步芳堂叔）等人组成的"和平代表团"（即劝降团）到达循化。马全钦从大河家专程赶来，在循化会见了王震司令员，王震司令员安慰他说："你们把心放下，把所有躲藏的群众叫回来，历史上还有哪个朝代不要老百姓的呢？"随后，他们一道去渡口察看地形，了解情况，共同商议劝降事宜，这样马全钦也加入"和平代表团"之中。马全钦即向驻守民和县的马占元写了劝降信，信中说："蒋介石的数百万军队完蛋了，全国解放了，你们能挡住吗？难道你们的枪口要对准大河家的父老乡亲吗？你们赶快解散部队逃去，如不听劝告，解放军会把你们全部歼灭……"

马良得知他的小儿子马步英（时年 16 岁，马步芳授以 129 军副军长的空衔，2009 年 4 月 16 日在临夏病逝）在甘都新编步兵军军部，与军长马全义，副军长马仲福在一起，便以堂叔的名义给马仲福写了一封劝降信，派人泅水渡过黄河，送给他的小儿子并令其转交马仲福。

二军政治部派草滩坝撒拉族铁匠韩进宝、循化瓦匠庄村回族进步人士、被聘为大河家私立魁峰小学校长的绽秀，由撒拉族水手韩七十八、韩海拜用"木瓦"（巨大圆木凿成的摆渡工具）渡黄河，向防守黄河北岸的新编步兵军军长马全义、副军长马仲福和循化、门源民团投送劝降信五封。副军长马仲福、循化撒拉族民团团长韩子璋表示归服，马仲福随绽秀过河向解放军投诚，其他守军由马全义率领向西宁逃窜。

马全钦又折返大河家，带头动员当地群众，组织人力，支援六十二军渡过了黄河。

在循化县草滩坝村，王恩茂同志向王震汇报黄河对岸的守军指挥官是马全义。马丕烈听到是马全义，便对王震说："马全义是我的侄儿子，对我还是很尊重，我可以写信给他，叫他不要阻止大军前进。"王司令员说："那很好。"于是马丕烈立即动手写了信。信的大意是：临夏已经解放，解放军纪律严明，进入临夏后一枪未打，秋毫无犯，鸡犬不惊，各清真寺、拱北都受到了保护，士兵连居民家的上房都不进。最后写道："吾侄儿见信后，千万莫阻止大军，立即放弃阵地撤退，弃暗投明，不要让各族子弟再为国民党反动派当炮灰了！"信写好后，又让马良按了手印，然后在当地找了一个名叫韩梅亭（外号"没手"）的撒拉族水手，让他泅水游过黄河对岸，将信送给马

全义。

对岸守军新编步兵军军长马全义和副军长马仲福（马仲英之弟）见信后，愿放弃抵抗，但马全义不愿投降，便率领部队撤走，避免了一场战火，使当地人民和部队避免了损失。马仲福和马步英持着马良的信，带着一百五十名骑兵，向大河家渡口准备渡河的六十二军的一个团投诚，受到欢迎。这时，马良等已经随大部队去了西宁，父子未见面，马步英即从大河家转道去了乩藏老家，马仲福也转道去了莫泥沟老家。

由于循化黄河渡口的桥尚未抢修完工，而劝降任务又十分紧迫，"劝降团"中的两名汉族代表返回临夏。第二天，王司令员高兴地告诉马丕烈："我们正在搭浮桥，桥修好了马上就过河去。"但是，等浮桥修好，至少还要一两天时间。马丕烈心里很急，就向王司令员建议："让我先过去吧！让我早点过河去西宁，争取时间劝说马步芳官兵投诚。"

王司令员十分赞赏马丕烈的积极态度，同意马丕烈先过去，问马丕烈河怎么过？马丕烈说："这儿附近有个查汗大寺庄，以前我在那里办过木料，渡口的水手们我熟悉，他们可以用木筏子把我送过去。"

马丕烈又说："我打算让马良也去，再派两个军代表。"王司令员对这些意见都同意，并派卢德参议和李骧参谋与马丕烈同去。

当日马丕烈四人一同出发，来到查汗大寺下庄村找到熟人白西日阿訇，在查汗大寺大庄村找到熟人拉堂保。马丕烈叫他们找来了几个水手，绑好木筏子，把马丕烈四人送过了河，赶赴西宁做劝降工作。

在河对岸的阿华庄，马丕烈找到了熟人者麻力。他见到马丕烈非常热情，硬要烧茶做饭招待他们。马丕烈说："现在时间紧，先借给我们四匹马，比什么都重要。"于是，他立即借了四匹马，还派了个人跟着，准备在他们用过后由他把马拉回来。

他们骑上马，沿着拉扎山，一口气跑了几十里路，来到了化隆县。

到县城内，解放军立即向当地的群众将临夏、循化解放的情况作了介绍。大家听了都感到高兴。马丕烈鼓励他们赶快组织起来，准备欢迎解放军。在化隆吃过饭，他们就继续向西宁前进。当他们走了三十多里，来到三塘垭壑时，看见迎面驶来了一辆大卡车，上面坐着马辅臣、沈海珊、马子乾等二十多人，全是西宁的绅士。他们说，是来欢迎解放军的。马丕烈告诉他们："大军正在过黄河，今天还来不了，和他们一块来了两个军代表，你们赶紧欢迎去。"他们听了，马上跑去请军代表上汽车。这时他们把马还给了跟他们来的那个人，并请他转告他们的谢意，大家也都上了汽车，调头向西宁开去。

8月22日，临夏新中国成立后，王震司令员亲率一兵团二军将士分两路向青海进军。新编步兵军团长，指令部下烧毁城东土门子桥。驻守化隆甘都的新编步兵军军长马全义指使部下纵火烧毁古什群峡口木桥，企图阻止中国人民解放军北渡黄河。

8月27日上午，马步芳残部企图烧毁县城政府等重点机构，县长王敬伯弃城逃走后，地方老人、开明人士在小校场（今广电局后院）造成县城烧毁的假象。这时中国人民解放军一兵团二军五师从达里加山进入循化，下午4时许，解放了青海第一座县城循化。韩梅亭、周文焕、马瑞斋、孟毅伯、徐润、陈爵天等组织群众牵着披红挂彩的大花牛，抬着大量的好西瓜，手持纸制小旗，敲锣打鼓，燃放鞭炮，夹道欢迎人民解放军进城。夜间，据守黄河北岸的新编步兵军烧毁了乙麻目渡口仅有的两只水磨船及所有木料。

8月29日，中国人民解放军一野第一兵团司令王震率兵团司令部抵达循化时，汉族开明人士周文焕曾组织群众欢迎解放军，循化新中国成立后，他担任了第一任人民县长。为期虽短，但在他一生中，却留下了极为深刻难忘的印象。

周文焕早年曾在马步芳军队里当过中校参谋，和马步芳的许多军政官员都混得很熟。新中国成立前虽然早已解甲归田，但仍担任着马步芳"百姓害"（即德兴海）在循化的仓库主任。韩起功退过来时问他："你走不走？"循化县伪县长王敬伯也私下和他商量"走不走？"，他都一一回答："走，走！你们先走，我收拾后面来。"其实他早已下定决心不走了。那时他对马步芳没有那么痛恨，但对共产党和解放军不怎么惧怕，他想不管哪个朝代，都不能不要老百姓。他的一颗心就是牵挂着老母亲。她年逾古稀，风烛残年，朝不保夕，他又怎能背井离乡，逃往他处呢？何况三弟周文煊（当时在甘肃夏河县任伪警察局长，后起义随一兵团去新疆）渺无音讯，另外三个兄弟尚在马步芳部队中当差，开赴陕、甘前线，下落不明，又怎么能轻易离开故土。但是他又不能不应付一下眼前的局势。他牵着骡子专门到溃败下来的骑兵里去钉掌，并且把行李都收拾好，把家中比较重要的东西送到了托坝村的亲戚家，故意做个样子让人看。

以后，风声越来越紧，兰州让解放军打下来了。王敬伯又来对他说："不行啦，上面来了命令，叫坚壁清野。""啥叫坚壁清野？""就是让点城，把啥都烧掉，让解放军来了以后没粮吃，没房住，没水喝，把他们困死……"没等他说完，他就吃惊地反问："你家住在甘都，老根子还不是循化人？看来，你连老祖宗都不顾了。"王敬值为难地说："韩起功现在在甘都，不烧城，我去甘都就交不了差！"周文焕听后沉思了一下说："这个你放心，你带上家眷行李先走，今晚在甘都河沿看我烧城吧！"王敬伯带着迷惘的神色，匆匆地离开了。

王敬伯刚走不久，从临洮、临夏溃退下来的逃兵也一窝蜂地涌过了黄河。随后听说驻甘都的新编步兵军马全义纵火焚烧了县城以西黄河上的唯一大桥——古什群峡握桥（由于该桥系从两边用巨木一层一伸的架设起来，远远望去恰似两人握手，故习称"握桥"）。因而他立即作了决定，带领"德兴海"仓库的同人文天民、石廷芳及居民庞甲三等人，把现存在县政府的大堆杂草，全都堆在县府旁边的箭道空地上，等天黑，便开始了"点城"。霎时间浓烟翻滚，烈焰腾空，远远一看，还很有阵势哩！

"烽火戏诸侯"的"点城"之举，无疑是给已经混乱不堪的局势火上浇油。循化城乡的老百姓由于反动宣传的影响，精壮散于四方，老弱转至沟壑，各村各街十室九空，周文焕的老母亲和家人也都逃到了县城南乡藏族聚居的山沟里。唯独他怀着惴惴不安的心情，听天由命地等待着难以捉摸的未来。他当过兵，胆子大，有些社会阅历。一九三六年还在河西阻击过中国工农红军。当时，周文焕出于恻隐之心，在马家军的刀口下救出了红军被俘人员，并收留了一个名叫胡克文的尕娃当义子（后在军队撤回青海途中被马家军其他部队裹走）。在两军交锋中，他对红军的英勇顽强和群众纪律有一定的认识，但现在的解放军又会是什么样？思来想去，他认为解放军不会像宣传所说的那样坏。有了这样的认识，他的胆子就更壮了，决心为百姓安居做点事。于是，便小心翼翼地暗自做迎接解放军的工作。

1949 年 8 月 27 日（农历闰七月初四）阳光灿烂，天朗气清，是一个永远值得纪念的美好日子。这天下午，经过一阵激烈战斗之后，循化民团团长纵火焚烧了域东四里多路的土门子桥，然后，泅过黄河逃到积石山去了。其他兵丢盔弃甲，四处逃窜，他们一面狂奔，一面呼喊："共产党来了！共产党来了！"周文焕听见之后，立即和当时的县商会会长马瑞斋等十余人，按照事先的商定，牵了一头佩着红布的大花牛，抬着西瓜，举着由孟毅伯老先生写的标语，簇拥着当时年龄最大的张银匠老阿爷、尹老掌柜等前往迎接解放军。刚出东门，就远远望见解放军过来了。他们连忙上前搭拱献礼致敬，解放军边走边说："谢谢老乡！谢谢老乡！"有的拉着他们的手，有的摇着他们的膀，表示十分的热情与友好。他们端着西瓜迎接，但他们连看都不看一眼，他们被他们严整的军纪和秋毫无犯的行动折服了。古今中外，谁见过这样好的仁义之师！马步芳把共产党诬蔑为洪水猛兽般的反动宣传，在他们的脑海里立刻烟消云散了。古老的循化县，送走几千年以来的黑暗痛苦岁月，迎来了各族人民自己当家作主的崭新历史。

循化解放了，循化的百姓也陆陆续续返回了自己的家园。周文焕也就大放宽心地和姓穆的一位好友彻夜畅谈。不料，第二天早晨他们正谈得起劲时，门外有人高声呼喊："周局长（因他曾任过税务局长），王司令员请你！"王司令员是谁？又有何事唤他？他心里七上八下地随着来人到了草滩坝王福成家的北房堂屋。昔日好友马全钦先生，立即将他介绍给一位亲切和蔼、谈笑风生的解放军首长。他说："王司令员，这就是我给你保荐的周文焕先生。"王司令员立即和他握手，赞扬他们迎接解放循化的正义举动。他当时真是受宠若惊了，不知如何是好。互相寒暄一阵之后，王司令员亲自主持召集城关的群众，选举县长，成立临时县人民政府。会上推选他为县长，马瑞斋先生为副县长。事情发生得太突然了，他和马瑞斋面面相觑，但在王司令员的大力支持和群众的盛情推举下，受宠若惊地去上任。

原来，解放军战士所说的王司令员，就是率部解放循化的第一兵团司令员王震同志，王震同志随身带了个到西宁劝谕青马军官投降的劝降团，马全钦就是这个团的一个成员。他向王震司令员介绍了他的情况后，王震同志便直接支持他当了循化的第一任人民县长。可是当他们两人去上任时，却被驻扎在旧县政府的解放军门卫"挡了驾"。他俩返身又求见了王司令员，并说明了原委。王震同志立即命令通讯员给王恩茂同志打电话："让驻扎在旧县政府的部队马上搬出来，叫民运部的同志迅速搬进去，民运部在当前的任务就是帮助两位县长维持地方秩序，支援大军渡河。"他们俩就这样先后两次见到了王震同志，王震同志明智决断、平易近人的优良作风给他们留下了值得终身怀念的美好记忆。

遵行王震同志的指示，他俩合力协助郭鹏军长、王恩茂政委、左齐主任等所指挥的二军北渡黄河。黄河在循化境内像一匹桀骜不驯的野马，被积石山制服在怪石林立的峡谷里，水深流急，自古以来就被称为天堑。何况上下数百里内唯一的古什群峡桥又被马步芳军队焚烧了，数万大军要胜利飞越谈何容易，但是有什么困难能阻挡人民解放军的前进步伐呢？他们四处动员群众，组织水手，夜以继日地扎木筏子、绑皮筏、修补破烂船只，并将黄河南岸的几艘磨坊船，丢掉石磨，也利用起来。经过几天的努力，二军前卫师——第五师在群众的大力支援下，在查汗大寺试渡成功，并控制了黄河北岸的滩头阵地。接着，他们又开辟了伊麻目、草滩坝、查汗大寺三个渡口，上下数十里内的各族群众都争先恐后地投入了支援大军渡河的热潮。各个渡口的欢声、歌声、号子声，从早到晚，此起彼伏，不绝于耳，好似正在奏着千军万马飞越关山、胜利进军的雄壮交响曲。军民之间齐心协力，同舟共济，欢洽无比。军首长说："危险时刻，指战员宁可牺牲自己，绝不让老乡们有丝毫闪失。"老乡们说："我们人熟、地熟、水性熟，支援解放军渡河是我们义不容辞的责任，不管遇到什么困难，我们都要一马当先！"许多水手穿梭般地南北往返，一天十余次地牵着军马泅水渡河。仅马光蛟和韩热木赞等五人在九月五日一天就牵马近四十匹（此事见一九四九年九月十八日《甘肃日报》）。当时，他具体负责草滩坝渡口的后勤组织工作，和郭鹏军长等首长一道目睹这次大军船筏齐发的景象，看到当地青年水手七十八、韩阿卜等都大显身手，看到支援大军抢渡的情形，他不禁心潮起伏，思绪万千，想到自己能跻身于这一伟大行列，并为之贡献自己的一分光热感到无限的自豪和欣慰。但是不幸的事情还是发生了。有些解放军指战员在乘筏渡河时被激流吞没，从而为解放青海的光辉事业献出了自己宝贵的生命。直到现在，当他们每一念及仍感到内疚，感到有负于王震同志的当面重托。

他们在兴奋、紧张地生活了一个多星期之后，解放循化的人民解放军在渡河之后又继续前进了。当二军首长临离开循化时对他们说："今后多与临夏的鲁专员取得联系。"（鲁系解放军干部，留临夏任专员）此时，马步芳部队里溃逃的散兵游勇回到了循化县，其中一部分本性未改，三三两两啸聚山林，拦路抢劫，杀人越货，弄得黎民百姓日夜不安。他们两个当县长的愁肠百结，干急无法，不要说制服他们，就连二军给他们留下的一百多支枪也怕被他们弄走，不得不硬着头皮带领刚组织起来的一些人站岗放哨，日夜巡逻。同时殷切地盼望着青海省军政当局迅速派人来循化正式建立人民政权。

8月30日，王震司令员、二军政委王恩茂、军长郭鹏等在草滩坝中庄召开有一百多群众参加的会议，王震司令员讲话，宣传共产党的政治主张和民族平等团结，成立循化县临时人民政府，指定周文焕（原循化德兴海仓库主任）和马瑞斋（原商会会长）为正、副县长，令其抓好征粮，保障供给，动员群众支援大军北渡黄河。循化由此成为全省最早解放、建政的县。

1949年10月16日，一军由三师七团政治处副主任郭若珍带领到达循化，中共循化县委、县人民政府正式成立，郭若珍为县委书记兼县长，牛文澜、叶民新、李新鼎、郭群英为县委委员，周文焕、马瑞斋（回族）、叶民新（未到职）为副县长。17日，县委、县人民政府张贴告示正式开展工作。县委、县人民政府成立后，接管了国民党的县政府、县党部及其征收局、医院、邮亭等旧机构。随即设置了人民政府工作机构：民（政）教（育）科、财（政）建（设）科、公安局、秘书室、警卫队、邮局、税务局、卫生院；全县设置了三个区级政权，区以下暂时沿用过去的1镇6乡，105保894甲的行政区划；分别委派了区委正副书记、正副区长；各乡镇继续留用原有的乡镇长，配备了新的指导员。从此，循化各族人民在中国共产党的领导下，获得了新生，进入了当家作主的新时代。

第十四章　黄河上的英雄湾

在向西宁挺进中，解放军看到由于蒋介石、马步芳反动集团的残酷统治，沿途村镇破落，土地荒芜，人民穷困异常。但每到一地仍有许多回、汉、撒拉等各族群众，提着茶水、鸡蛋、馒头等食物，在村头路旁慰劳解放军。解放军进驻县城村镇时，各族人民积极地为部队腾住房，筹粮秣，帮助做饭，十分热情。干部战士也不顾行军的劳累，放下背包便为群众担水扫地，访贫问苦，送医送药，救济穷困户，军民关系非常密切。

黄河流经循化附近的山峡，水流湍急，非当地熟悉水性的水手，是不能洇渡的，在此紧急情况下，解放军一面在旧桥址以火力掩护架桥，一面积极联系群众，收集船只，寻找水手。经过两天多的努力，因原有桥梁工程浩大，一时难于架起，而收集的木船亦为数甚少，遂决定分由伊玛目庄、查汗都斯、循化草滩坝3处动员木料、羊皮筒子、绳索，雇请当地水手绑扎木筏子引导北渡，骡马则由水手牵引渡河。

8月28日，解放军以猛烈的火力压住对岸的敌人，抢修桥梁，但终因河水湍急，旧桥基破坏严重，抢修未成。原本没有多少人的赞卜乎村里十室九空，他们原本就是和战俘给马步芳做苦役的苦力，现在又被黄河以北马全义的新编军强行征走当兵，剩下的老弱妇幼逃进山里。正在这紧急关头，侦察队送来了好消息：他们在当地古什群村，东四古村的藏族群众的帮助下，找到了一大批木料，这些木料大都有一围粗，五六米长，足足可以扎千把个木筏子。说来也巧，部队又在山沟里找到不少绳子，这样编扎木筏子的绳子也解决了。解放军赶紧派部队看守木料、绳子，防备敌人放火烧毁。第二天就开始编扎木筏子。编扎木筏子可不是容易的事，如果扎不牢，一撞到滩上的石头就撞散了。解放军边实践边摸索，在藏、回族兄弟的帮助下，第一批木筏子扎好了。

这时军首长指示先头部队渡河时间要提前，尽快解决渡河器材的任务迫在眉睫，怎么办？解放军指战员走访了当地群众，找到了一个刚从山里回来老船工，他说当地人都是用皮筏子过河的，因为这里水流急，用船随时都会有撞滩碎船的危险。到哪里找那么多皮筏子呢，再说部队那么多重武器和骡马，光靠皮筏子是渡不过去的。

解放军决定放弃抢修古什群桥的计划，经过了解和分析，仍然在传统的草滩坝、伊玛目、查汗都斯三处渡口渡河。

第二天，解放军开辟了草滩坝、伊麻目庄、查汗都斯三个渡口，大量编扎木筏子。少数民族群众主动帮助解放军扛木头、扎木筏子，军民日夜奋战，扎好了一批渡一批，边扎边渡。

草滩坝渡口就在循化县城以北，解放军是夜间渡过黄河的，秋收季节，解放军见横贯河上的桥梁已被烧毁，前面的部队已在河面上架起临时浮桥。这时，灰色的云块在黄河的上空愈积愈厚，不多时，阴云密布，淅淅沥沥地下起了小雨，像千根万根银线织起的帘子，将大地置于一片水汽氤氲之中。部队首长决定将大车上的弹药全部用人力挑过河去，首长一声令下，撒拉族民工立即投入紧张的搬运工作。雨水淋湿了头发，浸透了衣衫，乡亲们全身上下没有一处干的地方，虽已是八月，但在这阴雨天里，湿漉漉的衣服紧贴在身上，只要一停下来，仍觉寒意刺骨，冻得发抖。大家咬紧牙关，担起扁担，一趟又一趟地将武器弹药运送到河对岸，冒雨搬了一天一夜，胜利地完成任务。过河后解放军又马不停蹄地赶路，及时将弹药运到潦草滩坝渡河的前沿阵地，受到部队首长的表扬，战报上还登了撒拉族民工的事迹。循化县的撒拉族民工为渡河战役立了一功。

部队渡河，光靠木筏子和羊皮筏子是不够的，五师十三团二营营长柴恩元带领一百六十多名全副武装的战士从草滩坝渡口乘磨船改装的木船渡河，因为磨船本不是渡船，加上超载 168 名战士，船在河中出现险情，之后发生了撒拉族乡亲奋力救船的感人故事。

一个排乘一条木筏子。当最后一批士兵上船时，前面的船已驶到河中心。这时，登上北岸，公路上，人喧马叫，路面宽处，十几路队伍齐头并进，你追我赶，疾步如飞。部队的宣传员在路边上打着竹板，喊着口号，活跃气氛，鼓舞士气，减轻同志们行军途中的疲劳。这热火朝天的场面，与马步芳军队弃甲弋兵、溃不成军的局面形成鲜明的对照。这种热烈的战斗气氛，也极大鼓舞和感染着撒拉族广大民工。大家斗志昂扬，争先恐后，脚上打了泡，肩膀磨起茧，却没有一个叫苦，亦没有一个掉队。

草滩坝村民不但热情的迎接解放军，而且慷慨捐资援助，借用寺内备用木材、门板、砍伐树木，结扎木筏，把船磨当渡船，帮助解放大军抢渡黄河，运送军用物资。当时，王震将军就在清真寺西侧村民院内办公住宿，召集会议，谋军政大计，指挥兵团，抢渡黄河，并建立了地方政权，使循化成为解放青海，建立县级政府的第一个县份。草滩坝周边的线旮旯村，瓦匠庄村，托坝村也有很多回族乡亲奋勇支前，参加到帮助解放军渡河的大潮中去。瓦匠庄村"吉福祥"的商号主人马瑞斋组织县城商贾、开明乡绅，拉牛挂红，到循化县城东门土门子桥迎接王震大军，欢迎人民解放军解放循化。马瑞斋将其家族多

年经营积攒的黄金、银圆、珠宝全部捐赠给王震大军，为循化人民的解放事业作出了一定贡献。为此，马瑞斋被王震将军任命为循化县第一届人民政府副县长。

解放军开辟了革滩坝、伊麻目庄、查汗都斯三个渡口，编扎了大量的木筏子。在少数民族群众的主动帮助下，成功渡过了黄河。

8月30日中午，第5师第14团4个班及师侦察队1个排，在炮火掩护下，从敌方防守薄弱的草坝滩强渡成功，建立了滩头阵地。首长做了简短的动员。渡河勇士们一个个精神饱满登上木筏子，渡河号令一下，掩护的火力猛烈射向对岸的敌人，木筏子上的战士们用圆锹作桨，迎着激浪，冒着弹雨向对岸划去。到了河心，水流更急，似乎要吞下木筏子，敌人的火力也更凶猛。解放军岸上的同志一个个心都提到了嗓子眼上，双手捏着一把汗，看着他们冲过一个一个激浪，闯过一个一个险滩，突然，旋涡把一个木筏子撞碎了，木筏子上的勇士们被激流吞噬了，其他木筏子绕过旋涡，继续前进，冲到了对岸。战士们上岸后，立即占领了有利地形，建立滩头阵地掩护大部队渡河。31日，第14团主力由此北渡，守敌纷纷逃窜，其民团60余人向解放军投降，9月1日，该团进占甘都。此次行动由于缺少渡河工具，整整一天才渡过了3个营的兵力。

伊麻目渡口位于循化撒拉族自治县城西侧即上游五、六公里处的伊玛目渡口，这个地方是循化继古什群峡古渡口后的又一古渡，为出入县城走捷径而辟，新中国成立前没有桥梁只以木船摆渡，是循化最大的一处渡口。王震大军到达伊玛目渡口时，这里的百姓和其他村庄的一样，都躲进山里。8月6日开始，循化人心惶惶。从兰州方向溃逃的马家军士兵惶惶如丧家之犬。"共产共妻""杀回灭教"等反动舆论和宣传裹挟着那些不明真相的老百姓。伊玛目渡口附近的伊玛目村、尕别列村、大别列村、石头坡村和街子工六村的撒拉族老百姓跑到南面的三十大山躲避，他们本想解放军不可能到这里来搜山。可是后来听说解放军不会放过循化的每一寸土地，大家又扶老携幼地从山里跑往更远的地方，或者投奔远方的亲戚。当这些惊慌失措的撒拉族乡亲们来到孟大山的亲友家中时，发现这个村里已经有很多的外乡人，他们都是各地的货郎担。有些见过世面的老者说，这些人就是共产党的探子，咱们无处可逃，不如回家，反正咱们不过是老百姓而已。但是众人还是不敢回家。其中有位老人放心不下家里，执意要回家看看。临行前叮嘱大家，如果明日后午他还没有回来，那么大家就各自逃命，如果他能回来那肯定就没事了。

到了第二日，大家等不到那位老人回来，就纷纷嚷着要回家看看。众人也就一哄而下。来到半道上，众人看见昨日回去的老者，立马上前围住了他，七嘴八舌询问村里的情况。那老者兴奋地告诉大家："我老汉，活了这么大岁数，从来没有见过这么好的军队。"

老汉细数解放军对他的好，并说："村里各界各户都住满了解放军，不过你们放心，你们家里连一根针都没少，家里的牲口羊群都很安全。解放军把院子、屋子收拾得可干净了，他们见我这么大的年龄，几名战士过来把我抬起来，脚不沾地放在炕上，还给我端来了茶饭、大白的馒头，还有肉。哎呀！我活这么大没见过那么白的馒头，我吃了好几个呢。可是他们的羊肉我没吃，怕他不清真。可是人家的"旦巴斯"（长官）过来说，老人家，你可以放心吃，这可是你们的阿訇宰的呢。大家听听，有没有比这还要好的军队？大家回来的真好，回来是对的，人家解放军的旦巴斯要大家回去，帮助他们过河呢！"

伊玛目渡口周边的尕别列村，大别列村，托龙都村，街子村，丁江村，石头坡村的撒拉族群众都陆陆续续回家了，这些村里的年轻汉子也参加了支前，解放军也有了民众支援的基础了。

当时，新华社西北前线记者以"循化人民造船绑筏，星夜载渡解放军"为题报道说："……循化人民，有的在宽约 2 里的河面上，划船摇桨，一天往返十余次；有的牵马泅渡，一天送了七八匹军马；有的被马踢得遍体鳞伤，仍然不顾个人安危，飞身于黄河两岸之间；有的通宵达旦地枕戈待命，晚上，露宿在寒风嗖嗖的黄河岸边；撒拉族水手马光蛟、韩拉巴尼等人，一天之内就送过军马三四十匹。同仁县的藏族部落头人、宗教领袖得知解放军渡河困难重重，粮草供应跟不上，便从反动政权仓库和牧场里，调拨 100 多头牦牛驮着面粉，全部献给解放军，支援大军渡过黄河……"

查汗都斯渡口，8 月 27 日，第 5 师附工兵团继续向循化挺进，抢占古什群渡桥。在古什群渡口抢修握桥失败后，战士们根据上级的指示，移师到查汗都斯黄河渡口。这里曾经有一条小船，用于黄河南岸的查汗都斯渡口到北岸的甘都阿化庄。眼前所有的船和羊皮筏子都被马家军烧毁了。已经土崩瓦解的残敌并不死心，他们破坏了黄河桥，企图用黄河天险来阻止解放军的前进。

8 月 29 日，部队到达查汗都斯的当晚，团里立即召开了由营长、教导员参加的党委扩大会议。会上，团长赋予一营首先渡河的任务："第一，迅速占领北岸的制高点，防止残敌的突然袭击，保证军主力部队渡河的安全；第二，负责往上游拉放筏子。"最后，政委又强调说："一定要做好部队渡河的思想工作，编组要搞好，工作要仔细，绝对不能伤亡一个人，淹死一匹马，掉一件武器。"

这个河怎样过？重武器怎么办？光靠老乡的牛、羊皮筏子能行吗？部队首长决定立即召开连以上干部会。会上大家讨论非常热烈，想出了不少好的办法。不过尽管这样，仍然还有不少战士担心。因为他们不但没有坐过这样的"船"，而且连见都没有见到过。有的担心在黄河的激流中摇摇晃晃会翻"船"，有的担心皮筒子碰破了会沉船。送解放军过河的老水手们，得知部队有这样那样的想法，纷纷前来鼓励和安慰大家。一位六十多岁的撒拉族老水手对解放军说："我在黄河上生活了几十年了，十几岁就开始摆这玩意儿，你们把心放在肚子里吧，保证你们没事，鞋不沾水。"他还告诉解放军，黄河的水虽然流得很急，但大家不要怕，要沉着。水手们的耐心指点和鼓励，解除了战士们的顾虑，增强了大家渡河的信心。

三十一日，部队分头准备渡河的工具和器材。各连干部来到黄河渡口观察地形，了解情况，再一次制定了具体的渡河方案。把全营分成两个梯队：即一、三连为一梯队，二连和机枪连为第二梯队。第二天早上五点钟，部队全部到达渡口。全营上下，精神抖擞，整装待发。几十个老水手也吃饱了饭，喝足了水，就等下达命令。这时，师团首长出来到了渡口，师长问大家："你们准备得怎么样啦？"，"好了，就等首长下达命令。"一梯队的人马立即登上了筏子，离开了河岸。此时此刻，同志们的心情十分激动，面对惊涛骇浪，英勇的战士们个个沉着、镇定，条条筏子犹如蛟龙得水，随波起伏，经过两个多小时的努力，全营终于安全地渡过了黄河。

战士们想尽一切办法，在查汗都斯大庄、中庄、下庄和苏志村四村的撒拉族青年的帮助下，用最快的时间扎好了几十条筏子，再在撒拉族水手（乔哇吉）的帮助下，迅速下河将几条梯子挂好，当作浮桥。但浮桥没有桥腿，仍无法让部队通过，而对岸的敌人已经开始逃跑。撒拉族水手们用他们的肩膀挑起了梯子。这时，大庄村的努日跳进河里："巴家们（朋友们）下来扛着！"，随后三个村的撒拉族青年在克里木（新中国成立后此人担任查汗都斯乡乡长）

的带领下，纷纷跳进黄河激流里，两人一组，用身体做桥桩，架起了浮桥。他们个个都是水上好手，站在水里就能浮起大半个身体。大庄的何沙班、何八三、乙不拉、乙奴、吾斯曼、苏里曼；中庄村的阿里、马四十九、哈克姆、哈三、阿乙草；下庄的么家哥、舍木苏、血日夫、克乔保、海比布、热合曼、马乙奴，艾乙草等几十名撒拉族青年在河中用肩膀托起木板，架起了浮桥。部队飞快上桥，十七八个全副武装的战士同时在桥上奔跑。桥身突然一歪，四五个战士掉下河。这时，有人一声大喊："拉开距离过桥！"部队分散通过，桥又稳了起来。过了一会儿，脚步声突然停了下来，原来是机枪连的战友们过来了。他们觉得机枪太沉，怕桥下的同志们顶不住，有人说："走，蹚水过河。"

桥头的克里木顿时急了："快过吧，长官，打仗还心软什么！"撒拉族水手、中庄村的马四十九急得直接扛起解放军战士手中的重机枪，再背上一名战士泅渡过河，这位默默无闻的撒拉族水手因劳累过度，最后累倒在黄河水里，其他乡亲们奋力把他救起，无奈已经停止了呼吸，这一位撒拉族乡亲为解放军顺利过河付出了生命，1983年民政部为他颁发了烈士证。

就这样，一个又一个连队从人桥上通过。甘都镇后面的枪炮声越来越响，部队已和敌人接上火了。冻得嘴唇发乌的架桥勇士们仍然紧咬着嘴唇支撑着。部队顺利渡河，查汗都斯北岸的滩头阵地已经建立，为部队的马匹辎重过河提供了保障。

大型武器和辎重必须要用船或筏子来运输，怎么办？撒拉族乡亲们有办法制作羊皮筏子，他们马上用木头扎木筏子，用牛皮、羊皮扎皮筏子，俗称排子，为黄河沿岸的民间保留下来的一种古老的摆渡工具，也是一种古老的水上运输工具。筏子是水中的一种简单的交通工具，在远古时代，原始人类就用水上漂浮物当筏，后来发展成为木筏，竹筏，皮筏。人站在筏上，将桨插入水中，用力撑桨，筏子就前进了。筏子制造方便，航行平稳，装载面积大，至今还用在内河运输和捕鱼等。皮筏用羊皮牛皮做成。因其制作简易，成本低廉，在河道上漂流时便于载运而在民间广为使用。皮筏具体制作方法是首先要从羊颈部开口，慢慢地，要将整个皮囫囵个儿褪下来，一点也不能破。接下来的工序，要将羊皮脱毛，这个活夏天是不能干的，因为要烘干，还要放起来"捂"一阵子，夏天天气热，不小心就会"捂"坏了。这些工序完成了，就要往里面吹进足够的气，它会鼓起来，最后要把皮胎的头尾和四肢扎紧。接下来，就是要扎筏子了，用麻（皮）绳将坚硬的水曲柳木条捆一个方形的木框子，再横向绑上数根木条，把一只只皮胎顺次扎在木条下面，皮筏子就制成了。羊皮筏子体积小而轻，吃水浅，十分适宜在黄河航行，而且所有的部件都能拆开之后携带。筏子有大有小，最大的羊皮筏子由600多只羊皮袋扎成，小皮筏系用10多个羊皮袋扎成，适于短途运输，主要用于由郊区往市区送运瓜果蔬菜，渡送两岸行人等。

撒拉族乡亲们从四面八方回归到各自的村庄。这四个村庄都在黄河南岸的南面一公里处，村里剩下的老弱及妇女也积极支前，把家里所有的木料交给了解放军，把家里所有的牛皮绳拿出来用于扎木筏子。家家户户的妇女将热腾腾的油搅团和撒拉饼送到黄河边。军民一起热火朝天在黄河岸边上演鱼水情，六十多年过去了，那些曾经帮助解放军渡河的人们已经离开了人世，他们因为没有文化，不懂汉语，没有为后人留下只言片语的英雄事迹。但是撒拉族乡亲们家家户户都会有自己渡河用的羊皮筒，他们甚至把自己家的门板拆下来让解放军扎筏子。

站在黄河常边，望着南岸的村庄，感慨万千。首长那次接见渡河勇士们时的声音又回荡在耳边："只有发动和依靠撒拉族群众，解放军的军队才能够真正无敌于天下。"

9月9日，解放军分别于循化、永靖全体渡过黄河。在渡河过程中，有25位同志（第4师10人、第5师15人）和两位撒拉族水手光荣牺牲，为中国革命献出了自己的宝贵生命。

部队驻循期间，解放军广大指战员，坚持兵民一致，同甘共苦，尊重当地民族习惯，打扫庭院，提水劈柴，征粮吃饭付钱，对老百姓秋毫无犯，堪称古今仁义之师、正义之师，在循化广大群众心目中留下了深刻印象。对此，1989年在乙麻目黄河北岸修建了二军渡河殉难烈士纪念塔一座，中共青海省委、省人民政府，循化县委、县人民政府题词："革命英烈永垂不朽""英雄气概贯长虹"等以永久纪念。2010年10月由于国家重点建设需要，搬迁至循化县城东尕庄，与循化县烈士陵园合并。

五师十四团四个班及军侦察队，在炮火掩护下，从草滩坝强渡黄河成功，并建立了滩头阵地，同时，在草滩坝、线尕拉、瓦匠庄、托坝四个村回族群众的支持下，收集木料、羊皮筏子，扎木筏子十多个，每排可坐十五人，每三小时渡一次。为了迅速完成渡河任务，五师十三团二营营长柴恩元带领167多名全副武装的战士从草滩坝渡口乘磨船进行渡河，磨船是当时的地主固定在河中心用来安置水磨用的，相当于现在的趸船，每次可坐一百二十人。太阳顶头时部队全上了船。高低不平的船板上，坐满一百六十多名全副武装的战士，船舷大半沉入水中，由于渡河心切，解放军忽略了船的载重问题。柴恩元简单地做了几句动员即令开船。船尾的舵手紧把着舵，船两边的战士们划动木桨，船很快移动方向驶进激流。狭窄的河面水深流急，浊浪翻滚。船随着波浪的高低一沉一浮地斜方向往对岸漂去。约半小时后，木船顺利地接近北岸渡口，舵手稳住舵，水手们用力划着木桨，想使船很快靠住河岸。不知何故，船只是顺流向下游动，就是到不了岸边，水手们几经努力仍无济于事。这时船已离开渡口五六百米远。连长立即让船返回南岸另想办法。谁知船再次驶近南岸时，被水浪涌动着也靠不了岸，并继续向下游漂流。河面越来越窄，水流越来越急，船速越来越快。掌舵的水手慌了，战士们开始骚动，怎么办？柴恩元极力稳住自己的情绪，大声喊道："大家不要慌，等船到了河水平缓的地方再设法靠岸。"话虽这样说，但柴恩元早已紧捏着一把冷汗。因为船上这一百六十多人，是经过战火锤炼的革命精华，他们还肩负着解放祖国大西北的重任啊。

　　船顺着弯曲的河道朝前飞驰，很快被浪涛冲进一条窄谷，两岸刀切的峭壁夹着一线奔腾的激流，让人望而生畏。这时一个划船的战士提醒柴恩元："营长，快让大家准备用桨顶住崖壁，要不船就会撞到石头上。"他来不及思索，连忙叫所有划船的水手拿起术桨，随时注意拐弯的情况。船漂过一个急弯，猛地摆向右边，船头直朝石壁撞去。"快用桨顶住！"随着柴恩元的喊声，右边的水手迅速举起木桨顶住崖石，船总算平安过去了，但一支支木桨靛折成几节。

　　第二次船靠近左边，同样的操作后，左边的木桨同样被折断。船像无缰的野马向前冲去，呼啸的浪涛淹没了紧张杂乱的喊声和木船嘎嘎吱吱的叫声。前面又是一个急转弯，柴恩元站在船头大声命令道："两边的战士上刺刀。"船两边各有一二十个战士哗啦啦地上好刺刀，端着枪，像要跳出这万丈深谷，冲向敌人阵地。

　　船随着激流的冲力忽而撞向左边，他忙大声喊"左边顶！"忽而又冲向右边，柴恩元又赶紧指挥右边的战士"顶右边！"一排刺刀刺向两旁的石壁。有的刺刀折断了，枪管顶裂了，准星碰掉了，还有几个战士失手落水，被浪涛卷去。一场死的拼搏、生的争斗在持续着。

船终于冲出峡谷，进入一个依山临坡的大转弯河道。水流没刚才那样急，船速也稍慢了点，但旋涡却一个接着一个。船忽而落入水底，忽而又被推向浪尖，仍未脱离险境。这时，生长在四川嘉陵江边的战士欧德元急着对机枪连连长赵洪生说："连长，我会水，咱俩跳下去吧，我帮你。"就这样13名战士为了减轻磨船的负荷，跳水泅渡，被无情的大浪淹没在水里，没能上来，他们的生命永远留在这片英雄的黄河湾里。

看到此景，不会水的战士则不知如何是好。柴恩元再次大声喝道："同志们，不要乱，船到水流平稳的地带我们就有办法了，现在跳下去也是死。"大家稍静了些，柴恩元意识到问题的严重性。因为船只失控，前面等待他们的将是什么样的险情，谁也难以预料。但他脑子里始终有一个坚定的信念，只要船不毁坏，就要想办法把同志们救出去。解放军到达清水乡阿什匠和乙麻亥村一带岸时，被听信马步芳军队反动宣传而逃进黄河北岸竹子沟里的乡亲们发现。西沉的太阳在山后撒出最后一抹余晖。就在这时，柴恩元猛地远远望见距河边五百多米远的半山坡上有一个洞，洞口蹲着好多像是躲避战乱的老乡。他同战士们一下子犹如看到得救的希望。赶忙向他们使劲摇动手中的帽子，便大声疾呼："老乡快救船呀！救船呀！"喊声惊动了正在黄河边山洞里的韩苏里毛、韩尕西木，以及正在路边休息的韩罗山巴姑（因女儿临产在沟口休息），大家都知道，船如果再往下流一点点，就要进入怪石林立，巨浪滔天的积石峡，顷刻之间，就要船毁人亡，岸边的人们早已大惊失色，撒拉族水手韩苏里毛纵身跳入湍流，使尽全身力气急速游到大船前，飞身上船，抓起船上的牵绳，在大船转弯离岸较近的一刹那，将牵绳扔到岸上，这时在岸边的韩罗山巴姑和临产的女儿主麻姑以及撒拉族青年韩乙卜一起上前将绳接住，然后，乡亲们使劲将牵绳生拉硬拽，扯住大船，并大声疾呼"快来人呀，救船啦！"这时，岸边躲藏的撒拉族男女群众纷纷下水，将船推拉靠岸。老乡接住绳子返身游回岸上，想用力拉住船，可是沉重的木船在急流中的冲力是何等大啊。两人反被船拉着朝前移动。就在这紧急关头，韩罗山巴姑把自己腰间的皮绳接下来，甩给苏力毛和哈尼非两名撒拉族乡亲，自己看见前面不远处，有一块巨大的石头，一边扎在水里，一边连着河岸。韩罗山巴姑飞快地将绳系在一块大石头上。当船刚接近大石时，两个撒拉男子和妇女韩罗山巴姑很快绕到石头后边，将绳子紧紧拉住。船没走多远就慢慢停了下来，这条无缰的野马终于被拴住了。大家紧张的神情顿时云开雾散。但是船离大石还有五六米远，如何使船离石头再近点，以石为跳板上到岸上？柴恩元想了想，叫战士把断桨用绳子接起来，架到船与石头之间，然后选了十来个会水的战士爬过去，同随后赶来的三十几名撒拉族老乡一起拉住绳子一圈一圈往石头上缠，最后将绳子全缠在石头上。木船横在水中，船头靠住大石，战士们从船上抬下武器弹药，安全地上了岸，大家感激地围住三位浑身湿透的老乡致敬感谢。柴恩元上前紧紧拉住他们的手久久没有松开。撒拉族老乡只是笑着摇摇头，说了几句他们听不懂的话。这时柴恩元才看清，他们中上等个头，约三十岁左右，紫铜色的脸，是两位纯朴善良的撒拉族兄弟，另位一位妇女还有身孕呢。他们的脸上透着一股刚毅和冷峻的神色。柴恩元眼含激动的泪水，不知该如何感谢他们。是啊！解放军是人民的子弟兵，人民是解放军的父母，没有人民就没有革命的胜利，只有扎根于人民这块沃土上，解放军才能生存成长。

就这样，全船167名指战员在这千钧一发之际化险为夷，解放各族人民的英雄得救了。

撒拉族乡亲们当即在石头上架起锅，烧水煮饭，对人民子弟兵表示深情的慰问，解放军指战员们有的留下了炒面袋．有的留下了铁锹，有的留下了随身带的一些日用品，以表示衷心的谢意和永久的纪念。解放军们高度赞扬了撒拉族人民。随后，遇险的解放军指战员和阿什匠、乙麻亥村的群众一一握手告别，在韩尕三的带路下，翻山越岭，顺利归队，赶上了正在浩浩荡荡向西宁挺进的解放军。

通过这次救英雄事件后，群众都明白了解放军是共产党的部队；是解放各族人民的；是尊重宗教信仰自由政策的；是纪律严明，秋毫无犯的人民军队。逃走的群众很快返村回家。黄昏时分，解放军急于追赶部队，便匆匆与撒拉族兄弟告别。当部队离开河边登上远处的山脊时，战士们还不时地回头，向那些站在岸边隐约可见的身影招手致谢。在强渡黄河的战斗中，二军五师十三团二营连长赵洪生等15名指战员为青海各族人民的翻身解放光荣牺牲。

第二天，王震司令员得知此事后，派来代表给撒拉族阿什匠、乙么亥村

民送了两面锦旗和一个镜框，上面分别写着"英雄救英雄"和"奋勇救船，全村光荣"的大字。

在撒拉族、藏族、回族、汉族等民族群众的帮助下，解放军克服了难以想象的困难，用了三天多的时间，编扎了千余块木筏子，全师胜利渡过黄河，战胜了黄河天险，战胜了意图以天险挡住解放军前进道路的敌军，解放了化隆县甘都地区。在强渡黄河天险中，解放军师有十五位英雄为了各民族的解放光荣献身，还有一名撒拉族青年为了帮助解放军渡河献出了生命，他们与黄河万古长存。

解放军西进以来，沿途严格执行党的民族政策和俘虏政策，特别是固关战役释放了许多青马下级官兵，他们回乡后起了一定的宣传作用，加之解放军所到之处秋毫无犯。自觉遵守少数民族风俗习惯的模范行为广为传播。因此，当地群众很快消除疑惧，许多逃匿者返回家园，积极为部队筹措绳索、木材等渡河用具。

对此，我在新疆军区二军档案馆里找到了当时的一部分资料，尤其是新建军区档案馆《战史资料》第三期之十七中有如下详细的记录：

《二军党委关于进行萨拉和番子工作经验的报告》

一九四九年九月

循化是一个多民族区域，除回汉民族之外，尚有萨拉（原文如此，现为"撒拉"。笔者注）和番子（原文如此，现称"藏族"。笔者注），而且全县人口之中，萨拉和番子占了绝大多数。循化游所谓［八工］，［六沟］，八工是［查加工］，［苏之工］，［街子工］，［查汗大寺工］，［沙水工］（应为"清水工"，原文如此。笔者注），［张尕工］，［崔曼工］（原文如此，应为"乃曼工"。笔者注），［孟大工］，此八工纯系萨拉；［六沟］是［比塘沟］，［尕楞沟］，［犯士沟］（原文如此，应为"中库沟"。笔者注），［边都沟］，［夕昌沟］，［起台沟］，此六沟全是番民。我军初到循化，萨拉大部逃跑。有的被马匪压迫跑到黄河北岸，持枪与我军对抗；但番子没有逃跑，并欢迎我军，拉牛牵羊慰劳我军。经过我军好的纪律的影响和政治争取工作，萨拉亦逐渐回家，持枪抵抗者亦向我投降，有的亦送样慰劳我军。萨拉，番子热烈帮助我军，如帮助我军赶牲口，划木筏，单人抱羊皮筒子泅水过河、送给我军粮食等。不仅六个沟的番民向我［投降］（番民所说的［投降］的意思就是表示已经站在解放军方面），而且远至同仁的番民亦派代表来向我［投降］。我们进到循化团结了番子和萨拉，解决了许多困难，这是一个很大的胜利。这个胜利对于我们的鼓舞是很大的。现将我们与萨拉和番子相处的经验综合汇报如下：

（一）马步芳特别野蛮残酷的屠杀番子，要番子出奇重的马头税，派兵（以银圆马牛羊皮毛代兵），征马，征羊，征百姓的粮，以粮强迫不等价交换番子的牛、羊、皮毛、毡子等，各种剥削方法把番子的银圆、马、牛、羊、皮毛、毡子等搜刮殆尽。有的番子，如宗务占部落的番子起来反抗，马步芳即派兵进剿，把宗务占部落的番子打死的打死，赶走的赶走，俘虏的俘虏，然后霸占宗务占部全部土地，抢走马牛羊等，俘虏的人则为他当奴隶。马步芳×××（原文如此，应为化隆甘都公馆，笔者注）的公馆，设有一个管理主任（又叫管家），就是专门管理这样的奴隶为他在霸占的土地上进行生产的。我们的政治口号就是打倒马步芳，解放青海人民，解放青海番子，这最受番子欢迎和拥护。萨拉受马步芳暴虐统治虽与番子有程度上的差别，但亦甚利害，尤其是拔兵拔得萨拉痛恨已极，打倒马步芳亦是萨拉最迫切的要求。打倒马步芳的口号是我们团结萨拉，番子和青海一切人民的最有力量的口号。

（二）萨拉和番子同受马步芳暴虐统治的痛苦，但萨拉与番子之间，有些隔阂，这主要是马步芳利用一些萨拉打击番子所造成的。番子看到解放军来了，普遍这样说："崔坐阿爸西西戚，呀坐阿爸乌浪"（意即，你们的阿爸死了，我们的阿爸来了）。他们把马步芳看成萨拉的阿爸，把解放军看成自己的阿爸，有种报复的情绪。因此，必须说明，解放军是番子的军队，也是萨拉的军队，是全中国人民的军队，不能片面的宣传只是番子的军队，以争取各族人民团结并教育那些具有狭隘的民族隔阂和报复情绪的番民。萨拉说，过去汉人军队来一次，番子反一次，杀萨拉一次，这次解放军来番子没有反，没有杀萨拉。故萨拉很称赞我党我军的民族团结政策。

（三）在马步芳统治之下的萨拉，大体上可分三个部分：一、助马为虐者；二、被迫驯服者；三、坚决反抗者。第一部分是极其少数，第二部分是绝大多数，第三部分也是比较少数的。马步芳利诱番子之中极其少数一部分，充当起走狗，而这些走狗又借马步芳的恶势力，胁迫群众去打坚决反抗马步芳的番子，造成番子内部的矛盾与斗争，甲庄与乙庄烧杀抢劫经久不息。这种矛盾和斗争，现在还严重地存在着。所以必须做番子内部的解和团结工作，集中全部番子的力量去打马步芳。番子认为马步芳烧杀抢劫他们，他的罪恶是不用说了，但是他们最痛恨的是帮助马步芳来烧杀抢劫的番子，凡是参加马步芳烧杀抢劫者，不管是首要分子或是被胁迫的群众，被烧杀抢劫者都是不加区别地加以最深的仇恨，由此形成广大庄子与庄子的对立、番子与番子的对立。解放军到了，被烧杀抢劫者很容易发生报复的行为，因此要特别说明烧杀抢劫主要是马步芳的罪恶，其次是少数坏番子帮助马步芳作恶造成的，要把参加马步芳烧杀抢劫的首要分子与被迫的群众分别开来，对于首要分子要惩办，对于被迫群众要原谅和宽待。不要不加区别的形成庄子与庄子之间群众的对立。这尚需做很艰苦的教育工作，以团结番子群众，打倒阶级敌人。关于被烧杀抢劫者提出要偿价，要收回土地和财物等，也不是一时可以解决的问题，需人民政府较长时间的工作与研究才能解决；否则，仓促处理易发生毛病，番子之间的纠纷不但不会消除，相反还会更严重，对被害者给予临时救济，我们认为是需要的。如马步芳牧场的牛羊等，可以归还一部分以救济他们。

（四）我们根据兵团党委和王司令关于马家反动政权的策略指示，对于萨拉、番子的乡保长和头目、一个户、百户等，凡不持枪抵抗，自动向解放军投降，愿意为解放军办事者，均暂准以各照原职工作。这对于我军是有利的，番子的乡保长没有一个反对我军，都向我军投降，目前我军通过他们则更易团结番子，否则很困难。萨拉的乡保长已往大都逃避，仅个别未跑，现大部分都回来了，与我军接头，并为我军工作，帮助我军筹粮，找水手、木匠、石匠，收缴零散武装等。以上证明在这些领域乡保长是可以利用的，尤其是番子的乡保长、头目、一个户、百户等必须利用。当然有些乡保长阳奉阴违，还有可能秘密勾结马匪特务爪牙等活动，这也是必须警惕的。

（五）我们在马匪区的斗争策略，总的精神是团结各少数民族，集中一切反马的力量，首先打倒人人痛恨的马步芳恶势力。对于一般封建势力的策略，兵团党委提出要比一般新区延长时间的策略。我们经过这个时期的工作，认为这是必须和正确的，因为马匪区存在极其复杂的民族问题与宗教问题等，现在要解决的主要群众问题是：1.废除拔兵，不缴兵款。解放军来了，地方上虽不敢拔兵，但还有催兵款者；2.要回马步芳霸占的土地；3.要分马步芳的牛、羊、皮毛、木材、水磨等。我们对以上这三个问题的处理是：宣布废除拔兵，禁止催兵款；马步芳霸占的土地应该归回群众，但须经人民政府调查解决；马步芳的牛、羊、皮毛、木材、水磨等一律归公保管封存，以一部牛羊救济难民和赤贫群众。

（六）我军所释放的俘虏，有的已回循化积极参加工作。我军的纪律仍然不坏。这对于争取和团结萨拉、回民和番子都有很大的关系。

第一野战军司令员彭德怀还专门对这份报告做了批示，他说道："这一个经验总结是很好的，转报中央和西北局及加发十九、十八、二各兵团。彭德怀"

第十五章　循化人民支持解放军

伊玛目渡口是循化县最大的一个渡口，这里的渡船由该村的韩狮子保掌管，大家也称他为"狮子大人"。解放军来到循化之初，伊玛目村的撒拉族乡亲们也和大家一样纷纷逃进山里躲避战火。韩狮子保是伊玛目村的头人，也是在循化地区有名望的人。他们家一直和甘南拉卜楞藏传佛教寺院有密切关系，他们互为东家。韩狮子保家族一直以来是拉卜楞寺院活佛和僧众的保护者，为该寺院的所有僧众提供渡口安全保障。

解放军来到伊玛目渡口，面对滔滔河水，就想让水上技能娴熟的撒拉族乡亲们帮忙。解放军首长打听到韩狮子保是该村的头人，派人把他请来。韩狮子保也是抱着与村子共存亡的决心在家里近距离观察解放军。有人随时前来向他报告解放军入循化后的一些事，他更本没有听到一件解放军扰民的消息，更谈不上伤害百姓，"共产共妻"的事发生。更让他意外的是，有人向他报告了邻村尕别列村发生的一件事：一名解放军战士路过一片瓜地，见瓜地无人看管，就钻进瓜地里顺手摘了一个西瓜吃了。结果被另外的解放军战士发现汇报到解放军首长那里，这名战士就被绑起来押到尕别列村的麦场里示众，还要就地枪决。亏得撒拉族群众苦苦请求，这名战士才幸免一死。

韩狮子保听到了解放军种种表现，认定这是一只爱护百姓的队伍，他从家里走出来，站在村口高台向众人招呼："大家都出来吧，解放军是穷人的队伍，他们不杀我们，不欺负我们，也尊重我们的宗教信仰，大家过来帮助解放军渡过黄河。"

喊毕，又派人到山里招呼大家回来，众人听到韩狮子保叫大家回去，心中的疑虑也立马消除了，心想："韩狮子保是有钱人，他都没事，我们穷老百姓害怕什么。"

解放军首长和韩狮子保商量大军渡河的事宜，请求撒拉族民众帮助渡河，解放军也会给老百姓相应的报酬。韩狮子保对报酬坚决谢绝，认为纳粮上草是老百姓应尽的义务，帮助解放军渡河也是我们撒拉族百姓的责任。

韩狮子保和解放军首长对话，亲眼见证了解放军爱民如子的作风，但心中还是担忧。他认为，这么多的部队从伊玛目渡口过是他们几辈子都没有见过的。循化本来就不大，这么多人要吃饭，怎么办。虽然他看到了解放军从首长到士兵都是那么的仁义，但是他也看出了解放军的干粮并不多。韩狮子保担心，如果他们的干粮吃完了，下一步他们会怎么做。毕竟撒拉族老百姓也很穷啊！好多的壮年劳力被河北岸驻防的新编军马全义抓走，粮食也被强行征走。这几天听说共产党要来，大家都是惶惶不可终日。

于是他私底下告知撒拉族青年们："既然人家对咱们人，咱们就要讲个义。大家撸起袖子尽快把他们送走，人人加油，把家里的所有家把什都拿出来，为咱们地方百姓做个好事。"

众人听到头人的话觉得有理，便开始分头行动。村里的木匠和船工把一条没有毁坏彻底的船修复好了，老百姓把家里的木头搬出来了在黄河边上扎木筏子，吹牛皮。伊玛目古渡口热闹非凡，是一幅军民鱼水的美好场景。撒拉族青年从刚开始的浅显认识到近距离接触，对人民解放军有了一个更深的了解。他们从被动的"苦力"到主动的作为，内心发生了翻天覆地的变化。

循化地区黄河上游的古什群峡和下游的孟达峡的水像串糖葫芦似的涌来，形成一条水急、暗礁的河道。伊玛目渡口恰好是给撒拉汉子解决生计存在的。伊玛目渡口特殊的地理位置，不光便利商贾东来西往，还是重要的商品集散地，云集了大量从事贩运贸易的商人，渡口往来船只随之大增。官府不得不在渡口设立管理机构。到了清代，伊玛目渡口更加繁荣，伊玛目渡口常年有木船3只，繁忙的渡口也给伊玛目村带来了财富。当年伊玛目商号、饭庄、客栈应有尽有，官府衙门在村里设有统税、警察、稽查等哨卡，常驻军队十人左右。由此看来，伊玛目村际本身就是个繁华的小商埠。

从前的伊玛目村没有桥，连着河的自然就只有船，撒拉汉子也就找到了自己的落脚地。河水急，河底的礁石也多，一不小心就会船破人亡。撒拉人说，涌来的黄河水像一根脐带，养育着撒拉乡里有魄力的男人，没有胆量的男人是做不了摆渡的，做摆渡是自然选择的。没有桥的岁月，过路、赶集、卖粮、买牲口，总是也要进行，摆渡也就自然而然地成为一种生计。撒拉汉子要坚毅地撕开水的胸膛，然后又用"吱嘎、吱嘎"的桨声把它缝上。多少个晨昏，人们都可以看到这条浩渺天际的水上船来桨往的影子，千百年的岁月，就这么在桨声和波光中荡过去了。这水就像一块云，被雷电撕开又被缝上，就像摆渡汉的眼睛，总是透着深邃。

伊玛目村的每一个撒拉汉子都是听着摆渡的桨声长大的，皲裂的嘴唇总是喜欢翕合弄桨的记忆，一支桨在他们手上，比一支笔还听话，他们的人生也就由桨诙谐而成。他们就是在水上玩大的，踏在脚板宽的船舷上总不见摇曳，依然可以风一样的跑步。撒拉汉子说在水上生活自由，解了缆绳，轻轻一荡，就能把一艘大木船送出好远，想上哪里，就上哪里，无拘无束。在峡谷中穿行的小船，一边是直立千仞的峭壁，一边是咆哮怒吼的黄河，浑浊的水卷起一个个巨浪，向小船扑来，发出深闷的吼声。一支大桨划过浪头，绕离暗礁，鼓鼓的风帆，把一河水，一河夕阳，尽数抛在了身后。

韩进帅就是这样一个汉子。韩进帅是孤儿，卢沟桥"七·七"事变发生，抗战全面爆发后，驻守甘肃、青海的马步芳、马步青部队被编入抗日队伍序列，隶属第八战区东路总指挥部，肩负起抗日作战的任务。马步芳又在循化地区抓壮丁。十八岁的韩进帅被一户有钱的人家花了100元大洋雇他替自家的儿子当兵。韩进帅没有吱声，闷闷地离开了伊玛目村。

1937年国民政府军事委员会命马步芳先后派出了两个师的兵力出省赴前线参加对日作战，转战十几省，历时八年，抗日精神还是值得肯定的。1937年8月，国民党军事委员会颁令第一师为暂编骑兵第一师番号，正式任命马彪为师长。马彪曾以中将身份出任国民革命军编骑兵第一师师长，骑一师习惯上称"抗日骑兵师"，第一师师长是马彪，第二师师长是马禄。

民国 26 年（1937 年）9 月 11 日（农历中秋节），国民革命军陆军第八十二军军长马步芳在西宁大教场对新组成的暂编骑兵第一师进行检阅，并举行隆重的欢送大会，鼓舞士气。街头民众夹道欢呼，场面热烈。是日马彪率 4800 多名官兵，从西宁出发，开赴抗日前线，转战陕、豫、皖等省。他们装备十分简陋，但善于利用骑兵机动性强的优势，不断重创日军，成为中原地区的一支抗日劲旅。

1940 年 7 月，全师官兵调赴皖北的临泉及豫皖边界的沈丘两县，被整编改番号为中央陆军骑兵第八师。为了便于指挥，有利于战斗，取消了旧的旅、营建制，改为新的师、团、大连编制。当时全师编为 3 个团，一、二两个团为骑兵团，第三团为步兵团。此外，尚有师直属营、连等，马彪继续担任师长。整编后，仍属第一战区战斗序列，同时接受第五战区李仙洲集团军的指挥。马彪师初到皖北时，全师官兵都认识到是来打日本侵略军的，因而与友邻部队新四军彭雪枫支队双方经常派员联络，友好往来，彭雪枫部曾派人送给骑八师 100 匹军衣布料，马彪骑八师也派人给彭部送去战马 10 匹和 20 支步枪，还随时互通情报，共同对付蚌埠的日本鬼子。

1940 年 8 月间，骑八师调赴皖北的涡阳、蒙城、怀远等县，驻守涡河以南、沙河以北三角地带，牵制津浦铁路蚌埠沿线的日军。当时日军在蚌埠一线为六十师团，另有伪军两个师，与骑兵师对峙。骑兵师常出其不意地破坏敌占区的铁路、公路、桥梁等，以断敌通路，使其运输物资困难，并牵制了敌军的行动。据当时情报侦悉，日伪称该师为"马回子军"或"马胡子军"，对其戒备甚严。

同年 9 月间，骑八师工兵连和一个步兵大连，进驻怀远县境涡河北岸的一个重镇——龙岗镇，并修筑了两道防御工事，埋设了很多地雷，对日军构成了威胁。日军便以大炮、坦克、装甲车配合步兵，围攻龙岗镇。先以炮弹轰击，继以坦克冲骑兵师阵地。骑兵师发挥地雷战的威力，炸毁敌军一辆坦克，暂时遏止了敌人进攻。接着，敌人又以猛烈炮火掩护，派步兵探雷器寻找地雷。师军便在隐蔽工事内，以机枪扫射敌人的探雷部队及出动的步兵，屡挫敌军锐气，打死日军数百人，使敌军遭受了重大损失。交战时，敌军的一面太阳旗突然倒下，敌阵出现混乱，于是马彪师长当即命令两个骑兵连，由附近的一个渡口渡过涡河，迂回袭击来犯龙岗之敌，敌军急忙溃退。被骑八师击毙的日军尸体，因来不及运走，仅仅割走了各尸体的一只胳膊。龙岗镇战场上，尸体纵横，约有三四百具。在退却中敌人又大放毒气，骑八师未敢穷追。经过这次战役，皖北一带的敌军，犹如惊弓之鸟，再也不敢轻举妄动。

1940 年 11 月 17 日，骑八师被日军独立 13 旅团和 21 师团围困，顽强抵抗七天七夜，终因装备落后、寡不敌众，伤亡惨重，只有 2000 余人突破重围，其中，800 余名打散伤兵与部队失去联系，沿路乞讨返回西北。1942 年，马步芳派马步康赴阜阳任骑八师师长。马彪则调到 15 集团军骑二军任副军长，后调任国民党军事参议院中将参议。由于随他东征出战的万名西北子弟大多战死沙场，自感无颜再回甘青面对家乡父老，遂四处漂泊，后客死于他乡。

骑八师在豫东皖北抗日 8 年，伤亡将士 8000 余人，为中国人民抗日史谱写了一曲魂与火的壮歌，给中原人民留下了不泯的记忆。

韩进帅在此次战役中负伤，流落到怀远县境涡河北岸的龙岗镇，被一名姓董的大户人家收留养伤一年有余。那里的汉族百姓对马彪师长的部队不吃猪肉的习俗略知一二。董家人对韩进帅照顾有加，他的身体也很快恢复了。在此过程中，韩进帅的英勇杀敌的故事感动了董家人，更是赢得了董家小姐的芳心。韩进帅和董家小姐暗生情愫，但董家人对这门亲事坚决反对。在董家小姐的百般努力下，最终征得了父母双亲的同意，他们在安徽举行婚礼，于是一名撒拉族小伙子和一名汉族姑娘喜结连理。结婚后的韩进帅思乡心切，非常急切地想带着自己的老婆回到梦牵魂绕的循化伊玛目村。无奈岳父母一家人对青海的认识几乎是一片空白，对撒拉族更是一无所知。因为拗不过女儿又想想韩进帅毕竟是抗日英雄，所以才答应了这门亲事。但是想带他们的女儿回青海循化，那是不可能的。

韩进帅和妻子在安徽共同生活了四年，韩进帅的妻子欣喜地告诉他有了身孕，韩进帅此刻的心情是欣喜若狂的。他一直想着自己的孩子一定要在撒拉族的故乡诞生，让他这个穷人家的孩子也有一个扬眉吐气的时候。经过再三劝说，韩进帅的岳父母在四年相濡以沫的过程中，对韩进帅的人品是认可的，觉得把女儿交给韩进帅可以放心，于是答应了他们的请求。

终于在 1945 年，他们小两口踏上了韩进帅阔别八年的家乡。董家小姐的在父母亲千叮咛万嘱咐中离开了家乡，和韩进帅踏上了西行的列车。他们俩的宝贝儿子在火车上诞生了，小两口高兴地给儿子取名叫"火车"，撒拉族

名字叫优素福。

回到循化伊玛目村的韩进帅小两口，他们的困难也真正地到来了。韩进帅家徒四壁，只有两间破房子，一间厨房。董家小姐没有嫌弃夫家的情况。但是，董家小姐因为生在富足家庭，而且是个汉族姑娘，她从来没有下过厨房，更谈不上做饭。她还有保留着安徽老家时的习惯，留短发，抽烟，打牌。韩进帅都依着她顺着他，也不顾乡里人异样的眼光。在家里，韩进帅站在案板前手把手地教她和面做饭，自己在一旁帮着烧水。两个人相亲相爱度过了四年多的幸福时光，在1949年的元月份，他们迎来了第二个孩子，是个可爱的女孩。两口子喜欢得不得了，将其捧为掌上明珠。此时的董家小姐也习惯了撒拉族的生活习惯，和邻里也相熟了，家务活也会做了。他们沉浸在对美好生活的向往之中。

就在1949年的8月，解放军大军来到伊玛目村，当时的头人韩狮子保就是韩进帅说服的，因为他在抗日前线已经和彭雪枫的八路军有过接触，知道共产党领导的解放军就是为了解放劳苦大众，他们尊重少数民族的宗教信仰和生活习俗。韩进帅对共产党的部队的了解，加上村里韩狮子保的带领，村里人也不再怕解放军。他在渡河过程中比任何人都要卖力气。

当时的伊玛目渡口，人声鼎沸，千军万马，蚁集蜂聚。黄河水面上千帆竞发、络绎不绝。马匹，骡子，木筏，皮筏，木船都在争先恐后地向前赶。8月是黄河水一年中水势最大的月份，浩浩汤汤的水奔流而来势不可挡。黄河两岸的渡口也被淹了，木船每次靠岸的时候必须要有一个人跳进水里拉住缆绳把船稳住。韩进帅无数次地在黄河南岸、北岸跳进河水里，像一条滑溜的鲤鱼。一天的不停劳作使他的体力有了很大的损耗，就在一次傍晚的渡河中，船上的艄公一声"跳！"，韩进帅一个鲤鱼跃龙门跳进了黄河，不料脚被船上的缆绳绊住了，头朝下栽进水里，再也没能上来，他就这样为了帮助解放军渡河英勇的牺牲了，这位在抗日前线打击日寇的无名英雄就此永远地离开了他心爱的妻子和儿女。

当时，王震司令员得知此事后，命令二军首长将韩进帅作为革命烈士上报。此后，他被追认为革命烈士，是第一位为中国革命献出生命的撒拉族烈士。

烈士为国捐躯也许是宿命，他在抗日前线大难不死，他还庆幸自己必有后福。当他和董家小姐的结婚后，无数次地对妻子说："你是我前世修来的福气，要不然，我一个撒拉族孤儿怎么可能娶得你这么个漂亮的汉族姑娘呢！"

韩进帅为国捐躯，可苦坏了他的妻子董家小姐。韩进帅给他们母子仨留下来的只有两间破土房子和两亩薄地。

此时的董家小姐被撒拉族乡亲们称呼为"法图麦"，也叫她为"董法图麦"，她有了自己的撒拉族名字。

失去丈夫的董家小姐感觉天塌了，她像疯了一样地在黄河边顺着黄河水奔跑，她坚定地相信水性娴熟的丈夫不可能被河水冲走，他一定在下游的某个地方爬上河岸，正在往家走呢！不论乡亲们怎么劝，她就是听不进去，日复一日、年复一年地在黄河边向远方眺望。人们在黄河边经常看到她手里领着一个，怀里抱着一个，泪眼汪汪。哪怕从远处走过来一个人，她都会幻想那就是她的丈夫。无数个夜里，一听到风吹动大门的声音，她就以为是丈夫回来了在敲门。

经过了秋去春来的日子，她绝望了。她把无尽的思念包含在忧伤的哭腔中。至今在伊玛目村，上了年纪的老人们仍记得董家小姐委婉凄凉、如泣如诉的哭腔："一眼不见优素福的大哟，不由泪水往下淌，亲爱的夫啊！你在黄河里睡，妻我好像做梦一样，我的好丈夫，再叫一声我的亲亲，我不敢相信眼前的一切，转眼之间我失去了你，家里头空了哟我的夫呀，孩子的亲爸呀，家门口来走一遭哟，眼睛里见你一下哟，你疼我的一幕幕终生难忘，这一切好像梦一场，想起你对我的好，不由泪流满面。夫呀，叫声我的好丈夫，不由泪水顺腮而下，心中的痛苦难以表达，孩子没了亲爹，夫啊你回来吧，再看一眼你的儿女吧，临走之前也没能陪陪你，今生我愧对你，夫呀，我的亲亲的夫呀，我真想随你一起走，夫呀，再叫声我的亲夫，想起你痛断肠……"

每一位撒拉族妇女都非常同情董家小姐的不幸命运，看到她每天坐在家门口望着黄河哭，不由得陪着流泪。虽然他们听不懂董家小姐唱的安徽民间小调。

烈士韩进帅只留下了四岁的儿子和八个月的女儿和董家小姐相依为命，艰难的日子里他们依靠乡亲们的接济奇迹般的活下来并长大成人。

在各族人民群众的大力支援下，一军先头部队第二师于一九四九年二十八日开始渡河，至九月二日全军渡过黄河天险，向西宁方向疾进。

为突破黄河天险，八月二十八日，解放军师十五团二营及师属炮兵营进抵古什群峡一线，掩护部队架桥，这里原来有座桥，1943 年有战俘参与修建的大型木质握桥，循化之敌新编骑兵军及地方反动武装，在解放军未到之前，焚烧了黄河南岸积存的木料及伊玛目庄仅有的 2 只木船，裹胁黄河南岸居民中的部分水手，逃至黄河北岸沿古什群上下河滨布防，并将古什群黄河木桥烧毁，企图阻止解放军前进。

十七岁的马胡才，在他十一岁那年父母先后去世，他就成了个流浪的孤儿。一九四九年八月底，无数个被马步芳的部下——新编骑兵军军长韩起功抓壮丁抓到兰州前线的撒拉族士兵开始大量地向循化方向溃逃，有些人在半道上扔了武器直接回家了，有些人害怕被解放军镇压跑到黄河北又加入马全义的新编军。那时候马步芳命令抓兵是非常厉害的，从他们最初的在河西围剿西路军时的三丁抽一，到后来的二丁抽一，甚至在解放军进军解放西北过程中，他连独生子也没有放过。

青海民间有小调《马步芳拔兵》形象地描述了当时的情景：

正月里到了正月正，
马步芳青海来拔兵。
有钱的哥哥拿钱挡，
没钱的哥哥上战场。
二月里到了龙抬头，
老弱不堪来种田。
背不上野灰种不上田，
旧社会的庄稼人实可怜。
三月里到了三月三，
新兵拨给着乐家湾。
一天里吃个着半肚饭，
吃不饱肚子心里酸。
四月里到了四月八，
拔下的新兵汽车拉。
汽车上拉上着一股风，
家里的娘老子没见踪。
五月里到了五端阳，

拔下的新兵发衣裳。

没发给衣裳没发鞋，

娘老子哭着送上来。

六月里到了热难挡，

清水的河儿里浆衣裳。

没发给被儿没发毡，

旧社会的当兵人实可怜。

七月里到了七月七，

玛海的滩儿里训练里。

向左向右胡转里，

想起娘老子腿颤里。

八月里到了八月八，

玛海的滩儿把账房扎。

听不见信者不见个人，

家里的娘老子心里疼。

九月里到了者天气凉，

狗娃儿山上打一仗。

机关大炮响不停，

死人活人分不清。

十月里到了快一年，

打打扮扮过新年。

胭脂粉儿都买全，

吃粮人回来了才团圆。

当时的马胡才，在甘都四合山村给一个大户人家放羊，马步芳新编军的扩充，完全以老百姓拼凑而成。马胡才也被抓到新编军中当了马步芳的一名士兵。

马全义在黄河以北，从西头的古什群渡口到东面的孟达峡口，用 3500 人的兵力布放了四十一公里的防线。马胡才所在的队伍实际就是民团，他们就在古什群峡对岸驻守。

八月二十八日中午时分，解放军五师十五团二营及师部炮兵到达古什群峡口黄河南岸，试图抢修被马全义的部队烧毁的握桥，但没有成功。八月三十日五师十四团在草滩坝渡河成功。八月三十一日上午九时许。马胡才所在的民团从黄河北向南岸观察，发现马步芳的官道（其实是西路军被俘战士在一九三九年修建的公路，人们习惯称它为官道）上，几匹战马顺着上坡疾驰而来，民团士兵以为是从前线溃逃下来的马家军士兵，有人提议放木筏子过去把几个人接应过来。当官的从帐篷走出来眯着眼睛看了半天，也发现对面骑在马上的人停立在被烧毁的握桥桥头，也用望远镜向这面观望。当官地放下望远镜，摆了摆手，说："娃娃们，你们不要盲目过河，他们说不定是共产党的兵呢！"

话音未落，对岸几名骑马的人，调转马头向坡下的村里飞奔而去，不一会儿他们就不见了。这时，赞卜乎村北密密的树林里发出一连串的60毫米迫击炮的炮声。是解放军！他们把树林作为掩体，观察了对岸敌人的布放情况，精准地向他们射发炮弹。没有见过战争场面的民团士兵，被炮弹的巨大声响吓坏了，立马作鸟兽散状。此时才从东线传来解放军大部队已经渡河成功的消息。草滩坝，伊玛目，查汗都斯三个渡口上都是密密麻麻的解放军。新编军中当官地沿着公路向西宁方向逃跑，当兵的没办法跟着他们的马儿跑，跑了一阵子就跟不上了，又掉头向西北方向的山里面跑。有些人一口气跑到化隆山上的卡让拉卡村，在那里居高临下地观望着黄河两岸的情况。

马胡才跟着他的长官，跑到合什加村。大伙特别累就在合什加村东面的山沟里休息片刻。此时他发现几名士兵在埋什么东西，他凑过去想看看。几名老兵立马走过来对他说："放羊娃，这里埋的是死人，你可不敢挖啊，死鬼会缠上你的。"

马胡才跟着逃跑的队伍走了半晌，觉得就这样莫名其妙的离开实在不值当。而且，东家也跑了，家里的羊群没人管理，马和骡子也在放养着呢。于是他离开队伍自行回到了四合山村的东家家里。看到羊圈里咩咩叫唤的羊群实在是忍不住，眼泪哗哗直流。从第二天开始，他又开始了放羊生活，虽然没有人交代他，但他觉得应该照顾好这些羊群。他在黄河边放羊的时候看见一队一队的士兵排着整齐的队形列队行进，觉得他们和马步芳的军队不一样。

九月一日，马胡才看见很多的军人进驻到甘都的马步芳公馆里。那时候的甘都各村也和循化县里的情形一样，老百姓大都跑了，家家户户都是空房子。

解放军在循化和化隆几乎得不到粮草补给，部队面临着断粮的困难。他们在循化花钱向老百姓购买粮食，给出比平时高出几倍的价钱。好在循化县的几个藏族村庄面积广耕地多，产量也不错，许多藏族同胞家里也有余粮，这些也解决了解放军的一部分燃眉之急。过了黄河，解放军就找不到干粮了。

九月二日，马胡才照例在秋收过后的田野里放羊，他看见几名解放军战士来到他的跟前，问："喂，小伙计，你们这里有粮食吗？有富人家吗？"马胡才不知道他们想干什么，所以就一直不停地摇头。领头的一个班长模样的战士说："看来你听不懂我们说的话啊，那么，我们请你去一下我们住的地方吧，那里有你们民族的人，他可以和你说。"战士们帮着马胡才把羊群也赶到马步芳公馆里。立马有战士给马胡才端来了热腾腾的白面馒头，还给他端来了他没见过的饼干和糖。马胡才平生寄人篱下，从没吃过这么好吃的白面馒头，吃的他热泪盈眶，几度哽咽。

不一会儿，从外面进来一名撒拉族老乡，给他端来一盘羊肉，说："这个羊肉，你可以吃，是我宰的羊，是清真的。"

后来听那位撒拉族向导说，解放军要买几只羊，因为明天王震司令员就要过河了，就住在公馆里。大家伙想办法给王司令弄点羊肉吃。年少的马胡才不知怎么办才好，也只好默认了。战士们抓了十只羊交给撒拉族向导宰了。一名长官过来给马胡才塞了二十块大洋，嘱咐他一定要回去交给东家。

就这样，马胡才白天放羊，晚上在公馆里和解放军战士们在一起。战士们对他可好了，里头也有好几个比他年龄大不了几岁的小战士。可是，那些小战士知道的可多了，马胡才满是羡慕。

有一件事情，马胡才始终放不下。那就是前几天几名马家军士兵埋在合什加村东侧山沟里的东西。于是，他赶着羊群偷偷来到那个山沟里，趁着羊群吃草的空隙，他跑到那个埋东西的土堆旁，用放羊鞭的把子挖开了那个土堆。因为埋的时间不长，土很松软，不一会他就挖开了一角，一片羊毛毡露出来，发现羊毛毡用羊毛绳子捆绑了。马胡才解开了羊毛毡，一根乌黑的枪管露出来，喇叭形状的枪口，他一下子明白这是一挺重机枪。他立马绑好了羊毛毡，用土盖好毛毡，赶着羊群直接来到马步芳公馆的解放军驻地，向一名首长汇报了他发现的情况。首长很重视，马上叫了一名班长，带上一个班的战士跟着马胡才来到那个山沟。解放军用铁锹三下五除二把土包铲平了，一个整张的羊毛毡露出来，他们解开了捆绑羊毛毡的绳子，三挺崭新的重机枪前展现在大家面前。

马胡才来到马步芳公馆，战士们给他端来了馒头羊肉，这次他吃的更舒畅，觉得自己做了一件了不起的大事。果然，这真的是一件了不起的大事，马胡才也因此和王震司令员见面了。

正在吃饭的马胡才，被一名战士带到马步芳公馆的二楼。马胡才见到了一名首长，战士说他是这里最大的官，但是你不用害怕，他对小孩子特别好。果然，马胡才见到的王震司令员真的是个朴素随和的人。王司令见了马胡才，高兴地拍着他的肩膀说："小鬼，你为革命立了大功劳，从今天起你就是一名光荣的解放军战士。"随后叫人给马胡才拿来了一套军装叫他穿上。王司令得知他的身世，给他取名叫马明良，意思就是明明白白做个好人。从此，马明良就成为王震司令手下的一名解放军小战士，带领部队向西宁进发，他做了一名合格的向导和战士，他成了撒拉族穷人家的孩子中第一位解放军战士。但是，到了西宁以后解放军希望他跟着一起去新疆，马明良却感到新疆太远，他还没有成家立业，应该回去在家乡大干一场。没办法，解放军只好把他留在化隆县武工队当一名地方治安人员。后来在多次运动中马明良被指为是马步芳的旧军遭到批斗，也被下放了。后来他辗转来到循化县查汗都斯乡大庄村入赘。十一届三中全会以后他的身份被确认，对他落实了一切待遇。

二师奉命在甘都休整待命，在连续紧张的战斗中，能争取几天休整时间是相当宝贵的。当时部队中解放军战士占很大比例，要把他们培养成合格的解放军战士，还要经过耐心教育和刻苦磨炼。于是解放军抓住这次休整的机会，对他们进行阶级教育和民族团结教育

在甘都马步芳公馆前，群众给解放军讲了马公馆是怎样用人民的白骨垒起来的、马步芳怎样在这里糟蹋良家女子等罪行。建筑马公馆的民工内也有被马步芳匪军抓来的红军战士和掉队的伤病员。这些被俘的西路军战士，每天背石头，背砖瓦，干十几个小时重活，吃的却不如猪狗，看守的匪军，还随便拳打脚踢，甚至上毒刑，不少人被活活打死。假若生了病或干不动活，就被这帮灭绝人性的豺狼活活扔到黄河北岸的山沟里冻死、饿死。听着群众的控诉，军民泣不成声，一位藏族老大娘指着马公馆说，哪家的姑娘只要被马步芳看上了，马步芳就派人通知姑娘换上新衣服，送进马公馆，稍有违抗，

就要把全家杀光，就连十来岁的小姑娘也难免遭这帮野兽的残害。乡亲们的控诉更激起了广大指战员——特别是解放战士对马步芳匪军的深仇大恨，坚决发誓要为解放西北各族人民英勇战斗。

途中碰见了好几个中年农民妇女，她们说自己是一九三七年初红军西路军中被打散的女战士，流落在青海，受尽了马步芳的折磨，解放军觉得理应同情，但对她们的具体情况还不清楚，当时只能好言安慰。听说之后由军民运部门的同志出面，赠送了些衣服、粮食，并嘱咐她们稍等些时日，再找当地政府联系。

8月26日，解放军野战军主力攻克兰州。马步芳的残余部队沿甘青、甘新公路逃窜。野战军和兵团首长命令第一军按计划由永靖北渡黄河，与由循化渡河的第二军协同进军青海，夺取西宁。第二师担任军前卫，开进的部署是第五团为先头团，在师炮兵和第六团的支援下，击退北岸守敌，强渡黄河，而后掩护后续部队过河。王万金副师长带领参谋人员指挥先头团渡河并随同第五团前进。28日拂晓前，第五团第三营秘密开始渡河，守敌未能发现。八连过河后，即向守在王家大山和黄家大山的敌人发起攻击，遇到敌人顽强抵抗。该连连长刘勇生、副连长左存正机智灵活，以小包围迂回战术打退了敌人的抵抗，第三排占领了王家大山，第一、二排占领了黄家大山，守敌一部被歼，其余溃逃。第三营控制渡口后，军骑兵先遣侦察队、第五团主力、第六团、师直、第四团依次顺利渡过黄河，军骑兵先遣侦察队是由军和各师的骑兵侦察分队组织起来的，由军侦察科长孙巩带领，任务是查明去西宁沿途的敌情、道路、地形等情况。第二师骑兵侦察分队由副科长魏家祯带领，编入军骑兵先遣侦察队，他们过河后，即在第五团先头向西宁侦察前进。

至9月2日，军直第一师、第三师继第二师之后全部乘皮筏渡过黄河。当时，第一军共三万余人，骡马两千多匹，还有火炮等各种武器弹药和物资器材，这样一支大军，乘羊皮筏子这种原始的渡河工具，无一人一马损失，顺利、安全地渡过了天险黄河，实为前所未有的创举。这又一次证明，在人民解放军面前，没有克服不了的困难，任何高山大河挡不住解放军前进的步伐。

第二师渡河以后，经马营、古鄯，对西逃之敌以战斗的姿态追击前进，这时，解放军野战军除令第一、二军并肩分两路夺取西宁外，还令第三军沿兰青公路向甘青交界的享堂前进，配合第一、二军夺取西宁。第二师在开进

中加强了侦察警戒，并作了充分的战斗准备。9月3日，第二师进到古鄯，先遣侦察队报告西宁守敌已经溃散，马步芳、马继援等乘飞机南逃，西宁各界正在维持社会秩序，准备欢迎解放军。第二师即以急行军向西宁挺进。为了做好进城的各项工作，师副政委兼政治部主任杨琪良带领司、政、后工作组随前卫第五团进城。9月5日，第五团一天一夜便前进一百五十多里。6日拂晓至上午，全团于平戎驿（今平安驿）乘西宁各界代表派出欢迎解放军的汽车，分四批进入西宁。

一九四九年十二月十三日在循化地区，以地主韩乙奴、敌营长韩有富为首，胁迫群众一千五百余人，发动叛乱。叛匪两次伏击解放军外出执勤分队，惨杀解放军指战员达九十八人。在此期间，湟中、民和、化隆、昂拉等地区也先后发生了反革命武装叛乱。这期间，青海上空阴云翻滚，地上匪乱四起，叛匪肆意烧杀抢掠，气焰十分嚣张，大有"乌云压城城欲摧"之势。但是，一切反动派终将灭亡，这是规律。发生在青海大地上的反革命武装叛乱，只不过是青马残余势力在坚实的人民民主专政面前所作的垂死挣扎。他们的嚣张气焰只是草上的露水、瓦上的霜。随着匪乱的开始，人民解放军的军事清剿也同时展开。中国人民解放军一军、一师、一团、一连及地方干部，在副连长宋诚、中共循化县第一区委书记康凤麟、区长李来全的带领下，为保卫新生的人民政权，奋不顾身，争先杀敌，与匪徒彻夜激战，终于平息了叛乱，完成了人民赋予的光荣任务，保卫了革命的胜利果实。但在战斗中副连长宋诚、区委书记康凤麟、区长李来全等98人壮烈牺牲。

循化地区匪乱发生后，适值解放军一军一师完成甘肃临夏剿匪任务，返回路过此地。部队未待休息即投入清剿战斗。攻打循化的任务，由一军、一师、一团、一连来担任，在团长的指挥下，一线拉开，采取宽大正面进攻的队形。

凌晨四点，天还未亮，解放军战士趁着星光，开始向查加沟运动。一连的机枪排沿着麦田的田埂前进，射手扛着枪身，副射手扛着枪架，一、二弹药手各提两箱弹药，鸦雀无声，只听得脚步声和装具的撞击声。这里已是十二月，清晨寒气逼人。那条山沟是通往文都和刚察草原的通道，山西侧的一道山梁叫不图斯山，东侧的山梁叫孟达山，两山之间的山沟叫查加沟。解放军沿着田埂向前方的一条土路提枪追击。战斗向纵深发展，麦田开阔地越来越少，菜地、果园、杂树、房屋、遮蔽物，方便越来越多步兵单人单枪行动，解放军迅速展开了村落战，搜索前进。为了保证步兵不失时机地火力支援，他们跨过菜地，穿过树林，以排里冲锋枪、步枪掩护前进。后来为了一网打尽，战士们就在土坎下和水渠中隐蔽。待机枪还未进入阵地，步兵已经接火打响。接着枪声大作，轻机枪、步枪、冲锋枪声连成一片。机枪排迅速在前方土坎上架枪。发现一股土匪从左前方冲过来，四、五班抓住战机拦阻射击，封住了敌人的去路。为了遵守民族政策，避免伤及无辜的百姓，解放军只是火力压制敌人并没有攻击。而狡猾的敌人从上游开坝放水，隐蔽在田埂土坎和水渠中的战士们被寒冷的冰水逼迫起来转移隐蔽。这时候好多土匪蜂拥而上，对着战士们乱砍乱杀。

好多战士在冰冷的水中被土匪用各种自制的武器和镰刀杀害。五名解放军战士由于地形不熟，情急之下向南面山沟里撤离。一直跑到查加沟和文都的地界，从文都乡政府所在地拐到山东侧的相玉沟，西南方向的文都大寺靠拢。土匪们紧追不舍，把战士们逼到藏传佛教的寺院文都大寺脚下的旦麻村，这时候，五名解放军从旦麻村向相玉沟西侧的山梁跑去，想占领高地与土匪相持。无奈土匪追得紧，他们没办法形成战斗阵地，只好翻过文都大寺的山梁向西顺坡而下。土匪追到山顶，此时天已麻麻亮，五名战士暴露在土匪的视线之下。土匪向战士们开枪，一名战士中枪倒地当即牺牲，另外四名战士继续向山下跑去，土匪从后面追上来。快到河哇村所属的恰牛自然村地界，村里的藏族同胞听到枪声跑到村口观望，只见四名解放军向村里跑来，见到藏族同胞向他们求助。可是，就在此时一名解放军战士被土匪开枪击中，倒地牺牲。村里的藏族同胞见状纷纷指责土匪不该在村里杀人。土匪中既有撒拉族又有藏族，他们都对藏语精通，也对这里的藏族有世交关系。看到村里的藏族同胞起来反对，只好悻悻而归。

在此期间，剩下的三名战士被村里的藏族同胞藏在村中的土榨油坊里，躲过了一夜。但是，丧心病狂的土匪不甘心从恰牛村撤离，始终在村子周边觊觎，试图找机会对三名战士加以伤害。恰牛村的老者们挑选了秋合台尔、坚参、楞卜层三名年轻人并让三名解放军战士穿上藏袍，将他们连夜护送到文都大寺，交给了大寺的活佛。活佛把三名战士藏在大寺的藏经阁中。十二月十四日，解放军一师、一团、一连与地方干部协同，与之激战三天，除韩奴等少数叛匪潜逃外，其余全部被歼。

活佛又派人把三名战士送到循化县城。三名战士中有一名排长，他给秋合台尔他们写了一份证明，让他们到时候交给地方工作组。可是他们三个人当时看到地方政局不稳，担心马家军卷土重来，就把便条随手扔了。恰牛村的老百姓趁着夜色把牺牲的两名战士掩埋在文都大寺的西山脚下，后循化县有关部门寻访到此，得知后便将二人遗骨迁移到循化县城的烈士陵园集中埋葬。

一军解放青海后参与到建政工作，把解决民族问题摆在第一位。在长期对外封闭、经济极其落后的奴隶剥削制的封建部落制统治下，当时首先碰到的，是历史上遗留下来且影响很深的民族压迫和民族隔阂问题。劳动人民同牧主头人、王公千百户之间的关系，从其实质讲是被压迫阶级与压迫阶级之间的阶级关系，但是民族问题掩盖着阶级问题。只有首先解决了民族问题，然后才能解决阶级问题。从牧业区的封建头人看，他们一方面对劳动牧民进行剥削压迫，使其处于落后和愚昧状态；另一方面，劳动牧民群众还存在着依附头人、宗教领袖，对内保持安定，对外抵抗侵略的传统观念。这个特点就决定了它在人民政权中的地位，因而解放初，解放军在牧区实行了与农业区不同的方针。即根据少数民族的社会历史状况，首先与盟旗王公、千百户取得联系，有重点地抽派干部协助建政。然后派去一批干部和分别委任盟旗长、千百户推行新政（即以民族平等团结为纲，进行清匪肃特，维持社会秩序，在抗美援朝运动中，深入进行反帝爱国教育。执行不斗不分，不划阶级，牧主牧工两利和重点救济贫苦牧民建家的社会政策）。通过召开头人会，联谊会，到召开各族各界人民代表会议，建立民族区域自治政权进而召开人民代表大会，从而逐步代替旧的政教合一的奴隶制政体。这与中央制定的"和平改造"方针是一致的。现在让我们来回顾一下党和政府对盟旗王公、千百户制度和对待盟旗长、千百户的具体政策。

1950年4月11日召开的青海省府第十四次行政会议认为：对盟旗千百户制度应照顾目前实际情况，采取暂时维持现状的办法。如在民族联谊会及政府各项命令布告中，对盟旗长，千百户均给予执行政府施政工作任务。但旗盟千百户制度是清王朝遗留下来的封建制度，应在发动蒙古、藏族劳动人民的基础上，有步骤地进行改革，使其成为人民民主的政权机构。同月，省府对盟旗长、千百户正式加委，责令执行共同纲领，贯彻政府法令，协助剿匪肃特，维护社会治安。五月，省府又指示："盟旗长、千百户管辖的地区，建立五至九人的头人会，并吸收劳动人民和知识分子中的积极分子参加管理，"以上说明省人民政府对盟旗王公，千百户制度，首先肯定其为封建制度，又是改革的对象。但不采取明令废止的办法，而是采取和平改造的方针：既暂时承认，又逐步改造。

1951年9月23日张仲良同志在建立民族区域自治政权人选问题的总结发言中说："凡合乎拥护共同纲领、反帝、反特、维护人民利益等条件者，不论千百户、盟旗长，牧主、牧民均可以参加工作。如间或有千百户、盟旗氏来参加区域自治政府者，其原来职务不予变更。"1952年5月30日张仲良同志在农业区县委书记会议上强调："宗教信仰在民族地区是一个历史性、民族性很强的群众思想问题。任何简单急躁的厌恶态度，都会脱离群众而反为革命分子所利用。目前牧业区存在的主要矛盾是外来反革命分子与党争取群众、争夺上层、争夺地盘之间的矛盾"，"必须严格的区别蒋马残余反革命分子的破坏与被蒙骗的少数民族群众的界限，前者必须坚决剿除，后者必须大力争取团结。"六月，牧业区县委书记联席会议确认牧业区各族上层人物是我党长期合作的对象。这场会议使与会同志认识到畜牧业在国民经济发展中的重要地位。1953年2月11日青海省军区政治部下达的《关于进剿马良、马元祥等股匪在执行政策上的几项规定》中强调指出："必须严格地、确实地坚持团结少数民族，保护宗教政策，绝不许把当地少数民族部落的宗教以及千百户制度与反革命土匪混淆起来，这是取得胜利的决定条件。"

综合上述，新生的革命政权始终把解决民族问题放在首位。这里有几个突出事例。一个是藏族头人项谦，1950年8月来西宁晋见。回到昂拉后上了匪特的当而聚众叛乱，经我们十七次争取无效。1952年5月，人民解放军奉命进剿，消灭了匪特，他又投降了，政府仍推举他当政协委员，1953年当选为尖扎县县长。另一个是蒙古族头人黄文源。他交代了曾与台湾的蒋介石、马步芳、毛人凤通过残匪马元祥的电台联系的事实，态度诚恳，政府仍委任他为青南剿匪指挥副司令。又如匪首马元祥的副司令马德福，在青南战役中漏网逃脱，后来又被解放军缉获。政府仍予宽大处理，给予出路，这对加强民族团结，稳定社会治安，起了很大作用。我们把在解放初六年中，从委任盟旗长、千百户稳步改革到逐渐建立起专、县两级民族区域自治政权和区、

乡两级的肖格（相当区级）、错怀、嘎加、曲乎前（均相当乡级）等基层人民政权，以及设置新县十二个的成就，与青马经营三十多年的双轨制政权对比，实属在中国共产党正确领导下的空前未有的创举。

政府并非漠视牧区劳动人民的阶级解放问题，共产党哪有不管劳动人民受剥削和压迫之理，不过解放的方式方法和时间步骤不同而已，这在以后牧区社会改革工作中已予解决，这里不再赘述。只是应该明确当时所做的团结民族宗教上层人士的工作，正是为了以后劳动人民翻身做主人，前者为后者作了准备。再看以官僚地主经济占统治地位的农业区内互助土族、循化撒拉族、化隆和门源回族自治县的情况吧。那是以阶级斗争为基础而建立的民族区域自治政权。政府在一九四九年底至一九五〇年初平息了反革命武装暴乱后，即分期分批地展开了减租反霸斗争。各级党组织和人民政府，一方面深入发动组织群众，一方面充分注意到在采取每一重大行动时，都应认真的与民族、宗教上层人士协商并倾听他们的意见，对匪霸、恶霸、不法地主、反革命分子及其社会基础，具体分析，区别对待。始终把斗争锋芒指向民愤极大的少数敌人，同时团结一切可以团结的力量，有效地发展和巩固了党的统一战线。从一九五一年到一九五二年，农业区开展了土改运动。在这四个民族自治县中，坚持贯彻了"依靠贫雇农，团结中农，中立富农，有步骤有分别地消灭地主阶级，发展农业生产"的阶级路线，没收了地主多余的生产生活资料，分给各族贫苦农民，斗争和制裁了少数民愤极大的地主分子。但是对清真寺、喇嘛寺的土地、牲畜、树木未予没收。对地主阶级中的开明士绅、爱国人士、宗教上层人士采取保护政策并给予不同程度的照顾。这样，就使政府在农业区的建政工作，达到了预期效果。

青海是个多民族地区，在社会发展阶段上，农业区、牧业区各有不同的社会经济基础和其相应的上层政权建筑。解放初期，何者予以摧毁，何者暂时保留是个极其复杂的问题，要用历史唯物主义、辩证唯物主义的观点和方法对待它。回忆解放初期青海各族人民政权建设的格局，现在来看也是恰当的，这个经验十分宝贵，今天仍不失借鉴价值。

同仁县委在政权建设的过程中，还积极剿匪肃特，先后捕获了漏网在逃的反革命分子、土匪头子马占元、鲁福寿、韩奴日、韩成林、马金山和娘加先等人，使社会治安渐趋稳定。并大力调解纠纷，加强各民族之间、各部落之间的团结。解放初期,同仁县保安一带的马步芳溃兵,在逃散回家的途中,被循化县宗吾加洛等人拦截,双方开火,打死了几人,并捉住了宗吾加洛。后由查汗都斯白西日阿訇出面调解,放了宗吾加洛。可死者家属决心报复,打死了保安城无辜的赵英一人,并拦截过往群众,曾使当时由同仁经循化至西宁的那一条路上,一时不得安宁。一九五一年九月,同仁县委派解放军代表去循化,会同循化县代理副县长李恩普同志,一同前往拉顺台子等地调查,反复磋商,大力劝解,才使这一纠纷得到解决。同仁县加吾力吉与甘肃夏河甘家之间的草山纠纷,持续了三十多年,同仁和尖扎之间的矛盾,更在百年以上,双方在械斗中死亡过三十八人,财产损失多达十一万元,诸如此类的纠纷,还有很多,但都在西北军政委员会、省军政委员会和县委的领导下,本着民族平等团结的精神,使用大批人力、物力,财力,按照既往不咎、不赔不退,提高认识,公平调解等原则,耐心地做好说服教育工作,使许多历史上形成的积怨很深的省与省、县与县、部落与部落之间、同一民族之间的纠纷,相继得到了比较合理地解决,从而加强了民族团结,推动了民族地区的政权建设工作。

第三部　红星照耀黄河

第十六章　全国唯一红军修建的学校

　　经过一段时间的走访调查和搜集史料，我对赞卜乎村（红光村）的历史脉络逐渐清晰起来，可是周围的人们对这一段历史不是很了解，官方也没有任何相关的历史记载，怎么样才能使这个全国唯一由西路军修建的村庄重见天日？

　　面对这座满目破败，但洒满西路军战士鲜血和汗水浇筑的红色村庄和学校，为了让世世代代的村民牢记红军西路军的历史功绩，让红军精神代代相传。我决定从学校做起，在这片世代贫瘠的土地上扬起红色文化的旗帜，让红色精神重放光芒！

　　2010 年到 2013 年是我母亲去世后，父亲一个人最孤独的时候，每天上班父亲从窗户目送我出门，每天加班回家总能看到父亲从窗户眼巴巴地看着我进门。因为没能陪伴父亲而心生愧疚和不安，其中的酸楚只有自己知道。好在父亲给我讲了很多当年红军在赞卜乎（红光）村的苦难岁月的故事，父亲总会嘱托我要好好工作，撒拉族人民不能忘记恩情。

　　这是我在赞卜乎学校最艰难的时期，也是学校从一无所有到充满生命力，充满激情，富有诗意的时期，作为民族地区的教师，把红色文化放在工作的重点，是有一定的压力和困难的。以当时学校的现状和面貌中丝毫看不到有任何的希望和转机。周围人的热嘲冷讽和指手画脚在我的心头始终有一层阴影，但我知难而进，明白行必有果。

　　正在遭受困难和压力的时候，组织上又希望我到行政部门工作，我婉言谢绝领导的好意，继续留在赞卜乎村。而且，我在办公桌前写下了"我貌虽瘦，必肥桑梓"八个字，以表我的决心。然后开始埋头实施下一步的计划。

　　为了缅怀先烈，校委会研究决定，报请上级主管机关部门将校名更名为"红光小学"，"红光"意即："红军精神光照千秋！"

2010年9月10日的教师节，红光小学召开教师会议，正式决定挖掘赞卜乎学校的红色文化资源，并形成会议纪要，确立了挖掘红色文化资源的几个步骤和三年规划：第一个步骤是在半年的时间里逐步挖掘和宣传赞卜乎学校的文化资源，提升赞卜乎学校的知名度，在此期间，制作展板4副，重点突出赞卜乎学校的红色历史，从校内抓起，让全体师生了解赞卜乎学校的历史，改变连自己学校的教师都不了解校史的尴尬局面，从而让每个人都树立起"我是红色接班人"的使命感和责任意识，为下一步的工作奠定良好的基础。

第二个步骤是，用半年的时间收集整理红色遗迹和红色遗物，增添红色主题的文化建设内容。这个时期是赞卜乎学校工作的重头戏，也是赞卜乎学校最艰难的时期，也是学校从一无所有到充满生命力，充满激情，富有诗意的时期。2011年3月3日，我们共制作展板16副。内容包含了当时的历史背景和红军长征的情况介绍，红军被俘战士在循化的遭遇以及赞卜乎学校的历史遗迹，另有学生的"我是红色接班人"主题的"班级之星"展板。图文并茂，内容翔实，创意独特，令人耳目一新。紧接着，我联系了红光村的部分干部和家长，利用大型机械设备开辟了一处奇石风景苑，在校园内设置价值达十几万元人民币的黄河奇石九块，它们的摆放位置错落有致，暗含玄机，为下一步工作的实施埋下伏笔。

2011年3月11日，我专门搭班车去了一趟西宁市的北山石材市场，赶制了两块大理石纪念牌，上书："此处为红军西路军被俘战士修建的学校（东厢房、西厢房）遗址，为缅怀英烈，慰藉忠魂，激励在世，启迪后代。经红光小学全体教师协商，特殊此碑！红光小学，二〇一一年三月敬立。"有效保护了仅存的这两处遗迹。那天的西宁特别寒冷，倒春寒的冷风一个劲地从我的裤管往上钻。为了节约开支，我决定当天下午就返回。在石材市场，那个广东的老板听了我的介绍，以成本价为我加塞制作完成了两个石碑，又把石碑装进他的奥迪车把我送到汽车站。那是最后一班发往循化的汽车，离发车还有半个小时，我在寒风中瑟瑟发抖，用僵硬的两个手死死护着石碑，生怕把它砸坏了。班车上挤满了回循化的客人，行李舱里塞满了各种各样的行李和物品。司机帮我把两个石碑抬进行李舱后对我说："这是什么东西，这么沉，你得付半张票的钱。"我眼看天色不早了，容不得为二十块钱的车票磨嘴皮子，于是答应了他的要求。回到循化县汽车站天已经麻麻黑，所有的客人提上行李各自走开。司机帮我把两个石碑抬下来靠墙放下。此时，风把包着石碑的纸壳撩起了半面，石碑眉上那个鲜艳的红五星露出来了。司机看了一眼，问我："看来你这是那个革命烈士的碑吧？"我说："这不是革命烈士的碑，而是革命遗址的碑，我今天特意去西宁制作了，麻烦你帮我抬上抬下的，我一个人真的没办法了。"那个司机听了，说："虽说，我是靠这个挣钱的，但是你的举动感动了我，石碑的半价票我就不要了，也算是做个好事吧！"说罢，又帮我把石碑抬上出租车的后座上。我连声道谢，然后又乘出租车赶忙向学校赶去。初春的寒风冻得我连腰也直不起来，中午吃的一碗面片早已消化得无影无踪，胃里空荡荡的任凭寒气在里面肆虐。但是，一路上遇到的都是好人，我为此欣慰不已。

4月18日至25日是赞卜乎学校文化建设的画龙点睛和锦上添花时期，为部分奇石固定底座，描字。其中最值得一提的是当代国际著名诗人，省委常委、宣传部部长吉狄马加亲笔题写了校名"红光小学"。这是对赞卜乎学校在文化建设中把红色当作主旋律的充分肯定和认可。赞卜乎学校又给正对校门的奇石描写了"红军精神光照千秋"，对"红光"做了简单的解释。给红军栽种的杏树描写了"红军树"，确定了该树的历史地位和价值。奇石风景苑中的五块巨石分别用不同的字体描写了"仁义礼智信"五个大字，并加以简单的注解。

机遇总是偏爱有准备的头脑，这句话一点都没错。2011年4月27日，新华社青海分社办公室主任，记者侯德强来到循化，无意中走进了赞卜乎学校（红光小学），发现了校园里打造的红色文化，非常震惊。他万万没有想到这处没有任何标志的院落竟然是一所学校，而且是当年的红军修建的学校。感叹之余，出于记者的使命，在5月4日和5月12日连续以图文方式在新华网做了报道。

他的一篇《青海撒拉之乡"红军小学"》的报道在新华网上发布，当时侯德强是这样写的：

新华社西宁5月4日电（新华社记者侯德强）青海省循化撒拉族自治县红光小学与全体教师，近来为学校的一件"大事"忙得不可开交。这件"大事"传承了红军精神和红色文化。

"红光小学是红军战士修建的"

红光小学位于循化县查汗都斯乡红光村，校园对面是红光清真寺，全校现有150多名学生。"红光就是红军精神光照千秋的意思。"马明全告诉记者。

马明全说，据史料记载，红光小学是由当年被捕红军战士设计、取材、施工的。校舍为四合院布局，由大门、左右门房、东西厢房、北正房组成。20世纪三四十年代，马步芳把从甘肃河西走廊被捕的数百名红军战士押送到现在的循化县查汗都斯乡，沿黄河南岸伐木、垦荒、修路、建房等。

红军战士在修建学校时，虽遭敌人严密看管和监视，但他们坚信革命必胜，采取各种方式与敌人斗争。在修建学校过程中巧妙地将五星、镰刀、斧头等象征革命的图案雕刻在青砖中，镶嵌在墙壁和地基上。

"红军修建的红光小学于1993年被拆除重建，但校内仍留存部分历史遗迹和遗物。"

2010年4月，学校师生在植树挖坑时，挖出篾刀1把、马灯1盏、月牙形石1块，以及若干片青砖，其中3块青砖上刻有醒目的五星和人名。

红光小学与西路红军战士有极深的关系，附近村子的老人和当地健在老红军证实这一点。

马明全说："红光小学是由西路红军战士修建的……具有重要的历史研究和保护价值。"

"让红色文化在校园放光彩"

2010年教师节，红光小学一间办公室内，刚上任的马明全召开会议，经过与全校仅有的10名教师讨论，确定挖掘红色文化资源的3年规划。

2011年3月开学，红光小学制作了16块展板，图文并茂，包含了红军长征、西路红军战斗历程、被俘战士在循化的遭遇，以及校园的历史遗迹等。还收集整理了一部分西路红军的遗物。

这一消息传到附近村子后，朴实厚道的撒拉族村干部和村民主动与校方联系，利用各种机械和设备，送来9块黄河巨石。

"看着送来的黄河巨石，我不禁为乡亲们的义举感动。"马明全说。

在红光小学校园内，记者看到花草掩映中的黄河巨石，上题"红光小学""红军精神光照千秋""红军魂"等字样。

2010年4月中旬，在循化县教育部门支持下，红光小学在校园内设立了两座红军遗迹纪念碑，有效地保护了仅存的东、西厢房地基遗迹。

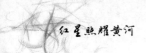

在校园教室的外墙，红光小学开展主题文化墙师生绘画活动，以"校园生活""永远的丰碑""我是快乐的撒拉"为板块，结合校园文化、红色文化、民族文化，完成绘画作品80余幅。

马明全说："关于小学与红军的关系，学校部分教师原来不知道，为了让全体师生了解红光小学的历史，我们花费了不少精力。"

"传承红军精神"

为了推动红光小学的红色文化建设，马明全带领全体教师，在不影响正常教学前提下，设计图纸、绘制墙画、平整土地、种花种草。

如今，校园红色文化被融入"我是红色接班人"主题班会活动中，每个班级通过对学生的品德、学习、体育、自信心开展综合评比，教育和激励大家继承红军光荣传统，弘扬爱国主义精神。

红光小学三年级撒拉族学生苏鑫告诉记者："红军不怕苦，不怕牺牲，我们从小就应该学习他们，他们是我们的好榜样。"

红光小学的红色历史与红色文化建设，受到广泛关注和支持。

马明全校长为了推动红光小学的红色文化建设，已垫付了2万多元。他说："红光小学要将红军精神和红色文化永久传承。"

紧接着在2011年5月16日，青海日报记者肆归和马显光、省委党史研究室通讯员常东海等人在中国文化报上发布了一篇题为《红光村里的红军情结》的报道。

这两篇报道引起了社会广泛关注，尤其引起了远在北京的全国红军小学建设工程理事会秘书长方强的注意。

2011年5月16日，侯德强给我来电话，兴奋地说："马校长，我已经把红光小学的详细资料寄给全国红军小学建设办公室了，你知道"红军小学"是怎么回事吗？"

我说我不知道。侯德强详细给我介绍了红军小学的情况。原来，"红军小学"是由中共中央原政治局常委、全国政协主席李瑞环提议和毛泽东、朱德、刘少奇、徐向前、贺龙等老一辈无产阶级革命家的亲属倡议，在中国工农红军第一、二、四方面军的后代及社会各界爱心人士的大力支持下发起的，由红军小学建设工程理事会办公室承办，在全国革命老区命名和捐建红军小学。"红军小学"四个字由吴邦国委员长亲笔题写。至今为止，红办在全国已经命名了 86 所红军小学。赞卜乎学校（红光学校）的做法立即得到红军小学建设办公室方强主任的肯定，认为循化的红光小学很有特色，并决定把红光小学纳入全国"红军小学"的系列中来，表示会根据我方的时间安排专程过来举行"红军小学"的授牌仪式。

这是一丝曙光，给艰难中的我带来了一线希望。

我主动走出去向外宣传推广学校，邀请省级各单位到学校来参观学习，我向他们介绍红光村的红色历史，争取社会各界的支持。

"七一"临近，各媒体和省级单位党员干部群众为庆祝建党九十周年，纷纷来到我校进行"红色之旅"爱国主义教育活动。这是红光村对外宣传的一个转折，从以前单一的红光清真寺的浏览，到现在红色历史的讲解和红光村的推介。这一系列工作都是我积极主动联系省级各单位的结果，也是我整个几个三年规划中的步骤。

2011 年 5 月 5 日，青海省西宁海关党委李尚乾一行五人来参观我校的红色文化，给予了高度评价，主动留下了本人和办公室的联系电话，并承诺今后将红光小学作为他们的重点帮扶学校。同日下午有海东检察院一行 7 人参观我校，扩大了我校的知名度。2011 年 5 月 23 日，为了缅怀革命先辈，感受革命精神，青海省银监局局长冷云竹一行 30 余人，来到红光小学参观，参观了红光小学红色遗迹和陈列室，大家通过阅读文字，浏览图片以及观看文物，听取讲解，对西路红军斗争历史有了更加深刻的认识。冷局长表示通过重走红军路，重温革命史，广大党员不仅缅怀了先烈，受到了革命思想的洗礼，也更清醒地意识到自身的历史使命，并立志建设一支特别能吃苦、特别能战斗、特别能奉献的党员精锐队伍，青海银监局是第一个对我校进行捐赠的单位，他们捐的办公桌椅和部分电脑改变了我们一穷二白的办公条件。2011 年 5 月 28 日，青海电视台记者来我校采访，为建党九十周年收集更多珍贵的历史资料。2011 年 5 月 30 日，武警海东支队二大队四中队官兵到我校进行爱国主义教育活动，支队支部书记被聘请为我校外辅导员。2011 年 6 月 16 日，青海省国家税务局副局长刘文升带领党员干部群众 40 余人来我校进行红色之旅。党员领导干部身穿红军服，头戴红军帽，重温一段当年红军战士的艰苦历程。在支部书记的带领下，大家迈着矫健的步伐，红旗飘扬，红歌嘹亮，意气风发地行走在红光村的村道上。并且在红光清真寺举行"重温入党誓词，传承革命精神"活动。

"重走红军路，回忆当年艰难的革命岁月，让我们深切感受到今天的幸福生活来之不易，更加坚定了我们战胜困难的信心和决心，我们要用实际行动将扬中的明天建设得更加美好。"来到红军修建的学校，大家纷纷表示，这是一次终生难忘的教学，使他们的思想受到了极大冲击和震撼，让他们体会到党的领袖联系群众、率先垂范的人格魅力，体会到中国革命胜利和人民政权的建立来之不易。

2011年6月21日，省社科院院长赵宗福带领专家学者十五人调研红光小学红色文化，准备给省委常委建言献策，并留下"挖掘红色历史，促进文化认同"的题词。赵宗福院长的题词准确地表达了我当时打造红光村红色文化的核心理念。他的渊博学识令我敬佩。当他希望我能提供一些资料给他时，我把当时仅有的一本彩印资料交给他，他翻着看了看，说："马校长，你如果有电子版，就给我们发一份电子版吧，你打印一份这样的资料不容易，还得花钱。"他的这一番话的的确确说到我心里面去了。虽说一本资料没多少钱，但是对于当时的我来说，任何一分开支都是从自己的腰包里面出，对我个人的财务状况可以说是雪上加霜。而且学校还没有打印机，需要打印还得跑到20多公里的县城，费时费力费钱。

2011年6月30日，中铁六局党支部15人到我校进行"红色之旅"爱国主义教育活动。2011年7月17日，青海大学财经学院的师生一行8人来我校进行"寻找红色足迹，关注留守儿童"的系列红光小学活动。大学生们向我校的师生赠送了课外阅读书籍和学习用品。2011年7月17日，循化县少儿活动中心第二课堂的师生到我校进行"寻找红色足迹，传承红军精神"系列活动，两校学生进行了丰富多彩的联谊活动，并达成长期开展"手拉手，心连心"活动的意向。

2011年7月26日，青海电视台新闻联播节目在重点栏目"大美青海"播出红光小学的报道。我的学生，循化电视台记者马忠明在红色文化最初刚刚起步几年时间里，对于红光村不遗余力地宣传报道，使循化各族人民逐渐了解了这个深处循化西部一隅的红色村庄和它的历史。这对于我来说是雪中送炭的大事。

为了使"红军小学"命名一事在建党90周年之际尽快落地，我于2011

年6月3日赶赴西宁，到青海省青少年发展基金会办理相关申报材料事宜。结果青基会领导并不认可我的做法，说学校的生源太少，不符合希望工程的要求，还说目前正在撤点并校，布局调整等等，说不足200人的小学校迟早会撤并，没必要再搞个捐建。无论我怎么沟通，就是说服不了他。此时，我拍了一下桌子，问他："领导，你知道我是什么人吗？"他愣了一下，定睛看着我不言语，我也没有立即回话。我们就这样对视了半分钟左右，我从他的眼神中看出了诸多疑问，他实在是不知道我到底是什么人，也猜不出我究竟有多大背景。接着，我才放低声音跟他说："领导，我只是循化县近百所学校中，最小的一所学校的校长，我是一名普通的教育工作者。可是，我发现了红光村的红色历史，全国红军小学建设工程理事会走访全国各地，确认了我们的学校是全国唯一由西路军修建的学校，我想把它命名为'红军小学'，根据他们的要求需要你们签字盖章才能上报。本来这些事情不是我应该做的，只是我想着不能把革命先辈的历史功绩淹没掉，处于责任心想把这件事情促成，今天如果你不给我签字盖章，我就不走了，住你这里！"

我的一番肺腑之言，感动了青基会的领导，他当即就和全国青基会通电话，报告了此事。全国青基会负责人在电话里明确答复可以特事特办，就这样我顺利地把相关的申报材料通过邮局寄给全国红办。

在满怀希望的日子里，我激情四射地甩开膀子加油干，多次去省上积极沟通争取。前来红光村参观学习的人越来越多。我加大学校的宣传力度，力争上升到全国的知名学校行列，让学校的红色文化大放光芒。

我们在急切的盼望中，终于等来了"红军小学"的授牌日子。2011年11月17日，全国红军小学建设工程理事会在西路军战士修建的唯一一所学校青海省循化撒拉族自治县红光西路军红军小学举行了"全国红军小学建设工程爱国主义教育基地"授牌仪式。

为了永远铭记西路军不可磨灭的历史功绩，铭记西路军战士坚贞不屈将革命进行到底的英雄气概，全国红军小学建设工程理事会决定将撒拉族自治县红光小学建设为红军小学，并且于11月16日与青海其他四所红军小学一起进行授旗授牌仪式。11月17日，理事会一行在中国人民解放军原海军副司令、全国红军小学建设工程理事会副理事长赵兴发率领下，来到循化撒拉族自治县进行了"全国红军小学建设工程爱国主义教育基地"授牌仪式。时任

海东团市委书记的纳进云、循化团县委书记陈瑞强和副书记倪翠全程组织安排了此次授旗授牌活动。

授牌仪式上，全国红军小学建设工程理事会秘书长方强宣布了命名红光西路军红军小学为"全国红军小学建设工程爱国主义教育基地"的决定，全国红军小学建设工程理事会副理事长胡修干进行了授牌。赵兴发同志发表了深情的讲话。他说："西路军留下了可歌可泣的悲壮历史，他们留下的革命遗迹，展现了西路军战士气贯长虹的革命情怀，留下了光照千秋的红军精神，今天我们建设'全国红军小学建设工程爱国主义教育基地'，就是要永远缅怀他们的光辉业绩，传承他们英勇不屈的革命精神。"

全国红军小学建设工程理事会向西路军红军小学授由 232 名老红军和老战士签名的旗帜。红军后代、青海省青少年红色教育校外辅导员顿云润，共青团青海省委书记申红兴等领导同志出席了授牌仪式。红光西路军红军小学是全国唯一一所撒拉族红军小学，受到了当地撒拉族群众的热烈欢迎，他们说早盼着这一天的到来。全国红军小学建设工程理事会授予西路军红军小学"中国工农红军青海西路军红军小学"校牌和胡锦涛、习近平、吴邦国、李瑞环等中央领导的题词牌匾。同时命名为"全国红军小学建设工程爱国主义教育基地"并授牌，我校成为全国第一所以"西路军"命名的红军小学。时任国家副主席的习近平同志和母亲齐心老前辈，通过全国红军小学建设工程理事会向西路军红军小学捐赠现金 10 万元，用于改善学校的办公条件和购置学生的校服。这座由西路军战士修建的学校时隔七十年后才得以重见天日。

自从正式命名为"西路军红军小学"以后，原来在红军战士修建时连个名字都没有，而借用了附近一个叫"古什群"的村庄的名字命名的"古什群学校"，到后来改名的"赞卜乎学校"，一直到 1987 年循化县人民政府命名的红光村和红光小学，最后演变到今天的"西路军红军小学"，这所学校的校名终于回归到它本应该有的名字，这个时间等待了近 70 多年，终于在我手上实现了，这对我来是说莫大的荣幸。

学校的名分有了，可是基础设施还是那么落后，在我来到红光村学校的这几年，由于校舍不足，四年级和五年级学生还在进行复式班教学模式。我的目标渐渐清晰了起来，我想通过社会各界的支持与帮助，提前实现学校基础设施的现代化。有了这个目标，我就开始行动。首先我找到了时任县教育局局长的韩真，请求他两件事情。第一件事情就是让他帮忙把学校残缺的北墙拆除再往北挪 10 米。韩真局长问我为什么是 10 米呢？我说，我倒是希望教育局能把所有围墙给我重修修一下，但是我也体谅局里的困难，所以首先就把北围墙挪一下，以便我把围墙外的那棵杏树保护下来，因为那是当年的红军战士种下的杏树，也是学校里唯一能证明的遗物。这一条要求，韩真局长时隔不久就派人入驻施工，那颗被人们称为"红军树"的杏树就这样得以保护。

第二件事情就是希望教育局能给我开个介绍信，我要到青海省军区沟通汇报学校的情况。

2012 年 3 月 5 日，我在春寒料峭，乍暖还寒的季节里，怀里揣着教育局的介绍信，顺利来到了青海省军区政治部，接待我的是政治部的张之剑干事。我把当时所了解到的红光村的历史一五一十地给他讲了，张干事认真做着记录。

当天晚上，张干事被我执着的精神所感动，他执意要请我吃饭。然后又把我安排在省军区招待所里住下。那个晚上，我辗转反侧难以入睡，打造红色文化的征程刚刚开始，我的主责主业是教育教学，如果学校办不好，外人会非议我。怎么样把学校办好，怎么样才能办人民满意的教育，又能把学校的红色文化做起来，千头万绪压在我这个小校长头上，想着想着头都胀痛。

此时，我发现招待所桌子上的台历显示的是 2011 年 3 月 5 日．这不正是雷锋纪念日吗？难道是巧合还是天意？雷锋的事迹在脑海里反复浮现，他的全心全意为人民服务，为了人民的事业无私奉献的精神再一次感动着我。于是，我用招待所的铅笔，在便签上写下了雷锋语录："人的生命是有限的，可是，为人民服务是无限的，我要把有限的生命，投入到无限的为人民服务之中去。"以此勉励自己。

2012 年 3 月 31 日，原兰州军区政治部编研室主任邵维祥，海东军分区政治部主任吴远坤到红军小学进行红色文化调研。原兰州军区政治部干事刘学兵和青海省军区政治部干事张之剑也随同调研。

调研组一行首先参观了红光清真寺，随后前往西路红军纪念馆瞻仰革命先烈并敬献了花圈。最后调研组一行来到红军小学，详细参观了校园内的每一处历史遗迹，参观结束后全体人员在小学举行了座谈。当时，学校连个会

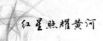

议室也没有，我们就在院子里的乒乓球桌案上举行了简短而又实效的座谈会。我详细介绍了学校的历史，现状及下一步发展思路，争取把红光红军小学打造成循化县的名校和青海省的红色教育品牌。

邵维祥主任一行对红军小学所做的工作和短时间内就取得如此大的成绩表示了肯定和赞赏。他希望学校和清真寺继续做好传承革命传统教育工作，争取县领导支持，不要弱化西路军战士的历史功绩，不要仅仅局限于学校和清真寺，而应该在红光村上做文章，因为红光村本身就是西路军战士创造的，加大媒体宣传以红色资源为依托，带动地方经济，协调县上有关部门能否设立西路军的相关纪念日，每年搞一次大型的纪念活动，以此提升红光村的红色品牌和发挥爱国主义教育基地的作用，让后人时代不忘红军的历史功绩，为培养合格的接班人做贡献。

邵维祥主任对红光村的红色历史特别重视，他回去后专门给原兰州军区首长写了一份调研报告，而且促成了军区司令一行到红光村调研红色文化。

第二天，原兰州军区和青海省军区首长商讨以后决定捐建教学楼，消息传来红光村的乡亲们高兴得奔走相告。

2012年8月，青海省军区和海东军分区首长，带着我去青海省教育厅，向王绚厅长汇报部队援建红光村红军小学的情况。王绚厅长了解情况后，告诉大家，这是一个非常了不起的学校，是一个很有意义的教育基地，这是中国革命的一个历史见证。并当场给部队首长答复解决80万元的配套资金。

西路军红军小学在70多年的发展历程中形成了独具特色的校园文化，是红色文化不可或缺的重要组成部分，是建设全国一流红军小学的重要精神财富。深入开展校园文化建设，既是学校从自身建设发展实际出发、打造具有浓郁红色氛围育人环境的具体要求，也是学校立足新时期教育在学校教师队伍建设中的重要作用、以文化软实力全面提升教学科研和人才培养水平的时代需要。

社会各界通过红军小学认识循化县，通过红军小学的红色文化认识撒拉族的多元文化，通过对红军小学的宣传让更多的人了解循化，认识循化。红军小学成为外界认识循化的一个窗口，也提升了循化县的软实力。

2013年获习近平主席亲笔题词"托起明天的太阳"牌匾；2014年被青海省海东市确定为"海东市级爱国主义教育基地"。

　　至此，有关红光村和红军小学的新闻报道开始呈井喷式的出现。

　　各大媒体围绕红光村的红色文化展开一系列的报道：《循化，有一座红军修建的清真寺》《青海又一座西路军纪念馆在循化县正式开放》《红光村里的红军情结》《省委宣传部机关团委赴循化县开展爱国主义教育活动》《青海撒拉之乡"红军小学"建成》《循化县红光村成党的群众路线教育实践大课堂》《撒拉族之乡：在红色传统中再放光芒》《撒拉之乡的红色传承人》《助人成了一种习惯—记全国道德模范提名奖获得者马明全》《融合发展：红光村，红色文化编织特色旅游梦》《撒拉之乡的红色接班人》《省总工会组织我省部分劳模赴循化县红光村开展主题实践活动》等。2015 年 9 月 18 日，中央电视台十二频道《道德观察》栏目以《红光村的孩子们》为题做了特别报道。

　　尽管我搜集红光村的历史时，已经知道了红光村的大概情况，大家嘴里念念不忘的是红军战士，但是到底是哪一支红军队伍，虽然老百姓说不清楚，但我明白这些都和西路军有关系，同时也在书本和以往的浩如烟海的史料中云里雾里。西路军是谁？这个问题一直困扰着我。对西路军的历史定义和史料使我感到非常迷茫，说他们是英雄吧，好多人对他们的话题讳莫如深；说他们是逃跑主义、投降主义吧，好多地方早在 80 年代已经修起了西路红军纪念馆。

　　我深感压力特别大的时刻，恰恰是红光村稍稍有了名气之后。好多人议论纷纷，说我标新立异，说我不务正业，说我想借西路军之名为自己谋利益等等，什么样的言论都有，甚至有些人的话语听了让人后怕，甚至好多身边的所谓"好友"都离我而去，那一阵子大家茶余饭后都是调侃我的话题。面对种种流言蜚语，我想起了周总理的那句"吾貌虽瘦，必肥中华"的名言，我不能和那么伟大的人物相提并论，所以把它改成"吾貌虽瘦，必肥桑梓"，用大大的字书写而成，贴在我的办公桌前作为我的座右铭，以此激励自己为家乡的红色文化尽心尽力。

第十七章 红星照耀黄河

　　1958 年宗教改革，大多数宗教场所和寺院被拆毁，红军修建的清真寺差一点也未能幸免。准备拆除的积极分子已经上到大殿顶上准备动手时，村里的几位老者说话了，他们对公社干部说："旧社会时，我们是马步芳的长工，自己没有业产。进入新社会，我们是公社社员，也没有自己的业产，就连大队的集体资产也没有，这个清真寺不拆不行吗，我们大队当个集体的仓库，装个粮食也行啊！"就这样这座清真寺被赞卜乎大队占用，做为生产队的仓库。党的十一届三中全会以后，重新落实民族宗教政策，穆斯林的宗教信仰和正当的宗教活动受到尊重和保护。1979 年 6 月，循化县伊斯兰教协会恢复工作，在协助政府有关部门落实宗教政策，平反纠正伊斯兰教界冤假错案，恢复开放清真寺，培养年轻阿訇、恢复和开展宗教文化工作，协助政府妥善处理突发事件，开展同省内外穆斯林友好交往，努力实现宗教自养等方面做了许多工作。

　　时间定格在 1980 年春天，赞卜乎村的撒拉族群众兴高采烈，感恩党和政府恢复了信教自由的政策，归还了清真寺，穆斯林可以正常地开展宗教生活了。可是清真寺由于长时间被废弃搁置，年久失修，好多地方漏雨，他们准备揭顶维修礼拜大殿。乡亲们爬上屋顶准备揭开屋脊花砖时，发现那些厚实的的花砖上有好些个镂空的图案，定睛一看，一溜屋脊上的花砖有序地排列着，苔痕斑斑的花砖完全是手工拿捏而成，线条粗放，棱角鲜明，花砖正面的花卉主要是牡丹、菊花、梅花。背面却是二方连续的莲花图案，用长长的茎和花朵重复连续，远看好比是长城的造型。就在这些粗大的花卉图案中间，却隐藏着许许多多不一样的符号。

　　就是在这青砖雕饰中却隐藏着西路军留下的"密码"。在修建过程中，战士们巧妙地将红五星、镰刀、斧头、"工"字、红领章、"十"字等革命符号隐藏在这些砖花的瓣纹里，烧制成花砖嵌在大殿的屋脊之上。"红五星"清晰可辨；弯口朝上的月牙上带着小小的手柄，分明就是一把镰刀；零散在砖花里的还有"H"形、"十"字图案，这些都是变换了形状的工农的"工"、和红十字的"十"，还有子弹头，农具等符号。

红光清真寺（原名赞卜乎清真寺），占地约4亩，四合院布局，由大殿、唤醒楼、南北配房组成。与现在许多清真寺相比，红光清真寺虽没有华藻的建筑形制，也没有精美艳丽的彩绘，大木起脊式的礼拜大殿，亦木亦砖，三门四柱，宽厚端稳，门和柱都为木制，朴素大方。整个大殿分前卷棚、殿身和后窑殿三个部分。青砖青瓦配以淡黄色的木门，古色古香，淡雅素洁。后窑殿是后人为了实用扩建的，好在和原来大殿的风格保持了一致。

整个大殿给人的感觉清静简洁，但大殿屋脊上布满的青砖雕饰依然呈现出优美的质感，在阳光的照射下，砖花瓣纹形成了一种柔和的韵律，令人赏心悦目。当年西路军虽然被俘了，但他们没有叛变，他们革命的信念没有丢，这也是在与敌人进行机智顽强的斗争，这大殿上雕刻着的符号就是最有力的见证，这也再次证明了西路军将士对革命的忠贞不渝！他们将"五星"留在了大殿的屋脊上，在循化这片黄河谷地上，从最西边的黄河上游，顺着夕阳的照耀映红了撒拉川，把中国革命的火种留在了这片民族孤岛上，为后人指引了一条通向光明的道路。

十一届三中全会以来，在上级领导和相关部门的关心支持下，红光清夏寺恢复于1980年。赞卜乎村的苏万云等人开始关注和保护红光清真寺的红色遗迹，积极申报上级有关单位。后来韩国财、马亥力录、马古莱西、韩海比等几位老人接续做了这项工作。韩国财老人说，他们一行几个人，连续四次到青海省文化厅反应情况，文化厅相关部门非常重视，派人实地查看红光清真寺的建筑情况。

1998年12月，经青海省人民政府批准，红光清真寺被列为省级重点文物保护单位，并被海东地委、行署命名为海东市"爱国主义教育基地"。2006年，红光清真寺被列为国家级重点文物保护单位，成为当时青海省唯一一座国家级重点文物保护单位。2013年被国家民委确定为"全国宗教界爱国主义教育基地"。

2009年4月11日，青海循化县红光清真寺内的西路红军纪念馆正式开馆，省政协、省伊斯兰教协会、兰州八路军办事处纪念馆、高台西路红军纪念馆、西宁市民政局、西宁东关清真大寺等单位负责人和 90 岁高龄的老红军战士韩贵忠出席了开馆仪式，当地驻军官兵和各族群众计数千人进馆参观。

设在寺内的西路红军纪念馆是由循化县红光村清真寺时任教长何连升提议，清真寺民管会成员组织，由村两委班子联合建立的一座民间西路红军纪念馆。纪念馆内共陈列资料照片 80 多幅、实物 10 余件。红光村村民为搜集红西路军的有关资料和当年遗物，筹办方专门派人前往河西走廊、兰州八路军办事处纪念馆、高台西路红军纪念馆等处，行程 2000 多公里，搜集到了这批弥足珍贵的资料和实物。另外，红光村群众自发捐款 10 多万元，专门制做了比较完整的关于红西路军事迹的展板。

这是全国唯一一座由红军修建的清真寺，极其罕见，不仅造型独特，还具有很重要的历史研究和文物保护价值。清真寺是被俘红军的杰作，也是他们忠于革命的铁证。多年来，赞卜乎（红光）一直受到省市县的高度重视。曾先后被授予全国重点文物保护单位、海东市爱国主义教育示范基地、海东市民族团结进步教育基地。先后有近百万人参观了赞卜乎（红光）西路红军纪念馆，缅怀革命先烈，继承优良传统，弘扬长征精神。

1987 年青海省人民政府为了缅怀先烈，激励在世，启迪后代，在全国唯一的由西路军被俘战士创建的红色村庄——红光村修建了一座纪念馆。纪念馆坐北向南，东西宽 46.1 米，南北深 44 米，占地面积 2030 平方米，一九八七年由青海省海东行署拨款修建，院内栽种了 17 棵柏树，郁郁葱葱。纪念馆大门为简易砼体结构，瓷砖面门楼，安两扇铁栅门，大门门额上镶铜字"西路红军纪念馆"，进入大门十米开外是西路红军纪念碑，砼体结构，水泥抹面，由四面出踏跺的圆形基座，方形碑身，尖顶置铁制红星组成，高 11 米。碑身正面刻有"红军精神光照千秋"，落款青海省人民政府；东面刻有"魂系昆仑壮河山"，落款青海省军区；北面刻有"心不易豪气永存"，落款循化县县委；西面刻有"红军精神如黄河奔流英雄业绩与积石永存"，落款循化县人民政府。纪念碑碑后是高 2.3 米的简易的西路红军失散人员经历碑，正面刻有西路红军在河西走廊战役中失利被俘，在赞卜乎（红光）地区战俘集中营监管期间垦荒、伐木、修路、建房等苦役经过，表现他们遭受非人待遇，与敌斗争，坚贞不屈的碑文，再后面是三间结构简单的陈列室，室内正面有 24 名西路红军战士流落循化晚年时的照片，从外表到气质他们已完全成为撒拉族老人，在当时黑暗时期他们被善良的撒拉族群众接纳，招婿认亲，得以生存。近年来他们已进入八十多岁的高龄，陆续故去，现仅存两人。左侧陈列着当时红军战士为群众制作的一对摇椅和一张单桌，摇椅的靠背档头上赫然刻有一颗五角星。右侧是党旗、党的誓言，并有前国家领导人李先念题词"红军西路军战士永远活在我们心中"和徐向前题词"西路军牺牲烈士的精神永垂史册"。

每一件遗物，都有一段可歌可泣的传奇故事，都是红军可贵精神的凝聚，也提醒着我们，那可贵精神要一代代传下去。

红光村是唯一的红军被俘战士修建的村庄，这里到处是红军的革命遗迹，一对 80 年前红军留下的椅子，如今就静静躺在红光村西路军纪念馆中。它被擦拭干净，受人观赏。但在此前有 50 年的时间里，它都是撒拉族老乡苏万林家中的传家之宝。因为，这是 70 年前红军为感谢撒拉族民间中医苏占奎熬药治伤治病之恩，而留下的宝贵信物。

63 岁的苏万林是苏占奎的儿子。1987 年，他同兄弟们一起，将这对家中视若珍宝的躺椅和桌子捐赠给了西路红军纪念馆。如今三代过去了，苏万林却把桌椅的往事刻在了心中。

父亲苏占奎很多次告诉苏万林，"红军是亲人，他们在这里住了七年，与我们相处就像一家人。"那些日子中，在红军生活在红光村的七年里，苏占奎帮助救治过 10 多位红军战士。

1946 年 9 月，由红军被俘战士组成的工兵营将要解散了，红军要走了，却不能不谢苏占奎一家的救治之情。

"他们艰苦，没有值钱的物件，却坚持要答谢父亲，要付医药费。"苏万林说他父亲从未想过要收取报酬，但红军还是给他家制作了一对桌椅，交在了他父亲的手上。红军离开了赞卜乎（红光）地区，苏占奎父子经常想起他们。这对桌椅，就成了苏占奎一家最珍贵的传家宝。家中谁都没使用过它，苏占奎更是把它看作宝贝：白天怕它被弄脏用布盖住它；晚上怕被偷，锁在房间里。苏占奎过世后，桌椅传给了苏家兄弟。苏家代代视其若珍宝，即便是在 1960 年发生的自然灾害期间，都舍不得拿去换钱。直到 1987 年，苏家兄弟决定将桌椅捐到西路红军纪念馆。苏万林说"父亲觉得，桌椅留在自己家里当个念想，不如让它把红军在赞卜乎（红光）的故事发扬光大。"苏万林的弟弟苏万云就是因为这些因素，对红光村的红色历史格外热情，也是最初提议挖掘村庄红色历史的人之一。

如今，家就住在西路红军纪念馆附近的苏万林，担任起了红光村西路红军纪念馆管理员一职，他每天时不时就会跑去馆里看一看。他觉得这对红军留下的桌椅，始终是家里最大的荣耀。当时他们并没有理解红军战士说的："等我们红军归来，一定给你把这对桌椅兑换成钱。若是我们没有回来，那你就等到革命成功了，把它拿到政府去，就能给你换成医药费。"这句话的含义。直到后来人们留意到一对椅子靠背的档头上刻着一个五角星，桌子的抽屉把手也有一个五角星，大家才认识到了这对椅子的价值。但苏家兄弟没想着用它换取物质的报酬，而是免费捐给了纪念馆供人们瞻仰。

中国工农红军西路军纪念馆围绕宜居宜游首位产业的主题，立足当地丰富的红色历史资源，创新宣传方式，推介红色文化，提升知名度，平均全年接待瞻仰者达1万人次。

该馆充分利用"清明""七一""八一"等重大节日，举办各类主题教育活动，强化纪念馆爱国主义教育基地的教育功能，增强"红色精神"的凝聚力。先后举办"弘扬红西路军精神，实现民族复兴之梦""缅怀革命先烈，弘扬民族精神，率先转型跨越，建设美丽家园"等形式多样的主题教育活动，参与干部群众达数十万人。

1998年12月，经青海省人民政府批准，红光清夏寺被列为省级重点文物保护单位，并被海东地委、行署命名为海东市"爱国主义教育基地"。2006年，该寺被列为国家级重点文物保护单位，成为我省唯一一座被列为国家级重点文物保护单位的宗教寺院。

随着红色旅游产业的兴起和寺内红军西路军纪念馆的开放，如今，红光清真寺——这座全国唯一一座由红军修建的清真寺，将依托著名旅游景点——公伯峡水电站，为发展红光村独特的撒拉族民俗旅游项目起到积极的推动作用。

红光清真寺和民管会认真学习贯彻党的民族宗教政策，坚持和发扬爱国爱教传统，自觉接受依法管理，积极服务奉献社会，带领广大穆斯林群众为当地的经济社会发展做出了积极贡献。维护民族团结，架起政府与群众之间沟通的桥梁，及时传达党和政府的政策、决策，及时反映群众的困难、想法，促进政府政策、决策的落实，帮助穆斯林群众解决生产生活中的一些困难。清真寺阿訇经常在主麻日宣讲红光村的革命历史，带领穆斯林群众了解历史，让每个穆斯林群众牢记党的光辉历史，牢记各族同胞抗日救国历史，树立没有共产党就没有新中国理念，先后举办了纪念祖国、红色教育、社会主义核心价值教育等活动。

1939 年 3 月的红光村，是西路红军走进循化地区，进入青海的第一个撒拉族聚居地，语言不通，习俗不同，使红军战士在生活上感到非常不方便。查汗都斯商业不活跃，信息闭塞，人口较少，经济文化相对不发达。

到达赞卜乎（红光）后，红军把搞好各民族的关系、做好民族工作作为同军事、政治活动同等重要的工作来开展。西路军被俘战士极为尊重撒拉族群众风俗习惯和宗教信仰。撒拉族群众有着围绕清真寺相对集中聚居的习惯。西路军战士刘一民等经常同当地撒拉族阿訇及宗教界人士促膝攀谈，红军战士经常深入当地撒拉族群众家中，访贫问苦。

红军在赞卜乎（红光）苦役期间，撒拉族群众纷纷自愿帮助西路军战士，在清真寺上演了一场阿訇救红军战士的感人故事。

改革开放后，赞卜乎（红光）撒拉族群众一直保持着爱国爱教、和谐相处、民族团结的优良传统。在后来的红色旅游开发和城镇化建设当中，积极配合政府决策和建设规划，在土地流转、征用及拆迁建设中一直起着模范带头作用。尤其在近年来，赞卜乎（红光）撒拉族群众以自己的传统优势，在畜牧、贩运、餐饮、循化辣椒加工等经济领域取得了显著成效，生活状况明显改善，带动了当地经济社会的发展。

多年来，赞卜乎（红光）一直受到省市县的高度重视。曾先后被授予全国重点文物保护单位、海东市爱国主义教育示范基地、海东市民族团结进步教育基地。先后有近百万人参观了赞卜乎（红光）西路红军纪念馆，缅怀革命先烈，继承优良传统，弘扬长征精神。

2014 年 2 月 5 日，时任海东市委书记的于丛乐深入红光村检查指导维稳工作，分别在清真寺与乡镇干部、村两委班子、寺院民管会成员、阿訇座谈，要求全力抓好当前维稳工作，确保各族群众度过一个欢乐祥和的春节。

于丛乐指出，要按照全省全区统一部署。循化县就此指示扎实开展维稳工作，整顿规范出现问题的寺院，切实加强村级班子和寺院民管会班子建设，广泛开展民族宗教政策教育和法律法规教育，层层签订维稳责任书，收到了阶段性良好成效。于丛乐对此充分肯定，并向驻守在维稳一线的工作组成员表示亲切地慰问。

在座谈会上，于丛乐对寺院和群众提出三点要求。一是切实增强法律意识。法律面前人人平等，寺院是法律框架内的社会组织，阿訇和满拉是国家公民，国家法律充分保障信仰宗教自由，寺院和阿訇必须遵守国家法律，在法律规定的范围内开展活动。二是倍加珍惜宗教发展机遇。现在是党的民族宗教政策最好的时期，党的民生政策惠起到了寺院和阿訇，寺院、阿訇要自觉服从党和政府的领导，维护好宗教事务正常开展的良好环境，维护好国家的民族宗教政策，共同推动民族地区政治、经济、文化的发展。三是积极弘扬爱国爱教传统。要在寺院、阿訇当中深入开展民族历史教育、爱国爱教教育，引导信教群众向大师学习，树立正确的是非观，持戒守律，规范言行，爱国爱教。对于违反国家法律的行为，要依法坚决打击。

于丛乐强调，寺院民管会要切实履职，真正发挥积极作用；各级党委政府要在继续抓好维稳工作的同时，关心寺院、群众的生活，帮助他们解决实际困难。要通过党委政府、村级组织、寺院民管会、群众的共同努力，努力形成秩序和谐、群众和乐、民族和睦、宗教和顺的良好局面。

循化县委统战部关于在信教群众中开展爱国主义教育活动的总结中认为坚持在宗教界人士和信教群众中开展爱国主义、社会主义教育是一项长期任务，为全面正确地贯彻执行党的宗教信仰自由政策，使宗教与社会主义社会相适应，我县在全县宗教界人士和信教群众中开展了爱国主义教育活动。活动以"规范"为主题的协调寺观教堂建立活动为抓手，用社会主义核心价值观来引领和教诲宗教界人士和信教群众，用中华文化浸润各宗教。以坚持正面引导、阐扬宗教界主体感化、因地因教制宜、坚持以社会主义核心价值观为基本原则，深入开展以爱国主义教育、公民人品教育、法治宣扬教育、协调理念教育、和谐寺观教堂创建为重点内容的五项活动。

红光清真寺在爱国主义教育活动中，注重发挥爱国宗教团体的作用，支持伊协和寺管会开展正常的宗教活动。发挥伊协联系信教群众的特殊作用，做了大量的信教群众工作，加强了政府与信教群众的紧密联系。在尊重信教群众的风俗习惯的前提下，提倡文明健康的生活方式。伊协和寺管会依法开展宗教活动，抵制极端宗教势力和外地宗教串联等非法宗教活动，为维护社会稳定发挥了重要作用，我们还经常深入宗教团体，通过组织学习，培训等形式提高宗教团体整体思想素质和爱国爱教觉悟。

根据县伊协的安排，红光清真寺利用"主麻日"开展了系列爱国主义教育。前后共举办83场讲座，参加教育的信教群众有12600余人。主讲阿訇从为什么要爱国、怎样爱国、爱国怎样做三个方面进行了讲释。他讲：爱国就是对祖国的忠诚和热爱；爱国就是把自己的命运与祖国的命运联系起来，树立国家富强才能自己富裕，自己才能幸福生活的意识，爱国、爱教、爱家乡是统一的。教育家人，在家里要尊老爱幼、互敬互爱、家庭和睦，在社会上要遵纪守法，不做违法的事，服从管理，听从党和政府的领导，维护党和政府的声誉，个人利益必须服从国家和集体利益。

第十八章　红军后代寻根之旅

2013年11月，我和兰州晚报财经部主任穆珺女士因红色而结缘，自此，他们开始了让北京的西路军后代红光村之行的一系列准备工作。经过了近一年的努力，北京的西路军后代踏上了西行之路。

2014年7月1日，原西路军总指挥徐向前之子，原国防科工委副主任徐小岩中将、原西路军战士徐立清中将之子，原空军某基地司令徐甘泉少将、原国防大学教授朱玉、原西路军宣传部部长刘瑞龙长女刘延淮、原西路军老红军王定国、兰州八路军办事处主任谢觉哉夫妇之子谢烈和谢飘、原西路军保卫局局长曾传六侄女曾艳丽、原红四方面军政治部主任，西路军组织部部长张琴秋外孙刘秉宏、原西路军战士胡正先之女胡滨江、原西路军战士胡有贵之女胡忆虹、军事专家夏宇立一行九人来到了红光村。

在红光村期间，瞻仰了西路军纪念碑，参观了红光清真寺、西路军红军

小学。还与当地百姓见面座谈。深入了解了当时西路军被俘战士在红光村的情况。所有西路军后代被先烈们无比坚定的信念所震撼。大家一致认为。红光清真寺和红光村的红色密码是西路军战士忠于党忠于革命的铁证。

徐小岩中将在座谈中说："中华民族是世界上人口最多的大家庭，有些人也不太重视自己的文化遗产。特别是近几年，我们队精神和传统文化淡漠了。我们这一代人应该给下一代留点东西啊！那么红军精神就是一个宝贵的精神财富，我们大家一定要把它传承好发扬好，应为人在落难的时候表现出来的意志品质是多么高贵啊！我想所有的撒拉族人民表示感谢！"

刘延淮女士说："以前，我对撒拉族不了解，更不知道撒拉族人民在我们的先辈身陷囹圄的时刻，帮助了他们，保护了他们。撒拉族是伟大的民族，是善良的民族，你们的伟大，我代表西路军前辈，代表西路军后代，向你们表示敬意！"

2014年，原国防大学教授朱玉得知青海省循化撒拉族自治县红光村是被俘西路军战士亲手修建的。他不顾年老体弱千里迢迢，连续三年来到红光村，考证研究西路军留在这里的"密码"。他看到当年战士们巧妙地将五星、镰刀、斧头、"工"字、"十"字等革命符号隐藏在砖花的瓣纹里并嵌在大殿的屋脊之上。他心绪难平："看，他们虽然被俘了，但他们没有叛变，他们革命的信念没有丢，这也是在与敌人进行机智顽强的斗争，这些符号就是最有力的见证，这也再次证明了西路军将士对革命的忠贞不渝！"

他带着深切的痛潜入历史，是他第一个揭开了西路军问题的"盖子"

西路军21800多人在河西谱写了中国军事史甚至是世界军事史上最惨烈、最英勇、最悲壮的历史。然而，之后，西路军又被打上了"张国焘错误路线的牺牲品"，真相被模糊，历史被尘封近半个世纪。直到1979年，当时在解放军政治学院（现国防大学）任教的朱玉被调到了徐向前元帅传记编写组工作。"写徐帅就绕不开西路军，可我每次问到有关西路军的问题，徐帅显得沉重，也不说话。后来被我问急了，他说有电文可以查。我这才到中央档案馆查阅档案资料，发现了保存比较完整的西路军电报，几百份鲜为人知的电报反映出来的事实与几十年来党史界的说法不一，历史是被歪曲了的。"朱玉说。

"那是冬天，朱玉穿着部队发的棉帽、棉衣、棉裤、棉鞋，'全副武装'在寒冬阴冷的档案馆里一待就是三个月。他一边查，一边流泪，回到家也不说话，情绪非常低落。"他的夫人徐秀珠回忆。朱玉将自己的工作绝非局限于文字的收集、整理，也不是以一种冷漠的态度翻捡这些电文。他是带着深切的痛苦潜入这段历史，触摸那些没有飘散的灵魂，将电文一一按时间顺序排列了起来，他发现西路军全过程每一步都是按照党中央和中央军委的电令进行的，不是张国焘指挥的，这就是西路军历史的真相。这个真相与党史界、军史界长期以来有关西路军的定论完全相反。

当时要将真相说出去是有压力的，"但西路军两万多人啊！在河西走廊血战到几乎全军覆没，其惊心动魄、惨烈悲壮的程度，在中国革命史上都是罕见的，死后还要背'黑锅'，幸存者还要受屈辱，受到极不公正的对待。如果我还顾及自己的安危和前途，我对不起那些死去的烈士。"朱玉坦白道。他于 1980 年 12 月 2 日，以"竹郁"笔名写下了《"西路军"疑》，从此揭开了西路军问题的"盖子"。"不虚美、不隐恶"让真相大白。

《"西路军"疑》这篇只有 2000 多字的文章，石破天惊，震动了党史界、学术界，"西路军"问题立刻刮起了一阵旋风，各种大帽子劈头盖脸地向他压来。但朱玉以不"曲学阿世"的耿耿风骨接着又发表了《把历史的内容还给历史 -- 西路军问题初探》和《被否定的历史和被历史的否定》两篇文章，虽然这些文章都仅限于在内部发行的刊物上发表，但它还是引起不少争议。朱玉的一位同事回忆，由于这些争论来得突然，全国党史研究会的领导也一时不知如何应对才好。当时全国性党史学术讨论会几乎年年召开，每次开会，主持人都要一次再次地宣布：本次会议不讨论、不涉及西路军问题。

与此同时，朱玉的这篇《"西路军"疑》出现在邓小平眼前。"当时，我陪李先念主席刚从上海回来，看到邓小平在朱玉文章上的批示后，李先念主席就派我去查找有关资料。我当时和国务院办公厅研究室的王主任一起去档案馆查，政府一共去了 31 次，查阅了中央档案中的大量电报文件。"程振声回忆，"当我拿出 1936 年 10 月 5 日的那份电文给李先念主席看时，他还感慨地说，这份电文他看到过，是中央指示西渡黄河，要'依四方面军造船为断'。看到如此紧迫的任务，饭都没有顾上吃，就去大芦子组织造船的事去了。"

朱玉的"小文章"引出李先念的"大文章"后来，李先念根据邓小平的批示和陈云的建议，在组织人员查阅大量历史档案的基础上，于 1983 年 2 月

25 日写出《关于西路军历史上几个问题的说明》，并选出五十多封当年中央与西路军往来的电报，作为附件。这个《说明》明确指出："西路军执行的任务是中央决定的。西路军自始至终都在中央军委领导之下，重要军事行动也是中央军委指示或经中央军委同意的，因此，西路军问题同张国焘 1935 年 9 月擅自命令红四方面军南下的问题性质不同。西路军根据中央指示在河西走廊建立根据地和打通国际通道不能说是张国焘路线。"

徐向前元帅的秘书李而炳回忆："先念同志充分肯定了西路军广大指战员的英勇奋战精神，并指出过去一些文章、著作、讲话和文件，对西路军的历史评述不当，应该按照历史事实改正过来。并主张不公开争论，将这个《说明》存中央档案馆和中央党史和文献研究院。为以后研究西路军提供真实的史料。"李而炳还清楚地记得："陈云 2 月 8 日看了这个《说明》后批示：'先念同志：你写的关于西路军历史上几个问题的说明和所有附件，我都看了两遍，这些附件都是党内历史电报，我赞成把此件存中央党史和文献研究院和中央档案馆。先请小平同志阅后再交中央常委一阅。'"

说起这段历史，朱玉说，其实在此过程中，陈云对西路军的问题解决做出了重要贡献。1981 年 11 月和 1982 年 2 月，陈云先后两次指出："这个问题不能回避。西路军过河是党中央为执行宁夏战役计划而决定的，不能说是张国焘分裂路线的产物。""西路军西征是当年根据中央打通国际路线的决定，我在苏联时，曾负责同他们联系西路军武器弹药的事，而且在靠近新疆的边境上亲眼看到过这些装备。西路军问题是一件和自己有关的事，我今年 77 岁了，要把这件事情搞清楚。"同年 3 月 22 日，邓小平批示："赞成这个说明，同意全件存档。"程振声说："'全件'是指当时还选送了一批电报在内，当时的其他中共中央政治局常委都圈阅同意了这个《说明》。"

"小平同志批示并经中央常委同意的这个文件，对西路军问题作出了实事求是的结论，是对西路军问题的拨乱反正，得到了广大干部和人民群众，特别是原四方面军老同志和广大党史工作者的一致拥护。"李而炳说。而程振声还记得，当他把李先念写的《说明》送给徐向前元帅看时，平时并不多言的徐帅显得非常高兴。"他还和我照了相，说他赞同这个《说明》。1988 年 6 月 2 日，李先念、徐向前接见参加红四方面军战史修改领导小组会议的同志，李先念对朱玉说："有了你的那篇小文章，才有我那篇大文章。"过了几天，徐向前见到李先念时说，这个《说明》出去后，他感到很安慰。

李而炳作为这段历史的见证人，他说："1982 年 8 月 14 日上午，徐向前应中央党史和文献研究院廖盖隆等同志的要求，会见了党史研究室的五位同志，谈了西路军的过程和对西路军问题的看法，认为西路军的全部过程都是在中央的指示下进行的。并对过去一些不正确的说法予以纠正。"至此，西路军彻底甩掉背了几十年的"黑锅"。在将近半个世纪里，那些散落在河西走廊而被诬为"叛徒""张国焘的走狗"的西路军幸存者，也都逐渐恢复了老红军的身份，得到了相应的待遇。

此后，公开出版的一些书刊，如《中国大百科全书（军事卷）》《毛泽东传》《陈云年谱》、新版《中国共产党历史》以及徐向前、李先念逝世时，中共中央的讣告及生平介绍等，都明确地对西路军进行了新的表述和评价。2001 年 11 月 7 日，江泽民在纪念徐向前一百周年诞辰座谈会上，2009 年 6 月 23 日，胡锦涛在纪念李先念一百周年诞辰座谈会上的讲话，都高度地肯定了西路军的历史作用。

尽管如此，有关西路军的问题仍有争论，但朱玉从来都不回应，也不争辩。他说："这不能怪他们，因为西路军问题的解决公开宣传的很少，好多人还不知道，有些人脑海里还是老调调。唐僧、孙悟空等西天取经，历经九九八十一难，我们为西路军正名，也许磨难会更多些，但是事实终究是事实，谁也改变不了，就是要为西路军正名，不能让烈士的血白流。"

朱玉身上所表现出大勇之气，他守护的是正义、是良知、是责任、是高贵。所以这么多年，他付出，他承受，他压抑，这更是"人道"的光辉。历史的精义就是求真，他从不违心附和，无论怎么艰难，都坚持正直为人的原则，他秉持了中国史家不虚美、不隐恶之求实原则，也为我们树立了正直不阿的学者之典范。

虽然我和朱教授不能相提并论，但是在这个小环境中，我遇到的困难和非议也是常人难以承受的。

2015 年 7 月 7 日，正值"七七"卢沟桥事变 78 周年，抗战胜利 20 周年之际，为弘扬西路军精神，推动一带一路经济文化发展，红西路军后代联谊会（筹）成员应香港毅德控股王再兴主席邀请，前往全国唯一由西路军被俘战士创建的村庄——青海省循化县红光村，纪念红军长征八十周年及红西路军青海系

列慈善及纪念活动。

红西路军后代和社会爱心企业领导在循化县为县政府领导的陪同下走进红光村。前来参加纪念活动的人员有国防大学朱玉教授、红西路军老战士刘瑞龙之女刘延淮、杜义德将军之女杜红、周纯麟将军之子周善平、潘峰将军之子潘声源、蔡长元将军之子蔡晓新、胡正先之女胡滨江、王云清之子王江明、胡有贵之女胡忆虹、金克之子金奇以及张琴秋之外孙刘秉宏。社会爱心企业代表有神州豪德公司董事长常永明、副总裁秦春、助理王聪、祁连泰汇矿业总裁薛韶军、上海华师京城高新技术（集团）有限公司董事长龚浩、青岛大学路小学王超老师等。我带领各位领导嘉宾考察瞻仰西路军纪念碑，参观红军院，聆听军民鱼水故事，调研红光清真寺。最后，走进西路军红军小学举行远程教育设备捐赠仪式，上海华师京城高新技术（集团）有限公司为西路军红军小学捐赠价值达 50 多万元的七套远程教育设备、青岛大学路小学为红军小学提供远程教育资源支持和对接。

参加仪式的县级领导：县委常委县委书记李发荣，县委常委县委副书记、县长韩兴斌，县委常委、人武部长董洋，副县长冶兰等，县委常委、宣传部长贺生杰主持仪式。参加仪式的还有查汗都斯乡党委政府全体领导，红军小学师生和红光村村民共 500 余人。

联谊会一行到红光村西路红军纪念馆，向西路红军纪念碑行礼，深切缅怀红西路军革命先烈。来到村内参观了红军墙、红军庄廓、红光清真寺等红色遗迹、遗物，聆听了红西路军战士可歌可泣的英雄故事。当来到新建的西路红军展览馆时，感慨地说红光村比去年来的时候变化很大，对县委、县政府一年来在红光村开展的工作给予了高度评价。李发荣书记说："红光村是全国唯一的由西路红军被俘战士修建的红光清真寺所在村，是十分珍贵的爱国主义教育基地，更是民族团结共融的历史见证，今后县委、县政府要进一步加大对红光村的扶持力度，努力把红光村建设好。"

最后，在红光小学举行了慈善捐赠仪式，韩兴斌县长代表县委、县政府对联谊会一行的到来表示欢迎，对爱心企业家的善举表示感谢，他说："在红西路军后代联谊会的积极协调下，爱心企业家们抱着对贫困地区民族教育、红色教育事业的涓涓关爱和浓浓深情，给红光小学捐赠远程教育设备，这必将有力提升学校的信息化教育水平，促进民族教育事业健康发展。"红西路军后代联谊会代表刘延淮女士说："我们与红光村有特殊的感情，要努力在父辈们流血牺牲、战斗过的地方，为撒拉族群众做些事情，将与省、市、县领导一起，要把红光村的发展与一带一路发展战略结合起来，与中亚国家的交流结合起来，使撒拉族群众过上更好的日子。"随后，爱心企业家为红光小学捐赠了远程教育设备。

2016 年 7 月 28 日，来自全国 20 余家晚报的总编辑、记者和西路军后代圆满完成了"回望西征路"首站——青海省海东市循化撒拉族自治县红光村的采访。

在为期两天的采访中，时任海东市委书记记于丛乐、循化县委书记李发荣、循化县长韩兴斌等市县领导全程陪同，为采访团作讲解员，与采访团成员深入交流。"我们非常珍视红色文化这份宝贵的精神财富。红光村被确定为海东市爱国主义教育基地，红光清真寺被确定为全国宗教界爱国主义基地。"于丛乐表示，下一步，将以打造国家级红色教育基地和爱国主义教育基地为目标，同步推进撒拉族民俗旅游开发、黄河库区水上旅游开发，统筹推进红光村特色产业发展、基础设施建设、重点文物保护等工作，力争"十三五"期间，将红光村打造成国家级红色教育基地、爱国主义教育基地和美丽乡村建设、民族团结进步示范点。

于丛乐说，今年是红军长征胜利 80 周年，由兰州晚报承办的全国晚报总编辑暨西路军后代"回望西征路"大型采访活动，不仅仅是一次采访活动，更是一次红色纪念活动、红色考察活动和红色教育活动。借助兰州晚报搭建的平台，来自全国各地的总编、记者和西路军后代得以走进循化，踏着先辈的足迹，实地走访了解西路军留下的"密码"，缅怀先辈功勋。这也是红光村首次受到这么多媒体的关注，必将通过他们的全媒体报道，让更多人知道西路军的"密码"，知道红光村的红色旅游资源。

"作为一个村，红光村因为红西路军留下的遗产，赢得了超乎想象的关注和支持，海东市和循化县成立了全省独有的市县共建红光村红色教育基地领导协调机构。这几年不论是村级基础设施建设、农村住房建设，还是村级特产业发展，都对红光村给予最大的倾斜和支持。"于丛乐坦言。

全国重点晚报"回望西征路"采访团也做了大量的报道：《要把红光村打造成在全国叫得响的爱国主义教育基地》

兰州新闻网

全国晚报总编辑暨红西路军后代"回望西征路"采访团昨日结束了在青海省海东市循化县红光村的采访。

红光村是目前国内仅存的西路军生存遗址，红光小学、红光清真寺都是当年西路军被俘战士亲手建造，处处都有"红色符号"，成为西征将士坚贞不屈、矢志不渝的有力物证。作为循化县最主要的爱国主义教育基地，如何充分发挥和挖掘红西路军文化，全力提升循化县红色旅游的知名度？

循化县委书记李发荣说，"革命传承不能忘记，红军精神不能忘记。随着红光村的影响力越来越大，下一步我们要加大支持和投入力度，把红光村打造成在全国叫得响的爱国主义教育基地，民族团结进步的典范和脱贫攻坚的样板村。这是我们的责任，也是我们的神圣使命！"

对于由兰州日报社、兰州晚报发起的"回望西征路"大型采访活动，李发荣发说，"兰州晚报在全国晚报中有着较大的影响力，通过这样的大型采访活动，一方面体现了兰州晚报在弘扬主旋律、传承红军长征精神方面的媒体责任感，另一方面通过全国晚报协会各媒体的全程跟进，进一步扩大了红光村的知名度，让更多的人了解西路军战士最后时刻的艰难历史。这样的活动，对于提升红光村乃至循化县的综合形象，有着特别深远的意义。"

回望西征路——《发展红色旅游 弘扬革命精神》

兰州晚报

2016 年 8 月 28 日，来自全国 20 余家晚报的总编辑、记者和西路军后代圆满完成了"回望西征路"首站——青海省海东市循化撒拉族自治县红光村的采访。

在为期两天的采访中，时任海东市委书记记于丛乐、循化县委书记李发荣、循化县长韩兴斌等市县领导全程陪同，为采访团作讲解员，与采访团成员深入交流。"我们非常珍视红色文化这份宝贵的精神财富。红光村被确定为海东市爱国主义教育基地，红光清真寺被确定为全国宗教界爱国主义基地。"于丛乐表示，下一步，将以打造国家级红色教育基地和爱国主义教育基地为目标，同步推进撒拉族民俗旅游开发、黄河库区水上旅游开发，统筹推进红光村特色产业发展、基础设施建设、重点文物保护等工作，力争"十三五"期间，将红光村打造成国家级红色教育基地、爱国主义教育基地和美丽乡村建设、民族团结进步示范点。

于丛乐说，今年是红军长征胜利 80 周年，由兰州晚报承办的全国晚报总编辑暨西路军后代"回望西征路"大型采访活动，不仅仅是一次采访活动，更是一次红色纪念活动、红色考察活动和红色教育活动。借助兰州晚报搭建的平台，来自全国各地的总编、记者和西路军后代得以走进循化，踏着先辈的足迹，实地走访了解西路军留下的"密码"，缅怀先辈功勋。这也是红光村首次受到这么多媒体的关注，必将通过他们的全媒体报道，让更多人知道西路军的"密码"，知道红光村的红色旅游资源。

"作为一个村，红光村因为红西路军留下的遗产，赢得了超乎想象的关注和支持，海东市和循化县成立了全省独有的市县共建红光村红色教育基地领导协调机构。这几年不论是村级基础设施建设、农村住房建设，还是村级特产业发展，都对红光村给予最大的倾斜和支持。"于丛乐坦言。全国晚报总编辑暨红西路军后代"回望西征路"采访团昨日结束了在青海省海东市循化县红光村的采访。

红光村是目前国内仅存的西路军生存遗址，红光小学、红光清真寺都是当年西路军被俘战士亲手建造，处处都有"红色符号"，成为西征将士坚贞不屈、矢志不渝的有力物证。作为循化县最主要的爱国主义教育基地，如何充分发挥和挖掘红西路军文化，全力提升循化县红色旅游的知名度？

对于由兰州日报社、兰州晚报发起的"回望西征路"大型采访活动，李发荣发说，"兰州晚报在全国晚报中有着较大的影响力，通过这样的大型采访活动，一方面体现了兰州晚报在弘扬主旋律、传承红军长征精神方面的媒体责任感，另一方面通过全国晚报协会各媒体的全程跟进，进一步扩大了红光村的知名度，让更多的人了解西路军战士最后时刻的艰难历史。这样的活动，对于提升红光村乃至循化县的综合形象，有着特别深远的意义。"

8 月 27 日中午，当采访团成员到达红光村时，一场独特的撒拉族欢迎仪式感染了每一个人。身着撒拉族传统盛装的姑娘们用撒拉族人特有的敬茶礼迎接客人，红光小学的小学生们穿着灰色红军制服，一本正经地给客人敬起了军礼。对于采访团大多数记者来说，红光村是第一次来，对于撒拉族人民的热情也是第一次感受。老记们一边飞快地按动着快门，一边和热情的人们打着招呼。《国际旅游岛商报》的记者赵汶连声说"太热情！太感动！太震撼！"

"红光村是西路军留给世人一个特别温暖的片段。对于熟知西征悲歌历史的人们来说，红光村更像是一种传承和延续，是西路军战士至死不渝、坚贞顽强的最好见证。"国防大学教授朱玉先生，被誉为"西路军正本清源第一人"，这是老先生在两年内第三次来到红光村。当朱玉先生第一次来到红光村的时候，看到清真寺建筑顶上当年红军战士偷偷刻的五星、镰刀等图案时，止不住潸然泪下，老人对陪同他的县上领导说，红光村是红西路军精神的延续，一定要把这里保存好、建设好，让更多的人了解红光村的故事。

2017年7月的一天，来自新疆的徐建军一行7人坐车从西宁市驱车向青海省循化撒拉族自治县出发，去寻找在他心里一直深藏着一个愿望，那就是去寻访他已故父亲曾经战斗过的地方，看一看故地，听一听往事。我接待了他们，并详细作了介绍和参观，回到新疆后，徐建军给我发来了他的参观感受和他父辈的故事："汽车穿过喧嚣的城市，在拥挤的车道上慢行，出了西宁市上高速，车速加快，两边景色纷纷向后飘去，逐渐汽车拐向省道直通目的地青海省循化撒拉族自治县。经过近4个小时的颠簸，又通过一座黄河大桥我们终于到达县城。这是一个很小的城市，没有高楼的喧哗，街道车辆不多，我们几经打听，得知当地是有个红军纪念馆，在离县城15公里的红光村，我们沿着所指的路线继续前进，通过一段农庄，前面出现一片茂密的树林，夹杂排列整齐的民房，巷道纵横有序地排列在眼前。在一个撒拉族小姑娘的指点下，我们首先看到西路军烈士纪念馆，一个四方小院，中间耸立红军纪念碑上面刻着几个大字"红军精神光照千秋"。碑后一间红军纪念馆陈列红军时代的简介和遗物。不知何故我们未见到纪念馆的管理人员，未能聆听到父辈红军的故事和瞻仰他们生前遗物。（此纪念馆已列入青海省红军遗址重点保护单位）我们在纪念碑前默默地鞠躬，拍照留念。从纪念馆出来，他们又来到另一个展示当年红军生活战斗的地方，这就是当年我父亲他们亲手修盖的有70多年历史的清真寺和红军小学。在这里我们遇到了现任红军小学的马明全，当时他正在接待西宁市来此参观的团队，得知我们是从新疆过来寻访前辈的足迹，他十分震惊，红军的后代居然从新疆过来，马校长对红军在这一段时间的经历讲解得非常细致，言表之中留着敬意。此处遗址红军学校和清真寺对面而建，虽然经过多次翻新，修建了院墙、新建了纪念馆、校园大门等建筑。但一切还是按照红军时代的建设进行修复。只是清真寺还是展示了本来的样子。他在 10 年前调入这个偏僻的山区小学担任校长，在父辈的影响下，深感到红军西路军在循化的作用。他认真研究西路军的历史，走访了红光村所有的老人，掌握大量的历史素材。在 7 年中，无偿讲解 1800 余场红军事迹。我们认真聆听他的介绍，在他的带领下参观了纪念馆展示的图片和实物，参观了清真寺和红军小学，拍照留念。完成了当天的行程返回西宁市。这次我们往返 350 公里寻找到了父亲曾经战斗的地方，很受教育，了却了我多年的心愿，也慰藉了已故的父亲。

我的父亲徐立贤，1917 年出生在安徽省金寨县吴家店、窑家湾一个贫苦农民的家庭。从小放牛，7 岁母亲去世，11 岁父亲病故，成为一个孤儿，吃百家饭，穿百家衣。当时红军 25 军团、红 4 方面军（主要诞生在安徽省金寨县）以大别山为根据地，父亲的家乡距湖北红安、麻城距离很近四五十公里，距金寨县一百多公里，失去父母的孩子整天穿梭在红军和游击队的队伍中，从小受红军革命的影响较大，当时徐家祠堂的几位同辈（立字辈）堂兄徐立清（原总政副主任中将）、徐立义（原陕西省军区后勤部部长大校）及下辈（其子辈）等先后有多名亲人参加红军，在他们的影响下，1931 年春年仅 14 岁的父亲毅然报名参加了红军。成为连队最小的战士。由于家境贫寒，营养严重缺乏，单薄矮小的身材，领导将他分配到红四军十二师政治部当文印员。就这样他的父亲走上了革命队伍。主要任务就是给部队传送文件、整理公文。

1932 年 11 月，红四方面军在第四次反围剿作战中失利，使红军丧失大量革命根据地。不得不撤离鄂豫皖苏区，父亲随大部队越过平汉路、血战漫川关，越秦岭、走汉中、渡汉水，转战三千里之后，在大巴山开辟了川陕苏区。当时红四方面军力量迅速发展，人员达 8 万余人，遂将红四方面军四个师改编为军，父亲的十二师改编为红九军，军长何畏，副军长许世友。政治部主任王新亭，父亲依然在九军政治部当文印员。部队转移到四川通江县、南疆县、巴中市等地开展川北革命根据地。1935 年 3 月红四方面军根据中央军委的决定进行长征。大部队强渡嘉陵江，攻克剑门关揭开红四方面万里长征的序幕。红四方面军八万雄师浩浩荡荡西移，破坚壁，催强敌，挺进川西北，打破数十万敌军的围追堵截，6 月在最终在四川茂功县雪山脚下夹金山与红一方面军红军胜利会师。父亲由于在军部政治处当文印员见过红四方面军的张国焘、徐向前、李先念等高级领导也有幸见过毛委员、朱总司令、周主席等中央领导人。

父亲一直跟随军部爬雪山、过草地，行军打仗，父亲回忆说，在行军路上要背机要文件和武器，由于是二次过雪山、草地，物资供应严重不足，吃过皮带、野菜、野草。在爬雪山时再累也不敢停下来，曾经看到战友就在身边倒下再也没有起来。身上唯一御寒物是部队配发打仗时缴获的一条毯子。据父亲说，行军时实在走不动了，老战士还背过他，帮他背行装、枪支。多半是拽着首长的马尾巴走过雪山、草地，到达甘肃会宁后剩 5 万余人。

1936 年 10 月 22 日，红一、二及父亲所在的红四方面军三大主力在甘肃会宁会师。随后根据中共中央军委的命令红四方面军共 5 个军西渡黄河，由于胡宗南围截，两个军未能渡河。总指挥部率已渡河的 3 个军，即红五军 4600 人，红九军 9000 人，红 30 军 8000 人及直属部队共 21800 余人致力于打通前往苏联的通道。10 月下旬，30 军和 9 军连克敌军，并攻克一条山及五佛寺渡口，消灭马鸿逵部一个团。但这时，敌军大举北进，两军展开激战。河东红军难以过止，宁夏计划无法实现。

中央军委 11 月 8 日，制定《新作战计划》规定徐向前、陈昌浩率部领导西路军，在河西成立根据地，准备以一年为期，直接打通远方，与苏联联系。打通新疆的主要任务明确后，西路军及时调整部署，迅速西进。11 月西路军连克古浪、永昌、山丹，包围凉州。父亲所在的红 9 军随即遭到马家军三个骑兵旅两个步兵旅、四个民团的围攻，经过 9 天 8 夜的激战，终因寡不敌众而陷落，损失惨重军长孙玉清负伤，大批干部战死。根据中央的决定 12 月底，西路军再次衔命西征，开始了艰苦悲壮的征程。徐向前元帅有这样的描述；"隆冬时节，冰天雪地，堕指裂肤。解放军指战员，衣衫褴褛，饥肠辘辘，冒着零下二三十摄氏度的苦寒气侯，长夜行军，真是艰苦至极。"

1936 年 11 月 11 日经中央指示改称红军西路军。

父亲所在的红 9 军已是全力以赴，前方战士牺牲了，人员不断倒下，部队首长组织后方各机关人员参战，已在军部政治处当班长的父亲和战友一起拿起枪参加阻击战，顽强抵御马家军的猛烈进攻。马家军骑兵冲破红军防线，在弹尽粮绝的情况下，红九军全军覆灭。父亲在战斗中腿部负伤被俘。这场战役也导致西路军全军覆灭。西路军战死 7000 余人，被俘 12000 余人，被俘后惨遭杀害 6000 余人，回到家乡 3000 余人，经过营救回到延安 4500 余人，流落西北各地 1000 余人，仅余 400 余人的西路军在李先念率领下撤入祁连山，后进入新疆。

因此，红四方面军的长征更加艰难曲折，更加传奇和神奇，特别是后来的西路军奉命渡河之后，与马家军骑兵展开的浴血奋战，谱写了一曲惊天地、泣鬼神的英雄战歌。父亲被俘后，在甘肃关押一年多。1938 年马步芳将在甘肃被俘的人员中挑选出 400 余人，全部为 12—25 岁之间的年轻战士押到青海省循化撒拉自治县西约二十几公里的赞卜乎村（后改名红光村），开始了艰苦而漫长的苦役。

西路红军的到来使这片荒地有了人间的烟火，出现了新的村庄。从 1939 年到 1946 年，8 年时间父亲和这些红军战友在此地从事伐木、垦荒、修路、建房等苦役。据父亲回忆，刚到集中营期间，马家军害怕红军战士逃跑，晚上脱光衣服，用绳子将红军战士连环捆绑，还是有战友冒死出逃，不是跌落悬崖或坠落黄河。还有就是死在敌人的枪口下。父亲也曾和战友一起出逃，由于不熟悉地形，被敌人抓回后备受酷刑。在马家军的刺刀和枪口下顽强挣扎做了 7 年苦役。尽管从事异常艰苦的劳动，马家军不顾红军战士的死活，没有如何后勤和物资给养，西路军战士们连衣服和鞋都没有，只能以羊毛代替衣服，任凭脚上流脓流血。每天肌不饱腹，吃糠咽菜。在令人绝望的环境中，在敌人的刺刀、枪口下，红军战士没有忘记自己的使命和信仰，在修建清真寺时冒着生命危险把"五角星""镰刀""斧头""工字"领章等象征红军革命寓意的图案和文字刻入其中，等图案烧制在砖瓦中，并放置在礼拜大殿正屋脊上和墙体上，历经风雨清洗，至今清晰可见、熠熠生辉。在房屋建造也巧妙暗喻红军的思想，西路军在村中共建造"5"个街道，每排 6 户和 9 户人家共 30 处民房，寓意西路军红 5 军、9 军、30 军组成这时他们偶然的巧合，而民房的建造改变了撒拉族群众正房三间北房的习惯而将所有房屋一律建成西五房，这看似平常的举动却蕴含了特殊含义；五象征红五星，西代表西路军。另外 30 处坐南朝北的院落大门暗指西路军战士北上抗日的革命信念。还是他们刻意留下的西路军的印迹。他们虽然被俘了，在做苦役，但他们没有叛变，他们的赤胆忠心没有变，他们的革命信念没有丢。

据父亲回忆当年红军战士每天从事着繁重的体力劳动，食不果腹，衣不遮体受尽惨无人道的凌辱，有的不堪忍受身心的双心的双重折磨，跳入黄河含屈而死，先后有10余名红军战士在苦役中死于非命。

1946年在中共中央的营救下，马步芳迫于社会压力，释放循化集中营的所有战俘。父亲被释放后，身无分文，饥寒交迫，四处流浪。但心中还有一个目标就是寻找红军，寻找革命的队伍。从青海出发，辗转宁夏、甘肃等地，白天要躲避敌军的盘查，晚上食不果腹，夜宿荒野，半年后来到陕西延安革命根据地，经过严格的审查，于1947年在陕北盘龙镇重新参加中国人民解放军。被分配到第二野战军二纵队独四旅十团三营机枪连当战士，（二纵司令王震、独四旅旅长顿星云、政委杨秀山。大部分团营连排主管和部分战士都是原红二方面军、红二军团经过长征的老红军，还有湘鄂西洪湖根据地参加革命的老赤卫队员）独四旅老兵多，经验丰富，战斗力强。父亲4月随部队参加青化砭、羊马河战役，参加庆阳、合水（陇东战役）。48年参加宜川战斗，所在十团被王震授予"宜川战斗第一功"称号。洛川、白水战斗十团受到中央军委嘉奖。在常宁战斗、永丰镇战役阻击胡宗南主力配合淮河战役的实施。在历次战斗中由于作战勇敢，父亲于1947年10月在延长县加入中国共产党。曾经历任班长、排长、十团机枪连连长、通讯连连长、团部警卫连连长等职务（55年授大尉军衔）。数次荣立二等功、三等功及无数嘉奖。

父亲在战斗中总是冲锋在前，多次负伤，身上至今多处留有敌人弹痕和伤疤还有刺刀留下的伤口，经国家鉴定定为二等甲级残废。

1949年2月，二纵改称解放军第二军，独四旅改称四师。49年秋，中央决定一野挥师新疆，10月由王震将军率领下，从甘肃玉门出发途径哈密、吐鲁番、阿克苏、等10余个县城，行程2500公里，历时44天达到喀什，清剿土匪和新疆国民党顽固势力，保障新疆的稳定和人民群众的生命安全。由于工作需要转莎车地区公安大队任参谋长、民警大队副大队长及叶城县兵役局预备役军管科任科长。1958年服从组织分配专业的地方参加地方建设。1980年在新疆库尔勒公路总段党委书记任期离休（副厅级），1991年8月病逝。

父亲的一生，是光荣的一生，伟大的一生，是一位党的忠诚的战士，对党、对红军有着深厚的感情，在红军战争时代、在集中营受苦役的年代、解放战争时代、新中国建设时代及文化大革命打入牛棚的时代，受到不公正迫害，父亲都没有丧失对党的信念，始终不渝坚信党的领导。他在革命战争年代，他驰骋疆场，为革命出生入死，曾多次荣立战功，受到奖励，为党的事业做出了不可磨灭的贡献。"

第十九章 人民军队赓续红军传统

2012年3月31日，原兰州军区政治部编研室主任邵维祥，海东军分区政治部主任吴远坤，在循化县武装部政委陈玺宇，部长马忠卫陪同下到红光红军小学进行红色文化调研。原兰州军区政治部干事刘学兵和青海省军区政治部干事张之剑也随同调研。查汗都斯乡乡长刘玉春、人武部长马金、红光村支部书记马乙四夫、红光清真寺韩维义教长、管委会主任韩成吉和我及全体师生及部分群众欢迎调研组一行。

调研组一行首先来到红光清真寺参观了红光清真寺，随后前往西路红军纪念馆瞻仰革命先烈并敬献了花圈。最后调研组一行来到红光红军小学，详细参观了校园内的每一处历史遗迹，参观结束后全体人员在红光红军小学举行了座谈。我详细介绍了学校的历史，现状及下一步发展思路，争取把红光红军小学打造成循化县的名校和青海省的红色教育品牌。

邵维祥主任一行对红光红军小学所做的工作和短时间内取得如此大的成绩表示了肯定和赞赏。他希望红光小学和红光清真寺继续做好传承革命传统教育工作，争取县领导支持，不要弱化西路军战士的历史功绩，不要仅仅局限于学校和清真寺，而应该在红光村上做文章，因为红光村本身就是西路军战士创造的，加大媒体宣传以红色资源为依托，带动地方经济，协调县上有关部门能否设立西路军的相关纪念日，每年搞一次大型的纪念活动，以此提升红光村的红色品牌和发挥爱国主义教育基地的作用，让后人时刻不忘红军的历史功绩，为培养合格的接班人做贡献。

2012年7月4日，原兰州军区司令员王国生上将，在时任青海省军区司令员张书领少将、青海省军区政治委员武玉德少将、原兰州军区作战部副部长张东晓大校、原兰州军区政治部秘书长倪永盛大校、原兰州军区编研室主任邵维祥大校、原兰州军区联勤部基建营房部部长任健大校、原兰州军区联勤部卫计委副部长宋淼大校、青海省军区政治部缪文江大校陪同下来到红光村视察调研红色文化。

原兰州军区首长指定由我担当全程解说。首长一行首先来到西路军纪念碑向革命先烈敬献花篮，之后参观红光清真寺。在红光清真寺村民自发创办的纪念馆露天展板前，王国生司令走到当年西路军九军军长孙玉清、三十军军长董振堂被害遗像展板前时，面色凝重地蹲下身来详细阅读史料介绍。

最后一站，首长一行来到红光红军小学参观调研并举行捐赠仪式。仪式由青海省委常委、军区政治委员武玉德少将主持，红光村支部书记和红光红军小学少先大队大队长马樱花代表发言。同学们为首长们演出自编自导的舞蹈《红色希望》，首长一行仔细观看了舞蹈拍手叫好。当他听校长介绍领舞的马樱花同学是少先大队大队长，是个品学兼优的孩子，在家里与奶奶相依为命，可能因为需要照顾奶奶而失学时，王司令立马让校长把马樱花同学叫过来，详细询问家里的情况，叮嘱她一定要坚持上学，将来成为有用人才。有什么困难可以找首长爷爷，找校长，我们一定会帮你。在场的乡亲们听了鼓掌致敬。

最后，王国生司令员兴致勃勃地为红光红军小学题下了"继承优良传统，哺育红色传人"。

西路军红军小学于 2012 年 7 月 4 日正式挂牌为"原兰州军区军民共建单位"，同时原司令员王国生上将代表原兰州军区捐款 160 万元，兴建了西路军红军小学综合楼。原兰州军区的首长虽然换了一茬又一茬，但军地联手共建和谐教育的鱼水之情却是越发浓烈，循化县西路军红军小学以原兰州军区捐建为契机，大力发展学校的内涵建设，努力提升学校的办学层次，充分挖掘地方德育资源，开展富有特色的德育活动。

2012 年 10 月 15 日，海东地委委员、海东军分区政委王世华，海东地委委员、宣传部部长河生花一行在循化县委县政府领导的陪同下，来到红光村红光小学新建教学楼现场，对教职员工和同学们嘘寒问暖，对工程进度和质量尤为关切。

这所小学，凝聚了太多人的关注：时年 7 月，原兰州军区司令员王国生上将、青海省军区司令员张书领少将、政委武玉德少将等领导在红光村视察调研红色文化后，被先辈们抛头颅洒热血的革命精神深深感染，将军们在捐赠了近20万元的教学设备后决定：投资200万元，再援建西路红军小学一栋综合教学楼，并于10月9日破土动工，年内建成。

寓意着"红军精神光照千秋"的红光小学焕发出勃勃生机。"为弘扬革命传统，让红军精神代代相传，红光小学是全县唯一保留的村级小学。""原兰州军区援建红军小学综合教学楼项目启动后，又得到了省教育厅80万元的配套资金支持。"循化县副县长白洁对所有关注红军小学发展的领导表示感谢。

"没有红军，就没有我们红光村；没有红军，就没有我们红光小学；没有红军，就没有我们撒拉人的幸福生活……"红光村支部书记马乙四夫用最质朴的语言向客人们表达出全体村民的心声。"请大家放心，我们会一如既往地关注红光村、红光小学的，这是我们军民团结的纽带，革命精神世代相传的家园。"王世华政委表示。

2012年9月5日，原兰州军区联勤部25分部领导、解放军第四医院组织团以上领导干部和专家教授，赴红光村参观学习，开展义诊并举行"天使基金"捐赠活动。大家所到之处，无不被革命先烈的英雄事迹深深打动，无不被伟大的西路军精神深深震撼。

为此，当时的西路军红军小学六年的学生马缨花为原兰州军区首长写了一封信以表感谢：

"敬爱的王国生爷爷，您好！

自从和您分别后这么多天来，我无时不刻在想给您写信，但是千言万语无从下笔。所以，隔了这么长时间才给您写信，我觉有点没有礼貌，望您见谅！

爷爷我告诉您，7月15号到7月21号我有幸到北京参加"放飞梦想 爱心启航"2012民航科普夏令营活动。畅游民航博物馆，T3航站楼。游览天安门广场，毛主席纪念堂，人民英雄纪念碑，故宫。参观军事博物馆。登天下第一雄关—八达岭长城，航天博物馆、畅游中国科技馆新馆，观摩现代科技发展成果。游览奥林匹克公园、鸟巢、水立方等等北京的著名建筑。这是我长这么大第一去北京，这个名额是校长想方设法给我争取来的呢——他是为了鼓励我继续上学。

爷爷，自从你们来到我们学校以后，我的命运发生了改变——奶奶终于不再坚持不让我上学了。从北京回来后奶奶还特意带着我到校长家里拜访，说了许多感谢的话。校长说，要感谢就感谢那些帮助我们的好心人，要感谢

军区的爷爷，伯伯，叔叔们。校长告诉我们，爷爷您给我们捐建一栋教学楼，我听了可高兴啦，你们的到来让我们的学校受到了重视。爷爷，我清楚的记得，从小学一年级到四年级，我们的学校破烂不堪，没有围墙，没有那些展板，那些壁画，简直不像个学校的样子。2010年9月份，我刚升上五年级的时候，我们学校来了一个瘦瘦的老师，大家都说他是新来的校长。我觉得没什么了不起，因为我们学校经常换校长，听老师们说我们学校比较偏远，交通不便，条件艰苦，很多老师不愿意来，来了的也许想尽办法调走了，我在四年中换了三个校长，四位老师。所以也没把新校长当回事，同学们还议论：不知道这个校长能不能等到我们毕业。

直到有一天，校长在课间操上给我们讲了学校的历史，说学校是西路军修建的，当时，同学们像听天书似的不明白西路军是怎么回事。在后来的日子里，校长每天课间操上给我们讲学校和西路军的故事，两年来从没间断过。所以现在我们全校同学都非常了解学校和村庄的情况，校长带领老师们制作了好多副展板，里面介绍了西路军的历史，学校的原貌等等。还带领学校全体师生绘制了壁画，种树种花，又立了十一块黄河巨石，上面刻了字，学校面貌有了很大的变化。校长在课间操上告诉我们：我们要把学校建设成爱国主义教育基地，为这个目标，老师们付出了艰辛的劳动。渐渐地，我们学校来的人多了起来，有记者、有老人、有年轻人还有大学生。他们都是校长联系过来的，主要是为了宣传我们的学校，两年来已经来了很多很多人，我们的学校从默默无闻一下子热闹起来。2011年我们学校被全国红军小学建设工程理事会授予"西路军红军小学"和"爱国主义教育基地"牌子，来了一位海军副司令，我还荣幸地代表全体同学发言了呢。

但是，我在高兴地看到学校的变化之外，看到校长和老师们那么辛苦，心里就想：他们到底为了什么？校长告诉我们：我们是红色接班人，一定要继承革命传统，发扬红军精神，不能忘记历史。校长的回答我还不能理解：既然是红军修建的学校，为什么没有人来关心我们呢？为什么解放军叔叔不来帮我们呢？看到校长为了学校的建设整天忙忙碌碌，刚来时帅帅的校长脸上多了很多皱纹，连皮鞋的后跟都磨没了。我们几个女生就商量：用我们的零花钱给校长爸爸买双皮鞋吧（爷爷，告诉你个小秘密：我们在私底下都叫校长为校长爸爸呢）。

可是后来，在寒冷的冬季，校长把自己的炉子让给学前的小朋友们而自己在冰窖似的宿舍里办公的时候，我们又改了主意，还是给校长每个炉子吧。又到了后来，我们经常在放学的路上看到加班回家的校长在路边苦苦地等车，好多时候因为没车而回不了家住在学校冰冷的房子里的时候，我们几个人又凑到一块商量：干脆给校长买辆车吧。说完我们还兴致勃勃地讨论，有的说给校长买宝马，有的说买奥迪，有的说买架直升机。最后我们决定，等我们有了工作挣了钱就实现我们的愿望，要不然校长太辛苦了。真的，校长在我们心目中就像是爸爸，尤其是我从小没有爸爸，所以这种感觉非常强烈，每天我都忍不住多么想叫校长一声爸爸啊。

今年的三月份，学校里来了好多军人，有一位身材魁梧的伯伯一直和校长在交谈，那位伯伯在笔记本上认真地记，校长也在不停地记，伯伯还看了学校。第二天的课间操上校长告诉我们说原兰州军区的邵维祥伯伯来了解学校来了（校长有什么好消息总是在课间操上告诉我们）。后来邵伯伯又来了好几次，校长带给我们的消息一天比一天好。但是，我做梦也没想到，王爷爷您会亲自来到我们的学校。那天您还拉着我的手对我说的那些话，我现在回想起来都激动得想哭。爷爷，我来到真个世界上之后，我就没有见到过我的爷爷，我的心里没有爷爷的概念，我多么多么想叫您一声"爷爷"啊。还有那么多不知道名字的爷爷、伯伯、叔叔们。

从北京回来后，校长亲自来到我家里，告诉我军区的爷爷们要帮助我上完高中。奶奶高兴地流了眼泪，我激动地跑到黄河边哭了好长时间。长这么大，除了校长爸爸之外，还有你们才这样真正的心疼过我，关心过我。我想把眼泪流到黄河里，让河水带着我的心流到兰州。校长曾告诉过我，黄河从我们的家门口流到兰州，爷爷您在兰州啊。

以前，总想着自己快快长大，好照顾奶奶。可是现在我多么不想自己长大啊！因为长大我就得离开红军小学，离开红军小学我可能再也见不着你们，再也见不着校长爸爸了。

爷爷，今天我给您说了好多好多心里话，这可是我们几个同学花了十天时间，你一言我一语写好了的，因为水平有限，又怕您看不懂，所以我们写了改，改了写，总算写好了，希望您不要见笑。另外，我还想告诉爷爷，希望你们尽可能地帮帮我们的校长爸爸，如果没有他，我们的学校早就撤并了，他自己为学校垫钱，到各个地反复宣传学校，终于我们的学校在一年时间里成为全国有名的学校。但是校长太辛苦了，他经常告诉我们说要把学校建成青海省的名校，全国的红色教育品牌。我想，只要有你们的支持校长的目标一定会实现。我也给校长说了，将来长大后我也要成为像校长那样的人，回来为家乡的建设做贡献。

最后，我还是想感谢您和所有的军区的爷爷，伯伯，叔叔们，感谢你们对我的帮助，感谢你们对我母校的帮助，希望你们健康长寿。

盼回信！

此致

敬礼

西路军红军小学 马樱花

2012 年 8 月 1 日"

"我志愿加入中国共产党，拥护党的纲领，遵守党的章程……"上午十时许，解放军第四医院的医疗分队先行抵达红光村，瞻仰了西路军纪念馆。在高大的西路军纪念碑前医疗分队全体人员，举起右拳，在西路军纪念馆革命传统教育基地重温入党誓词，大家心潮澎湃，激情难抑。

英雄的红光村人民，为了中华民族的独立解放和新中国的诞生，作出过巨大的牺牲。情系老区、服务人民是解放军第四医院人永远不变的宗旨。医院精心选派了皮肤科、消化科、骨科、妇产科等10多个专业的14名专家教授来到红光村，其中有中央军委主席胡锦涛签署命令、中央军委授予"高原模范军医"荣誉称号的何敏副院长，她不顾自己身体虚弱，在没有被安排到医疗分队的情况下，主动要求到红光村为父老乡亲们义诊。

全国唯一有西路军修建的清真寺——红光清真寺院内人涌如潮。"解放军第四医院专家来了！"红光村干部群众闻讯奔走相告，很多人带着病历资料早早地守候在了义诊地点。

11时，专家医生不顾长途劳顿，准时到达义诊现场，十几张一字排开的桌子顿时被围得水泄不通。高温湿热，专家们汗流浃背，为了节省时间，以便给更多的群众诊治，他们没顾上喝一口水。对待每一名群众，专家们都是耐心答疑，精心诊治，热心服务。

原定四个小时的义诊时间很快结束了，专家们又主动延长了半个小时。

当天下午，共接诊 600 多人次。义诊现场爱意浓浓，满意的笑容洋溢在每位前来就诊的群众脸上。

"真没想到专家在高温天气还为我们看病，而且服务态度这么好，真的很感激他们。"一位就诊患者的朴实话语表达了当地百姓的共同心声。

连续三次到红光村的医院政委郭占武动情地说，"红光村是西路军战士冒着生命危险创建的村庄，我们应该多回报老区人民，多组织这样的活动，只要他们需要，我们随时都会来。"

下午十四时，由白生权副政委带领的原兰州军区联勤部 25 分部领导来到红光村，首先到原兰州军区司令员王国生上将特别关心的优秀贫困生马樱花家里，给马樱花和她奶奶送去了油米面等生活用品及助学金 2000 元。白生权副政委等领导和马樱花亲切交流，问寒问暖鼓励她好好学习，将来成为对红光村、对社会有用的人。随后，领导一行前往红光清真寺参观并在红军小学举行"天使基金"捐赠活动。

仪式由原兰州军区联勤部 25 分部王在军副主任主持，循化县人民政府副县长白洁循化县委，政府讲话，她高度表扬解放军第四医院官兵驻守高原六十余载，与青海各族人民有着深厚的鱼水之情，在少数民族地区有良好的声誉；学生代表马樱花上台向解放军第四医院的叔叔阿姨表示感谢，并表达了努力学习，立志成才的决心和信心；郭占武政委代表解放军第四医院全体官兵讲话，他表示解放军第四医院始终要有心系群众、爱民为民的高尚情怀，始终把人民利益放在第一位，模范践行解放军全心全意为人民服务的根本宗旨；扎根高原、甘于奉献、不畏艰难、顽强拼搏，高标准完成肩负的使命任务。将一如既往地支持红军小学的发展。仪式结束后，红军小学的孩子们紧紧围住了他们心中的英雄——"高原模范军医"何敏问长问短。场面热烈而温馨。最后，第四医院的全体官兵在孩子们的掌声中依依不舍地离开了红军小学。

解放军第四医院的历任首长始终关注红光村和红军小学，把它作为联系群众的一个纽带，一个桥梁，是军民共建的良好平台。自郭占武政委开始，代永胜、戴胜归、何敏、张闫文领导等亲自过问，亲赴现场，服务群众。

2013 年 4 月 28 日上午，原兰州军区副政委苗华一行在青海省军区、海东军分区、循化县人武部领导的陪同下，来到西路军红军小学看望师生。苗华政委要求学校要努力提高办学质量，办好一流的教育，培养一流的学生，并

表示将继续加大对该校的帮扶力度，相信循化县西路军红军小学一定会成为青海省——循化县红光村一颗闪耀的红五星。

2013年5月17日青海省军区沙军司令员一行来到循化县西路军红军小学，沙司令员不顾舟车劳顿，一下车立即查看新教学楼的修建情况。期间，沙司令员一行在我、红光村村支书马乙四夫、西路军纪念馆馆长韩成吉等人的陪同下，兴味盎然实地察看了西路军红军小学远景规划图、教学楼等。期间，沙司令不时询问工程进展情况，关切倍至。随后，沙司令等领导听取了关于红军战士在红光村的系列故事，那些文物配着绘声绘色的讲解，赢得了大家阵阵掌声。随后，大家来到红光清真寺参观，沙司令等人还用望远镜寻找着红军刻在清真寺屋脊上面的"五星""镰刀""铁锤""工"字印记，追忆着红军前辈们的坚定信念。

阳光也为清真寺镀上了淡淡光辉。大家走进了红光清真寺里的红军纪念馆，瞻仰这老一辈的红军先烈，气氛庄严肃穆。最后，沙军司令一行还亲切地与村民们合影，留下了美好的回忆。

沙司令等领导高度评价了西路军红军小学新校舍建设步伐和两年多来取得的办学成绩，他们殷切希望学校教师再接再厉，努力办好让人民满意的好学校。

2013年8月28日，原青海省委常委、青海省军区政委武玉德少将风尘仆仆专程前往循化县西路军红军小学考察指导。海东军分区政委王世华、循化县人武部部长董阳、政委陈玺玉陪同视察。循化县教育局长韩兴国，我、红光村两委班子在村口热情迎接。

我与部队长期保持着深厚的友谊，尤其是2012年部队援建了"红军小学"综合教学楼后，我与部队的交往日益密切，一直以来受到部队各级首长的关注，这是武玉德政委第三次莅临西路军红军小学。将军一下车就握住我的手高兴地说："马校长，我们是老朋友了，今天我特意来看看你"，政委和蔼可亲的话语感染了现场的每一个人。随后武政委又逐一查看了每一层的教室和办公室，提出了一些非常细致入微的建议。大家随着兴致勃勃的武政委，来到综合楼的楼顶，俯瞰校园全景，关切地询问学校下一步的发展情况，称赞校园布局好，校园环境好，是孩子们求学的好地方。

2013年9月17日，秋高气爽，阳光和煦。一大早，查汗都斯乡红光村的父老乡亲们便忙活了起来，因为军队援建的红军小学今天就要竣工揭牌、投入使用了。

我亲自参与争取的教学楼拔地而起，陪伴我三年的几间旧校舍已经不见了踪影，取代的是一座三层高，充满着现代气息的教学楼，楼顶上全国人大原常委会吴邦国委员长题写的"红军小学"四个字在阳光下熠熠生辉。我当时抑制不住高兴的心情，对记者说："原原兰州军区、省军区和海东军分区通过多方筹措资金，为我们建了这座三层高的新学校，我们的师生将全部搬进宽敞明亮、设施配套齐全的教室，学生们的学习环境将得到极大的改善。这是军队赓续红军精神的具体体现，也是军民共建的胜利成果！"。

教育局局长韩兴国首先感谢部队首长对我校教育事业的支持与关心，详细介绍了红军小学的建设情况，提出了该校未来的发展思路，表示把这所学校建设成为循化县的窗口学校和标准化学校。接着武政委与我进行了亲切地交流，详细询问了学校目前的建设情况和存在的困难问题，认真听取了我对学校近年来发展情况和教育教学工作汇报，武玉德强调，要把建好教师队伍作为事关学校长远发展的紧迫任务，加强学习培训，注重人文关怀，培育师德师风，健全奖惩激励机制，通过教师队伍的加强，不断提升教育教学质量；要突出抓好学生德育的培养，强化社会主义核心价值观念的培育，努力造就合格的中国特色社会主义事业建设者和接班人。

临行前，武政委握着我的手，嘱咐要把这所学校办得更好，发扬红军精神，传承红色文化，为实现中国梦做出更大贡献。

2013年9月17日，秋高气爽，阳光和煦。一大早，查汗都斯乡红光村的父老乡亲们便忙活了起来，因为军队援建的红光小学今天就要竣工揭牌、投入使用了。

再次踏入校园，眼帘的一幕让我们欣喜。几间旧校舍已经不见了踪影，取代的是一座三层高，充满着现代气息的教学楼，楼顶上"红军小学"四个字在阳光下熠熠生辉。我高兴地说："原兰州军区、省军区和海东军分区通过多方筹措资金，为我们建了这座三层高的新学校。再过三四个月，师生将全部搬进宽敞明亮、设施配套齐全的教室，学生们的学习环境将得到极大的改善！"。

走入楼内，音乐室、电脑室、会议室、图书阅览室、红色资源展览室、教师办公室兼宿舍一应俱全,教室窗明几净,课桌板凳崭新,正在准备节目的孩子们洋溢着幸福的笑容。校园里,除了一块新建的标准篮球场外,还跟以往一样,富有着深深的红色内涵,尤其是由十块黄河石组成的奇石苑,更为校园平添了不少文艺气息。北侧五块由北至南一线整齐排开,上面分别刻着"仁义礼智信"五个字,南侧三块上刻着红光小学的简要历史等,正对校门的黄河石上,刻着"红色精神光照千秋"……该校政教室主任告诉我们:"加强'仁义礼智信'和发扬红军精神是一脉相承的,都是为了传承和弘扬中华民族传统美德,我们要从娃娃身上抓起,让他们首先要做个爱党爱国、具有良好品质的人。"

2014年5月24日一大早,解放军第四医院"天使基金"及医疗小分队在政治部主任张闫文带领下三赴红光村开展活动。医疗小分队成员首先来到西路军红军小学看望全校师生,并带来了"六一"儿童节的礼物,简短的发放仪式一结束,医疗小分队的全体医生立即投入到为群众 "送健康、送服务、送温暖、送爱心"主题义诊活动中。

这是解放军第四医院的医疗小分队三赴红光村开展义诊,充分发挥部队医院优势,开展送健康、送服务,支持教育活动,为红光村的群众办实事、解难事,使群众真正得到了实惠。以此践行群众路线,为更多群众服好务。

2014年8月19日,时任解放军原总政治部贾廷安副主任在原兰州军区、青海省军区、海东军分区、海东市委书记于丛乐、循化县委书记李发荣、县长韩兴斌陪同下到红光村、红光清真寺、红军小学视察调研红色文化和红军小学建设并亲自听取了我的工作汇报、对红军小学建设给予极高的评价。

2015年5月2日,原兰州军区政委刘雷中将(现中国人民解放军陆军政治委员)在青海省军区政委李宁少将,省军区政治部主任郭建军大校及海东军分区首长的陪同下,来到循化县红光村视察调研红色文化。正值西路军红军小学师生在为庆祝六一彩排节目,着统一红军服装,手拿红缨枪、大刀、步枪的"小红军"和老师们热烈欢迎首长们的到来。孩子们用自编自演的红色舞蹈向首长献出六一的礼物,并把象征革命的红领巾献给在座各位首长及领导。在我的带领下,刘政委一行参观了红军小学革命文物展厅、教室及多功能室等。刘政委一行对红军小学的展览内容表现出浓厚的兴趣,并仔细询问了红军小学的来历及西路军战士在红光村的故事。参观结束后,刘雷政委对西路军红军小学给予了高度评价。嘱咐我一定要把学校办好,把红军的精神传承下去。

2015年6月4日下午,青海省军区宣传处和海东军分区首长率战士赴循化县红光村,开展"重走红军路,寻根铸军魂"徒步活动及系列爱国主义教育活动。与县人武部领导和民兵一起完成徒步到达红光村后,首先在革命文物保护单位红光清真寺聆听我讲述红军历史。然后在红军小学与师生共同演出精彩的文艺节目。乡党委马瑞书记、政府陈国华乡长参加活动。与会人员重走红军路、重温革命史、重塑信念心、重举理想旗,过了一个有意义有价值的下午。红军小学的孩子们被解放军哥哥姐姐的军人气质所感染,纷纷表示长大后要当人民解放军,为祖国的繁荣发展保驾护航。青海省军区"重走红军路 寻根铸军魂"小分队驱车前往海南州贵德、同德两县,组织军分区机关干部、两县人武部干部职工、民兵应急分队和驻地武警官兵开展讲述红军故事、走访慰问送温暖和红色文化进校园等活动,不仅展示了人民子弟兵的良好形象,还让各族群众、学生重温了红军爱民的优良传统,受到了大家的热烈欢迎。

2016年5月24日,海东军分区军为深入贯彻落实党中央、中央军委和习近平主席决策部署,坚持把"学党章党规、学系列讲话,做合格党员"学习教育作为重大政治任务,在红光村开展了"重走长征路,重温入党词"和"两学一做"集中教育活动。

军分区首长特邀青海省军区李宁政委、政治部主任郭建军参加了系列活动,海东军分区司令员古真福、政委田生宁及党委常委全程参加活动。参加此次系列活动的还有循化县人武部领导、乐都区人武部领导前及乐都区民兵应急连。

部队首长首先来到红光村红西路军纪念碑前向革命先烈敬献了花篮,并默哀致敬。之后全体人员列队整齐步行到红光村民族团结广场,参观了红色文化长廊。我向大家介绍了民族团结进步广场和红色文化长廊的情况,李宁政委和首长们对循化县委组织部和查汗都斯乡党委利用"三基"建设强化红色文化建设和阵地建设表示赞赏,表示部队为了让红色基因代代相传愿意和地方政府共建红光村的红色文化建设。之后,大家瞻仰了红光清真寺的红色革命遗迹,参观了红西路军民间纪念馆,红光清真寺爱国主义红色讲堂,并

在清真寺席地而坐吃了简单的忆苦饭，然后在红光清真寺的红色讲堂召开了军分区的对照检查会议，从中午一直延续到下午四点。

红光村的老百姓把部队这次现场对照检查会议称为习近平主席在新古田会议的延续，以实际行动践行传承好红色基因，保持红军本色。

所有人通过参观、听讲、查看、讨论、辨析，官兵政治意识、大局意识、核心意识、看齐意识得到增强，加紧转变职能、转变作风、转变工作方式，加紧学习新知识、研究新情况、解决新问题的紧迫意识得到强化，建设铁一般信仰、铁一般信念、铁一般纪律、铁一般担当部队的基础更加牢固。

2016年5月19日下午3时，青海省军区副司令李小明少将等一行，在海东军分区古真福司令、循化县人武部冯武政委陪同下，到循化县红光村视察红色文化。

李副司令一行首先来到红光村西路军红军小学，饶有兴趣地参观了学校的校史馆。西路军红军小学校史馆是青海省军区于2014年捐资援建的。现已成为青海省社会各界接受爱国主义教育的平台。我向部队首长汇报了学校基本情况和校史馆的创建和使用情况，介绍了学校开展的红色教育和综合实践活动等富有红军特色的主题教育。李副司令一行仔细观看了每一件展品并向询问其来历和背后的故事。

随后，李副司令一行前往全国唯一由西路军修建的红光清真寺参观，看着"红光清真寺西路红军民间纪念馆"几个醒目大字和清真寺屋脊上熠熠生辉的镰刀、铁锤、红五星等象征革命的标志，李副司令无不感慨地说："我早就听说在循化有这么一个红色热土，来到这里真正体会到了当年的革命先辈们为了正义和民族的解放事业，抛头颅洒热血，相信正义必胜的革命豪情，没想到撒拉族人命在这里默默无闻地传承缅怀，继承弘扬红军的精神确实让人感动！"

听说红光清真寺向社会各界开展爱国主义教育为主的"红色文化大讲堂"系列讲座，李副司令叮嘱：一定要倍加珍惜这一宝贵的红色文化资源，把红光清真寺、红军小学建设成重要的革命传统教育基地和红色文化旅游景点，传承老区精神，推动老区发展，造福老区人民。

2017年5月4日，为纪念"五四"运动96周年，武警青海总队海东支队近百名官兵来到循化撒拉族自治县红光上村红光清真寺西路军纪念馆，通过开展"五四"系列团日活动，激发广大官兵争做新一代"四有"革命军人的政治热情，展现青年官兵风采。

"我志愿加入中国共产主义青年团……""我决心做党和人民的忠诚卫士……"为烈士敬献花圈、集体行默哀礼后，在团旗之下，19名新入团的武警战士进行了入团宣誓，并重温"忠诚卫士誓词"。武警海东支队循化中队指导员李刚告诉记者："连续三年，我们的新团员都是在这里宣誓入团的，就在烈士先辈的面前，这种庄严的氛围，对我们有很大的教育意义。"

来自贵州的22岁新兵段勇感慨地说："这是我第一次看到清真寺，也是第一次知道红军和少数民族有着这么多感人的故事，这应该就是'民族团结一家亲'的活样本吧！"

红光清真寺西路军纪念馆馆长韩成吉介绍说："当年红军为我们撒拉族做了很多我们想不到的事情，帮我们修建住宅房、油坊、学校、清真寺，如今我们建这个纪念馆，就是要告诉我们的下一代，牢记红军的历史，把红军的精神传下去。"

2017年5月6日，青海省军区新任司令青海省军区司令曲新勇少将来到红光村，会同联合工作组到循化调研扶贫攻坚的情况。曲司令在红光村，红光清真寺，红军小学听了介绍后，非常动情。他说，西路军先烈的信念如此的坚定，在那段动荡的岁月里，他们吃不上饭穿不上衣服。但是却能保持对党的忠诚，对革命的忠诚。这对我们当下的精准扶贫工作有很大的启示意义。

他说，今天是五月六号，是我来到循化的整整一个月，特别感谢循化县各级领导和群众让我在循化的三镇六乡接触各族群众。虽然第一次来循化，但是觉得很有缘分。这个缘分基于红色基因，我也是军人世家出身；另一个缘分是基于民族原因，我从云南多民族地区来的，了解民族地区，熟悉民族地区的工作；第三个缘分是我出生在云南大理，那里和循化在青海一样有名气。是三个缘分在让我们相识。我认为循化县各级党委领导下，在红色文化和红军精神的鼓舞下，在一部分先富起来的政策下，相信扶贫攻坚一定能实现。

2016年11月4日至5日，在第十一个世界脑卒中日之际，解放军第四医院特诊科瞿瑞静、内二科魏廷清和眼科张亚男三名医生，携带便携超声诊断仪、检眼镜、色盲本、视力表、血压计等设备前往循化县红光村，西路军红军小学开展义诊活动。在医院领导的支持下，为进一步提高基层百姓对脑卒中防治知识的知晓率，宣传和倡导健康的生活方式，普及预防脑卒中相关知识，有效降低脑卒中发病率、复发率、致残致死率。

红光村和西路军红军小学是青海省的红色爱国主义教育基地，也是解放军第四医院的联点共建单位。第四医院的医生选择红光村也是想进一步接受红色文化的熏陶，提升自身思想修养，重塑理想信念，树立服务意识，加强军民联系。

刚好十一月四日义诊当天是当地穆斯林的聚礼日，村民较多且在同一时间集中，所以第四医院医生的宣传和义诊比较集中和密集，效果明显，群众参与积极性高，第四医院的医生们不光是做了一次特殊的义诊，更重要的是现场演绎了军民鱼水情深。义诊现场，医生们为慕名前来咨询和问诊的村民提供了免费测血糖、量血压等服务。特诊科翟瑞静医师为大家现场讲授了脑卒中的早期识别和防治知识并筛查；内二科魏廷清医师为问诊患者详细解说病例、检查报告，耐心细致地为他们诊断病情和指导用药；眼科张亚男医生为西路军红军小学200多名学生检查视力，解答村民的眼科疾病等，并主动给村民留下了自己的联系电话，告诉村民有任何问题可以随时打电话找他，他很乐意为乡亲们服务。翟瑞静医师和魏廷清医师不厌其烦地提醒村民，脑卒中虽然可怕，但也是可防可治的。

活动结束后，红光村老百姓激动地对解放军第四医院的医生们说："解放军第四医院和红光村是亲戚，你们多次来我们村开展义诊活动，我们非常感动，希望你们经常来走亲戚。"

2019年3月6日，海东军分区司令员黄诚率领的工作组到循化县检查调研和谐寺院创建情况。调研组首先来到西路军纪念馆，在红光村，调研组详细了解当年西路军在当地的活动情况，当看到清真寺屋顶上雕刻着镰刀五角星的红色标志时，感慨当时红军战士把忠贞和信仰容易血液，始终相信革命会如此胜利，他们的光荣事迹值得我们去传承学习。

2020年4月13日由青海省军区政治委员王秀峰等一行7人，在海东市人大常委会副主任、循化县委书记李发荣，循化县教育局局长韩忠国，查汗都斯乡党委书记陈国华，乡长韩世界陪同下到红光村调研红色文化，并参观了西路军红军小学。红军小学是省军区历届首长关心关注的一所小学，是西路军红军小学首任我建立起来的军地共建单位，红军小学的发展离不开青海省军区的支持和援建。

第二十章　青海的"井冈山"

红光村的历史在一步一个脚印慢慢浮现在大众面前。我用两条腿走路，一条腿是在追赶失去的历史，连同那些老迈的红军幸存战士和村里的老人一起解密被忘却的过去；一条腿在现实的艰难中积极向人们讲述不能被忘记的先辈和他们的故事。我在近9年的时间里，几乎每一天都在接待前来参观学习的领导和党员干部群众，而且都是义务作讲解。因为，对于红光村的历史，至今没有比我更清楚的人，而且将来也不会再有了。不是因为我多么的优秀，而是我采访过的那些老人和知情者都是年事已高的耄耋老人，他们在我搜集整理红光村的过程中陆陆续续离开了这个世界，除了我所了解到的这些些微的历史印记之外，都被带入了一个永远无法还原的历史尘埃当中。

所以，我竭尽全力地把我所掌握的红色历史和故事，利用一切机会想尽一切办法告诉世人。最好的方式就是自告奋勇站出来，担当义务讲解员。这一站就站了9年，这里我和全省各大单位，包括军队首长共同演绎了红军精神的时代内涵。

2011年11月3日，时任团海东地委书记纳进云、各县团委负责人一行共10人莅临循化县开展观摩交流活动，观摩团循化县委特色重点工作，并深入爱国主义教育基地、文物单位参观考察。

2014年8月15日，省委宣传部机关团委组织30余名团员、青年赴循化县开展爱国主义教育活动，参观循化县红光村西路红军纪念馆和红光清真寺，缅怀先辈们的英雄事迹，表达对革命烈士的无限崇敬之情。

通过实地参观考察，团员、青年们重温了党的光辉历史，瞻仰了先辈们的英灵，聆听了老一辈无产阶级革命家前仆后继、英勇奋斗的革命事迹，感受到了无数革命烈士为共产主义的远大理想和中国革命事业奋斗不息的精神

风貌。团员、青年们普遍表示要牢记历史，秉承革命传统精神，坚定理想信念，做中国特色社会主义道路的忠实拥护者和勇往直前的模范实践者。

查汗都斯乡党委为了认真开展教育实践活动，确定了以"转变干部工作作风，密切联系服务群众，着力解决突出问题，着力打造全县农业示范乡和红色爱国主义乡镇"为载体，扎实开展教育实践活动，切实解决了群众反映的突出问题。

通过教育实践活动，解决了群众办事"找不到人、找不到门"，脸难看、事难办的现象。为了更好地解决群众办事难的问题，乡党委坚决克服乡机关办公室紧缺的现状，特组建7个综合办公室，其中包括6个片每片一个办公室和1个乡综合办公室，彻底解决了群众办事"找不到人、找不到门"的问题。

为了更好地方便群众办事，在第一时间内将涉及医疗、养老、民政、计生等30余项惠民亲民服务程序进行简化，在LED电子屏上进行滚动播放。

针对部分干部在上班时间不干本职工作，逛淘宝、打游戏、看电影、拉闲话，上班纪律散漫、抓学习不够等现象，通过"废改、立"等工作措施，完善了《学习制度》《请销假制度》《办公室制度》等8项制度，达到用制度办事，用制度来约束人，提高干事、办事效率。

为扎实开好了群众路线教育活动，乡党委积极同红光上村联点单位省妇联联系，"让民族团结之花在高原盛开"和"道德讲堂走进基层"活动，旨在交流推进党的群众路线教育实践活动深入开展，听取乡亲们对妇联工作的意见建议。

发动乡机关党员帮扶困难群众。结合自身实际，本着有力出力、有智出智、有钱出钱、量力而行的原则，要求乡机关党员联系1户贫困户，定期给予力所能及的帮助扶持，让他们尽快脱贫致富。"两节"期间，乡党委对卸任老干部、老党员、困难党员等代表开展了慰问活动，共发放面粉1500斤，清油300斤。乡党委带领全乡干部切实为老百姓排忧解难，为老百姓释疑解惑，确确实实为老百姓做了看得见、摸得着的实事。

镰刀、斧头、红五星，在青海省循化撒拉族自治县赞卜乎（红光）清真寺礼拜殿的屋脊上，这些有关中国工农红军的标志连同信仰元素都一起镌刻在青砖灰瓦之间。

一座与中国红军结缘的清真寺，给这个原本贫瘠的地方带来的不仅是红色的记忆，还有如今的旅游兴旺、家家富足。

循化县西距青海省会西宁市 149 公里。出县城往南，黄河水宽阔清澈，滋养着两岸沃野千里。这里世代生活着撒拉族等少数民族群众。赞卜乎（红光）清真寺所在的红光村就处于山清水秀的黄河岸边。

循着清真寺寺管会主任韩成吉的指点，在礼拜殿和唤礼楼的屋脊、楼顶，隐约可见花雕青砖上雕刻着的五角星、镰刀、斧头还有红军军服上的领章。尽管形状不大规则，但它们在穿越了历史的尘烟之后依旧熠熠生辉。

用望远镜细看，可以清晰地看到檐顶的花雕上镂空雕刻着高约 10 厘米的五角星；在距五角星不远的右上方，有一个弯口朝上的月牙形雕刻，月牙上带着小小的手柄，像一把弯弯的镰刀；此外还零散地分布着一些被刻成"H"形的图案，这些都是变换了形状的"工"字。

"现在我们很难想象当年红军战士是在怎样一种困难情境下，在敌人眼皮底下将自己的革命信念融入这座清真寺的。"红光村村主任喇成林说。

2013 年是 8 月 15 日，抗战胜利 68 周年，日本投降日。让世世代代牢记历史，发扬红军精神，传承红色文化，红军精神代代相传！青海省委宣传部领导到全国唯一有西路军战士修建的村庄红光村，红光清真寺，西路军红军小学开展爱国主义教育活动，其意义非常深远，所有领导及党团员们了解西路军在红光村的情况和他们的历史功绩，大家非常感动，深受教育。

2014 年 3 月 19 日上午，在查汗都斯乡党委牵线联系下，青海省妇联全体干部职工来到西路军创建的村庄——青海省循化县查汗都斯乡红光村，举行"让民族团结之花在高原盛开" 暨"道德讲堂走进基层"活动。正在循化县联点督导群众路线教育实践活动的青海省委常委、省总工会主席苏宁也来到活动现场。省妇联党组书记、主席张黎特邀我参加"道德讲堂走进基层"系列活动（诵经典、讲故事、谈体会、送吉祥）中的讲故事环节。我给参加活动的各界干部群众 600 多人介绍了西路红军在红光村垦荒、伐木、修民房、建学校，造清真寺，秘密雕刻镰刀，铁锤，五角星等象征革命的标志的情况。还通过三个简短的故事，给大家回顾了西路红军在红光村经历非人的苦役期间，撒拉族群众秘密关心，帮助，爱护西路军战士的历史。他最后说"我们伟大祖国的复兴需要各民族团结一致，努力拼搏，伟大的中国梦需要他们发扬红军精神，不畏艰难险阻"。

参加活动的全体人员静默聆听我的感人肺腑革命故事，无不感到震撼心灵。苏宁常委告诉大家："他参加过不少的活动，参观过不少的纪念馆，聆听过不少的故事，但是，今天对我的触动非同寻常，听了马校长讲的故事，我感到七十多年前，西路军战士在红光村播下了民族团结的种子，七十多年后的今天，民族团结之花在红光村这片红色的热土上盛开。我相信，在循化县委，县政府的领导下，民族团结之花开遍循化的山川，红光村的明天会更好，循化的明天会更好，红军小学的红军精神代代相传"。陪同参加的循化县委书记李发荣特意嘱咐我，继续发扬红军精神，打造红色文化，争取把学校办成全省的红色教育品牌。

2014年5月29日，时任海东市委书记记于丛乐、市长张晓容、市委副书记李国忠、人大常委会主任秦国祥、市政协主席索海卿，组织部部长陈启福，市委秘书长曹幼平率市党政代表团到循化县红光村开展"三严三实"专题教育，重温革命历史，接受传统教育。

在循化县红光村，代表团成员参观了部分老一辈无产阶级革命家的办公室兼起居室、会议室和陈列馆等，不时停步驻足观看，抚今追昔，感慨万千。

代表团成员边走边看边思索。通过聆听我的讲解、观看视频和浏览图片资料，大家重温了中国革命发展的艰难历程，聆听了在漫漫长征路上红军所经受各种严峻考验的故事。

于丛乐强调，伟大的遵义会议精神教育和启示我们，崇高的理想，坚定的信念，实事求是的思想路线，是共产党人奋斗不息的精神支柱、永葆先进性和纯洁性的力量源泉。各级党员干部要不断从中国革命历史中接受教育、汲取营养，加强党性修养，增强宗旨意识，坚定马克思主义的政治信仰和中国特色社会主义道路的政治信念，切实把"三严三实"作为修身之本、为政之道、成事之要。要开展把"三严三实"专题教育与贯彻落实中央、省委的决策部署结合起来，与海东市实际结合起来，围绕"忠、严、实、快、好"的要求，协调推进"四个全面"战略布局，切实担当起加快发展的责任、深化改革的责任、依法治市的责任、"决战三年、摆脱贫困"的责任，为推动海东市转型发展、后发赶超、同步小康提供坚强的政治、组织和作风保障。

张晓容市长表示，"今天大家学有所感，思有所获。要坚定中国特色社会主义道路自信、理论自信、制度自信，继续传承和发扬党的优秀革命传统，按照中央、省委和市委各项决策部署，自觉践行'三严三实'，推动各项工作取得新突破"。张晓容市长当即为西路军红军小学的文艺演出队解决了二十万元资金，希望红军小学把红色基因通过文艺表演的形式传承好，发扬好红军精神，为新海东建设注入革命乐观主义的力量源泉。

"红军西征在我党的历史上具有极其重要的地位，是中国革命的伟大转折，是实事求是、理论联系实际的生动实践。"市委组织部部长陈启福表示，回去以后，将按照"三严三实"要求，谋划好海东的各项工作。

循化县委书记李发荣认为，通过参观学习循化县红光村，使党性得到进一步增强，修养得到进一步提高。在下一步工作中，将认真查找思想差距和工作差距，找准发展路径，扑下身子、甩开膀子，以更加扎实的作风推进循化县党建及经济社会又好又快发展。

党的事业重于泰山，人民利益高于一切。循化县委副书记、县长韩兴斌表示，要继承和发扬西路军精神和长征精神，自觉践行"三严三实"，以严的要求和实的行动加强党的建设、改进工作作风、实现同步小康。

2014年6月1日，正值全县庆祝65个"六一国际儿童节"之际，红军小学的老师们避开了喧哗的县城文艺汇演，奔赴较偏僻的孕楞藏族乡比塘小学送教下乡，开展撒拉族与藏族的民族团结活动、红军小学红光村支部爱心小组送温暖。陪同那些无法过儿童节的藏族师生过了一个愉快的节日，西路军红军小学的正能量和影响力应该传播到社会各阶层，善良中国人，共筑中国梦！

2014年9月30日，农工党青海省委会为了进一步深入开展坚持和发展中国特色社会主义学习实践活动，组织在西宁的部分常委、骨干党员和机关干部职工到循化县红军西路军纪念馆开展主题纪念活动。省委会主委张周平，副主委何刚，常委张莉、祁敬婷等领导参加了活动。

张周平主委在纪念活动一致悼念词。他指出，我们来到循化县红军西路军纪念馆，凭吊战斗和牺牲在这里的西路军先烈们，纪念那些为了这个国家这个民族抛头颅洒热血的烈士们，让人民英雄纪念碑不仅矗立在天安门广场，更矗立在参加活动的每个人的心里。他希望大家秉承先烈们不计个人得失、顾全大局、严守纪律、英勇顽强、不怕牺牲和甘于奉献的高尚革命精神，坚

定坚持中国共产党的领导、坚持走中国特色社会主义政治发展道路的信念，在全面深化改革、全面建成小康社会、实现中华民族伟大复兴中国梦的进程中，为青海省人民与全国各族群众共同迈入小康社会发挥民主党派成员应有的作用。

参加活动的全体同志集结在庄严的纪念馆纪念碑前向先烈们默哀致敬。张周平主委代表大家向烈士们敬献鲜花，表达大家对革命先烈们的崇高敬意和无比哀思。随后，大家一起瞻仰了西路军烈士纪念馆，参观了由烈士们修建的红军小学、清真寺，相关负责人向大家介绍了烈士们在敌人面前坚贞不屈、英勇斗争的感人事迹。

"三严三实"专题教育活动开展以来，省建管局党委突出严学深思，在学习教育中深化认识，在讨论交流中触及灵魂，用"严以修身"校准班子成员价值坐标，坚定理想，稳固信念，静心学习、真心研讨、诚心整改，确保专题教育取得实实在在效果。在循化红军纪念馆组织党员重温入党誓词，表彰 2014 年度先进党支部、优秀党务工作者和优秀共产党员、党员先锋岗，为循化县红军小学捐赠价值万余元彩色打印机等，做到活学活用，确保学习教育与公路建设管理"两不误、两促进、两提升"。

在全党深入开展"三严三实"专题教育活动之际，青海省环境检测中心站组织全体党员怀着崇敬的心情来到循化县红军小学参观学习，缅怀烈士丰功伟绩，传承烈士不朽精神，坚定革命理想信念，深入领会开展"三严三实"专题教育活动的重要意义。

2015 年 6 月 24 日，青海省交通厅机关党员干部到红光村重温入党誓词。副厅长付大智出席活动，厅直机关党委书记石敏致辞。活动中，60 余名党员共同参观了红光清真寺、红军小学、西路军纪念馆。省建管局党委向循化县红光村红军小学捐赠了教学设备。

近几年，青海省交通厅、海东市交通局、循化县交通局对查汗都斯乡红光村的交通基础设施给予了重点建设，积极为红光村铺路架桥，全村基础设施不断完善。据了解，循化县交通局先后通过村道硬化、党政军企共建示范村两次对红光村实施了 24.9 公里的道路硬化项目和尕沟便民小桥，总投资达 326.2 万元。

当年的红军战士在苦役中被迫修建了简易的公路，而这一切都是马步芳为了攫取循化人民的血汗和财富，为自己的发家致富修建的"官道"，红军战士修建的公路完工后马步芳乘吉普车来过一次，而广大的劳动人民只能是两条腿或牵着毛驴赶路。红军战士在修建的条简易公路是付出了多名战士的性命换来的。

在中国共产党的领导下，青海省交通局紧密勘查，科学设计，严格施工，在靠近红光村的山上修建了循隆高速公路，传承了当年的红军战士的精神，却实现了先辈为为之而奋斗的目标——让广大的人民群众出行方便，为循化县的经济建设发展奠定了基础，也为红光村的红色产业发展，红色爱国主义教育活动提供了便利。青海省交通系统的广大干部职工延续了西路红军战士不怕苦不怕累的革命英雄主义精神。

2015年7月20日，时至"八·一"、抗日战争胜利70周年之际，在青海省循化县西路军红军小学，隆重举行了由青海省红十字会、西安外国语大学东方语言文化学院联合；旨为"青海省红十字会志愿者实践基地"及"西安外国语大学爱国主义教育基地"授牌仪式。

此次活动由西安外国语大学东方语言文化学院团工委书记季翔老师主持，出席本次授牌仪式的领导有：青海省红十字会副会长吴有祯、青海省红十字会宣传联络项目部部长林牧、青海省海东市团市委书记兼循化县常务副县长纳进云、循化县教育局党委副书记马少华、红光上、下村委办书记、村主任；我、西安外国语大学东方语言文化学院党总支书记金红梅、西安外国语大学东方语言文化学院2015青海支教队带队老师高洁等。近年来，青海省红十字会为深入贯彻落实全面从严治党要求，进一步创新党建方式方法，结合业务工作开展，积极打造"红会助力红色"党建品牌。在循化县红光村和西路军红军小学爱国教育基地作为党建品牌实施地。

2015年9月1日，共青团青海省委举行青年网友红色之路千里行活动，团省委副书记韩海宏出席出征仪式并授旗。青海青年网友、青海网络大V和青海团委系统优秀新媒体工作者共计30余人参加了此次活动。活动期间，青年网友对我省部分红色教育基地和遗迹进行巡访参观学习，通过追溯党的历史，缅怀革命先烈，深入循化红光红军小学、参观西路军战士修建的清真寺、组织网友宣誓等形式，教育引导青年网友学党史、知党情、跟党走，激发爱党爱国热情，大力弘扬民族精神、时代精神，促进网上正面宣传引导，弘扬和践行社会主义核心价值观，弘扬主旋律，激发正能量。

2016 年 6 月 20 日，为纪念建党 95 周年，深入推进"两学一做"学习教育，进一步增强党员干部的使命感。省交通造价站党支部赴循化红光村开展主题党日活动。

活动中，全体党员重温了入党誓词，站党支部书记、副书记给党员佩戴党徽，表彰了年度优秀党员，聆听"红船"启迪演讲，党史党规党纪知识竞答，宣读给干部职工家属助廉信，参观了西路红军纪念馆、红军小学及当年西路红军修建的清真寺，聆听了我的讲解，了解了当年西路红军战士的革命斗争史。

全体党员干部纷纷表示，要牢记历史，缅怀先烈，继承先烈的革命意志，要从这片红色的热土上学习红色文化遗产所蕴含的精神和理念，与正在开展的"两学一做"学习教育高度契合，把这次学习参观的成果转化为我们干工作的动力，对自己从事交通事业真正做到忠诚、干净、担当。

为扎实开展"两学一做"学习教育，进一步加强交通运输系统党员干部理想信念建设。

2016 年 7 月 15 日，海东市交通运输局组织全体党员干部来到循化县查汗都斯乡红光村，开展"缅怀革命历史，重温入党誓词"主题活动。

活动中，全体党员干部聆听了红军小学校长关于西路军浴血河西和在循化地区传播革命火种的光辉历史，在红光村文化广场上举行了重温入党誓词仪式。广大党员纷纷表示，此次参观受到一次深刻的精神洗礼，今后将永远铭记党的历史，进一步坚定理想信念，增强党性修养，坚持把学习和传承革命英烈不畏艰难、勇于献身的革命精神，融入各项业务工作中去。努力在各自岗位上建功立业，为推动推动海东市交通运输事业发展做自己最大的贡献。

2016 年 7 月 31 日上午，循化西路军红军小学，迎来了南开大学外国语学院暑期社会实践活动的师生们，并向学校捐赠了"南开书屋"750 册价值 8227 元的各种图书和纪念品。今天是南开大学外国语暑期社会实践队在青海省落成的第一所"南开书屋"，也是自 2011 年至今在甘肃庄浪，广西百色，四川乐山，云南腾冲，江西兴国，贵州遵义等 17 个省份落成的第 37 个。"南开书屋"是南开大学推出的一项在经济欠发达地区中小学援建图书馆的公益项目，它的宗旨是为教育资源相对匮乏地区的学生带去优质的教学资源，丰富中小学生的课余生活，帮助他们解决想读书却没书读的问题。同时，南开大学在红军小挂牌设立"南开大学学生社会实践基地"。这是继青海民大、北京航空航天大学、西安外国语大学之后的第四所高校在西路军红军小学设立基地。

党的十八大以来，循化县针对部分党员干部政治纪律性不强，党性观念、宗旨意识淡化，理想信念迷失等突出问题，将党性修养和理想信念教育作为党员干部教育培训的首要任务。依托全县独具特色的红光村西路红军红色资源优势，创新思路、大胆探索，建立了以西路红军纪念馆、博物馆，西路红军纪念馆、博物馆，红军清真寺、红军小学、红军广场等为一体各具特色的省级红色教育实践基地，为广大党员干部加强党性修养开辟了一块新的阵地。

为了加强红色教育基地建设，近年来，县委在省市委的大力支持下，先后投资 1000 余万元，在保护原有红色遗迹的基础上，充分挖掘和收集西路红军珍贵的历史资料和红色遗物，建立了以西路红军纪念馆、博物馆，红军清真寺、红军小学、红军广场、红色廊道等为一体的红色教育实践基地。并结合党的群众路线教育实践活动，紧紧围绕开发红色教育资源，积极开展征集红色故事、编排红军歌舞、保护革命遗迹等活动，全力打造党员干部党性教育基地和红色爱国主义教育基地。

深入挖掘红色基地的内涵，突出基地建设主题，丰富党性教育载体，建成了以"缅怀革命先烈、重温入党誓死"为主题的西路红军纪念馆教育实践基地，以"聆听红色故事、追寻红色记忆"为主题的红光清真寺教育实践基地，以"自强不息、艰苦奋斗，传播红色精神"为主题的红军小学教育实践基地，以"红色讲堂"为主题的微信、QQ 群等网络教育实践基地。确保了红色教育实践基地既有广泛性又有代表性，既有丰富的内涵又有学习借鉴意义。

为使每个红色教育实践基地发挥其作用，在教学上突出"五个一"标准，即一名文化素质较高的讲解员、一场反映西路红军精神的舞蹈节目、一套反映基地特色的教学展板、一节深入人心的红色课堂、一个网上学习的红色微信平台。并以基地为课堂，观摩体验、讲解分析、座谈研讨等灵活多样的教学方式，教育引导广大党员、干部坚定理想信念，坚守共产党人的精神家园。

2016 年 10 月 20 日为纪念红军长征胜利 80 周年。省交通通信中心党支部组织全体党员及职工前往循化县查汗都斯乡红光村，进行爱国主义教育。

活动中，全体党员及职工瞻仰了烈士纪念碑、参观了循化红光清真寺、红光小学和西路红军纪念馆。通过聆听讲解，观览图片、实物参观，大家详细了解了当年西路红军战士顽强的革命斗争史和在困境险境下，心系革命、播撒红色种子的坚定信念。党员们纷纷表示，要学习和传承革命先烈不畏艰难，勇于献身的革命精神，并融入各项业务工作中去，进一步坚定理想信念，提高业务水平，以实际行动发挥党员应有的先锋模范作用。

2016年11月17日，省总工会、省文明办在循化撒拉族自治县查汗都斯乡红光村联合举办"传承红色文化、弘扬时代精神——践行社会主义核心价值观职工志愿服务主题实践活动"。省总工会党组书记、常务副主席郎国清、省总工会党组成员、经审会主任韩生华，省总工会副巡视员、教科文卫体主席马登奎、经济部部长许树礼、宣教部部长李志宏、循化县总工会主席贺生杰，副主席才仁措和来自企业、银行、医院、教育、文化演出团队等单位的100余名职工志愿者现场为村民送健康、送资金、送法律、送演出。

郎国清指出，志愿服务活动传递爱心、传播文明，是践行社会主义核心价值观的重要载体，对构建和谐社会、促进社会进步具有十分重要的作用。开展践行社会主义核心价值观职工志愿服务活动，既是省总工会践行"三严三实"、体现工会组织政治性、先进性、群众性的重要形式，也是省总工会深入贯彻中央、省委党的群团会议精神、扎实推进社会主义核心价值观建设、持续开展"下接办"活动、团结引领百万职工投身"三区"建设的重要举措。在活动现场省总工会授予循化西路军红军"马明全爱心志愿服务团队"、国家发展银行青海省分行"阳光金融志愿服务团队"、青海省康复医院"爱心志愿服务医疗团队"、中国移动青海分公司"青海移动和你在一起"志愿服务团队、"青海天驰青唐城爱之心团队"等6支职工志愿服务团队"职工志愿服务精品团队"荣誉称号，给予每个团队2万元支持资金。

循化县西路军红军小学爱心团队一直致力于"学习雷锋精神，促进民族团结"的工作。他们的脚步走遍了循化县贫困地区的山山沟沟。

2015年5月27日红军小学部分师生到来塘村开展活动。

2015年6月24日，四名教师代表西路军红军小学爱心团队在校长带领下，冒着大雨前往本县白庄镇立庄小学，看望双腿高位截肢的撒拉族女孩马玉芳，为她带去了学习用品及500元慰问金。

2016 年 3 月 18 日，循化县西路军红军小学爱心志愿团队一行 6 人在全国道德模范助人为乐提名奖获得者、西路军我的带领下，满载着社会各界爱心人士捐赠的物资和学习用品，到白庄镇科哇学校进行送爱心救助孤儿活动。

2016 年六一儿童节，当城里的小朋在挂满彩旗和气球的舞台，演出各种丰富多彩的节目庆祝属于自己的节日时，大山里的那些孩子，也许只能玩着一些不用花钱的小游戏，沉浸在自己的国度。为了能让山里的孩子过一个快乐的儿童节，5 月 31 日，"西路军红军小学爱心志愿服务队"的志愿者在爱心教师、我的带领下，带着早在几天前就筹集到的物资来到位于孟达山区的塔沙坡小学，和那里的孩子一起欢度六一。"西路军红军小学爱心志愿服务队"本次捐赠物资价值两万多元。

2017 年 3 月 8 日下午 3 时许，正值全国上下开展学雷锋活动之际，"西路军红军小学爱心志愿服务队"在我带领下，和正在休假带孩子到红色基地体验生活并在红军小学进行爱心志愿服务的解放军第四医院翟瑞静医生，共青团大学生西部计划志愿者成员马云一行八人来到了位于循化县尕楞藏族乡建设塘小学，为红军小学学生送去了价值一万多元书包和衣物。

爱心志愿服务队由原来的学校老师延伸到社会各阶层，志愿团队逐渐在扩大。参与志愿服务团队的社会各界人士越来越多，还有好多热心人正在积极谋划，捐款捐物。在此活动中一并感谢翟瑞静医生和她的朋友刘华，王洋，刘蕾，肖征为藏族小朋友的爱心捐助。

2017 年 3 月 14 日前往道帏乡贺塘小学开展献爱心活动。

道帏乡贺塘小学是一所藏族、撒拉族、回族学生为主的民族小学，全校学生 200 余名，14 名教师都是藏族，是一个典型的民族团结一家亲的示范校。

此次捐赠活动得到共青团循化县委、全国民族团结先进个人红光村支部书记马乙四夫、红光村村主任韩伊布拉、解放军第四医院翟瑞静医生、爱心志愿者韩进忠等各界爱心人士的大力支持，共计为贺塘小学捐赠文具、衣服及其他文体用品等价值 1.5 万元的实物。

通过开展"民族团结一家亲"活动增进各族人民彼此间的感情，有利于民族团结，西路军红军小学爱心志愿服务团队以后还将继续以多种形式持续开展此类活动，并丰富活动内容，继续把民族团结工作深入开展下去。

2017 年 7 月 1 日，为庆祝中国共产党建党 96 周年，进一步增强党组织的

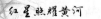

凝聚力和战斗力，激发全体党员干事创业热情，省运管局党委组织机关党员、部分退休党员、入党积极分子和团员青年开展"缅怀先烈传精神 凝心聚力促发展"主题党日活动。活动期间，组织全体人员观摩了大循隆高速公路项目建设情况，并前往循化县红光村开展了缅怀革命先烈纪念活动。

在 G310 线循隆公路项目建设工地现场，工作人员介绍了循隆高速公路工程概况、特点、难点、技术创新等基本情况和大循隆临时党支部开展的党建工作概况，局党委看望和慰问了坚守在工地一线的党员，全体人员观摩学习和翻阅了大循隆临时党支部党建工作的基础资料台账，并就如何开展好支部工作进行了交流；期间组织参观了青海首座大跨径双塔斜拉桥海黄大桥和苏龙珠黄河特大钢管拱桥。参与建设的青海交通人发扬西路红军精神、青藏高原精神"五个特别"精神、弘扬"两路精神"和"交通精神"，矢志不渝的追求和为交通事业奉献青春和热血的正能量感动和激励了在场的每一个党员，大家纷纷表示，在今后的工作中，将立足岗位，以更加求真务实的作风，更加扎实有力的举措，更加昂扬向上的精神状态，为实现"四个交通"发展，做好道路运输服务保障工作，扎实工作，奋力拼搏！

在循化县红光村，全体人员参观了红光清真寺及西路红军纪念馆和烈士陵园，通过瞻仰先辈英灵、重温入党誓词、聆听我讲先辈故事，参观当时红军所建的学校、清真寺、红军墙，以及当年红军战士使用过的桌椅、磨盘等红色历史遗迹，立誓要传承革命先辈们的红色基因，汲取道路运输发展的力量，为推进交通先导先行贡献力量。

此次活动，是对机关党员、青年一次深刻的党性教育和理想信念教育，让大家更加深刻地认识到作为一名共产党员所担负的使命和责任，更加坚定了为党的事业奋斗终生的勇气和决心。全体党员一致表示，要把此次参观活动与"两学一做"常态化制度化学习教育紧密结合起来，进一步锤炼党性修养，强化宗旨意识，传承革命先烈艰苦奋斗、不屈不挠的优良作风和斗争精神，弘扬和践行交通精神，进一步凝聚道路运输行业正能量，严格履行道路运输管理工作职责，为实现"一个同步、四个更加"新青海建设目标，充分发挥道路运输在全省经济社会发展中服务保障作用，以优异成绩迎接党的十九大胜利召开！

2017 年 9 月 19 日，循化县非公经济人士一行 18 人，在工商联主席鲁振荣带领下前来红光村开展爱国主义教育活动并给学校捐赠爱心。

2017年10月8日，时任省交通厅厅长毛占彪陪同青海省委副书记、省长王建军调研大循（道帷互通至循化段）、循隆高速公路建设情况。在红光村走访慰问期间，毛占彪厅长特意走进红光村清真寺内的西路军纪念馆。他说早就耳闻红光村的红色历史，想着能亲自来看看，来缅怀那些为革命失去生命的先烈们，今天也算了了一桩心事。

2018年8月14日梁溪区委副书记、区政协主席陈锡明带队的考察组一行13人来到循化考察交流。县政协主席韩昌龙、县委常委、副县长朱雄、县政协副主席东科陪同考察。

两地政协召开了工作座谈交流会。会上，韩昌龙主席介绍了循化县的基本县情及开展脱贫攻坚工作的情况，并表达了对梁溪政协支持两地协作工作、发动政协委员多方面多渠道支持循化脱贫工作的真诚感谢。陈锡明主席介绍梁溪区近年来经济社会各方面取得的成果，梁溪政协的主要工作特色，并表示将根据梁溪区委、区政府的统一部署安排，继续加大力度，发挥政协优势，发动委员从人才培训、技术支持、慈善捐助等各方面推进循化奔小康进程。会上，两地政协委员企业家还就产业合作、生产技术升级帮扶、人才培养等进行了深度交流。

在循化期间，梁溪政协陈锡明主席一行到查汗都斯乡红光村西路红军纪念馆进行了参观学习活动，通过学习西路红军战士的革命事迹，接受了不忘初心，砥砺奋进的爱国主义教育。

2019 4月23日至4月26日，由国家民委政策研究室副主任王海青带领的调研检查组来海东市调研检查全国民族团结进步示范市创建工作。在循化县查汗都斯乡红光村，我作为讲解员给调研组做了充分的讲解。然后调研组察看了红光上村、红光清真寺、红光小学民族团结创建工作的开展情况。在街子乡三兰巴亥村，由撒拉族文化人韩占祥做了介绍，调研组检查了民族团结进步创建"进寺院"的工作开展情况，调研组对海东市发挥宗教人士作用、宣讲国家民族政策、精准扶贫政策、推行移风易俗等举措给予了充分肯定。在循化县政府，撒拉族作家韩庆功做了介绍，调研组沿着民族团结进步示范县宣传走廊，了解各类民族团结文化体育活动的开展情况。强调当地政府要继续保持将最新的民族团结知识、民族团结活动、民族团结故事，通过展板和宣传栏的形式第一时间传达给当地群众。在文都乡麻日村，调研组了解了十世班禅大师团结各族群众、为民谋幸福的事迹，强调当地政府要利用各种节庆纪念活动，向更多群众介绍青海、海东以及循化在创建民族团结方面的举措和民族团结的事迹，让更多的群众了解海东。

省民宗委副主任圈启章，省委统战部综合协调处处长祁永红，市委副书记、统战部部长徐信阁，市政府副市长白万奎，市政协副主席韩永明，海东市人大副主任、中共循化县委书记李发荣，循化县委常委、统战部部长桑吉陪同调研。

在此期间，发生了一件有趣的事情：当时，海东市委统战部，市政协领导先行一步到红光村，了解国家民委领导调研民族团结的准备工作。县委"创建办"的人并没有给我安排接待任务，临时由其他人在红光村做了讲解。没想到他们没有抓住重点，主要是想突出自己在民族团结创建工作中的作用，结果适得其反，没有达到理想的效果。再者说，虽然在近10年时间里，好多了听了我的介绍鹦鹉学舌也学了点皮毛，他们不求上进，不学习，也不愿意承认我挖掘红光村的事实，想自己另辟蹊径蹭热度。但是，除了我之外，没有任何人能把红光村的民族团结的渊源关系讲清楚讲明白。那是，我已经被循化县工商联邀请赴中国人民大学培训，连机票都订好了。县上召开反馈会，市上领导对此项工作提出了批评。所以，县委县政府领导临时换将，要求我克服一切困难，放弃培训的机会，全力以赴完成此项工作。当然，结果是可想而知的，非常理想。国家民委领导也很满意，因为我道出了循化县民族团结的精神内涵和历史渊源。我说："红军战士在血与火的共同抗争、泪与笑的共同奋斗让撒拉族人民明白了一个真理，那就是中华民族乃一个命运共同体、唇齿相依、心手相连，一荣俱荣、一损俱损；也证明了唯有牢牢稳固中国特色社会主义制度，坚定中国共产党的全面领导，方能聚合各族人民的集体智慧。红色基因凝结着数代中华儿女的理想追求。自鸦片战争以来，近代中国逐渐沦为半殖民地半封建社会的多难处境，人民饱受欺凌与压迫。争取民族独立、人民解放自此成了中国人民近代的不变追自求与革命箴言，无数英勇的中华儿女为之苦苦探索，付出毕生心力，在为实现中华民族伟大复兴的奋斗之路上砥砺前行

作为中国共产党带领全国各族人民为完成共同理想而身体力行的历史产

物，红色文化肇始于烽火尘埃的战争岁月，发展于斗志高扬的建设年代，淬炼于砥砺奋进的改革征途，书写了中国共产党100年为中华民族伟大复兴而奔走呼号的壮美诗篇，集中体现了中国共产党带领全国各族人民进行伟大斗争推进伟大事业、实现伟大梦想时所展现的高贵品格。在红光村这种精神和红色基因的传承就是民族团结的基石。"

自2013年以来，海东市委市政府始终把民族团结进步创建作为一项战略性、基础性工程和关乎全局、关乎根本的大事，举全市之力扎实推进。特别是创建全国民族团结进步示范市以来，市委市政府保持高站位谋划、高起点开局、高质量推进，全市呈现出民族团结进步、宗教和睦和顺、经济健康发展、社会和谐稳定的良好局面。互助土族自治县、循化撒拉族自治县创建成为"全国民族团结进步示范县"，循化县被命名为"青海省民族团结进步先进县区"。

2020年10月15日，循化县民族团结进步创建工作成果发布仪式在县会议中心隆重举行。

在此次仪式上，青海省委统战部、中共海东市委、海东市人民政府、海东市委统战部等部门主要领导，中共循化县委书记黄生昊，县人大常委会主任恒登，中共循化县委副书记、县长韩兴斌，县政协主席韩昌龙以及在家的县级领导，省、市、县各媒体记者，各乡镇、县委各部门、县直各单位、省市驻县各单位、各人民团体负责同志、"十进"行业代表和创建办顾问团队成员，共270余人参加了此次发布仪式。

循化县委常委、统战部部长桑吉主持仪式；韩兴斌县长在活动仪式上致辞；青海省委统战部领导代表国家民委给循化县授予了"全国民族团结进步示范县"牌匾；县人大主任恒登宣读了省人大常委会《关于批准〈循化撒拉族自治县民族进步条例〉的决议》，并与黄生昊书记进行了揭牌仪式；省、市、县领导给各乡镇代表发放了循化县民族团结进步创建成果资料，并一起为"循化县民族团结进步成果展示馆"揭幕。仪式后，参会人员还参观了展示馆。

循化县委常委、统战部部长桑吉在接受西海都市报社记者采访时说："在国家、省、市党委、政府的正确领导和关心支持下，我们在开展内容丰富、形式多样的创建活动基础上，挖掘丰厚的民族团结文化资源，制作了一批反映循化民族团结进步事业的专题片，出版了一些书籍，以此展示我县民族团结进步工作取得的成就，为今后的创建工作提供借鉴和指南。"

已经建成的"循化撒拉族自治县民族团结进步成果展示馆",是循化县五个文明发展成就的集大成,是宣传循化民族团结进步创建工作的一扇窗口,是开展民族团结进步教育的基地,也必将成为了解循化的一个微缩景区;

近年来循化县坚持以习近平新时代中国特色社会主义思想为指导,围绕经济社会发展大局,创造性开展民族团结进步创建工作,通过各族干部群众的共同努力,2017年被评为"全省创建民族团结进步先进县",2019年荣获"全国民族团结进步示范县"。2020年今年6月份,正式颁布实施了全省第一个县级民族团结进步法规。

2019年5月14日,国家民委经济发展司司长张志刚带领调研组,赴海东市调研检查落实扶持人口较少民族政策情况及全国较少民族脱攻坚奔小康现场推进会筹备情况工作,调研组来到循化撒拉族自治县查汗都斯乡红光上村西路军革命遗址围绕乡村振兴、现代农牧业、特色产业发展、乡村旅游等方面进行了交流,听取观摩点基本情况、筹备工作开展情况,了解循化县开展较少民族政策落实情况及成效。省民宗委副主任宁海鹰,海东市委副书记、统战部部长朱向峰陪同调研。

2019年5月20日民盟广西区委2019年专职干部培训班在中共青海省委党校举办力。民盟广西区委副主委黄世喆,民盟广西区委机关干部和各市民盟机关干部共43人参加了学习活动。在活动期间参观并瞻仰了西路军革命遗址和纪念碑。

2019年6月28日,西宁市城中区人大常委会机关党支部组织党员干部和部分区人大代表,在人大主席马志祥带领下赴循化县红光村开展"庆七一"主题党日活动。

全体党员干部以及人大代表边参观边聆听我的讲解,在西路军纪念馆、红军小学以及全国唯一一座由红军修建的赞布呼清真寺前,那一篇篇文字记载,一幅幅真实图片,一条条作战线路图,一件件珍贵的历史文物,带领大家走进历史的记忆,走进栩栩如生的往昔。西路军革命先辈们进行艰苦卓绝的革命斗争,血与火的战场,让全体人员再次真切地感受到,近代中国革命和建国之路的艰辛,同时也让大家感觉到今天美好生活的来之不易。

回顾革命历史,更要牢记历史。通过此次"庆七一"主题党日活动,全体党员内心受到了强烈的震撼、精神受到了洗礼、灵魂得到了净化,思想认识进一步得到了升华。大家纷纷表示在这片红色的热土上学习到了红色文化遗产所蕴含的精神和理念，今后更要进一步坚定理想信念，坚守精神追求，永葆共产党人的先进性和纯洁性。

2019 年 6 月 29 日，省能源局组织全体党员干部赴循化县红光村开展庆"七一"暨"不忘初心·牢记使命——重走红军路"主题党日活动。

全体党员干部依次参观了循化县红军小学、红光清真寺及循化县西路红军纪念馆。通过聆听讲解，观览图片、实物展，详细了解了当年西路红军战士在循化县顽强的革命意志，使广大党员干部深刻领会到作为一名共产党员的崇高理想追求和不畏艰险、顽强拼搏的革命精神。期间，能源局还开展了重温入党誓词、合唱《没有共产党就没有新中国》等活动。

2019 年 7 月 10 日，青海省省高级法院党组班子、院级领导及各部门负责人专程来到循化县红光村西路军爱国主义教育基地，开展"牢记初心使命、赓续红色基因"红色教育活动和革命传统教育。此次活动旨在进一步继承革命传统，传承红色基因，推动"不忘初心、牢记使命"主题教育持续深入开展、取得扎实成效。

红光村是全国唯一一座由西路军被俘战士修建的村庄，至今还保留着全国唯一一个由红军修建的清真寺、红军修建的学校和红军墙等历史文化遗迹。参观学习的党员干警怀着崇敬的心情向西路军烈士纪念碑敬献花篮、庄严肃穆地向革命烈士默哀致敬。我饱含深情地讲解了红光村的历史和西路军指战员在极其恶劣的生存环境下，坚守信仰、不改初心，机智勇敢地将象征革命的图案巧妙地镶嵌到清真寺等建筑物上。大家观摩了当年西路军战士建造清真寺留下的五角星门扣、工字型门板和屋脊青砖瓦片上的"镰刀""斧头"等实物和珍贵的图片资料。在红色广场，参观学习的党员干警面对鲜红的党旗，庄严宣誓，追寻入党的初心使命！

青海省高级法院党组书记、院长陈明国在活动结束时的讲话中指出，缅怀是为了更好地继承，铭记是为了更好的前行；全体党员干警要传承红色基因、弘扬敢于牺牲精神，做理想信念的坚定信仰者；要传承红色基因、弘扬爱国奉献精神，做政治忠诚的践行者；要传承红色基因、弘扬艰苦奋斗精神，做改革实干的开拓者；要传承红色基因、弘扬勤勉敬业精神，做真抓实干的耕耘者；要传承红色基因、弘扬无私无畏精神，做敢于担当的奋斗者。

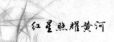

为进一步学习和传承革命先辈信念坚定、对党忠诚的高贵品格，传承红色基因，弘扬革命精神，接受红色传统教育和民族团结进步教育。2020年7月29日，民盟青海省委机关党支部、机关二支部部分成员及机关干部职工在民盟青海省委机关党支部书记、专职副主委李居仁的带领下赴海东市循化县红光村开展党盟共建爱国主义理想信念教育活动。

作为循化县红色爱国主义教育中心主任、盟员的我带领下，大家参观了西路红军信念墙、全国唯一一座由红军修建的红光清真寺、西路红军纪念馆等红色历史遗迹，近距离感受先烈们在极端困难的环境下一心向党、坚守信仰、坚持斗争的英雄气概。一幅幅老照片、一段段历史文字记录了革命先辈的奋斗历史，悄悄浸入每一个人的心里。通过我的认真详细地讲解，大家了解了当年西路红军战士在循化艰苦卓绝的峥嵘岁月。西路红军战士在令人绝望的环境中和敌人的严密监视下，坚定使命和信仰，在修建清真寺时冒着生命危险把"五角星""镰刀""斧头"等标志图案烧制在建筑物砖瓦中，放置在礼拜大殿的屋脊上，表达着共产主义必胜的信念，展现出红军战士坚不可摧的革命意志和视死如归的革命精神。

参观学习后，大家纷纷表示被先烈们为革命胜利不惜牺牲、抛头颅洒热血的精神所感动，要把革命英烈不畏艰难、勇于献身的乐观主义精神融入日常生活、学习和工作中，进一步坚定理想信念，坚守精神追求，立足本职，认真履职，为新青海建设做出积极贡献。

第二十一章　红色文化的感召力

第一个来到红光村体验红色文化的个人是来自北京的王建娜和赵岚岚两位女士。他们利用自己的休假时间，带着上幼儿园的孩子小虎和大矗一个人身份第一个走进红光村，深入民间和学校体验红军精神，她们感言，这是她们和孩子人生当中最值的记忆的事情。

西宁海关党员团员，多次组织关关员到红光村开展一系列的红色教育活动动。2013 年 8 月 16 日、2015 年 6 月 26 日、2017 年 3 月 24 日等西宁海关党组中心学习组组织中心组前往循化县参观西路军红光红军小学和红光清真寺西路军纪念馆，开展"缅怀革命先烈，感受革命精神"教育活动。

首先，我与西宁海关青年朋友们深情交谈，对他们来到西路军红军小学表示热烈的欢迎，感谢他们对学校的帮助和关爱。其次，组织让贫困学生、孤儿、留守儿童上台领取学习生活用品。让他们真切地感受到来自社会各界的关心和爱护。树立学生的自信心，不仅是物质上的帮助，更多的是精神的慰藉和鼓励。西宁海关团总支部副书记周灿说到，关爱孩子，是我们的一种骄傲，因为他们是我们祖国的将来，关爱学生就是爱国的最好表现。最后，我说到，我们也会将教育放在第一位，尽心尽力抓好教育，不辜负社会各界对我们的照顾和关心，我们相信西路军红军小学的明天会更好。

2014 年 4 月 10 日，黄南州同仁县党政领导在循化县人民政府县长韩兴斌、县委副书记郭海云、县委统战部部长侃卓才让等的陪同下到循化县爱国主义教育基地——红光村清真寺、西路军红军小学等，缅怀革命先烈，接受革命传统教育。

近年来，西路军红军小学以红色资源为平台，以红色文化载体，大力营造红色氛围，受到社会各界的关注。目前已成为青海省的红色教育品牌，也是广大党员干部群众开展爱国主义教育活动的场所，更是坚定理想信念的重要阵地。2014 年 10 月 22 日下午，以我的名义成立的"西路军红军小学爱心文艺宣传队"组织师生代表一起到新村小学开展"手拉手、结对子、献爱心"活动，并为新村小学捐赠了价值 8800 多元的书包、文具及体育器材等。在"手拉手、结对子"活动仪式上，西路军红军小学的同学还为新村小学的师生带来了舞蹈表演和诗歌朗诵，之后同学们与新村小学的同学结对子交朋友，立志做学习和生活上的互助好伙伴。活动仪式结束后，他校的学生在新村小学同学的带领下，参观了他们的校园环境及教室，体验新村小学同学的生活，共同交流学习和生活经验，分享欢乐。通过本次活动，他校与新村小学的师生建立了更深厚的友谊，也希望通过多开展这样的活动，互帮互助，共促发展。

为推动党的群众路线教育实践活动深入开展，缅怀先烈，弘扬传统，海东市地震局组织全体党员干部前往爱国主义教育基地——循化县察汗都斯乡红光村西路军红军小学、赞卜呼清真寺、红军革命烈士纪念碑参观学习，积极开展爱国主义教育活动。全体党员重温了烽火岁月里的革命往事，一致表示要继承革命英雄的遗志，自觉发扬艰苦奋斗的光荣传统，始终坚守共产党员的理想信念，切实转变工作作风，密切与人民群众的血肉联系，努力把群众路线教育实践活动开展好，从而推动各项工作不断进步。

在红军烈士纪念碑前，全体党员重温入党誓词，经历了一次精神上的洗礼，认识到群众路线具有深厚的历史内涵，群众路线在战争年代将军民紧密联系在一起，树立起中国共产党的良好公信力，这牢不可破的鱼水情深为取得革命的最终胜利奠定了坚实基础。大家纷纷表示，在今后的工作中要深入群众、改变工作作风、狠抓实干、注重细节，将工作中面临的困难转化为奋斗的动力，将工作做得更细更实。

2014年4月16日，重温党的光辉历史和优良传统，是开展党的群众路线教育实践活动的基本要求。海东市发改委全体干部职工参观学习了循化县爱国主义教育基地——西路红军纪念馆、红光村清真寺、红光西路红军小学等，缅怀革命先烈，接受革命传统教育。

通过瞻仰烈士纪念碑，寄托哀思；面对鲜红的党旗，重温入党誓词；观看了烈士照片和生平介绍等。大家纷纷表示，要学习革命先烈为共产主义事业奋斗终身的大无畏精神和为民情怀，进一步强化群众观念，践行群众路线，更好地为人民服务，着力推进改革发展工作。以革命先烈为榜样，珍惜学习机会，努力学好本领，弘扬革命精神，继承先烈的遗志，牢记革命先烈的革命精神和优良传统，增强责任感和使命感。牢记党和人民的重托，明确历史赋予的神圣使命，努力工作，为谱写祖国繁荣发展的篇章奉献自己的一份力量！

2014年5月14日，海东市人社党员干部在局长韩永明和副局长陈雪俊带领下到红光村开展开展党的群众路线教育实践活动，接受红色爱国主义教育。现在的红军小学就是韩永明局长的小学母校，得知教学楼是原兰州军区援建的，看到当年的赞卜乎学校有了如此大的变化，韩永明局长感到非常欣慰。看到教学楼里面的文化墙还没有布置好，当即和局党组成员商量，给红军小学给予资助一万五千元用于文化建设。之后，党员们在红光村党员活动室开展了自我剖析和自我批评教育活动，学习效果非常好，党员干部的思想认识有了一定的提升。

2014年5月15日，海东市司法局党员干部在循化县司法局局长韩庆功陪同下到红光村开展开展党的群众路线教育实践活动，接受红色爱国主义教育。我全程陪同讲解，在西路军纪念馆，面对红色遗迹，党员们长时间驻足参观，边看边想。在红光清真寺，我深入浅出、语重心长的讲解400余名被俘西路红军在红光村其艰难的环境下垦荒、伐木、烧砖等做苦役中坚定革命一定成功、红军一定胜利的一心向党、忠于革命的理想信念和与撒拉族群众建立生死相依、水乳交融革命友情的民族团结的红色故事，感染所有在场人员，参学干部纷纷表示"珍惜当前的大好和谐稳定局面，不忘初心，坚定信念，履职尽责。"

2014年5月24日，怀着"接受革命教育，重温红军足迹"的崇敬之情。西宁市城东区教育局、西宁市育才学校、西宁市国际村小学、西宁市十里铺小学等三所小学的全体党员驱车3小时到达了循化县红光村红军小学。

全体党员不顾旅途疲劳一下车就在我的介绍中参观红军清真寺。党员们长时间驻足在那些凝结着厚重历史的老张片、革命文物前，感受着红色精神的顽强与伟大。

本次活动是城东区区教育局践行党的群众路线教育实践活动的又一重要活动。通过本次活动，进一步教育了党员——群众路线是我党的立党之本，只有走到群众中去，才会得到群众的支持，才能做好自己的事业。

2015年7月1日，在建党94周年之际，社会各界爱国人士8批296人以开展"三严三实"教育为载体走进青海省循化县红光村重温党的历史，聆听红色故事，以红军朴素的革命精神，瞻仰烈士陵墓，欣赏红色舞蹈，参观红色纪念馆，缅怀先烈，传承红色精神。

青海省煤炭管理局党组马玉樱副局长等成员一行80多人、平安县委20多名领导干部、循化县水利局20多名领导干部、青海省邮政局20多名领导干部、青海省安全生产监督管理局90多名领导干部、新疆天山出版社10名领导干部、民间自发团体50多名爱国人士、青海广播电视台6名电台编辑、摄影记者亲临红色故地、重温党史、缅怀先烈，庆祝建党94周年。

西路军红军小学的全体师生以红色舞蹈与前来参观的各级领导干部缅怀先烈，见证红色遗迹，发扬红军精神代代相传。重温党的光辉历史和优良传统，是开展党的群众路线教育实践活动的基本要求。

　　大家纷纷表示，要学习革命先烈为共产主义事业奋斗终身的大无畏精神和为民情怀，进一步强化群众观念，践行群众路线，更好地为人民服务，着力推进改革发展工作。以革命先烈为榜样，珍惜学习机会，努力学好本领，弘扬革命精神，继承先烈的遗志，牢记革命先烈的革命精神和优良传统，增强责任感和使命感。牢记党和人民的重托，明确历史赋予的神圣使命，努力工作，为谱写祖国繁荣发展的篇章奉献自己的一份力量！

　　2016年7月12日，江苏淮安市周恩来红军小学的12名女足队员，历时13天，途经6个省，重走当年红军长征路，用双脚去寻找先辈的足迹，用行动去丈量长征的艰辛。在青海省循化撒拉族自治县红光西路军红军小学，淮安市周恩来红军小学东校区三（6）班的柳懿桐看到，建筑物的花砖上雕刻着红五星、镰刀、斧头等图案。得知这些图案是当年红军西路军的战士们留下的，她不禁感慨："他们坚信'红军一定能胜利，革命一定能成功'，这让我深深地感受到长征精神的伟大。"

　　2016年7月14日由时任县委常委、县纪委程世秀书记带领县纪委派驻纪检组成员、各乡镇纪委书记共计40人在查汗都斯乡领导的陪同下到红光村红色文化爱国主义教育实践基地开展"重温入党誓词、缅怀革命先烈、聆听红军故事、参观红色遗迹、宣讲红色党课"的一系列主题活动，进一步提升全县纪检干部的党性修养和履职水平。

　　在英雄纪念碑前，全体纪检干部向革命先烈默哀致敬，面对鲜红的党旗40余名纪检干部举起忠于党、忠于人民的右手，庄严宣誓。

　　在参观民间纪念馆、红军小学纪念馆后，在红军小学会议室程世秀书记上台讲党课，从接受"五点一体"西路红军红色文化教育实践基地后思考我们的党性是否坚定，工作是否敬业，从聆听西路红军故事、红光村群众与西路红军共唱民族团结之歌中思考我们的作风是否务实，服务群众是否贴心进行了讲解，并结合当前学习建党95周年习近平总书记讲话和"两学一做"学习教育对纪检干部提出了四点要求：一是坚定理想信念，认真研读马克思主义，做一名理论清醒的纪检干部；二要坚定理想信念，学好系列讲话精神，做一名不忘初心的纪检干部；三要坚定理想信念，抓好"两学一做"，做一名四讲四有的纪检干部；四要坚定理想信念，忠于纪检工作，做一名忠诚干净的纪检干部。

2016年5月20日，由青海省侨联、侨商会党组成员，组织安排到我校看望和慰问孩子们，并与孩子们提前分享"六·一"国际儿童节。

参加本次活动的领导有省委统战部副部长、常务副主席、省工商联党组书记、非公经济党工委书记吴捷；省侨联主席高永英；省侨联副主席、秘书长熊英；省侨联常委刘春月；省侨商会副会长马俊、王兆君；省非公经济党工委办公室主任熊兰；循化县人民政府副县长纳进云。

2016年5月27日，在第67个"六·一"国际儿童节来临之际，由省政协原副主席、省关工委副主任岳世淑；海东市关工委主任吴启章；循化县委常委、组织部部长陈雪俊；循化县关工委主任常玉万、副主任朱建新等一行来到循化县西路军红军小学，看望和慰问在校的46名留守儿童。

活动由循化县委常委、组织部部长陈雪俊主持。为了整合教育资源，强化关心下一代活动阵地建设，不断满足青少年校外教育的需要，经省关工委主任会议研究决定，把西路军红军小学命名为'青海省关心下一代教育基地"，并在当天正式挂牌。

在建党95周年来临之际，青海省各地各单位共产党员来到红光村开展系列红色教育活动

深入贯彻落实党中央、中央军委和习近平主席决策部署，坚持把"学党章党规、学系列讲话、做合格党员"学习教育作为重大政治任务，开展了"两学一做"和"重表入党心"集中教育活动。

2016年6月25日，天未亮就有五批人次来到红光村。分别是：交通厅机关党支部，互助县委办公室，互助第一中学党员教师，西宁市五四小学党员教师和一批群众党员共300余人。

西宁市五四小学党员教师在党支部书记胡海蓉校长带领下，首先来到红光村红西路军纪念碑前重温入党誓词，和关于建党日的知识宣讲并参观了纪念馆，然后，党员们来到了西路军红军小学，在这里，我深情讲述了自己在为挖掘红色文化，传承红军精神行动前后的思想变化及他和他的老师艰辛的传承过程。五四小学的党员们参观了学校的校史馆，我也邀请教师党员们来这里接受爱国主义思想学习的同时，也来这里交流教育教学方法和心得。其次，五四小学教师来到了红光清真寺，参观了民间纪念馆。在这里我再一次详细地讲述了红色文化、西路军历史与红光村的历史变革。教师党员们都细心聆

听红军故事，缅怀革命先烈，深入学习"两学一做"政治学习。最后，来到了民族团结进步广场和红色文化长廊参观，并在这里对我在周末期间不辞辛苦深情的讲解表达了感谢。

2016年6月26、27日，平安区平安镇东庄村党支部、平安区平安镇上庄村党支部、平安区平安镇杨家村党支部和平安区平安镇红岭村党支部的群众党员共计100多人，互助县高寨乡东庄乡支部，青海《党的生活》杂志编辑部共两批60余名党员来到红光村开展系列红色教育活动。

2016年6月28日，由西宁惠客佳党委、循化县公安局党委、海东检察院支部、平保人寿支部、互助高寨西庄村支部、西宁机场党委、群众旅行团队共七支队伍共计400余名党员，前来红光村开展建党九十五周年纪念活动和"两学一做"教育活动。

6月29日有循化县委中心学习组、交通厅造价处支部、化隆县国税局支部、三支旅游团队等六批党员干部共计180人前来全国唯一由西路军修改的村庄——红光村缅怀革命先烈，接受红色教育，重温入党誓词，重塑理想信念。

6月30日，青海省甘德县干休所组织离退休干部党员和机关党员干部，参观循化县红光村西路军纪念馆和红光清真寺、红军小学。老同志们称赞本次参观活动具有深刻的历史教育意义，并表示要老当益壮，积极为党的事业增添正能量。

同时前来参观学习的还有《海东时报》的党员。在中国共产党94周年生日来临之际，为回顾党的光辉历程，讴歌党的丰功伟绩，进一步激发广大党员的责任感和使命感。

2016年7月1日上午，城西区兴海路小学支部全体党员深入红光村清真寺西路军民间纪念馆，红军小学参观学习，重温入党誓词，重塑理想信念，为党员注入红色力量。

在清真寺民间纪念馆，全体党员认真聆听我对中国共产党艰辛奋斗历程的生动介绍，怀着无比崇敬的心情，先后参观了清真寺纪念馆的展厅和红军小学校史馆。深入了西路军战士在红光村的情况，领略了西路军被俘战士在逆境中艰苦卓绝的战斗历程。一幅幅历史照片、一件件珍贵实物，再现了革命先烈浴血奋战、英勇不屈的情景，党员们受到了深深地感染和鼓舞。重温了党的光荣历史，使党员们受到了一次生动的革命传统和爱国主义教育，真切感受到了和平年代幸福生活的来之不易，进一步坚定了对党的信念和对共产主义的信仰。

参观学习活动结束后，党员们纷纷表示要铭记历史，继承革命先烈的遗志，进一步弘扬党的优良传统和革命精神，结合正在开展的"两学一做"学习教育，立足本职岗位，扎实做好本职工作，充分发挥党员的先锋示范作用，带动广大党员转变服务理念，做到全心全意为人民服务。

2016 年 7 月 1 日，交通厅机关党员干部来到红光村西路军纪念碑前向革命先烈敬献花篮，并在党旗下重誓入党词。而后来到红光清真寺，我再次介绍了红军精神及红光村的红色精神，党员在这里细心倾听的同时，也对习近平主席的"两学一做'重大政治任务进行了深入学习。然后参观了纪念馆，并细心查看了建筑设计和历史图片，最后参观了西路军红军小学校史馆，我详细地讲述了学校历年变革及学校红色文化，并强调不能忘却红军先烈的恩情，决心将红军精神传承下去。党员干部们也在校园里品尝了红军战士种下的红军树上的果实，吃的是杏子，但在内心里更像是吃了一颗对继承红军精神、发扬红军精神、做一名合格党员的决心丸。

2016 年 7 月 1 日上午，青海省教育工委支部、平安区平安镇西村党支部、平安区平安镇白家村党支部、平安区平安镇瑶芳村党支部、海东住建局支部、西宁黄河路小学支部、西宁兴海路小学支部、西宁韵家口村支部、平安区卫生局支部、石灰窑乡支部、海东新农办支部、公伯峡武警中队、青海省非公经济人士等十三支党员队伍共 600 余人，深入红光村清真寺西路军民间纪念馆，红军小学参观学习，重温入党誓词，重塑理想信念。为党员注入红色力量。

2016 年 8 月 20 日中艺梦慈善万里行第五站走进青海省循化县红军小学。

2016 年 9 月 29 日下午，由循化县人民武装部政工科吴保荣科长主讲的以"发扬红军长征精神国防要从娃娃抓起"的国防教育，在西路军红军小学大礼堂举行。

2017 年 4 月 15 日马坊小学党支部组织开展了主题为"传承红色文化，弘扬时代精神"党员教育活动，学校党员和青年教师参加了活动。2017 年 4 月 27 日，西宁市城北区教育党委、区教育团委联合组织区属 17 所学校部分党员、团员教师开展了"弘扬五四精神 探访红色印记"主题活动党活动走进红光村。

2017 年 4 月 27 日，在"五四"青年节来临之际，城北区教育党委开展了以"弘

扬五四精神踏访红色印迹"为主题的教育系统主题党（团）日活动，区属各校党务干事、团支部书记及局机关部分党员共 38 人参加了活动。

活动由"踏访红色印迹重温入党（团）誓词"和"弘扬五四精神展现青春风采"两部分组成。早晨，大家到达了全国唯一一所由红军被俘战士设计建造的小学——循化县红光村红军小学，在我的带领下参观了红军小学展厅，并和孩子们开展了"爱心手拉手"志愿服务活动。随后，全体党员和团员们步行前往纪念碑前进行了庄严宣誓，在参观红军清真寺的过程中，我现场给全体人员上了一堂生动的党课，通过我介绍，大家了解了那段悲壮的峥嵘岁月，每个人驻足在那些凝结着厚重历史的老张片、革命文物前，感受着红色精神的顽强与伟大。

通过此次活动，更加坚定了共产党员的理想信念，锤炼了年轻团员的意志品质。大家纷纷表示，在这片红色的热土上学习到了很多课本之外的东西。教育党委将以此次活动为契机，继续开展主题党日活动，将深化"两学一做"学习教育和践行"两个绝对"要求落到实处，以更加优异的成绩努力办好人民满意的教育。

2017 年是长征胜利 81 周年，怀着"接受革命教育，重温红军足迹"的崇敬之情，西宁市桃李小学开展了"红色之路万里行"主题活动。

在青海省海东市循化县黄河南岸的小山坳里，一段红色历史伴随着黄河水流淌在人们的心间。9 月 26 日，桃李小学的党员教师和少先队员代表来到了这里，触摸那段红色的记忆，回顾 400 多名红军西路军战士在红光村的悲壮历史。

首先，师生们在我的介绍中参观红军清真寺。通过我的介绍队员们了解了那段悲壮的峥嵘岁月——1939 年至 1946 年间。中队辅导员老师、少先队员们长时间驻足在那些凝结着厚重历史的老照片、革命文物前，感受着红色精神的顽强与伟大。

接着师生们参观了红军小学，该校是由西路红军被俘战士于 1939 修建的，经过 70 多年的发展，已成为一所完全小学，红军精神也在这座小学里代代传承。

参观学习后，队员们都被那段红色岁月深深震撼和感动，纷纷表示，正是这些革命烈士和无数革命前辈用鲜血和生命换来了今天的幸福生活，作为少先队员要大力继承和发扬革命先辈的崇高品质和革命精神。真正把对革命先辈的敬仰转化为自觉学习、增强本领的实际行动，争做时代先锋。辅导员老师们也表示，在这片红色的热土上学习到了红色文化遗产所蕴含的精神和理念，此次革命传统教育活动使自己倍受感染、深受教育，要将红色历史留下的精神财富转化为爱岗敬业的工作动力，以育人为志，诲人为乐，为党的教育事业贡献自己的力量。

2016年3月25日上午，西安外国语大学在教学楼G区210室举行了以"践行社会主义核心价值观"为主题的讲座，我作为主讲人。西安外国语大学校学工部学生处处长郑锐华老师和各院的辅导员老师们参加了本次讲座。首先我简要介绍了撒拉族。在语言文化方面，与开设小语种专业的东方语言文化学院联系密切。接着他对红军小学进行了介绍。我说2010年刚到学校时，学校设施简陋，教师办公室兼宿舍仅有15平方米。艰苦的工作环境没有影响我的工作热情，我专心研究教学主题，并获得了省市级二等奖的荣誉。我坦言初到学校，我曾想到过离开，但被老父亲的一席"不能忘记西路军战士的红军精神，要有做人的本分"的话点醒。随后我通过一系列照片带大家回顾了红色遗迹，并分享了他对"为人民服务"这一精神的理解，即服务学校、孩子和老百姓。作为校长、老师，我一直秉持着既是教育家又是社会活动家的观念，时刻用行动实践革命先辈的优秀精神。在工作期间，他自垫工资，为学校的建设工作出钱出力，我相信宝贵的革命资源被挖掘出来之时，也是自己理想价值实现之时。我："说红军小学是由西路军战士冒着生命危险修建而成的，这种宝贵而深刻的文化底蕴将在孩子们的心里扎根，培养出他们包容大气的心理品质。随着循化县西路军足迹历史事迹逐渐被发掘，越来越多的媒体以及游客来到此地缅怀西路军精神，而当地旅游部门消息滞后，旅游景点处解说员人手不够。我为发扬西路军精神，使人们更加了解西路军的历史，自愿担当讲解员。作为一名教育工作者，我表示最主要的精神就是忘我劳动、不求回报、尽心工作、孝顺父母。"我认为做人要先讲求孝道，再进行教育。百善孝为先，没有孝道做教育的基础，再费心力教书也无济于事。最后郑锐华老师宣布学校出资，由东语学院购置一批书籍捐助给红军小学，他说："我们以此表示对红军小学的支持。世上无难事，只怕有心人，相信在马校长的努力与各方支持下，红军小学的教学环境将有所改善，孩子们能更好地学习成长。"

循化县的红色文化传承人，我在多所高校以《发扬红军精神 践行三严三实》为题主做了十几场讲座。

2014年7月吗，"西安外国语大学爱国主义教育基地"及"青海省红十字会志愿者实践基地"授牌仪式于青海省循化县红军小学正式召开。

涓涓细流，终成大爱。青海支教活动已经结束了。回忆起这段难忘岁月，金红梅书记的眼睛里仍流露出无比怀念的神情。在金书记的办公室里，我们开始了采访，关于这次支教，金书记向我们娓娓道来："那是2014年5月，在青海红十字会的帮助下，金书记和季老师一行初到青海，做了一次实地考察。湛蓝的天空下，稀稀落落的村庄、三三两两的村民，跋涉过千里迢迢，穿越峡谷，这里——红光村——我们到了。安排支教事宜并不简单，在和马校长的协商以及当地教育局的安排下，支教内容由提高当地英语老师的教学水平转向了给孩子们授课，尽管志愿工作的进展一波三折，但是庆幸的是，我们遇到了一群不一样的人。马校长怀着对红光村的热爱，对孩子们的期待，怀着自己的梦想，在这所红军文化和民族文化相结合的小学任校长，尽管学校规模有限，但马校长独特的教育理念着实让金书记印象深刻，他允许每一个毕业的孩子拿走学校的图书，他接受书籍的捐赠而拒绝物质给予，这样的一个校长是有梦的，我想，他教育的孩子们，也有着珍贵的梦吧。"

"第二次去青海，是随着志愿者队一起去的，刚下车，孩子们便涌上来，热情地帮助我们拿行李。"金书记回忆起那些日子，脸上不禁泛起笑容，"他们的眼睛像青海夜空中的星星，明亮而纯净，他们的脸上带着红，他们和我们不一样。"这些感动，金书记传递给我们，也温暖着我们的心，这些回忆，也像星星一般，珍贵、明亮。红军小学虽然地处偏僻，但那里的孩子们并不胆怯怕生。随着青海循化逐渐由封闭走向开放，孩子们的眼界也越来越开阔。见到金书记和季老师，孩子们自然亲切地打着招呼："叔叔好！阿姨好！"这让金书记和季老师十分惊喜。红军小学的孩子们不仅热情开朗，普通话也说得不错，和志愿者们很快打成了一片，大家都深深爱上了这些可爱的孩子。红军小学的马校长也给金书记留下了深刻的印象。马校长带领金书记参观了当地的西路军纪念馆，声情并茂的解说让金书记发出由衷的赞叹。原来，为了这些解说，马校长用了很多时间在各种博物馆、纪念馆和档案馆收集相关资料，这种努力与坚持无疑令人动容。青海的夜宁静而深邃，夜空中晶莹的繁星就像撒拉族人明亮的眼睛，如此清澈，如此生动。可爱的孩子，清新的空气，满天的星斗，这15天痛但又快乐着。志愿者们的努力季老师都看在眼里，每天他都有太多太多的惊喜要和金书记用电话来分享。在电话的那头，金书记也和志愿者们一起经历着欢欣与艰难，一起上扬着嘴角，一起湿润着眼眶。支教15天转眼间结束了，"爱之旅"的成员们悄无声息地离开，然而，这次支教带给我们的感动与震撼还远未停息。金书记说，这次支教采用微信同步更新的形式，在学校、师生中算是比较新颖的，这种夺人眼球的方式引起了很大反响。她的很多朋友为之感动，纷纷加入了"爱之旅"小队，为红军小学的孩子们送去很多图书，有些朋友甚至希望自己的孩子明年也能成为志愿者队的一员，去亲身经历爱心的洗礼。聆听的我们，也是倍受感动，一个平凡的善举却是如此瞩目。"支教"并非罕见之事，然而当它真真切切发生在我们身边时，我们才能感受到它的力量。怀着一颗质朴心来到青海小村落，只愿为孩子们的生活注入新的色彩，然而，在"爱之旅"成员被感动的同时也唤起了我们心中对"爱"的向往。爱，不是名，不是利，而是内心的澎湃与真心的分享。　支教结束后，马校长送来了两个奖状——这简单的举动便是对"爱之旅"的肯定。这是对我们的感谢，更是对我们的鼓励，鼓励更多心中有爱的人加入奉献与分享的行列中。当我们问到金书记希望她用三个词总结这次青海支教是，金书记给了我们三个词语：信仰、眼睛与爱心。马校长不慕名利身处偏远村落坚定守护孩子们的读书梦想感动了支教一行的每一位成员，这简单质朴的梦想是他奋斗的动力，是他坚定的信仰。"眼睛"是当时一位支教成员对那里夜晚繁星的描述，这一双双眼睛，闪烁着求知的渴望，饱含着因感动而嵌满的泪滴，透露出对理想的不懈追求。　他们不是造梦师，只是助梦路上共同拼搏的平凡人，支教15天，有困难，有欢乐。他们在奉献中收获感动，在奉献中感受梦想的力量。最后，问及这次支教是否有遗憾时，金书记的回答简洁有力："没有遗憾。"这一次的青海支教，是一次大胆的创新与尝试，这次洋溢着满满爱心的感动之旅震动了每个人心中的最柔软的地方，金老师说："明年的支教之旅，将会更成熟，规模更大。"我们坚信，东语志愿者队将会到达更多的地方，传递更多的爱心。这爱，如同涓涓细流，看似微弱，但汇聚一起，终成汪洋。"

　　在红光村我的带领下，西安外国语大学东方语言文化学院党总支书记金红梅老师和"心语东愿"青海支教队全体成员参观了位于红光村红光清真寺内的西路军纪念馆，于中国抗日战争胜利 70 周年之际带领学生走进爱国主义教育基地，接受革命传统教育，深入学习党的历史，深入了解先辈的红色青春，引导学生坚定跟党走中国特色社会主义道路的理想信念。

中国工农红军的长征被世人所铭记，而红军西路军在河西走廊反抗当地军阀马步芳的历史却鲜为人知。由于敌我兵力悬殊等多方面原因，西路军最终战败，无数革命志士壮烈牺牲，八千余人被俘，其中四百余人被押解至循化县赞卜乎（红光）村沦为苦役。被俘战士在常人无法想象的艰苦环境下为村民建设大量住房及生活设施，并在长达七年的劳苦时光里始终不忘革命信念，将爱国情怀，共产主义和工农红军的元素融入村内的建筑、村庄规划之中。七年的朝夕相处，红军战士与当地撒拉族人民也建立了深厚的革命友谊。根据撒拉族人民的共同心愿，为缅怀为中国人民解放事业英勇献身的红军西路军，西路军纪念馆由此落成。

在纪念馆门口，我首先向大家讲述自己这些年在红光村的工作经历，以及他如何从对红光村历史一无所知，到带领学校老师共同挖掘红色历史。这段历史曾一度濒临断代消失的危险，是我经过不懈努力，拜访亲眼见证过西路军历史的老人，收集具有代表性的物件，记录红军在这里留下的动人故事，人们才得以了解西路军战士这段艰苦而悲壮的奋斗道路，新的纪念馆也已经落成。我还告诉大家，尽管新纪念馆已经落成，这座位于清真寺内的民间纪念馆还会永久保留下去，因为它本身就体现了各民族之间团结，和撒拉族百姓对红军的情谊。它的建设意义要超越任何形式的文字与实物。

本次西路军纪念馆的参观活动本着深入学习宣传贯彻习近平总书记系列重要讲话精神为基础，以纪念中国人民抗日战争胜利 70 周年为契机，以引领青年学生树立和践行社会主义核心价值观、积极投身"四个全面冶战略布局为重点，坚持"受教育、长才干、作贡献冶的宗旨，践行"八字真经"，投身"四个全面"，为本次暑期"三下乡"社会实践活动起到积极的引导和促进作用。

2018 年 4 月 28 日，青海省医药卫生学会联合办公室党支部全体党员职工，参观了我省循化县查汗都斯乡红光村清真寺、西路红军纪念馆和红军小学，接受了爱国主义教育。他们细读西路红军战士在这片宁静的山村河岸，开荒造田、建房修路的艰苦苦役历史，他们忠于国家、忠于革命、坚定革命理想信念，英勇奋斗、视死如归的大无畏气概和与撒拉族乡亲们血浓于水的情谊感动了在场的每一个人。

参观学习后，大家纷纷表示在这片红色的热土上学习到了红色文化遗产所蕴含的精神和理念，这与党的十九大精神高度契合，与新时代下党员干部理想信念教育的价值导向高度契合，要深入学习革命先烈先辈信念坚定、对党忠诚的高贵品质，进一步坚定党员干部理想信念，坚守共产党人的精神追求，永葆共产党人的先进性和纯洁性。

2018 年 7 月 22 日，兰州大学新闻学子"重走西北角"暑期实践队驱车从西宁出发，经过化隆回族自治县，于下午两点到达循化撒拉族自治县红光村，来到这里参观。他们用深情的笔触写下了如下文字感受：

红光村原名赞卜乎村，1987 年，更名为红光村，意为"红军精神光照千秋"。村子位于循化县城以西 23 公里的积石山下，黄河岸边，是撒拉族人的聚居地。山脚下的黄河河道弯曲，碎石密布，水流湍急，因前几天刚下过雨，河水浑黄。进入红光村，要经过一座桥，桥的对面是公伯峡大坝。公伯峡这个古老的，开垦荒地、修建巨型水车、住宅围墙、学校、水磨、油坊和清真寺，还用木漕将黄河水从公伯峡大坝引到赞卜乎村。到 1946 年，赞卜乎村的基础设施基本完善。

七十多年后，这个由西路军战士建立的村子是另一番景象。公路宽敞，砖式平房整齐划一。路上行人不多，偶尔看见一两个等公交车的撒拉族人。沿着一座木质桥前往西路军纪念馆，每两个桥桩之间就有一个大大的镂空的红色五角星。前两天循化刚刚下过大雨，大雨过后，桥对岸的河堤损坏了一部分，木质桥所在的一整条河堤却完好无损。桥旁边就是一座广场，一个红旗雕塑位于广场中央，底座刻有"红军精神，代代传承"八个字。

红光清真寺曾名赞卜乎清真寺，是全国唯一一座由红军修建的清真寺。清真寺由大门、唤礼楼、南北配房、大殿组成，寺内随处可以看见西路红军地留下的印记。传统的清真寺一般是六角或八角建筑，但眼前的这座清真寺是中式风格的四角建筑。"四"代表红四方面军，4 根一通到顶的通天柱，表达着红军抗战到底的坚定决心。借助相机放大寺顶的砖瓦，可以看见雕刻其上的斧子、镰刀和"工"字。在烧制这些砖瓦时，西路红军巧妙地将党徽、工农红军的元素融入清真寺的花砖和墙壁上。虽然遭到敌人的严密监视，但他们坚信"红军一定会胜利、革命一定会成功",将信仰和忠诚融入一砖一瓦、一草一木。这些元素如今也成为红光村的造型元素,栏杆上、桌子的拉杆、凳子的靠背随处可见。

清真寺旁边是 2009 年修建的西路军纪念馆,清真寺本不允许供奉人像,但阿訇在一次礼拜五进行公开演讲时说:"无论是什么民族,我们都要以感恩的心去对待帮助过我们的人。"于是这座纪念馆里有了幸存的西路红军战士纪念画像。红军战士为撒拉族人建设家园,撒拉族人为红军提供支援。以战俘身份生活在循化的西路红军战士,缺衣少食,一年四季光着脚在布满黑刺的荒山野岭服苦役,撒拉族群众偶尔给来村里赶集的小战士偷偷塞玉米土豆和穿旧了的羊毛毡鞋,新中国成立后又将他们招为女婿,认作干儿子、干女儿。撒拉族人和红军战士在那个不安的年代里相互扶持、共渡难关。

清真寺西边是一座红军小学,位于村子主路旁边。"西路军红军小学"几个红色的大字嵌在土色砖墙上,全国红军小学有 253 所,命名的小学有四十多所,但以西路红军命名的只有这一座。7 月份,学校早已放假,木质校门紧锁着。我们眼前看到的学校,已经不是当年那座由红西路军战士设计、取材、施工、修建的小学,而是后来由原兰州军区出资重新修缮的综合教学楼。虽然学校的外形变了,但红军精神永远流传。

红光村红色广场位于整个村子的中心,广场上的文化长廊展板中讲述着整个村庄与红西路军的故事。红光村党支部书记马乙四夫告诉我们,广场在 2014 年被列为全国民族团结广场,意为八十多年前红军在这里播下了民族团结的种子,至今仍在这里生根发芽、开花结果,仍在传承民族团结的精神。

沿着村道往村口走,路边是一座座新建的砖式平房,和水泥、挑砖建房子的撒拉族人忙得火热。一辆泥沙搅拌车停在刚刚修建起来的楼房旁边,三四个男人在铺地、垒砖。八十多年前,西路军战士也在这片土地上建学校、开油坊;今天,撒拉族人在同一片土地上建设家园、生儿育女,讲述民族团结、军民一家的红色故事。

2019 年 4 月 3 日,中共青海省委党校教务处党支部在校院教学实践基地循化撒拉族自治县查汗都斯乡红光村举办了以"缅怀革命先烈,坚定理想信念,加强爱国主义和民族团结进步教育"主题党日活动。

本次主题党日活动采取现场教学形式,教务处党员干部与第 57 期中青年干部培训班学员一起，分别聆听了民族宗教教研部副主任马明忠教授、党史党建教研部赵宇老师的理论讲述，我对参观了西路红军纪念馆、红军小学、红光清真寺等一座座红色历史讲解。通过在对历史前辈的追忆和现实发展写照的两相辉映下，全体党员干部深刻感受到学习红军精神、传承长征精神的重大意义！在现场的教学交流中，大家认为，70多年前，红西路军将士在极其艰苦的环境中，表现出无比坚定的理想信念和斗争精神，对现时代的共产党员和干部群众具有现实教育和启迪意义。弘扬革命先烈的精神，就要从自我做起，始终对党忠诚、坚定信念，服从大局、听从指挥，坚忍不拔、永葆活力，众志成城、团结一致。

为纪念中国共产党成立98周年，教育全体党员教师不忘初心，牢记使命，切实践行社会主义核心价值观，激励全体党员教师继承和发扬党的优良传统和作风，进一步增强我校党组织的凝聚力、战斗力和号召力。2019年7月13日，黄南藏族自治州尖扎县中学组织党员干部、入党积极分子15人赴循化县查汗都斯乡红光村以"传承红色基因、牢记初心使命"为主题，开展了"重温入党誓词 授党课"等主题党日系列活动。

全体党员在我的带领下，在循化县红光村参观了西路红军信念墙、全国唯一一座由红军修建的红光清真寺以及循化县红军小学。通过聆听讲解，观览图片、实物展，详细了解了当年西路红军战士在循化艰苦卓绝的斗争经历。

看着一件件斑驳的文物、一幅幅生动的照片真实再现了西路红军那一段悲壮的历史，红色精神已在这里生根发芽，源远流长，成为珍贵的爱国主义教育基地，细读西路红军战士在这片宁静的山村河岸，开荒造田、建房修路的艰苦苦役历史，他们忠于国家、忠于革命、坚定革命理想信念，英勇奋斗、视死如归的大无畏气概和与撒拉族乡亲们血浓于水的情谊感动了在场的每一个人。

活动期间，在红光村西路红军纪念碑前，全体党员面向党旗，重温入党誓词，最后，尖扎县中学党支部书记敏才宫以"传承红色基因、牢记初心使命"为主题，给全体党员上了一次党课，党课回顾了党从弱小到强大、带领中国从贫穷走向富强的发展历史，与全体党员分享了学习十九大精神体会，要求全体党员以"四讲四有"为标准，始终牢记自己的第一身份是党员，立足岗位、牢记使命、不忘初心、尽职履责，为推动我校教育教学工作的发展做出努力。

活动结束后，大家纷纷表示将进一步深入学习革命先辈不畏艰险、艰苦奋斗的优良传统，把此次活动中所汲取到的精神财富充分运用到今后的工作和学习中，以实际行动继承革命先烈遗志，以更高昂的工作热情、更认真的工作态度、更扎实的工作作风，为尖扎县中学的教育发展贡献力量。

2019年7月14日，青海地理信息产业发展有限公司党支部组织17名党员干部前往循化县红光村开展"不忘初心、牢记使命"主题教育参观学习。活动中，全体党员重温入党誓词，面对鲜红的党旗，支部新老党员高举右手，进行庄严宣誓。随后，参观红光西路红军纪念馆、红光清真寺、红光村红军小学校史馆。淅淅沥沥的雨水并没有冲淡大家感受红色教育的热情，通过聆听讲解，观览图片、实物展，详细了解当年西路红军战士顽强的革命斗争史，在修建清真寺时，战士们没有忘记自己的使命和信仰，冒着生命危险把五角星、镰刀、斧头等图案烧制在砖瓦中，修葺在礼拜大殿正屋脊上，表达对共产主义必胜的信念。参观学习结束后，党支部书记韩建平作了《如何加强国有企业党建工作》主题党课，围绕国有企业党的建设要在三个方面"谋"到实处、国企必须具备的"六种力量"、加强国企党建工作总要求等内容结合公司实际进行了生动讲述。

通过参观学习系列活动，激励全体党员干部深入学习红军革命历史，传承发扬先辈精神内涵，进一步转变工作作风，夯实工作基础，努力提高工作能力和水平。

为贯彻好"十九大"精神和推动"不忘初心、牢记使命"主题教育取得扎实成效，进一步增强党组织的凝聚力和战斗力，激励广大党员继承和发扬党的光荣传统，不断增强北山乡党员干部职工的理想信念，10月31日，民和县北山乡党委组织乡村党员干部41人前来循化县查汗都斯乡红光村参观学习，追寻红色记忆，接受红色教育。

通过聆听我的讲解，观览图片、实物展，大家详细了解了当年西路红军战士顽强的革命斗争史，在令人绝望的环境中，在敌人的刺刀、枪口下，战士们没有忘记自己的使命和信仰，在修建清真寺时，冒着生命危险把"五角星""镰刀""斧头"等图案烧制在砖瓦中，并放置在礼拜大殿正屋脊上，凝聚了无数心血汗水，表达了共产主义必胜的信念。同时，党员们还参观了青海省唯一一所由红军修建的学校——红光小学。参观期间，全体党员干部面对党旗，再次重温入党誓词。

通过此次参观教育活动，使我乡党员干部深刻领会到作为一名共产党员的崇高理想追求和不畏艰险、顽强拼搏的革命精神；使我乡党员干部灵魂深处受到了震撼，经受了洗礼，得到了净化，进一步坚定了理想信念，增强了党性观念。

广大党员表示，必须永远铭记党的历史，缅怀我党先烈、先辈的丰功伟绩，把传承和学习革命英烈不畏艰难、勇于献身的革命精神，融入我乡各项工作中去，坚定理想信念，进一步转变工作作风，努力提高工作能力和水平。

2018年9月10日，为了加强党的廉政建设、提高党的凝聚力、战斗力和执行力，追溯党的历史，弘扬长征精神。青海师大附中200多名教师齐聚循化红光村开展寻访红军遗址党课教育课程活动

全体教师在我的带领下分别参观了由西路军被俘战士修建的赞卜乎清真寺和西路军红军小学。老师们在瞻仰遗迹的同时也追求红军的足迹，体会着革命先辈们的艰辛，思索着当今社会和平的来之不易。并在红军曾经生活过和战斗过的地方举手重温入党誓言："我志愿加入中国共产党，拥护党的纲领，遵守党的章程，履行党员义务，执行党的章程，严守党的纪律，保守党的秘密，对党忠诚，积极工作，为共产主义事业奋斗终生，随时准备为党和人民牺牲一切，永不叛党。"教师们在增长历史知识的同时也更加感谢党为人民所做的一切，更加坚定了对党的信仰。

第二十二章　系列教育活动助力精准脱贫

红光村至今还保留着当时红军所建的学校、清真寺、红军墙等红色历史遗迹。近年来，循化县委政府紧紧抓住红光村被列入青海省"党政军企"共建示范村这一千载难逢的机遇，积极组织红光村全体干部群众，依托红色革命传承的历史文化，广泛动员，精心规划，全力实施共建示范村活动，使红

光村旧貌换新颜，村容村貌和群众的生活发生了翻天覆地的变化，受到了当地群众的极大好评。

在示范村建设活动中，查汗都斯乡党委政府从整治村容村貌和集镇环境、改善群众居住环境、群众基础设施及村两委办公和群众办事条件、发展产业入手，加大宣传教育力度，广泛动员乡村干部群众自行清理垃圾20余次1200余方，栽植树木花卉1400余株，对5户占用集镇人行道的住户围墙和大门进行了拆除，新建砖墙3620米，墙体抹灰23200平方米，整个村庄、集镇绿意盎然，面貌焕然一新；同时，动员群众积极投工投劳，大力实施危房改造和奖励性住房建设，使享受奖励性住房和危房改造的户数达到82户；红光上、下两个自然村在村中央分别征地6.3亩和3.3亩，建成群众文化广场2处；416平方米的村综合服务活动中心，目前完成主体工程；积极争取国家开发银行青海省分行贷款，为红光村1户企业和32户农户提供贷款700万元，鼓励群众积极创办企业、开农家乐和外出经营餐饮业。目前，红光村在集镇绿化、村容村貌整治、村综合服务中心建设、两房建设等方面的建设投资已达到250万余元，为下一步依托红光清真寺、红光学校等红色文化和公伯峡水上旅游等资源优势和党政军企共建示范村建设契机，顺利实施污水处理、路灯安装、集镇建设等惠农工程，建设强村富民、和谐新家园创造了有利条件和良好的社会环境。

"党政军企共建，建设美丽新家园"，如春风、似春雨，滋润着美丽富饶的撒拉之乡。走进循化撒拉族自治县党政军企共建村，每到一处，清新的空气扑面而来，处处洋溢着绿色、和谐、发展的希望，环境整洁优美的新农村建设画卷映入眼帘，街道旁、房屋内、田野里，处处是一片火热的建设场景，"盖新房、修村道、建广场、抓产业"，共建美丽新家园的热潮正为撒拉之乡的新农村建设涂抹着最亮丽的色调，广大农民群众脸上洋溢着喜悦的笑容，用一砖一瓦构筑着新村新景，正满怀激情踏上建设美好新家园的康庄大道。

新房盖起来了、村道变宽了、村容整洁了、致富渠道拓宽了…如今，撒拉之乡农村面貌旧貌换新颜，村村通公路，家家盖新房，"楼上楼下，电灯电话"的梦想早已变为现实。

红光村位于循化撒拉族自治县查汗都斯乡最西端，距离循化县城22公路。走进红光村，映入眼帘的是连通到各家各户的干净整洁的水泥路，一排排整齐漂亮的房屋错落有致，一户户崭新的木门高大气派，房前屋后的杨柳婀娜多姿。走在宽敞、笔直的村道上，扑面而来的是新农村的美丽画卷，每家每户雕刻着各种花鸟图案的木门，砖混结构的新房，青砖青瓦的墙内透出的核桃树、杏树、苹果树，显示着农户的勤劳和生活的欣欣向荣。村庄内处处是一片繁忙景象，新的村活动中心正在粉刷，村文化广场建设正在收尾，投资127万元的村级活动场所已完成主体工程建设。从省民委争取到村寨建设项目资金100万元，用于农户大门改造，村里污水处理、路灯建设等项目也在规划实施中，农户庭院、房前屋后等环境卫生进行了彻底清理，村庄环境面貌发生了明显改变。村党支部马支书说，过去村里垃圾遍地、牲畜乱跑、污水乱泼，现在的村容村貌是党政军企共建建设的结果。

近年开展的"党政军企共建示范村"活动既注重农村基础设施建设，环境连片整治，又增强了扶贫帮建的造血功能，治标又治本，两者完美结合，从各级领导的关注到共建单位的相助，从产业项目的扶持到干部群众的热情参与，方方面面的力量都向这里汇聚，支农惠农的产业政策都向这里倾斜，红光村建设注入了强大的共建合力。共同写就了新农村建设的绚丽篇章。

"党政军企共建示范村"活动是推动新农村建设的有效途径，是省金融办帮助基层群众发展生产、改善生活，进一步夯实服务群众基础的有力抓手。活动开展以来，省金融办党组精心组织安排，多方筹措帮扶资金，先后全力协调省住房建设厅、省环保厅、省农信社、西部矿业集团共落实帮扶资金340余万元，涉及项目前期规划、安装节能路灯、环境整治、污水处理及配套管网铺设、修建村综合服务活动中心和群众文化广场共计7个重点共建环节，并协调金融机构在共建村选择有条件的商业网点安装POS机1台，群众的生产生活环境得到了明显改善。

省金融办党组书记、主任黄文俊同志带领班子成员及部分处级干部赴循化县查汗都斯乡红光村调研共建帮扶项目建设、总结交流共建经验，省金融办群众路线实践教育活动领导小组办公室有关同志陪同。教育实践活动开展以来，省金融办在圆满完成去年共建任务的基础上，高度重视今年共建帮扶工作，强调在帮扶中要与基层党员群众互相学习，结合共建村的红色文化使金融办党员干部接受红色教育和精神洗礼，努力在共建中走好群众路线。

红光村的援建单位省金融办领导班子一行先后来到了红光村，先后走访

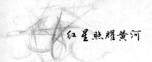

了红光清真寺、红军小学、红军文物陈列室、红色文化广场和水产养殖基地等，查看了解了村综合服务活动中心和村广场建设完工及使用情况。在实地走访中，办党组成员和群众面对面交流谈心，纷纷谈到在村两委的带领下，红光村注重收集和保护实物资料、注重发掘保护红色文化历史资源，既是对红色文化的保护，又能因地制宜发展红色旅游带动当地经济社会发展，具有双重意义。办党组书记、主任黄文俊同志详细询问了共建项目资金落实和群众对共建活动满意度等情况，在看望贫困群众时，代表省金融办为困难群众捐助了 1000 元现金，并与县乡和村两委有关负责同志谈到，走群众路线，关键还是要解决群众真正的困难，把党的惠民政策实实在在的送到村里，带领全村群众共同走致富道路。

在座谈中，黄文俊同志对共建帮扶工作充分肯定，指出扎实开展"党政军企共建示范村活动"，一是要扎实做好共建村发展的基础工作，同时还要帮助共建村科学谋划发展路径，通过帮扶的"外部输血"转变为当地发展致富的"自我造血"。二是建立长期联系机制，虽然共建活动仅为期一年，但和共建村群众的长期联系不能断，要注重通过提供前沿信息和创新技术支持等方式建立长效帮扶机制。三是要充分发挥金融在共建活动中的积极作用，为共建村产业发展提供更多有效的金融政策指导意见和金融服务支持。四是要充分认识扎实开展共建活动、深刻改变农村面貌的长期性与艰巨性，要在现有基础上继续巩固成果，使共建活动成为群众广泛认可的民心工程。

2011 年，查汗都斯乡紧紧抓住红光村被列入青海省"党政军企共建示范村"这一千载难逢的机遇，积极组织红光村全体干部群众，依托红色革命传承的历史文化，广泛动员，精心规划，深入挖掘红色革命文化，着力打造红色文化旅游村。一是将原来的赞上、赞中村、学校、清真寺一律更名为红光村、红光学校、红光清真寺。红光意为：红军精神光照千秋；二是保护式的开发建设，对当时红军修建的 22 户农户土墙采取保护措施，只进行了修缮维护，没有进行土墙改砖墙建设；三是全力打造红军小学，2011 年，中央领导题词并授予红军小学爱国主义教育基地牌匾，今年在党政军企共建示范村和原兰州军区的大力援建下，投资 240 万元的红军小学已建设竣工。整个校园充分体现红色文化内涵，软硬件设施有了很大改善。四是在建设村门、综合活动室及农户大门的过程中，将五星、党徽等红色文化图案和撒拉族民族特色的木雕花草融入大门及墙壁上，将红色文化和民族文化有机地结合起来。在示范村建设活动中，全村从整治村容村貌和集镇环境卫生、改善群众居住环境、村庄基础设施建设和产业发展入手，加大宣传教育力度，广泛动员乡村干部群众清理垃圾、栽植树木花卉、新建砖墙、墙体抹面、道路硬化等等，使整个村庄绿意盎然，面貌焕然一新。同时，动员群众积极投工投劳，大力实施危房改造和奖励性住房建设，红光上、下两个自然村在村中央分别征地 6.3 亩和 3.3 亩，建成群众文化广场和 400 多平方米的村级综合活动中心 2 处；积极争取国家开发银行青海省分行贷款，为红光村 1 户企业和 32 户农户提供贷款 700 多万元，鼓励群众积极创办企业、开农家乐和外出经营餐饮业。目前，红光村在示范村建设的投资已达到 1480 多万元。

今后，红光村将依托西路红军纪念馆、红光清真寺、红军小学等红色文化历史遗迹和公伯峡水上旅游等资源，将红光村发展成独具特色的撒拉族民俗及红色旅游文化村，真正使红军精神光照千秋。

为深入推进"两学一做"学习教育，查汗都斯乡党委把打造"五点一体"的西路红军红色爱国主义教育实践基地作为加强"三基"建设，推动基层党建的重要载体来抓，通过红色文化长廊建设、专职讲解员队伍建设、接待各级党组织接受红色文化教育等形式，不断丰富和拓展实践基地的主体功能。

为全面反映及展示西路红军在红光村的丰功伟绩，有效解决部分党员干部自发到教育实践基地学习难、了解红色文化难的问题，乡党委积极争取"三基"项目资金，组成专门编辑组，采取整理相关资料、走访红军后代、了解红军历史等方式，共投入 4 万余元首次编辑整理制作了反映战斗岁月、不朽业绩、传承缅怀、红色故事、展望未来等 5 个方面图文并茂的红色文化长廊展板 70 面，进一步挖掘升级了红色教育实践基地的主体功能，使更多的党员干部通过展板能学习了解西路红军在红光村的红色业绩。同时，为着力解决教育实践基地缺少讲解员的问题，聘请红军小学校长为导师，组建了由 6 名乡优秀年轻骨干组成的讲解员队伍，实行坐班制全天候的服务讲解，确保党员干部到红色文化教育实践基地学习有人接待、专人讲解。

近年来，在各级党委、政府的大力支持和关心关怀下，乡党委始终以打造"五点一体"的西路红军红色爱国主义教育基地为目标，通过党政军企、三基建设等项目，相继投入 1630 余万元建成了集西路红军纪念馆、红军清真寺、民间纪念馆、红军小学、红色文化广场为"五点一体"的党员干部党性教育基地，截至目前共接待党员干部 600 余批 60000 多人，使教育实践基地的主体功能逐步凸显，影响力、关注度逐步提升。

对于红色乡镇和"三基"建设的思路，海东市委常委、市委组织部部长陈启福指出，全市组织工作以从严治党为"主线"，坚持"党建工作走在前列"目标，突出"三基"建设抓手，以加强思想理论建设、持续深入改进作风、从严用好管好干部、强化基层基础工作、推动人才工作创新发展、落实从严治党责任为重点，树立法治思维，坚持问题导向，弘扬改革精神，狠抓工作落实，统筹各项工作，努力为建设富裕文明和谐美丽新海东提供坚强的组织保证和智力支持。

陈启福强调，要抓好党员干部的思想教育，持续深入加强作风建设，强化作风考核，从严选好用好管好干部，要突出"四个导向"即：突出重德导向、突出重才导向、突出实绩导向、突出基层导向；严把"四个关口"即：把好动议提名关、把好民主推荐关、把好考察考核关、把好程序步骤关；要注重"三个加强"即：加强年轻干部培养、加强干部实践锻炼、加强乡镇干部队伍建设；做到"三个从严"即：从严进行日常管理、从严开展专项整治、从严落实责任。

陈启福要求，要全面加强基层基础工作，认真落实"三基"建设任务，强化基层党组织的服务功能和政治功能，抓好基础建设，狠抓党员队伍建设，大力推进组织覆盖，全面落实党建工作责任制，推动人才工作创新发展，努力推进组织工作转型升级上档次。

近年来，循化县紧紧围绕"抓三基、强三基"的目标，切实加强党员干部理想信念教育、党性党风教育和民族团结教育，立足循化县独有的西路红军红光村资源优势，以项目化品牌建设理念和方法，精心打造红色教育实践基地。通过挖掘红色文化资源，创新党性教育载体，注重教学资源开发，推动开发红色旅游四项措施，努力构建党员干部传承红军精神、接受党性洗礼、补精神之"钙"的实践教育平台，实现主体功能、特色功能、教育功能和经济功能四位一体的整体升。

挖掘红色文化资源，提升主体功能。为传承和弘扬红军精神，不断加强红色教育基地建设，在保护原有红军遗迹的基础上，充分挖掘和收集西路红军珍贵的历史资料和红色遗物，经常性与关注和关心红色教育基地的党政军企和社会各界人士沟通联系，协调引进与红色文化配套的各类项目，全方位、多功能、一体式地打造独具特色的、有辐射带动力的党性教育实践基地。

创新党性教育载体，提升教育功能。创新党性教育内容，突出基地建设主题，建成以"缅怀革命先烈、重温入党誓词"为主题的西路红军纪念馆教育实践基地，以"聆听红色故事、追寻红色记忆"为主题的红军清真寺教育实践基地，以"自强不息、艰苦奋斗，传播红军精神"为主题的红军小学教育实践基地，以"红色讲堂"为主题的微信、QQ群等红色网络教育实践基地。

注重教学资源开发，提升特色功能。为使每个红色教育实践基地发挥作用，在教学上突出"五个一"标准，即一名文化素质较高的讲解员、一场反映西路红军精神的舞蹈节目、一套反映基地特色的教学展板、一节深入人心的红色课堂、一个网上学习的红色微信平台。以基地为课堂，观摩体验、讲解分析、座谈研讨等灵活多样的教学方式，突出实践基地的教育特色。

推动开发红色旅游，提升经济功能。充分挖掘红色旅游资源优势，不断加大红色旅游文化的宣传，多方争取项目资金支持，大力发展公伯峡水上旅游、垂钓休闲、庵古录拱北等旅游项目，兴办撒拉族农家乐。发挥党员致富能手示范带动作用，采取村民入股等方式，在公伯峡库区建成高原冷水鱼养殖项目，创办牛羊育肥基地。积极与就业、农科等业务部门联系，组织举办刺绣、线辣椒种植等培训班，进一步拓宽农村妇女的就业渠道。

国家开发银行青海分行一直致力于帮助红光村红色革命教育基地。他们为红光村量身定做了发展规划和目标《开发性金融助民生 小康村梦想促腾飞》

2013年3月，国家开发银行党建巡视组与青海分行领导，在时任行长马欣带领下赴红光村调研，了解到红光村传承红军精神的历史状况和村民脱贫致富奔小康的强烈愿望。针对大部分村民外出务工、开办拉面馆，在村里开办砂石厂、水产养殖场、水库旅游公司等，信贷需求强烈但难以从金融机构获得贷款支持的发展困境，调研组深入村民村组，听取村民呼声，了解村委班子致富思路，宣介分行信贷政策，指导村民了解贷款程序。在全行党的群众路线教育实践活动正式启动后，青海分行以支持红光村发展为重点，把开展"开发性金融助民生高原万里行"活动作为分行实施"六个强化"特色活动的重要内容之一，在前期调研摸底了解信贷需求的情况下，分行按照我行"四台一会"机制建设的要求，依托海东市就业服务局统贷平台和青海鑫融担保

公司担保平台，积极落实贷前审查，为红光村百姓脱贫致富奔小康提供融资支持。

在总分行前期调研的基础上，青海分行大力指导、构建担保体系、帮助村民积极落实贷款，为32户农户发放贷款总计450万元，支持他们发展农家乐、牛羊育肥和拉面经济等，帮助实现创业梦想。同时，分行向红光村龙头企业循化县公伯峡水厂养殖公司发放贷款200万元，支持养殖公司带动100余人实现就业。农户代表激动地说："国家开发银行青海省分行高举'弘扬红色革命精神、促进民族团结进步'的旗帜，不辞辛苦来到这里，为红光村整村发展发放贷款，真是雪中送炭的好事，真正体现了国开行'金融助力、梦圆小康'的为民情怀，全体村民感激不尽，我们一定不辜负国开行及各级领导的支持与关怀，做好表率，带领红光村的村民致富奔小康，致富不忘共产党。"青海分行认真贯彻落实党的十八大精神，以助推全面建成小康社会和实现"中国梦"为己任，下基层、接地气、促发展，为红光村百姓整体脱贫和实现"我的小康村"梦想贡献力量，强化人民满意的宗旨意识，努力发挥开发银行在全面建成小康社会中的积极作用。

在"规划先行"理念的引领下，青海分行紧密围绕青海省推进新型城镇化发展战略的实施，全方位支持红光村整村推进实现小康村建设的目标。分行与青海省社会科学院合作完成《循化县查汗都斯乡红光村建设小康村发展规划》编制工作，主要围绕五年内将红光村打造成为小康村的发展目标，在对红光村的地理位置、民族特色、资源条件以及目前的经济发展水平进行研究的基础上，从村庄整体布局、产业布局以及教育、医疗卫生等民生保障安排等方面进行全方位规划设计，按照产业发展、基础设施建设、民生发展等进行重点项目分类设计，并从项目投资、资金筹措以及具体的融资方式等方面进行方案设计和规划编制，在总体规划的基础上有重点、分布对红光村整村发展进行全面支持。

青海分行一方面通过系统科学的发展规划引导红光村村委会和村民寻找致富之光，另一方面通过向红光村的龙头企业和村民发放惠及民生的小额创业贷款助力其走上致富之路。红光村村民开阔了视野，在水产养殖、拉面经济、牛羊育肥、汽车运输和农家乐等各个行业找到致富途径；壮实了胆子，迈开了步子，订单、电话都多了起来，慕名来参观旅游的人达到年均1万人次。

有了开发银行的创业小额贷款资金，公伯峡水产养殖公司对接下来拓宽养殖规模、提升农家服务档次有了信心，北京、深圳等地客户先后签订350万元高原冷水养殖的虹鳟鱼和金鳟鱼订单，已实现首批销货120万元。农业农村部也批复了其作为青海省唯一一家休闲农业示范生产基地。

在支持红光村整村发展中，分行总结出建立"规划先行、产业立足、信用建设、融资支持、共同富裕"的"开发性金融支持循化县红光村整村发展模式"，其主要特点一是依托科研单位村镇发展专家以及分行融资专家，为红光村量身定制发展规划，以"规划先行"带动整体发展；二是结合红光村实际情况和优势资源，以旅游、渔业、养殖和拉面经济为抓手，带动全村整体脱贫致富；三是整合开发银行的"免反担保扶持农户创业小额贷款"和"公司加农户"两种模式的精髓；四是让利于民，贷款利率执行开发银行的优惠利率政策；五是采用五户联保加政府担保平台，设计了良好的信用结构。

完善模式，加大推广，建立支持青海新农村建设和小康村发展的长效机制。

在重点支持红光村整村发展的同时，青海分行积极响应青海省"党政军企共建示范村"活动，以"融资＋融智＋融制"的支持模式助推红光村加快小康村发展步伐。贯彻落实十八大提出的全面建成小康社会的宏伟目标是开发银行肩负的重要使命，分行将大力支持两个示范村加快小康村发展步伐，认真总结经验，进一步完善支持模式，并以此为试点和典型逐步推动周边乃至全省小康村的发展步伐。一是加强模式推广。逐步形成支持青海省新农村建设和整村发展的长效工作机制，形成开发性金融服务基层民生的长效机制，并选取更多乡镇作为分行支持试点，进一步加强与组织部门、担保公司、各地小贷公司在支持农村整村发展工作上的合作，逐步在全省范围进行全面推广。二是加强与政府及金融机构合作，构建担保体系，夯实支持基础。政府合作是开发性金融的核心，也是完善农村基层融资机制和业务运行机制的重要保证，要继续沿着这个径深化合作，提升合作层次和水平，形成系统合力推动工作发展。三是落实群众路线教育实践活动，建立"下基层、接地气、谋发展、强本领"的青年员工培养机制。在帮扶红光村整村发展中，分行先后派出20余名青年员工开展规划及信贷支持调研工作，体验基层生活，增强对项目开发和管理的感性认知，同时开展向红光村小学送温暖活动，为孩子们送去价值近2万元的文体用品，增强社会责任意识。分行将以党的群众路线教育实践活动为契机，进一步建立活动长效机制，以红光村和西乡卡村两个示范点为依托，建立青海分行青年员工教育培训实践基地，继续开展青年员工"接地气，送关爱"活动，让青年员工在参与帮扶共建中进一步领会开发性金融"规划先行"的理念，培养金融意识和融资常识，增进对基层金融工作重要意义的认识，实现对青年员工"了解省情、增加阅历、锤炼性情、增长才干"的锻炼目的。

青海分行秉承"人人享有平等融资权"的理念，主动承担社会责任，不断加大对民生业务的融资支持力度，在推动创业小额贷款、带动地方就业、农民脱贫等方面成效显著。青海分行将加大与海东市各部门的通力合作，通过"融资＋融智＋融制"的支持措施，争取五年内帮助红光村实现小康村的发展目标，共同打造和推广"红光模式"，帮助省内更多乡镇实现"中国梦"，为青海省民族团结进步示范区的建立做出积极贡献。

全面贯彻落实习近平总书记系列重要讲话精神，特别是习近平总书记视察青海时的重要讲话精神，有效落实《国家开发银行青海省分行红光村发展规划》，以精准扶贫、精准脱贫为思路，发挥开发性金融作用，做到产业特色鲜明、经济快速发展、农民收入持续增加、公共事业发展、农村社会和谐、基础设施完善、功能齐全、人居环境改善、生态环境良好、村容村貌整洁、民主管理有序、制度建设完善，为全面建成小康社会奠定良好基础。

红色旅游和生态休闲观光旅游业。立足村庄独特的区位优势和资源优势，整合村内红色旅游资源、民俗宗教旅游资源、高原湖泊生态旅游资源，进一步丰富文化内涵，完善配套基础设施建设和餐饮、住宿、购物、娱乐等功能布局，实施"龙头企业＋专业合作社＋农户"联动发展模式，将红光村打造为省内知名的红色乡村旅游基地。

高原冷水渔业。充分利用村庄紧邻公伯峡库区的独特区位优势，抓住循化县丰盛水产养殖有限公司于 2013 年 10 月被农业农村部评为全国休闲渔业示范基地称号的有利时机，在严格保护库区水质和生态环境的前提下加快发展高原冷水渔业，并根据当地旅游业、农家乐发展的实际需要，积极发展下游延伸产业，逐步形成独具特色的高原冷水鱼"养殖—加工—销售—食用"产业体系。

牛羊育肥业。充分利用村庄劳动力较为丰富、吃苦耐劳、善于经商的人力资源优势，借鉴"飞地经济"模式，异地建设高标准养殖小区，鼓励村民以现金或草场、牲畜等实物入股，集中发展牛羊育肥业，破解本村土地面积有限、牲畜养殖环境污染大等难题。

民族文化产业。充分利用村庄特有的撒拉族民族风情及庵古录拱北在多民族中的独特影响力，大力开发民族文化表演、民族手工艺品生产、宗教朝圣等独特旅游项目，推动撒拉族传统民族文化的传承与发展，实现红光村民族文化产业与红色旅游业的互动发展。

省金融办金融发展处党支部、青海银监局第二党支部、国开行青海分行风险处党支部与循化撒拉族自治县红光村党支部在红光村开展基层党支部结对共建暨第一次联合党建活动，主要目的是对标全国先进基层党组织，以多方共建形式共同加强基层党组织建设，这也是庆祝中国共产党建党 96 周年的一次特殊活动。

近年来，红光村党支部积极发挥战斗堡垒作用，带领全村党员干部大力传承和发扬红色文化，努力打造红色文化教育实践基地和集革命传统教育、休闲观光为一体的红色旅游业，使得红光村成了远近闻名的红色旅游村，该党支部也被评为全国先进基层党组织。

为进一步弥补基层党建工作短板，认真总结学习红光村作为全国先进党支部的成功经验以及优良作风，四方基层党支部书记签订了《共建协议书》。一是明确以支部共建形式共同加强基层党支部建设，提升基层党建工作能力。二是以党建为统领，充分发挥金融领导部门、银行业监管部门、开发性金融机构在推动少数民族红色村庄脱贫攻坚中的优势，通过加强支部共建，发挥党支部战斗堡垒作用，形成工作合力，共同助推循化县红光村这一具有优良革命历史传统的村落早日摆脱贫困，与全省一道迈入小康。

活动中，党员们参观了西路军纪念馆、红军小学，接受了爱国主义红色教育，以实际行动落实了深入推进"两学一做"学习教育常态化制度化的要求，加强了党的基层组织建设，推动全面从严治党向纵深发展。

此次结对共建活动对标全国先进基层党组织，以加强基层党建为目标，以结对共建为抓手，以帮助解决红光村扶贫产业发展问题为主线，通过总结学习红光村在基层党建方面的先进经验，拓展和完善基层党组织建设，不断提高各单位基层党建工作水平。同时，将基层党组织建设和脱贫攻坚重大战略部署结合起来，发挥各自职能优势，实现党建和扶贫工作的融合，切实提升了活动的务实性、有效性。这也成为我省金融领导部门、银行业监管部门、开发性金融机构以及村级两委班子以"党建＋"思维推动重点工作的有益尝试，也必将在省金融办、省银监局以及国开行青海分行的基层党建工作中发挥引领和示范作用。

国开行青海分行团委组织青年员工在循化县红光村，举办"同在一片蓝天共享七彩课堂"关爱系列活动暨"青海省分行青年员工教育培训基地"揭牌仪式。

作为此次活动的另一项重要议程，分行在红光村成立的"国家开发银行青海省分行青年员工思想教育培训基地"也于当日揭牌。出席活动的全国劳模，青海分行行长吴江指出："分行团委要依托'青年员工思想教育培训基地'这个重要平台，通过开展爱国主义教育、关爱农民工子女活动，引导分行青年员工传承红军精神、承担社会责任。分行广大青年员工要在深入基层一线的过程中，加强业务积累，切实为红光村发展出谋划策，投身到开发性金融助力地方经济发展的事业中。"

国家开发银行青海分行从 2013 年开始与红光村结对共建以来，与红光村结下了深厚的感情。为了深入贯彻中央精神和行党委决策部署，推动党建工作与脱贫攻坚深度融合，营造脱贫攻坚的浓厚氛围，落实"为贫困地区举办一次金融培训，到贫困地区召开一次座谈会议，对贫困地区开展一次爱心捐赠，赴贫困地区进行一次深入调研，向贫困地区贡献一份应有力量"总体要求，深入循化撒拉族自治县红军小学开展"五个一"爱心捐赠活动。

为落实国家开发银行党委全面加强党建工作和干部人才工作要求和国家开发银行"一把手"专题读书班暨党建工作述职评议会的精神，国家开发银行青海省分行在员工思想教育实践基地青海省循化县西路军红军小学举办首次党务干部培训班。

我作为循化县红色文化的传承人，围绕"共产党人信仰，革命精神"我用朴实的语言为大家重温了西路军的历史，缅怀了红四方面军革命先烈的英雄事迹，共产党人的信仰革命先辈的精神是我们党在长期奋斗历程中形成的优良传统和革命精神，是一笔宝贵的精神财富和丰富的政治资源。

国开行青海分行团委组织，和西路军红军小学少先大队建立手拉手，青海分行阳光金融志愿服务队赴循化撒拉族自治县红光村，参加践行社会主义核心价值观志愿服务主题实践活动。

为了感谢国开行青海分行对红军小学师生和红光村老百姓的关心支持，红军小学五年级学生马安浩为国开行写了一份信：

"尊敬的国家开发银行青海分行的叔叔、阿姨、哥哥、姐姐们：

我代表我们所有的同学向你们说一声"谢谢"。当听到校长说我们学校被列为国家开发银行青海分行联点单位和重点帮扶对象时，我真的难以描述我当时的心情。惊喜之余，更多的是感激，感谢对贫困学校及我们予以资助的好心人。

滴水之恩当涌泉相报。得到了你们的救助，在现阶段，我不知道用什么，用何种方式回报你们。在我看来，也许好好读书就是对你们最好的回报。努力学习，追寻小村庄里的孩子共同拥有的那个最初的梦想。你们对我们的救助，我们很感激。你们的这份恩情，我们永远记在心底。对你们的感谢，不是用几句言辞就能说得完的。我们的身上承载了太多的目光，父母关注着我，老师关注着我，更有远处的你们关注着像我们一样的贫困学子的成长。我们一定会勇往直前，不负众望。我们坚信：往前走，前面有片天。将来我们要回报社会，也像你们一样为社会做贡献。

最后，我代表我们全体同学衷心地向你们说一声"谢谢！"

致礼

青海省循化撒拉族自治县

西路军红军小学五年级学生 马安浩

2017 年 3 月 9 日"

国开行在青海省海东市循化县红光村红军小学举办 2016 年开行青年志愿服务工作座谈会暨开行青年志愿者协会成立仪式，国开行党委副书记、监事长刘梅生出席。

刘梅生指出，在纪念红军长征胜利 80 周年之际，在红军小学参加志愿活动，召开青年志愿服务工作座谈会，并以此为标志，成立国家开发银行青年志愿者协会，有着特殊重要的意义。他要求，国开行各级团组织要把青年志愿服务与青年思想引导、助力脱贫攻坚、巩固青年群众基础结合起来，服务开行中心工作，推进团的各项工作深入开展；以国开行青年志愿者协会成立为契机，建立健全本单位青年志愿服务工作运行机制，进一步提升青年志愿服务工作水平。他还要求国开行各级党委牵头相关部门加强统筹领导，为青年志愿服务工作提供支持保障。

2020年4月24日，国家开发银行青海分行党员干部在行长王文忠带领下，又一次深入红光村开展爱国主义教育活动，同时为红光村的乡村振兴战略把脉支招，王文忠一行在我和红光村村党支部书记、全国人大代表马乙四夫的指引下，全体党员依次参观了循化西路红军革命旧址——红光村清真寺、中国工农红军红光清真寺西路军纪念馆等历史文化遗迹。通过聆听讲解、观览图片、实物展览，详细了解了当年西路红军战士不幸被俘后，在与组织失去联系、缺衣少食的艰苦条件下，与敌人斗智斗勇，坚守革命信仰，将"五角星""镰刀""斧头"等党旗的标志图案巧妙地烧制在青砖青瓦中，镶嵌在清真寺大殿屋脊上的革命事迹。一件件斑驳的文物、一幅幅生动的照片所展现出的红军战士坚不可摧的革命意志和顽强的革命精神，深深地打动着每一位党员。

通过此次主题党日活动，全体党员在这片红色的热土上不仅学习到了红色文化遗产所蕴含的精神和理念，更加深了对共产党员初心和使命的理解，真真切切接受了一次红色精神洗礼，经历了一次深刻的党性教育和锤炼。大家纷纷表示，革命先辈用汗水、鲜血铸就的光辉历史、优良传统，时刻教育我们要学习革命先烈真正把初心和使命铭刻肺腑、融入血脉、矢志不渝、坚定信仰、不忘初心。作为新时代的开发性金融员工，要不断增强责任感和使命感，突出"一个支部就是一个战斗堡垒、一名党员就是一面旗帜"的引领作用，进一步坚定理想信念，坚守精神追求，围绕分行发展"135"思路，敢于担当、敢于奉献，攻坚克难，砥砺前行，为青海分行的持续、健康、高质量发展作出贡献。

2018年3月21日，在海东市二届人大四次会议上，市人大代表韩兴斌为循化旅游业发展提出了以"一二三四五"为核心的发展思路。

韩兴斌说，循化县是全国唯一的撒拉族自治县，人文景观内涵丰富，历史悠久。辖区内的红光村是全国唯一的由西路红军被俘战士修建的红光清真寺所在村，西路红军纪念馆是十分珍贵的爱国主义教育基地。同时，循化县内流经黄河90多公里，开发黄河两岸旅游资源优势突出……这些资源和优势，是循化发展旅游业的资本。

如何将这些优势发挥出来，壮大循化的旅游产业，韩兴斌认为应从五个方面抓好落实：坚定一个目标，讲好两个故事，做足三篇文章，补齐四个短板，提升五个能力。

韩兴斌表示，循化发展的目标是加速发展以旅游业为核心的第三产业，通过产业来引领经济社会发展的全局，充分利用循化的特色、资源、优势，与旅游立县的战略相结合是循化下一步确立的工作目标。在讲好"两个故事"中，第一要讲好撒拉族祖先东迁的故事，挖掘撒拉族沉重的历史文化；第二要讲好以十世班禅大师的爱国爱教为重点的红色文化，传承红军精神。"三篇文章"就是要做好生态文章，牢固树立生态文明建设的理念，打好污染防治攻坚战，做好环境保护工作，加强城乡环境综合治理；做好特色文章包括农牧业、农畜加工产品、旅游业发展经验和循化各族人民敢闯敢拼敢干精神的特色；做好黄河文章充分利用黄河这块资源，打造好循化的"金名片"——国际抢渡黄河极限挑战赛。

2018年6月6日，央视著名主持人就循化旅游文化采访了循化县人民政府县长韩兴斌。韩兴斌县长在采访中也反复提到了红色文化的重要地位，他表示：循化县有比较丰富的资源优势。县内旅游景点星罗棋布、风土人情浓郁独特、自然景观绚丽多彩，历史文化底蕴深厚。……群众世代传承爱党爱国思想，以西路红军革命历史命名的全国爱国主义教育基地红光村声名鹊起，成为红色旅游、接受红色基因的理想之选……各种可开发利用的旅游景点多达92处，颇有"青藏高原微缩景观"的特点。

韩兴斌表示：下一步，循化县要把乡村旅游作为统筹经济社会发展的核心战略和首位产业，坚定不移实施"旅游立县"战略，着力打造"全景循化5A级景区""丝绸之路历史文化旅游区"，力争游客接待人数年均增长15%，旅游综合收入年均增长20%。全面打造"一带三区"旅游板块。按照"串点成线、循环成圈、拓展成面、景城融合"的思路，通过政府投资带动企业融资等方式，加快景区建设、景点串联和文旅融合，大力发展民俗游、生态游、黄河游、红色游，着力打造波浪滩生态旅游观光园——清水湾景区——黄河积石峡风光——孟达天池景区串联的黄河景观及自然生态旅游带，骆驼泉景区生态文化保护及撒拉族民俗文化体验区、班禅故居和文都大寺为主的藏族民俗风情区、查汗都斯红色旅游及现代农业观光旅游区。

经过 70 多年发展，村子从当初红军修建的 18 户 90 多口人的小村落，成了现在 178 户的大村庄。

红光村是全国唯一由西路军被俘战士创建的村庄。村内至今还保留着大量的红色遗迹，其中红军修建的红光清真寺保存最为完整，也最珍贵。并被列为"全国重点文物保护单位"。

红军西路军战士修建的村庄、清真寺和学校在全国实属罕见，且造型独特，具有重要的历史研究和保护价值。红光村的红色遗迹处处暗含着西路军战士对党对革命无限的忠诚，具有很高的现实开发、推广价值和红色文化旅游，爱国主义教育意义。

红光村所处的地区为撒拉族，撒拉族始终如一的热爱国家，拥护党的领导。并且，红光村的撒拉族撒群众对西路军战士有着与众不同的感情和渊源。撒拉族的伦理道德内涵实质与红色文化的部分内容是一脉相承的关系，在红军小学的文化建设中它们互为衬托，互相补充，相辅相成。加强宗教"爱国是信仰的一部分"的教育和发扬红军精神的宗旨就是为了在新的形势下，继承、弘扬、提高和发展中华民族的传统美德，不断培养和强化青少年的爱国主义、集体主义和社会主义的意识，用正确的思想武装青年一代，全面提高学生的素质，努力造就一代社会主义新人。

红色文化是中国共产党领导下的中国革命和建设过程中形成的革命理论、革命经验和革命精神凝结而成的先进文化载体。是中华民族在长期斗争实践中形成的优良精神文化和物质文化的总和。是几千年来中华民族最高智慧的结晶和优秀传统文化的创新发展，是中华民族优秀儿女用鲜血和生命铸就的民族的灵魂。它记录着我们民族和人类追求自由、平等、幸福、和平的大同世界的理想；它涵盖了积淀深厚的井冈山精神、长征精神、延安精神、西柏坡精神、两弹一星精神的内容实质；它已经成为全体中国人民最崇高的信仰，已经转化成坚不可摧的推动和促进社会和谐进步、文明发展的强大精神动力和永不枯竭的力量源泉。

红色文化旅游是新形势下精神文明建设的重要载体。它实现了三个文明建设的有机结合，在推进旅游产业发展的同时，也推进了精神文明的建设，满足了人民群众对"红色文化"的需求；它实现了传统教育与现代休闲方式的有机结合，寓教于游，寓教于乐，能够取得事半功倍的效果；它宣传的是政治内容，运用的是市场手段，满足的是人民群众的现实需求，能够成为精神文明建设的有效形式。

　　红色文化旅游是培育"红色"下一代的重要课堂。加强对未成年人的教育是我党一项重要的任务，旅游是青少年普遍喜欢参与的时尚型、文化性的高层次生活消费活动，具有很强的学习、教育功能。通过开展"红色旅游"活动，可以将革命历史知识、革命传统和革命精神以旅游的方式传输给广大青少年，潜移默化，行之有效。

　　红色文化旅游是落实科学发展观的重要举措。党中央、国务院提出的"全面、协调、可持续"的科学发展观，是我们各项工作的指针。发展红色旅游，实行红色、绿色、古色旅游资源互融，区域旅游线路互连，城乡旅游市场互动，海内外客源互流，实现地区间经济效益再分配，符合科学发展，能够促进城乡、区域、经济社会、人与自然、国内与国外的协调。

　　红色文化旅游是革命老区脱贫致富奔小康的重要引擎。革命老区曾为革命事业作出了重大贡献，但目前经济社会大多还比较落后。发展红色旅游，就是依托自身丰富的红色旅游资源培育革命老区的优势产业、特色产业和支柱产业，是一项重大的扶贫工程。发展红色旅游，有助于革命老区打破封闭格局，加快开发开放；扶贫扶智结合，提高人口素质；改善生态环境，再造秀美山川。

　　红色文化旅游是展示红光村新形象的重要窗口。红色文化是中华民族的骄傲，也是重要的世界文化遗产。发展红色旅游，是弘扬红色文化、彰显革命精神、展示崭新风貌、提升整体形象的重要窗口。发展红色旅游，即可让人们了解撒拉族丰富的红色文化，又能向世人展示红光村崭新的时代风貌。

　　红光村村南有别具风格的八个小山包，当地人称"八宝山"。八宝山下西侧便是循化古八景中有"什群急湍"之称古什群峡。当年的古什群峡两山对峙，崇山峻岭，高耸入云，陡壁如削，荫天蔽日，形势十分险要。黄河入峡后，因河道狭窄，河中礁石暗伏，滚滚河水飞湍造漩，咆哮而下，登顶观景，蔚为壮观，十分险绝。

　　1939年，红西路军被俘战士在青海军阀马步芳的强迫下替他修建了一座公馆，当时马步芳请人看风水，建成后有"八宝山下修公馆"的说法。红西路军战士在八宝山下把革命的火种撒播在撒拉族人民的心中，七年多的相濡以沫的共同生活过程中建立了深厚的民族感情，许多西路军战士在当地在撒拉族群众的帮助和保护下落户，演绎了许多感人至深的故事，给撒拉族人民留下了宝贵的精神财富，撒拉族人民世代不忘红军的恩情，时刻缅怀革命先烈，让红军精神代代相传。

近年来，循化县在省、市、县委、县政府的正确领导和大力支持下，经济建设和社会各项事业有了一定的发展。但与其他地区相比仍有较大差距，表现为经济总量小，贫困人口多，最大的县情就是县穷、民不富。

循化是青海唯一的全国 28 个人口较少民族地区，全省旅游扶贫开发示范县，是全省农业综合开发重点扶持县，是全省 14 个小城镇建设重点县之一，也是全省小流域生态治理重点县和省政府确定的以旅游为主的风景园林化城市，这对实现富民强县目标，带来了千载难逢的机遇；二是区位优势比较明显。循化县黄河沿岸光、热、水充足，气候条件独特，发展"两椒一果"种植及加工为主的特色经济前景广阔。随着平大、清孟、循同公路的建成，循化县公路状况发生了历史性的变化，出县公路四通八达，通乡公路全面实现了黑色化，为下一步的发展打下了坚实的基础；三是民营经济优势，以畜产品加工、特色农产品生产、民族工艺、建筑建材、客货运输、餐饮服务为主的非公有制经济在全县国民经济中的比重占 90% 以上，以成为推动我县经济发展的主导力量；我县有独特的自然景观、人文景观和民族风情，旅游资源品位高、景观质量好、组合度丰富。这里是撒拉族的发祥地，也是十世班禅大师和佛学大师西饶嘉措的故乡，有被誉为"青藏高原西双版纳"的孟达国家级自然保护区，有撒拉族东迁遗迹骆驼泉和百余座建筑风格各异的清真寺和佛教寺院，有雄伟壮观的积石峡、古什群峡及黄河大峡谷丹霞地貌等。

撒拉民族风情游资源丰富：撒拉族的发祥地—骆驼泉、孕勒莽、阿合莽先贤墓冢、撒拉人家；撒拉族民居、品玩黄河奇石、体验撒拉族的民俗、品尝撒拉族的特色餐饮、欣赏撒拉族歌舞表演；观赏清水弯、以精雕著称的清水河东清真大寺、大禹神犬、双驼峰、狐跳峡、孟达清真大寺、撒拉族古老民居—篱笆楼、孟达自然保护区、孟达天池；宗教古迹寻秘探访，街子清真大寺十世班禅故居文都寺、张尕清真寺、安多天然佛塔、古雷寺、喜饶嘉措大师纪念馆；黄河风光游，游览黄河上游第四大梯级公伯峡水电站、公伯峡水库、高原特色冷水养殖；红色旅游线路，参观红光村、西路红军纪念馆、红红光清真寺、红军小学。

依据经济区位条件优越，相关旅游资源丰富，自然生态环境良好，投资政策条件优越，民族文化独特，历史文化厚重，红色文化背景突出的原则，选定了红光村，项目规划占地面积600亩。

展示以撒拉族古村落文化为主的民俗风情，建立综合性的影视基地、再现撒拉族东迁史的风土人情和撒拉族传统艺术魅力，创新发展红色文化、红色旅游和撒拉族民俗旅游，提供生动活泼的文化娱乐场所，爱国主义教育平台和娱乐休闲环境。

研究红色文化的产生、形成、内涵和价值，创建完整的红色文化理论体系和价值体系；红色文化教育培训（红色励志教育和爱国主义教育、民族文化教育、中国传统文化教育）、实践应用和学术交流；撒拉族艺术（文学、影视作品、红色歌舞、撒拉族歌舞、书画、撒拉族刺绣、撒拉族木雕、黄河石艺雕刻、昆仑玉雕刻等）作品的研究、开发、创作；红色资源和红色旅游产品开发；红色旅游产业经营模式、体制、管理机制和制度的创新研究；红色文物、撒拉族藏品（纪念品）、艺术品收集、整理、收藏、交流和展览；红色旅游服务和红色文艺、撒拉族文艺演出。

打造三个基地，搭建四个平台：爱国主义教育基地；撒拉族影视制作和培训基地；撒拉族民俗、红色旅游服务基地；撒拉族文化研究和学术交流平台；红色艺术创作、评选、交流平台；红色文物、纪念品和中国艺术、自然艺术展示、展览平台；红色歌舞、撒拉族歌舞交流、演出平台。

通过以上的三个基地，四个平台形成一个集研究、创作、教育培训、展览、交流、评奖、演出、旅游八大功能的文化艺术产业格局。

红光村的历史；红光村的红色文化内涵；红色文化的历史价值与现实价值；红色文化与撒拉族传统文化的关系；红色文化在撒拉族中的地位；红色文化与撒拉尔精神；红色文化的继承发展与开发应用。

西路军红色文化艺术创作：文学作品、影视作品、音乐作品、舞蹈作品、美术作品。

撒拉族原生态文化传承：培训、展示、演艺中心；文学剧作、书面摄像、曲艺创作中心；民族服饰、工艺产品、民族文化图书、影像、书画、剧作等文化产品产权交易中心；特色饮食、茶吧娱乐休闲中心；撒拉族古民居建筑

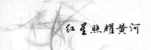

习俗和特点修建复古的"八堡"民俗农家旅馆60家；西路军将士纪念小院60处房屋；元明清，民国历史、撒拉族、红色、乡土影视拍摄基地及野外军事性质拓展训练基地。

2016年5月23日，青海省军区党委注重把红色基因注入"两学一做"教育活动当中，青海省军区首长、工作组成员及海东军分区党委常委、机关官兵一行来到青海省循化撒拉族自治县查汗都斯乡红光村，通过开展系列红色活动，让每名党员干部接受思想洗礼，立志干事创业的热情。

海东军分区政委田生宁表示，此次将大党课教育和常委民主生活会搬到红光村，就是要让大家实地感悟红军先辈当年那种镌刻在脊梁上的信仰、流淌在血液中的忠诚，通过跨越时空的追寻、发自灵魂的叩问、净化思想灵魂，强化党性观念，争做合格党员。

在红光村广场的红色文化长廊，在西路军纪念馆里，在英雄纪念碑下，官兵战士们回忆往日的长征岁月，回忆西路军战士们的不朽业绩，传承和缅怀红军前辈们的革命遗志。

在参观过西路军纪念馆之后，海东市乐都区民兵应急连指导员晏尚福受到了深深的震撼，"通过这次参观学习，心灵上很受震撼，精神上受到了洗礼，革命先辈不怕牺牲、牢记使命、无私奉献、服务群众的精神值得我们长期坚持和学习，结合当前"两学一做"学习教育活动，争做合格党员。"

为纪念红军长征胜利80周年，2016年8月27日青海省西宁市城东区晓泉小学党支部组织部分党员，在支部书记、校长汪小惠带领下随中艺梦慈善万里行走进青海团队来到循化县红光村西路军红军小学与师生一起开展《党旗在我心中》活动，想以这种方式在红色土地上切身感受革命先烈的英雄事迹，用实际行动践行两学一做，传承红色文化。

2017年4月18日省关工委主任桑结加、常务副主任李明金，海东市委副书记李国忠，市委常委、组织部部长陈启福及省、市、县70余名离退休老干部并在红光清真寺、西路军红军小学、西路红军纪念馆调研了红光村红色旅游发展情况。

为纪念中国共产党建党96周年，2017年7月1日红光村的每一个角落都有："'七一'建党节，重走红军长征路。我想说：'我爱你，我的祖国'……"之类的建党节祝福，并配上了一张众人高举右手，在循化撒拉族之乡的革命老区——红光村西路军纪念碑前重温入党誓词的照片，引来了众人的纷纷点赞。"我志愿加入中国共产党……随时准备为党和人民牺牲一切，永不叛党。"从六月下旬以来，青海省社会各界机关团体，党员干部群众等200多个单位部门的近10000名党员们来到红光村为党的生日献上了自己的祝福，并重温入党誓词，铮铮誓言，铿锵有力，穿越历史时空，依旧热血澎湃，正是每一名党员对党的庄严承诺。大家满怀崇敬，来到红光村，追寻当年红军被俘战士留下的红色足迹和红色密码。建党节前一天青海省商务厅机关的党员干部在厅长尚玉龙带领下到红光村开展主题党日活动，循化县人民政府县长韩兴斌，常务副县长高学明陪同。同日在红光村开展主题党日活动的海东市委组织部部长陈启福一行看到这面红火的场面，表示应该把红光村的红色产业重视起来，应该成立专门的机构，市委组织部每年会给红光村的三基建设投入一定的资金。把红光村打造成青海的红色教育品牌，它将会带动整个循化的产业。韩兴斌县长也表示将红光村打造成循化的王牌旅游景点。

青海省扶贫开发局局长马丰胜说，产业扶贫是贫困群众持续稳定增收、实现就地脱贫的最有效方式。

循化县扶贫局实施红光村红色基地旅游扶贫产业园项目带动精准脱贫。

循化县立足红色资源优势，把红色旅游为主的特色旅游业作为新常态下实现从"输血式"到"造血式"扶贫的重要途径，因地制宜，创新方法，加快推进红色旅游扶贫进程，并帮助村民大力发展特色水产养殖，切实把精准扶贫工作落到实处。

红光村是循化县特色旅游业发展规划中红色旅游景区开发的核心区域，位于公伯峡电站大坝下游的公伯峡集镇，距县城22公里，全村共有178户678人，耕地280亩，党员18名（女党员5名），其旅游资源主要有西路红军战士在1939–1946年间建造的红光清真寺、庄廓院、街道、夯土围墙等遗存和西路红军纪念碑以及周边的公伯峡等景点。近年来，随着红色旅游的不断升温，循化县充分挖掘和整合红光村红色资源，编制完成了《红光村旅游发展规划》《循化西路红军旧址文物保护规划》和《循化西路红军旧址展示利用详细规划》《库区特色产业发展规划》等规划，并积极策划制定沿线环境综合整治、库区水产养殖等方案，着力推动红色旅游持续健康发展。另外，按照"一村一规划、一村一风格、一村一特色"的建设思路，多方筹措资金帮助红光村完善公共及相关配套设施，先后投入 2200 万元实施完成了西路红军旧址纪念馆、红军小学基础设施、农村环境连片整治、村道硬化和便民桥等项目建设，进一步盘活了红色文化资源，逐步建成了以西路红军纪念馆、博物馆、红军清真寺、红军小学和红军广场为主的"五位一体"红色教育实践基地，并被确定为全市、全省爱国主义教育基地。2014 年，以红光村为核心的旅游景区共接纳游客人数 6 万余人次，实现旅游综合收入 2700 万元。同时，依托库区水域资源和撒拉族民俗文化优势，大力实施旅游富民工程，统筹带动农家乐、水产养殖和公伯峡水上旅游等产业的发展，直接带动 127 户农户年均增收 7000 元以上，吸纳贫困劳动力 200 余人就业，切实增强了村级造血功能，红色旅游已成为贫困群众脱贫致富的新途径。

在"党建+脱贫攻坚"模式引领下，海东市精准脱贫取得阶段性成效。目前，海东市贫困人口由 2015 年底的 17.57 万人，减少到 2017 年底的 6.79 万人，贫困发生率从 2015 年底的 13%，下降到 2017 年底的 5.8%。

海东市扶贫开发局局长何林介绍，下一步，海东市将继续坚持精准扶贫、精准脱贫基本方略，更加注重深度贫困地区脱贫攻坚和脱贫质量，增强贫困群众的获得感。

2016 年到 2018 年间，海东市共投入资金 28.09 亿元、群众自筹资金 6.3 亿元，实施易地扶贫搬迁项目，惠及 45 个乡镇 279 个村的 14758 户 53208 名群众。"2018 年，我们确保全市 182 个贫困村脱贫，4.42 万户建档立卡贫困人口脱贫。"何林说。据了解，海东市将紧紧围绕培育发展特色产业、光伏扶贫、乡村旅游、易地搬迁和危旧房改造、基础设施提升工程，以及教育、医疗、生态扶贫、社会保障等方面，综合施策、精准发力，让群众的生产生活条件得到明显改善。

自开展精准扶贫工作以来，时任循化县扶贫局局长马明善多次下乡蹲点，和查汗都斯乡党委政府领导一起立足乡情实际，强化组织领导、狠抓队伍管理、从严落实责任、突出精准落实，紧紧围绕"扶贫党建"的工作思路，为红光村的脱贫之路"把脉"，充分发挥党委和党员干部在精准扶贫工作中的"龙头"和先锋作用，不断创新工作措施，积极探索出"七步工作法"，做到精准扶贫工作步步相推，环环相扣，精准发力，有的放矢。

抓学习、重宣传。坚持每周召开一次工作例会，采取党委书记专题辅导、分管领导业务指导、"第一书记"交流等形式，加强对精准扶贫政策和相关理论知识的学习，进一步提高了扶贫驻村干部的理论水平，为打赢脱贫攻坚战奠定了坚实的理论基础。同时，把宣传教育工作贯穿于精准扶贫工作全过程，通过制作宣传牌、黑板报、标语、印发宣传资料等形式，多角度、多层次宣传精准扶贫攻坚工作，营造了全乡了解、关心和参与精准扶贫工作的浓厚氛围。截至目前，先后设立大型宣传牌 5 块，发放各种宣传手册 7000 余份，村均集中宣讲至少在 10 场次以上，驻村工作组户均宣传至少在 6 次以上，宣传面达100%，群众知晓率达 100%。

抓摸排、重识别。通过多轮次摸排、多层次审查、多环节公示、多角度征求意见后，最终审核识别贫困户 392 户 1435 人并录入贫困信息系统。同时，按照"八个一批"精准脱贫工程，采取"点菜式"扶贫，通过贫困户自助"点菜"、工作队"下厨"的方式，因村因户施策，制定了详细的脱贫计划和脱贫措施。目前，全乡计划发展特色产业贫困户 245 户 953 人；异地搬迁 43 户58 人；生态保护 2 户 7 人；发展教育 44 人；教育扶贫户 209 户 306 人；医疗救助 23 户 69 人，低保兜底 176 户 588 人。

抓机制、重管理。建立了"乡有工作站、村有工作室"，乡村两级"一把手"负责制的组织领导机构，形成了"乡党政一把手包乡，副职领导包片、扶贫干部包村、村干部包社、联姻干部职工包户"的"五包网格化"扶贫共推共建机制。建立了"一周一汇报、半月一督查、一月一评比"的扶贫工作机制，随机掌握情况、及时研究对策。同时，严格履行管理扶贫驻村干部的主体责任，建立了考勤、学习、请销假制度，实行"第一书记"坐班代办服务，注重后勤保障工作，选派扶贫，干部与乡干部同吃同住同学习，并为他们征订了《党的生活》《青海日报》《海东时报》等学习资料，激发工作动力。

抓录入、重精准。及时设立了精准扶贫大数据平台指挥室，配备工作设备，为 17 个村开通了电信网络，选配业务能力强、了解村情实际的 18 名驻村干部为大数据平台建设管理员，按照"谁主管、谁负责，谁录入、谁负责"的原则，全面完成大数据平台信息录入工作，形成了以大数据平台随时掌握全乡精准扶贫工作实时动态机制。同时，建立了《大数据平台信息员工作制度》《大数据平台信息上报制度》《大数据平台设备管理制度》等 8 项长效工作机制，为推进大数据平台建设提供了制度保障。截至目前，全乡信息录入率为100%，信息资料完整度为98%，完成了9个村223户信用等级评定工作，建立了网络档案。

抓帮带、重实效。严格落实"双帮"工作机制，省市县乡211名党员与本乡17个村392户贫困户1435人进行了"一对一、多对一"结对认亲，农村党员与贫困户也进行了自主对接，结对率100%，做到全员认亲，结对帮扶。主动协调帮扶单位，落实"双帮"工作机制，截至目前，帮扶村级的资金、物资共计175.89万元，结对帮扶贫困户的资金、物资共计14.97万元，总计帮扶190.86万元。同时，结合三基建设、两学一做、民族团结进步等活动，通过支部联姻的方式，进一步推动了"三会一课""固定党日"评定"五星级文明户"、党员组织关系集中排查、村级活动建设等工作，形成了党建助推精准扶贫的新格局。

抓联动、重规划。围绕基础设施、产业发展、按户脱贫、组织建设等方面，积极与水利、交通、农牧、就业等行业部门对接，在制定规划、农业生产、基础设施建设、公共服务、技能培训等方面给予帮扶，通过协调各方力量，多方联动、集思广益、立足乡情、科学规划，制定了全乡产业扶贫脱贫攻坚规划，并按照"一村一特色、一户一措施"的要求，全乡17个村编制完成了村级脱贫方案、户脱贫措施。

抓产业、重发展。依托红色旅游、"黄河彩篮"现代设施农业等优势资源，创新发展以"产业发展资金入股＋年底分红""土地流转＋专业合作社""互助社资金＋公司＋联户养殖（餐饮）""公司＋基地＋农户"的联合经营模式，因地制宜，因户施策，在充分尊重贫困户意的基础上，确定了今年通过发展产业脱贫的113户442人的发展项目。其中：养殖业26户100人（藏系羊滚动育肥）、种植业11户47人（线辣椒扩种）、餐饮业71户275人（拉面经济）、运输业4户17人（农用车拉运）、小商铺1户3人（百货和菜铺）。目前，红光上村的产业资金和互助社资金严格按照资金运作程序，签订了相关协议、责任书、承诺书等，已落实到户，正全面运作，做到了产业项目落地见效，后续管理有所保障。

2018年10月17日国务院宣布循化县脱贫摘帽。因此，循化县也成为全国首个少数民族脱贫县。这里倾注了循化县委，县政府及全县各族人民的心血和努力，真正体现了循化各族人民的精气神。《青海日报》于2018年11

月 20 日发表《循化脱贫摘帽的三点启示》：

循化，是全国唯一的撒拉族自治县，属国家和六盘山集中连片特困地区扶贫开发工作重点县。

两年脱贫攻坚，循化县贫困发生率由 2014 年的 6.2% 下降到现今的 0.09% 以下，并成功跻身青海省第二批退出贫困县之一，成为全国第一个少数民族区域性整体脱贫摘帽的县域。作为少数民族地区脱贫摘帽的典型代表，循化县的脱贫之路带给我们哪些启示与借鉴？

启示一：做好"创新发展"这篇文章，创新是加速脱贫攻坚的关键。因此，循化县创新扶贫"路径"和"管理"，认真解决"怎么扶""如何退"的问题。针对不同家庭贫困状况，一系列通过发展产业和提质增效；推动农村人口向城镇集中、向园区集聚、向产业工人转变；通过易地搬迁、生态保护、特色餐饮等解决贫困的因地制宜的新路径、新模式、新办法，不断将当地脱贫攻坚推向深入。

启示二：做好"内生动力"这篇文章，激发贫困群众自我脱贫的内生动力是加速脱贫攻坚的保障。脱贫攻坚是一场时间有限、任务艰巨、务求胜利的硬仗。仅仅依靠党和国家的"精准扶贫"政策是远远不够的，因此，循化县结合自身资源特色，开创"保险＋扶贫""旅游＋扶贫""光伏＋扶贫""产业＋扶贫"等以乡村旅游、光伏扶贫、拉面经济为主的循化特色脱贫模式，推进脱贫攻坚这项"国字号"工程注入新鲜动力。

启示三：做好"撒拉人家"这篇文章。提及循化旅游，人们首先会想到撒拉人家，泡上一碗盖碗茶，品尝几道撒拉族民族餐。近年来，循化县依托丰富的自然文化资源和独特的气候资源优势，大力实施"旅游立县"战略，乡村旅游业悄然升温，"撒拉人家"这块金字招牌更以其浓郁的乡土气息和原汁原味的农家菜肴吸引着大批游客蜂拥而至，以此推动乡村旅游业加快发展，帮助贫困群众就近就业实现增收。

2019 年 5 月 29 日，无锡市社会主义学院党组书记、市委统战部副部长唐英彪，无锡市社会主义学院副院长、市委统战部党派处处长胡永华，民革无锡市委副主委兼秘书长王晋，无锡广电集团（台）经济频道节目部主任沙云及各民主党派人士一行 20 人莅临循化县开展调研工作，循化县政协主席韩昌龙，循化县委常委、县人民政府副县长朱雄及相关单位负责人陪同调研。调

研组一行在查汗都斯乡红光村开展调研西路红军纪念馆、红光清真寺、红色文化广场等地，调研组一行详细了解了红军精神并开展了爱国主义教育活动。

2019 年 7 月 14 日、18 日，省人大常委会党组书记、副主任张光荣带领青海省选举产生的全国人大代表韩晓武、程立峰以及在青全国人大代表张晓容、马乙四夫、马福昌、孔庆菊、毕生忠、沙渊、张永利、阿生青、夏吾卓玛一行来循化县调研乡村振兴战略实施和文化旅游产业发展情况。

调研组一行先后实地察看了循化县查汗都斯红光上村西路军纪念馆和国家级重点文物保护单位红光清真寺。省人大常委会副主任刘同德陪同调研，副秘书长多杰群增、相关专委会负责人等随行调研，海东市人大常委会主任简松山、副主任瓦世德，市人民政府副市长袁波及相关县委、政府领导陪同调研。

2019 年 8 月 3 日，无锡市人大常委会党组书记、主任徐一平一行 13 人来我市考察对口扶贫协作工作。市人大常委会主任简松山，副主任王海德，市政府副市长李青川，市委组织部、市政府相关部门负责人及各县（区）委、政府有关领导陪同考察。考察组一行实地察看了循化县红光村红色教育基地、撒拉尔特色产品展示馆。

2020 年 6 月 17 日至 20 日，无锡市第十五届人大常委会副主任、党组副书记、无锡市见义勇为基金会理事长王立人一行来循化开展考察。期间，海东市人大常委会副主任、县委书记李发荣与王立人一行进行了工作交流。18日上午，在循化县政务服务中心，两地举行见义勇为工作结对帮扶签约仪式。循化县人大常委会主任恒登、县委副书记张一弓，县委常委、副县长朱雄，县委常委、政法委书记韩大全，以及我县有关部门和近年来涌现出的见义勇为先进个人代表参加了结对帮扶签约仪式。无锡市见义勇为基金会王立人理事长充分肯定了循化县决战决胜脱贫攻坚，第一个实现区域性整体脱贫摘帽，取得了可喜可贺的重大成果，精神令人钦佩。他指出，无锡市见义勇为基金会深入学习贯彻习近平总书记关于脱贫攻坚和见义勇为工作的重要论述和指示精神，按照无锡市对口支援海东市的统一部署，积极发挥见义勇为基金会的社会组织优势，主动参与脱贫攻坚，怀着深厚的民族感情，向循化县捐赠见义勇为帮扶慰问金 50 万元，帮扶循化县见义勇为人员及困难家庭，促进锡循两地见义勇为事业共同发展，对进一步弘扬中华民族传统美德，在全社会营造人人崇尚见义勇为、人人支持见义勇为、人人投身见义勇为的良好社会氛围具有重要意义。

在循考察期间，无锡市见义勇为基金会理事长王立人一行还参观了查汗都斯乡红光村西路红军红色教育基地、开展了"传承红色基因、牢记初心使命"教育主题党日活动，接受一次深刻的红军精神教育。

2018 年 10 月 17 日国务院宣布循化县脱贫摘帽。因此，循化县也成为全国首个少数民族脱贫县。这里倾注了循化县委，县政府及全县各族人民的心血和努力，真正体现了循化各族人民的精气神。而红光村是循化县率先脱贫的村庄，它的内生动力主要来自于今年来的红色教育和红色旅游带来的社会效益。

2019 年 7 月 14 日、18 日，省人大常委会党组书记、副主任张光荣带领青海省选举产生的全国人大代表韩晓武、程立峰以及在青全国人大代表张晓容、马乙四夫、马福昌、孔庆菊、毕生忠、沙沨、张永利、阿生青、夏吾卓玛一行来红光村调研乡村振兴战略实施和文化旅游产业发展情况。

2019 年 8 月 3 日，无锡市人大常委会党组书记、主任徐一平一行 13 人来海东市考察对口扶贫协作工作。市人大常委会主任简松山，副主任王海德，市政府副市长李青川，市委组织部、市政府相关部门负责人及各县（区）委、政府有关领导陪同考察。考察组一行实地察看了循化县红光村红色教育基地、撒拉尔特色产品展示馆。

第二十三章　不忘初心

一直以来，我以一名党外人士的身份，挖掘红光村的红色历史，而且不辞辛劳，把还原历史原貌和弘扬红色文化作为自己的奋斗目标和责任。不论你的政治面貌是什么，你的信仰是什么，有一点那是肯定的：生活在这样一个伟大的时代，都是无数个为理想信念抛头颅洒热血的前辈们用他们坚如磐

石的意志来实现的。

　　我的想法是比较简单，但是世人的想法却各式各样。本来认为很好的一件事情，但你没有人们所谓的"由头"去做的时候，好多人嘴里的口味就变了，各种热潮冷风，各种诋毁抹黑纷至沓来。有好心的朋友劝我做事不必太认真，还告诉我好多人并不认可我的做法，认为我是哗众取宠，为自己谋利益。在这个时候，我的脑海里浮现的是那些我采访过的老人和那个时代过来的见证者。现在他们都离我们而去，但是他们所讲述的历史事实无法从我的记忆力抹去。面对非议，我就用人们喜欢的一句话鼓励自己："请你不要贸然评价我，你只知道我的名字，却不知道我的故事。你只是听闻我做了什么，却不知道我经历过什么。"面对朋友善意的提醒，我笑着调侃自己说："毛主席当年采取的是'农村包围城市'的斗争策略，那么，现在我就采取'城市包围农村'的策略。"，于是，我走出去，主动邀请省里的好多单位和部门到红光村开展红色教育活动或给学生们捐款捐物。一来二去，来红光村的单位越来越多，人数也逐步增加，领导的级别越来越高，于是很自然地和县里的各个部门有了衔接，我很策略的让大家自觉不自觉地接受了我所做的工作。的确，我的名字在当时的小县里就是一个网红的代名词，我自己也知道自己到底热到什么程度。但这些不是我的关注点，我的心全部都在挖掘和宣传红光村的红色历史当中。

　　每年有那么多的人来红光村参观学习，我在学校都是把自己的课都调到第一二节，因为这样才能保证我的课堂。所有的备课和批改作业我每天需要加班才能完成。而且，自从党的群众路线教育活动以来，参观学习的党员干部群众逐年增加，我从最初自愿担当讲解员到后来人们想当然地认为这就是我的本职工作，我从来不解释，对于前来参观学习的团队不论大小从不拒绝。尤其是"清明"之后到"十一"期间，都是在露天高温下不厌其烦地一拨一拨地讲解。这拨刚走，另一拨又来了。我脸上的皮肤晒得一层一层蜕皮，接连讲解来不及喝一口水。那时候，县里和乡里已经很重视红光村的红色文化，有专门的一个副乡长在红光村驻点，她叫朱红玉，是个腼腆内向的女干部，她对我非常敬重。好多次，我们刚刚接待完几拨客人，想回我的办公室喝一口水的时候，另几拨人又快到村口了，我们不得不在路口等待。又一次我连续讲了 13 场，每场几乎都在 40 分钟左右。到最后一场的时候，我的嘴干地想枯枝，感觉舌头都粘在上颌了，说话特别费劲。朱副乡长看着我口干舌燥的讲解既敬佩又感慨："当今社会，像您这样的人很少见了，你可以是时代楷模。"这是她作为我身边经常看到我工作状态的人给予的正面评价何认可。

尽管，红光村的红色教育如火如荼，但是我心里始终以一丝丝惋惜，也不免有一些担心。毕竟，省委主要领导还没有到过红光村。或许，我的担心是多余的。终于在 2017 年 4 月 19 日，时任青海省委书记王国生来到红光村调研精准扶贫工作。王国生书记一行特意来到红光清真寺瞻仰，省市县领导安排我做讲解。在清真寺里，我真诚地对王书记说："书记，您在 2016 年 12 月 19 日，代表省委在十二届十三次全会上提出的：'努力实现从经济小省向生态大省、生态强省的转变，从人口小省向民族团结进步大省的转变，从研究地方发展战略向融入国家战略的转变，从农牧民单一的种植、养殖、生态看护向生态生产生活良性循环的转变。'的'四个转变'为核心的治青理念，我作为一名基层的小学校长，非常赞同，尤其是'从人口小省向民族团结进步大省的转变'这一条，我们循化各族人民一直在践行，在红光村尤为突出，在 78 年以前，西路军战士和当地的撒拉族群众已经水乳交融，互帮互助。"接着我用精练的语言介绍了红光村的历史，王国生书记认真听取了我的讲解，在我的引导下仔细观看了西路军纪念馆的每一件展品，详细询问了西路军当年的一些情况。王国生书记被西路军崇高的理想信念所感动。他来到西路军红军小学的校史馆，看到了红军小学被党和国家领导人关心支持，欣然提笔写下了"不忘初心，继续前进"八个大字。得到了大家的热烈欢迎。

在查汗都斯乡政府，王国生与乡镇干部进行座谈，询问了解他们抓基层党建促脱贫攻坚的做法、问题和意见建议。王国生指出，基层党员干部是脱贫攻坚的主心骨。要结合推进"两学一做"学习教育常态化制度化，加强基层党的建设，引导广大党员敢于担当、主动作为，更好团结带领各族群众脱贫致富奔小康。

王予波、胡昌升参加调研。时任省扶贫开发局局长马丰胜，海东市委书记记于丛乐，循化县委书记李发荣，县委副书记，县长韩兴斌陪同。查汗都斯乡党委书记马瑞重点介绍精准扶贫工作的一些做法和经验。

王国生书记说，80 多年前，400 革命儿女投身革命事业，被押解到循化县赞卜乎（红光）村，在七年多的时间里，受到了撒拉族乡亲们各种方式的接纳和保护和帮助。

今年是贫困县、贫困村摘帽退出的第一年。围绕全县 10.89 万人脱贫的年度目标，市委、市政府统筹谋划，高度重视关心红色老区的生活，把传承红军精神，作为脱贫攻坚强大助力，推动社会经济快速发展。

历史的洪流滚滚前行，红军精神一直指引着撒拉儿女在统筹城乡、追赶跨越、加快发展的道路上砥砺前行。80 多年过去了，这片土地也发生了沧海桑田般的巨变。

"没有这些老前辈的浴血奋战、流血牺牲，就没有我们今天的幸福生活。"省委书记王国生在红光村考察红色文化和精准扶贫工作时，聆听我讲述当年的革命经历时感叹道。

弘扬红军精神：脱贫攻坚加速度

忆苦思甜，居安思危。循化县是国定贫困县心区域，截至 2015 年底，还有建卡贫困人口 31.83 万人，居全省第 4 位。脱贫攻坚，老区人民"宁愿苦干，不愿苦熬"，把自强不息、艰苦奋斗、吃苦耐劳融入日常生活的点点滴滴。

传承红军精神，对奋斗在脱贫攻坚一线的干部而言，聆听老红军讲述奋斗、奉献的岁月，心灵受到洗礼，行动更加坚定。从牙牙学语的小孩到年过古稀的老人，红军精神影响着撒拉儿女，红军精神化为建设发展、脱贫攻坚的动力：基础设施不断完善，经济持续发展……"宁愿苦干，不愿苦熬"的撒拉人，用建设家乡的实际行动，诠释着新时代的红军精神。

"吃水不忘挖井人，我们一定铭记在心。"王国生书记在扶贫攻坚电视电话会上深情地表示，不去红光村，不了解这段历史，78 年以前撒拉族乡亲们帮助了革命前辈，他们用朴素的感情诠释了民族团结。今天，我看到还有那么多撒拉族乡亲们还没有脱贫，我心里很不安，我们以红军先辈为榜样，继续发扬红军精神，进一步解放思想、改革创新、扎实工作，早日打赢扶贫攻坚战！

2017 年 10 月 8 日，时任青海省委副书记、省长王建军前往刚刚竣工通车的循化至隆务峡高速公路调研，并在循化撒拉族自治县查汗都斯乡红光上村走访慰问了老党员和生活困难党员。

逢山开绿道，遇江架钢龙，全长 40 公里循隆高速公路穿过黄河公伯峡河谷的崇山峻岭、悬崖峭壁，一条条隧道和一座座钢桥使天堑变成了通途。他指出，几年来，循隆项目建设者发扬"一不怕苦、二不怕死，顽强拼搏、甘当路石，军民一家、民族团结"的"两路"精神，克服了难以想象的困难，施工过程中有创新、有保护、有传承、有探索，体现了交通人的智慧奉献，实现提前8个月建成通车的目标，取得了良好的政治效益、经济效益、社会效益和生态效益，在我省公路建设管理中树立了典范。他强调，建设好公路，还要养护好公路。要围绕生态保护、融资创新、综合效益、规划建设管理等重点，不断总结创新高速公路建设的"循隆模式"，不断完善提升我省高速公路建设能力和水平，切实发挥好交通在以"四个转变"落实"四个扎扎实实"重大要求方面的硬支撑作用和先行引领作用。

调研中，王建军来到循化县查汗都斯乡红光上村，走访慰问了73岁的老党员马舍木素和72岁的生活困难党员马牙古，转达党中央和省委对他们的亲切关怀，向他们致以诚挚的问候。在两位老人家里，王建军坐下来与他们促膝聊天，关切询问生活、身体情况，祝愿他们晚年幸福，健康长寿。王建军说，你们都是有着50多年党龄的老党员，为家乡的建设和发展作出了应有贡献，我们由衷表示敬重。希望你们牢记党的宗旨和使命，继续按照党组织的要求，始终为人民服务，搞好民族团结进步活动，做好党员，当好公民，教育好子女，为社会多做贡献。走访中，当得知马牙古的老伴阿乙下是红军后代时，王建军向她表示敬意，并叮嘱她保重好身体，发挥好作用，让红色基因代代相传。

随后，王建军省长和韩建华副省长一行，看到了西路军红军小学的校牌，特意走进红军小学校园，参观了红军小学校史馆。我把一面特殊的国旗拿出来在校园里展开让大家瞻仰。这是2017年8月1日，中国人民解放军建军九十周年纪念日，在天安门广场升起的那面国旗。王建军省长抚摸着鲜艳的五星红旗说："马校长，你的党龄有多少年？"我回答说我还不是党员的时候，王省长表示不可思议，他说："你所挖掘的这些历史和你讲解的精神，使大家懂得了信仰的力量感人至深，先辈的事迹传递力量，榜样的作用催人奋进。西路军战士身上，体现了讲忠诚、讲党性、讲责任、讲担当。红军小学的这面国旗将会是循化县的一笔精神财富。让西路军的精神不断滋养青海大地，让青海大地的各族人民能够在建设富裕文明和谐美丽新青海的征程中有更多的获得感。"最后，王建军省长还开玩笑地跟我说："马校长，你赶紧想党组织靠拢，我们应该早一点吸收你加入组织，要不然给你安排一名特殊入党

介绍人。"

是的，因为我的这种忘我的工作精神和对革命先辈的无限热爱，还有对传承红色文化的执着，使得好多人以为我是一个党龄很长的老党员，包括省委书记和省委常委们每次问我的党龄是多少年时，我的回答让大家觉得不可思议，大家都认为我不应该在党外，而应该向党组织靠拢。

我何尝不想呢？可是，我对红军的历史挖掘的越多，了解的越深，我对自己共产党粗浅的认识感到羞愧。共产党员这个称号，在我的心目中越发变得高大，党员这个身份变得越来越神圣。在九年多的时间里，深刻领会了红军精神的内涵，他们的坚持革命的理想和信念，坚信正义事业必胜的精神；不畏艰难险阻，不惜付出一切的牺牲精神；顾全大局、紧密团结的精神；紧紧依靠群众、患难与共的精神；勇往直前的革命英雄主义和乐观主义精神。使我越来越觉得自己的思想和觉悟离一名党员的要求和标准差距还很大，我从最初的简单想法到后来的切身感受，使我放满了积极入党的脚步。

我在传承红军精神的时候，虽然得到了很多人的认可和赞同，包括省部级领导都听过我的党课，许许多多的农村党员对我的工作大加赞许，甚至有人说我做了一件功德无量的事情。但是，我的内心好像仍缺少一种归宿，好多想法和内心的情感无处诉说。2016 年我的课题获得了首届青海省教学课题成果奖，在颁奖典礼之后的一天，我偶然在教育厅与时任省教育厅厅长、民盟青海省委副主委的王绚同志见面了。我们谈起红光村的红色文化和我挖掘宣传的过程，王绚副主委问起我的政治身份，我就如实告诉了我的想法。她对我是了解的，尤其是在 2012 年时，原兰州军区援建红军小学，我和部队首长向王绚厅长汇报过工作，她当时从经费中挤出 80 万补贴了军区援建的缺口。而且，我的获奖课题王绚厅长也很欣赏。所以她对我说："马校长，你何不加入民盟呢？这样更不是符合你的想法吗，你也有个组织依靠啊！"

听了王厅长的话，我有点不信，在我心目中民盟是一个高不可及组织。最终，我如愿按照组织程序加入了民盟这个神圣的组织，成为一名光荣的盟员，是目前为止循化县唯一的民盟盟员。

加入民盟后，民盟精神一直照着我心灵，伴随着我成长。首先它促使我认真学习中国民主同盟的章程，知道了民盟的发展历程，知道了民盟具有爱国、革命的光荣历史，是中国共产党久经考验的亲密友党。长期以来，民盟与中共团结合作，风风雨雨，一路走来，建立了深厚的革命情谊，为我国的革命、建设和改革事业做出了重要贡献。令我难以忘怀的是无数民盟先辈们用热血铸就的民盟精神：即矢志不渝地追求民治和宪政，坚定不移地维护正义和公理，无怨无悔地以专业学识和技能奉献社会。特别是民盟先辈们对本职工作的敬业精神和在事业上的卓越成就，他们爱憎分明、宽厚谦虚、为人师表的人格魅力，无一不是我学习的榜样。他们崇高精神更是无时无刻不在影响着我，激励着我，指引着我不断前进，让我倍增信心和勇气，肩负起作为盟员的使命和责任，在自己的工作岗位上用自己的实际行动做好本职工作和积极履行参政议政和民主监督的职能，为促进社会主义政治、经济、文化和社会建设贡献自己的微薄之力。

从那以后，我在工作中更有底气了。许多领导再次问起我的政治面貌时，我就自信地告诉大家：我以一名民主党派的身份，热爱共产党，拥护共产党，宣传共产党，在这样一个全省党员干部群众开展红色爱国主义教育的场合，更有影响力，说服力和感召力。更能体现民盟和中国共产党"长期共存，互相监督，肝胆相照，荣辱与共。"的政治基础。

2019 年，民盟青海省委推荐我为青海省创建民族团结进步先进区先进个人候选人。当我接到民盟省委的电话通知时，我严词谢绝。此时此刻，我的脑海里浮现起更多民盟先辈们的事迹。例如，民盟与中共历史上就是最亲密的友党，当年毛泽东与民盟领袖张澜、黄炎培、沈钧儒、罗隆基、章伯钧等结下深厚友谊和故事，民盟在支持中共建国做出了历史性贡献。做出了重大牺牲，红岩里渣滓洞里牺牲的烈士百分之七八十都是民盟盟员，民盟是中国历史上唯一拥有自己武装的民主党派。民盟拥有一批社会活动家：黄炎培、张澜、沈钧儒、杨明轩、史良、胡愈之、楚图南、费孝通、丁石孙、马叙伦、吴晗、冯克熙、高崇民、邓初民、钱伟长、李文宜、叶笃义……。民盟有著名义士如李公朴，闻一多。民盟一直以来就是大师集萃的组织，费孝通、千家驹、钱伟长、季羡林、梁漱溟、曾昭抡、潘光旦、童第周、华罗庚、苏步青、闻家泗、张岱年、谈家桢、陶大镛、马大猷、冯友兰、金岳霖、李何林、张芝联、邓广铭、白寿彝、厉以宁、王铁崖、徐铸成等。等等。民盟更是各行各业精英集萃的地方，科技、教育、文化更领域领军人物比比皆是……他们的事迹让我感动。

我对民盟省委的工作人员说："我没有入民盟之前，我还不知道民盟到底有多厉害，自从我加入了民盟以后，我经常在学习拜读民盟先辈的事迹和他们的丰功伟绩，令我仰慕不已。另外，咱们青海民盟组织里也是藏龙卧虎，我何德何能受此殊荣，希望领导们另选他人。"

民盟宣传部的同志耐心地给我解释说："这是民盟青海省委经过慎重考虑和研究决定的。马校长，你的事迹完全符合推荐条件，希望你不要推辞。"最终，我在青海五个民主党派候选人中当选，是本届民族团结先进个人中唯一的民主党派人士。

我在工作上所取得的每一点成绩，都是各级民盟领导和朋友们一起努力的结果。我从一个普通教师发展到教研组长，起到学科带头人，到校长。2019年2月，海东市专门特批了一个机构，也是循化独有的机构，叫"循化县红色爱国主义教育中心"，我被任命为主任，专门负责循化县的红色国主义教育。我能有今天的发展，离不开民盟的培养、领导的关心和同事的帮助。让我时时记着，总是有民盟这样一个组织，可以让我依靠。今后的工作中，在循化这片土地上，在宣传红军精神，传播红色基因的同时，继续宣传党的民族政策、开展民族团结教育，在行动中时时处处践行民族团结的精神，继续做好红色文化的传承，讲好中国故事，青海故事，红军故事，为中华民族伟大复兴添砖加瓦。

民盟如"烛光"，如火炬，如灯塔，一路搀扶，一路照耀，我在传承红色文化的路程中，它引领了我，照亮了我，使迷茫的前路一下变得光明，它将会伴随我继续前行，让中国共产党领导的伟大革命的故事传遍四方，让红星再一次照亮青海大地。

2017年10月27日，时任省委常委、组织部部长王宇燕赴海东调研督导村级"两委"班子换届筹备工作。在循化县，她专程来到西路军革命历史遗迹红光村瞻仰西路军前辈。她在红光村详细了解问题村"两委"换届进展情况，与基层党员干部共商解决矛盾问题的路径办法。她指出，要坚持问题导向，增强责任意识，未雨绸缪做好村级换届工作，抓住换届契机加强城乡基层基础工作。她强调，针对农村人口转移城镇，客观上形成的部分行政村"空心化"等问题，要实事求是、因地制宜制定符合实际、切实可行的换届方案；要逐级抓好换届培训，做到乡镇党委书记、副书记、组织委员、人大主席等具体责任人轮训全覆盖，提高他们指导换届工作的水平；要选优配强村"两委"班子，扩大选人视野，注意从致富能手、退伍军人、大学生村官、回村居住的机关事业单位退休干部中选拔，把党性强、能力强、作风好的干部选出来；要抓早抓细抓小，严密制定应急预案，真正把换届的过程作为化解矛盾纠纷、解决历史遗留问题的过程。

至此，青海省委所有常委先后都到红光村缅怀革命先烈，这是在青海历史上绝无仅有的，可见青海省委领导对红色文化和革命先辈的高度重视。

2018 年 6 月 16 日，时任海东市委副书记、市长王林虎在副市长袁波、秘书长白万奎、副秘书长黄生昊以及市农发委、旅发委主要负责同志和市政府办相关人员的陪同下，深入循化县查汗都斯乡红光村指导循化县下一步文化旅游发展工作。县长韩兴斌，副县长马成福和县政府办公室主要负责人陪同调研。

在红光村红光清真寺和西路军纪念馆，市长王林虎详细了解西路军战士不忘初心、坚定信仰，克服重重困难修建清真寺、小学的有关情况和他们在当地生产、生活和革命历史，充分肯定了循化发展红色旅游、打造爱国主义教育基地的发展思路，提出红光村旅游景区打造要突出西路军战士在红光村与当地村民共同生产、生活，融为一体的历史，要以小说、影视剧、舞台剧等形式进一步挖掘、传承"红军精神、光照千秋"的红色基因，使每一位游客都能深刻了解西路军战士在逆境中始终坚信革命必胜的执着信念，接受一次红色党性教育。在红军小学，王林虎市长强调，一个乡镇、一个村庄最美丽的地方应该是学校，县乡党委政府要本着"教育为本"的原则，进一步加大对红军小学的打造提升力度，突出红色元素，对学校的外围环境设施、内部空间、文化墙等进行全方位的改造，既要提升景点品味，又要努力为孩子们创造一个宽松、优良的学习环境。

2018 年 11 月 16 日，海东市委常委，组织部部长桑文俊到红光村调研红色文化，他说，我们伟大的中国共产党成立 97 年以来，面对枪林弹雨视死如归，面对艰难险阻无私奉献，面对波折浩劫从不消沉，面对改革挑战勇往直前，深刻改变了亿万人民的命运，取得了彪炳史册的伟大成就，带领亿万人民走过了从站起来到富起来再到强起来的宏伟征程，推动中国特色社会主义进入新时代。尤其是西路进被俘战士在身陷囹圄之中不忘初心，坚守信念，为我们树立起了一个伟大的丰碑。他指出：我们共产党人要以红军精神为指引切实增强"四个意识"，坚决维护党中央权威，把讲政治的要求植根于灵魂深处，自觉做政治上的明白人；要把党规党纪刻印在心上、落实在行动上，始终不违规、不逾矩；要把"德行"贯穿做人做事始终，老老实实做人，干干净净干事；要牢记入党誓词，强化奉献意识，立足岗位，脚踏实地，把对党忠诚，为民尽责的初心体现在行动上，落实在工作中。

2018 年 11 月 30 日，青海省委党校组织理论中心组成员前往循化县查汗都斯乡副校长马维胜以一个撒拉族干部的切身体会，从民族与政党、民族与社会制度的角度，讲述了新中国成立后撒拉族群众在政治、经济、文化等方面取得的骄人成就，表达了撒拉族的发展离不开党的关怀和各民族团结互助的支持、撒拉族文化得以保存和发展离不开中华文化的兼容并包、撒拉族是世界上最幸福的穆斯林民族的强烈共识。青年教师王腾茜同志就文化自信做了专题发言。

在主题党日活动结束时，常务副校长赵永祥说，此次中心组学习暨主题党日活动形式新、内容实、效率高、效果好。既涵盖了红军精神、民族团结和爱国主义三方面的教育，又主题突出、内容丰富，通过听专家讲、看现场实物、讲个人体会，对红军精神、爱国主义和民族团结工作在青海落地生根有了更为深刻和更加直观的认识，是教育者受教育的生动体现。

在主题党日活动中，中心组成员还参观了西路军红军小学，向在校学生捐赠了学习用品。在红光村红色文化长廊举办了省委党校爱国主义与民族团结进步教育教学科研基地挂牌仪式，并向我颁发了特邀省委党校教师聘书。

2019 年 6 月 30 日，"七一"建党节前一天，青海省政府党组在循化县查汗都斯乡红光上村开展"缅怀革命先烈、传承红色基因"红色教育活动，省政府党组书记、省长刘宁与中央第一指导组组长冯健身一起向西路军革命烈士纪念碑敬献花篮，刘宁带领大家重温入党誓词，并为大家上了一堂题为《传承红色基因坚定理想信念全力做好政府各项工作》的生动党课，省委常委、副省长严金海主持。

刘宁从"什么是初心"开始讲起，通过李大钊、王定国、焦裕禄、郭永怀等一批优秀共产党人的故事，深入浅出地讲述了中国共产党人的初心和使命，就是为中国人民谋幸福、为中华民族谋复兴。刘宁指出，守初心担使命，就要传承红色基因，学习领袖情怀，坚定伟大信仰，践行为民宗旨，锤炼个人修养。要学习革命先烈对理想信念的执着追求、绝对忠诚的赤子之心、舍生取义的崇高气节、报国为民的炽热情怀，不断增强"四个意识"、坚定"四个自信"、做到"两个维护"，始终与以习近平同志为核心的党中央保持高度一致，永葆新时代共产党人的先进性和纯洁性。

刘宁以习近平总书记讲的"勇于自我革命，是我们党最鲜明的品格，也是我们党最大的优势"为切入点，阐述了自我革命的前提是正视问题，核心是检视差距，关键是整改落实。强调要时刻以自我革命的勇气，校准思想与行动偏差，使自己的思想、能力和行动始终跟上时代前进步伐，跟上事业发展需要。要严格对照习近平新时代中国特色社会主义思想和党中央决策部署，认真检视当前工作与中央和省委要求，政府工作与群众需求之间，青海与先进地区、发达省份之间，自己在理论素养、党性修养、作风涵养上的差距。结合正在开展的"政策落实年""基层减负年"活动，把"改"字贯穿始终，自觉加强党性锻炼和政治历练，全面增强执政本领。要找准践行初心的结合点、勇担使命的发力点，以韧性做好经济调节，以党性优化公共服务，以理性强化市场监管，以弹性抓好社会管理，以德性保护生态环境。全省政府系统党员干部和工作人员要勤于学习、坚定信仰、敢于担当、践行宗旨、克己奉公，以优异成绩庆祝新中国成立70周年、青海解放70周年。

当日，与会人员瞻仰了西路军烈士陵园，向革命烈士默哀致敬，参观了西路红军民间纪念馆、红军庄廓院、红军小学等。

当地老党员代表聆听党课，中央第一指导组成员贾燕强，省政府党组成员王黎明、王正升、田锦尘、张黎、刘涛、张黄元，副省长匡湧，省委主题教育领导小组办公室负责同志，省政府副秘书长，省政府组成部门、直属机构、派出机构、省政府研究室主要负责同志，各市州政府主要负责同志及循化县委常委班子成员参加上述活动。

红光村，因为这个村子里至今还保存着很多当年中国工农红军西路军生产生活的遗迹。循化县委县政府一直在强调资源禀赋的独特性。其实，这个概念不仅适用于循化的民俗文化资源，也适用自然景观和人文历史遗产。因为，这里有全国唯一的红军建设的清真寺，还有诸如农家庄廓等一系列红军遗迹。特别是这个清真寺，是红西路军战士在对敌斗争残酷的环境下，抱着"红军一定会胜利，革命一定会成功"的坚定信念，采取各种方式与敌人进行了机智顽强的斗争，在修建清真寺过程中巧妙地将红五星、镰刀、斧头、工字、领章等象征革命的图案雕刻在花砖之中，镶嵌在墙壁之上，至今仍在清真寺大殿屋脊、墙壁上熠熠生辉。现在，这座清真寺是国家级的文物保护单位。

因为有了这处特殊的红色文化资源，我们在规划全县旅游业发展过程中，把红色旅游作为一个独立的板块进行布局谋划。一方面是考虑，我们要挖掘好、保护好、传承好、发扬好这笔珍贵的精神财富。另一方面，红色文化本身是一个品牌，尤其是在青海更是稀缺性文化资源，做好红色文化保护和红色旅游发展的文章，有利于在面上带动全县旅游业的加快发展。

一直以来，循化县的历届县委、县政府非常珍视红色文化这份宝贵的精神财富。这几年，在市县乡三级党委政府的高度重视和原兰州军区、省市有关部门以及红西路军后代联谊会的关心、帮助下，我们在红色文化的保护和开发方面做了很多工作，红色教育基地建设取得了实质性进展，查汗都斯乡红光村被确定为海东市爱国主义教育基地，红光清真寺被确定全国宗教界爱国主义基地，已经引起了各方面的广泛关注。

作为一个村，应该说红光村因为红西路军留下的遗产，在各方面赢得了超乎想象关注和支持。

2019年8月20日，习近平总书记在甘肃高台考察时，专程去了高台县瞻仰中国工农红军西路军纪念碑，向革命先烈敬献花篮，并做了重要讲话"我心里一直牵挂西路军，他们作出了重大的不可替代、不可磨灭的贡献永载史册。西路军不畏艰险、浴血奋战的英雄主义气概，为党为人民英勇献身的精神，同长征精神一脉相承，是中国共产党人红色基因和中华民族宝贵精神财富的重要组成部分。它体现出来我们的革命精神、我们党的奋斗精神，我们要讲好党的故事，讲好红军的故事，讲好西路军的故事，把红色基因传承好！"

习总书记的这一次考察和讲话，犹如春风拂面，扫去了我心头沉闷了九年多的雾霾，也如清泉甘露使大家喜笑颜开。好多人可以大大方方地讲西路军的故事了。如果广大西路军指战员地下有知，足以告慰它们用毕生的革命言行来践行对党对信念无限忠诚的精神品质。

比如，海东市的市委书记和市长牵头，成立了市县共建红光村红色教育基地领导协调机构，这在全市乃至全省是绝无仅有的。就县上而言，这几年不论是村级基础设施建设、农村住房建设，还是村级特产业发展，我们对红光村给予最大的倾斜和支持。目前，红光村在全县率先建成了村级排水管网及污水处理设施，率先完成美丽乡村建设项目的全覆盖，红光村红军小学在现有规模下建成了标准化学校，村级已经确立了库区冷水养殖、撒拉族农家乐和牛羊育肥三个特色优势产业，更主要的是经过努力，从文物保护渠道先后争取了近2500多万元项目和资金，正在有序实施红色文化遗存的保护和修缮工作。

特别是近年来，我们着眼打造国家级红色教育基地和爱国主义教育基地，从一些基础工作着手，进一步充实和加强了建设工作组织领导协调机构，编制完成了《国家级红色教育基地建设工体规划》以及《文物保护》《旅游发展》等6个专项规划，为下一步高水平、高质量实施国家红色教育基地建设奠定了基础。

下一步，循化县将以打造国家级红色教育基地和爱国主义教育基地为目标，同步衔接推进查汗都斯乡红色旅游开发、撒拉族民俗旅游开发、黄河库区水上旅游开发，统筹推进红光村村级特色产业发展、基础设施建设、重点文物保护等工作，力争"十四五"期间，将红光村打造成国家级红色教育基地、爱国主义教育基地和美丽乡村建设、民族团结进步示范点建设的典范，旅游扶贫开发的示范村、省级党员干部党性教育基地。

2019年10月19日，海东市政协围绕乡村旅游产业发展情况，到循化撒拉族自治县查汗都斯乡红光村专题开展主席集体视察。市政协主席曹幼平，副主席汪山林、姜仲、郭玉梅、韩永明、焦环玉，秘书长马有清及各专门委员会、委员联络处主任、副主任，各相关部门负责人，部分住市省政协委员和市、县区政协委员参加视察。市政府副市长张胜源应邀参加相关活动。深入探讨当地乡村旅游发展的基本情况，详细了解了旅游创收、解决劳动力就业和生态环境保护等方面的问题，并提出意见建议。开展此次主席集体视察既是市政协党组开展"不忘初心、牢记使命"主题教育的一次重要实践活动，也是贯彻中央政协工作会议和全省推进基层政协工作创新发展座谈会精神，创新政协民主监督形式，有效发挥政协广泛凝聚共识作用，激发政协委员履职热情的一项创新举措

为纪念中国共产党成立99周年，进一步增强党组织的凝聚力和战斗力，

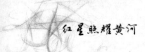

激励党员干警继承和发扬党的光荣传统，7月3日，青海高级人民法院审信处党支部组织全处党员干部赴循化县红光村开展"庆七一"主题党日活动。全体党员聆听我的讲解，西路军革命先辈们进行艰苦卓绝的革命斗争，血与火的战场，让全体党员再次真切地感受到，近代中国革命和建国之路的艰辛，同时也让大家感觉到今天美好生活的来之不易。参观之后，全体党员在纪念碑前一起举起右拳重温入党誓词，"我志愿加入中国共产党，拥护党的纲领，遵守党的章程，履行党员义务，执行党的决定……"响亮整齐的宣誓声响彻整个村庄，庄严肃穆之情也不禁跃然心头。宣誓完毕后，全体党员表示西路军革命先辈们为了人民的解放、为了国家的富强，他们抛头颅、洒热血。党员们坦言：今天，在中国共产党的领导下，中国不断强大，人民生活水平不断提高，历史证明，只有共产党才能救中国，只有在共产党的领导下才能建设中国和发展中国。

审信处党支部了解到村内有6名贫困老党员的事迹后，组织全处党员积极捐款，采购床上用品等，为他们送去温暖。在红光村党员活动室，支部党员赵祺同志金成群紧扣纪念建党99周年这一主线，从回顾党的奋斗历程、全力交好发展答卷、做好本职工作三个方面，由史及今，以典说新，理论联系实践，与党员干部一起谈认识、谈体会、谈感悟，为全处党员干部上了一堂生动的党课。回顾革命历史，更要牢记历史。通过此次"庆七一"主题党日活动，全体党员内心受到了强烈的震撼、精神受到了洗礼、灵魂得到了净化，思想认识进一步得到了升华。大家纷纷表示在这片红色的热土上学习到了红色文化遗产所蕴含的精神和理念，今后更要进一步坚定理想信念，坚守精神追求，永葆共产党人的先进性和纯洁性，将革命英烈不畏艰难、勇于献身的革命精神，融入到日常生活、学习和工作中，继承和发扬先辈的光荣传统和革命精神，以更加饱满的精神状态和务实的工作作风，踏踏实实做好本职工作。

2020年9月15日，循化县委新任书记黄生昊一行莅临查汗都斯乡调研指导工作，县委常委、组织部部长陈雪俊和县委办公室主任陈国华陪同调研。

黄生昊书记一行现场听取了创新开展的党建品牌——"红色纽带"党建联合体建设情况，参观了红色便民服务中心，并召开了座谈会。作为原查汗都斯乡党委书记的陈国华主任结合乡情实际，就发展特色产业、增加群众收入、抓班子带队伍等方面提出了指导意见。陈雪俊部长围绕基层党建工作，从整合村企党建资源，进一步创新推进"红色纽带"党建联合体建设；依托固定党日活动，创新活动方式，对农村党员实行积分制管理办法提高支部和党员参与积极性；加强宣传引导，稳步推进村级"一肩挑"工作；加快推进村集体经济项目建设等方面提出了具体的指导意见。

黄生昊书记对查汗都斯乡各项工作取得的成效给予了充分肯定和积极评价，并指出查汗都斯乡充分发挥了红色文化资源优势，盘活了乡村文化旅游。黄生昊书记就如何做好下一步工作提出要求：一是强化思想政治建设，提高社会治理能力。全体领导班子成员要在抓学习、讲规矩、讲团结、讲廉洁方面下功夫，进一步深入学习习近平总书记特色社会主义思想，严格落实好全面从严治党的要求，强化"四个意识"、坚定"四个自信"、做到"两个维护"；二是加强基层组织建设，发挥党建引领作用。以"红色纽带"党建联合体品牌为依托，进一步加强组织共建、能力共促、资源共享、品牌共创、发展共进方面的推进力度，全面提升党建引领作用。以红光村红色爱国主义教育基地为基础，加强配套设施建设，并坚持发动群众、组织群众、引导群众积极参与，全力打造红色旅游产业。

2020 年 10 月 14 日，中共循化县委书记黄生昊主持召开十五届县委第 125 次常委会会议，传达学习《习近平谈治国理政》第三卷第二专题《坚持和加强党的全面领导》，传达学习习近平总书记对"十四五"规划编制工作网上意见征求活动作出的重要指示精神，习近平总书记在湖南考察时的重要讲话精神和在基层代表座谈会上的讲话精神、习近平总书记在纪念中国人民抗日战争暨世界反法西斯战争胜利 75 周年座谈会上的讲话精神、习近平总书记在全国抗击新冠肺炎疫情表彰大会上的讲话精神、习近平总书记在第三次中央新疆工作座谈会上的讲话精神以及省委涉藏工作会议、全省创建全国民族团结进步示范省动员暨民族团结进步表彰大会、全省巡视巡察工作会议暨十三届省委第八次巡视动员部署会等会议精神。会上，黄生昊书记强调：要高度重视我县红色资源的挖掘、保护和利用，继承和发扬好伟大的抗战精神。